落花歌尽

倾天下·上

上木 著

LUOHUA GEJIN QINGTIANXIA

重庆出版集团 重庆出版社

图书在版编目(CIP)数据

落花歌尽倾天下/上木著. —重庆：重庆出版社，2009.6
ISBN 978-7-229-00677-8

Ⅰ.落… Ⅱ.上… Ⅲ.长篇小说—中国—当代 Ⅳ.I247.5

中国版本图书馆 CIP 数据核字(2009)第 078104 号

落花歌尽倾天下(上、下)
LUOHUA GEJIN QING TIANXIA
上 木 著

出 版 人：罗小卫
责任编辑：罗玉平
责任校对：杨 婧
装帧设计：重庆出版集团艺术设计有限公司·黄杨

重庆出版集团 出版
重庆出版社

重庆长江二路205号 邮政编码：400016 http://www.cqph.com
重庆出版集团艺术设计有限公司制版
重庆升光电力印务有限公司印刷
重庆出版集团图书发行有限公司发行
E-MAIL:fxchu@cqph.com 邮购电话：023-68809452
全国新华书店经销

开本：787mm×1 092mm 1/16 印张：38.25 字数：695千
2009年6月第1版 2009年6月第1次印刷
ISBN 978-7-229-00677-8
(上、下册)定价：48.00元

如有印装质量问题，请向本集团图书发行有限公司调换：023-68706683

版权所有 侵权必究

目录 CONTENTS

第一卷　似醒皆梦

1. 长相思 /3
2. 番外·殇曲 /12
3. 初入梦 /15
4. 少年游 /19
5. 月牙湾 /24
6. 祈祷钗 /29
7. 若初识 /34
8. 长明灯 /38
9. 断情丝 /44
10. 两伤怀 /54
11. 番外·离 /66

第二卷　权路之始

1. 梦方醒 /73
2. 刺庐陵 /78
3. 临淄王 /84
4. 遇刁蛮 /88
5. 风月阁 /93
6. 方流萤 /99
7. 身相许 /104
8. 上长安 /112

第三卷　五王宅内

1. 入王府 /117
2. 秋风劲 /120
3. 笑倾绝 /124
4. 公主宴 /130
5. 错冤案 /141
6. 见天慧 /151
7. 诉衷肠 /156
8. 冰初融 /164
9. 张易之 /169
10. 入宫门 /177

第四卷　情迷宫闱

1. 武曌帝 /189
2. 仙居殿 /195
3. 催杨柳 /200
4. 梨花香 /208
5. 女儿身 /217
6. 马球赛 /231
7. 长安误 /241
8. 储归朝 /246
9. 铁券盟 /255
10. 冰伤逝 /266
11. 破鬼影 /282
12. 归去兮 /292

第一卷 似醒皆梦

鸾凤配,
莺燕约,
柳目脉脉琴绘转。
人生苦,
戏流年。
相宋半年回顾晚。

长相思

盛世大唐,洛阳城中。

牡丹仿佛在一夜之间全都开放了。院中那枝并蒂牡丹尤为让人惊讶。听姑姑说,它们在一起生活了十六年。

十六年,她的青春年华。

她坐在窗旁,执酒含笑。眉眼之间有一股让人说不上来的邪气。她看着窗外那枝并蒂牡丹。它们似要滴出血来。从里往外,使尽力气开放血红的花朵。像是拼了命似的。好像是在讽刺她。

她站了起来。慢踱到铜镜前,看着镜子里的人竟痴痴笑了起来。她乌黑柔丝被高高束起,像个男人一样。而她现在的身份却也是男人。铜镜里映出了一张极其俊美的脸。身着绣蝶长衫,手执青色的玄风宝剑。让人看起来觉得镜中之人是那样的脱俗高傲清冷。

她叫洛歌,是"荞花白幽"。一个神秘莫测的杀手。

这都要拜她的姑姑所赐,同样杀人不眨眼的玖列山庄庄主霁曲。洛歌抬头看着院子里,姑姑手执定波剑,站在院中,粉色的荞花随风而起,摇曳了一地的华美。

定波剑……定波玄风,相生相克。

"歌儿,你出来!"姑姑轻挑细眉,毫无表情地看着她。远黛眉下,一双眸子如深冬的寒冰,没有一丝温度。

洛歌惨淡地笑了笑,握紧玄风剑走了出去。

初秋的天宛如一块碧玉,高远的蓝天之中几缕轻云卷舒着。成群的大雁作"一"字或"人"字往南飞去。一切都仿佛平静得那样单纯。风萧索,有一股肃杀的气息。花如粉雨扑面而来。她踩在满地的荞花之上,心底一片荒凉。

"姑姑,叫歌儿出来何事?"她站在姑姑的身后。霁曲今日只是很随便地挽了一个松松垮垮的垂云髻。燕钗斜斜地插在她的髻上。上面紫色的流苏随风吹摆不定。

霁曲忽然侧首,抬起一双妖艳无比的眼,嘴角漾着一丝诡异的笑。她抚了抚吹散在额前的发丝,懒懒地说道:"又有新任务。"

"哦?"洛歌忽然笑得鬼魅,她手中的玄风剑忽然剧烈地抖动起来。她知道,它嗜血的欲望又涌上来了。

霁曲抬头,轻轻闭上了双眼。粉色的荞花落在了她的美睫上,她舒长的睫毛忽然抖动了一下。"赤炼拳非承天,全家……一个不留。"

"何时?"

"今夜,丑时。"

霁曲说完转身离去,只见紫色飘飞的衣袂。

洛歌伸手抓住了几朵纷飞的荞花。她张开手掌,那粉色的花朵又随风而去。纷飞的荞花迷乱了她的双眼。今日是何日?荞花竟会如此的躁动。她低头仔细想了想,一切了然……

坐在铜镜前,慢慢褪去男装。轻扯掉系着一头乌丝的白色绸带。她穿上了水蓝的襦裙,拿出鸳鸯履套在脚上。描黛眉,画梅妆,点朱唇。镜中便又出现了一个倾国倾城的美人儿。她没有戴任何珠钗。没有这个必要了。那东西随着那个人一起不知道被遗失到了哪里。她默默地打开了檀柜,里面只摆着一管玉笛。衬着墨绿的布,玉笛显得更加通灵透亮。她轻拿起来,反复地抚摸着,泪一颗接着一颗,跌落在笛管上,发出轻微的一声响,然后四散到了不知名的地方。

她推开门走了出去。穿过一大片竹林。任那竹婆娑起舞,沙沙作响。月光温柔地洒在她的身上,映着玉笛泛起一层明亮的光泽。朦胧之中,万物仿佛都被磨起了一层模糊的琼影。

站在玖列山庄的最高点,檐下的铜铃响个不停。她凝视着月,那月也哀伤得厉害,如她一样,哀伤得厉害。

今夜,我还会再看见你,对不对?因为荞花在用力地纷飞。

她开始吹起笛子。

笛声清透空灵,在整个月下飞翔。飞在整片洛阳城的上空,婉转缠绵。一时间,那道轻灵的音色划过月影,使月模糊,在疏星淡云之下翩翩起舞,只舞得那芙蓉泣,香兰笑。

她秀眉紧锁,眼里亮亮晶晶的一片。泪滚落下来,反射着月银色的光,摔得粉碎。

一曲长相思,一把含香泪,一轮枯明月,一片仓皇城。

睫毛吮吸着泪,化成一片沉重的翼,让她无法睁眼。十三哥哥,十三哥哥,你为何迟迟不肯出现。一群寒鸦划过黑夜,几声怪叫,打断了一片相思笛声。

十三哥哥,你还是不肯原谅歌儿吗?她抱住双肩,无助地哭泣着,单薄的裙衫包裹着她,却抑制不住她心中的寒冷。

她重又抬头,对着明月喃喃道:"十三哥哥,你说过会活到一百岁,会陪着歌儿看每一天的日出!十三哥哥,你说我们共抚的是相守之曲,可是,现在只剩歌儿一个人活在无尽的相思之中!十三哥哥,你说保护我!保护我!我不要你的保护!我只要你见我一面,一面而已!"

她无助地哭喊着,哭声撕心裂肺,荡漾在夜风之中,显得格外凄凉。

"歌……歌儿!"身后有人叫她,声音温柔无比。她慢慢回首,看见了站在不远处的薛崇简。他默默地看着她,双眸如天山上的泉水,澄澈明亮透着丝丝的温柔与怜惜。她亦望着他眼中柔和的光芒泪水匆匆止住。

"崇简,十三……十三哥哥他今天没来!"她说着,竟又如孩子一般哭泣起来。

他从未看见过这样的她。平日里,她总是一袭月白长衫,一柄青色宝剑,杀起人来心狠手辣。他想,她也只有想起她的十三哥哥时,才会这样无助地哭泣吧!想到这里,他的心中不免一痛。

他走过去伸出双臂将她紧紧地拥在怀中。她的双肩不停地抖动,他甚至可以感觉到前襟的湿气。

"只不过歌儿,只不过是一些幻象罢了,你又何必那么在乎?"他尽量将语气放轻。可是,还是惊到了怀中的人了。她用力将他推开,睁大双眼大叫了起来:"你……薛崇简,你不可以这样说!十三哥哥每年的今天都会与我相见,从未失约!"她说着又抬起头看向夜空。"十三哥哥说,两人相守,几处相思几处愁,皆为尘世埃土。十三哥哥,他还会一如当年那般将我看做最珍贵的宝贝宠溺着……"

"可是,他已经死了!"薛崇简痛苦地看着眼前恍如梦中的人,闭上了双眼,一字一顿道:"十三,他已经死了!是你亲手杀死了他!"

几只寒鸦叫嚣着飞过,周围一片安静,静得只剩那"呼呼"的风声,与彼此沉重的呼吸声。

"不是我的错,不是我的错……十三哥哥让我不要后悔,说后悔会心痛的!不是我的错啊,只是他不愿反抗。"说到后来,她眼神渐渐变得空洞。她摇摇头又如入梦般呓语起来:"我没有后悔,十三哥哥我听你的话,我没有后悔。"

此情此景怎不叫薛崇简心痛。他俯下身将她轻轻地搂住,慢抚着她的背脊安慰着她:"不是你的错,不是你的错,歌儿,不是你的错……"

忽然,她看见了她的十三哥哥。他就站在她的前方对着她微笑,笑容如三月春风般温暖。她大笑了起来挣开搂着她的薛崇简向前奔去。

"十三哥哥……十三哥哥……歌儿好想你啊……"她忽然定住不动,只看着眼前的人不停地流泪。

十三有神的星目里泛着银白色的温柔,他双眉忧伤地往上蹙着,他伸手看着她轻轻地说:"我也好想你啊歌儿……歌儿,我想你……"他依旧微笑着,腮边却满是泪水。语气忧伤得在这浓浓的秋风之中不能化开。他白色的长衫被夜风吹得"咧咧"作响。

"歌儿,你等我!我们还会再见的!歌儿,等我……"他渐渐向后退去。她一惊,连忙向他奔了过去。就当她的指尖快要与他的指尖相触时,一切都烟消云散。包括十三温柔俊逸的脸。

"十三哥哥……十三哥哥,你还是没骗歌儿,没骗歌儿啊!"洛歌满脸是泪,可她偏偏又十分凄苦地笑了起来:"等你?等你重新投胎做人吗?可歌儿怕'我生君未生,君生我已老'啊……"她扶着栏杆,俯身对着宁静的山庄大声地喊了起来。风暗涌不止,劲舞不止。

薛崇简忽然觉得她好像是一只蝶,脆弱得快要被这夜风吹得支离破碎……

脱下红装,洗尽铅华,重又变成杀人不眨眼的冷酷杀手。眼角的泪尚未被风干,黏黏的。洛歌提手擦了擦,觉得十分难受。玄风剑静静地躺在木桌之上。它低低地呜咽着,通体透蓝。

"好了,玄风剑,带你去打牙祭!"她忽然笑了起来,嘴边有着浓得化不开的邪气。她打开门,一阵荞花雨迎面扑来,带着风含着笑,吹掀了她的月白长衫。纷飞的荞花化作狰狞的脸,对着她狂笑。

每一朵荞花代表着每一条人命。死于玄风剑下的人不计其数。

她又记起了她第一次杀人的时候,手里拿的也是玄风剑。姑姑霁曲就站在她的身后。她看着跪在地上的人,手掌沁出了不少的汗。她有些不知所措地看了一眼姑姑。

"真的要杀他吗?"

"嗯。今日你不杀他,他日他一定会复仇来杀你。哼!倒也不用他动手,你不杀他,我就会先杀死你!"

她还想报仇,她要活下去。成者活,败者死。她明白这个道理。于是,她举起了玄风剑闭眼用力刺了下去。那人一声惨叫,惊得她一身冷汗。她睁开眼才发现没有刺中那人的要害,只是削了他半只耳朵。于是,她又重新提起剑,强迫着自己睁大双眼,剑准确无误地刺入了那人的胸膛。这次,那人连叫都没叫一声就一命呜呼了。他的血喷了她一身。脸上,身上,胸前,全都是那个人的血。她一下子就呆住了,胃里一片翻江倒海。她松开手,剑掉在地上发出刺耳的声响。她还来不及捡起剑,就转身跑开了。

那一夜,她将自己的身体仔仔细细洗了不下十遍。她忽然觉得自己好龌龊。她将自己埋进水里,可是那人临死前看着她的怨毒眼神,她怎么也忘不了。她害怕,可她要活!她要踩着别人的鲜血活下去,才能够得到权力!

后来怎样?

后来……

洛歌好似嘲弄般扯了扯嘴角。

她喜欢穿着月白色的长衫。因为月白是十三最喜欢的颜色。她第一次穿男装给他看时,穿的是月白长衫。她杀人时,也穿月白长衫。因为血的红能与衫白形成鲜明对比,这会让她无比兴奋,这会让她充满荣誉感。

不管是好人还是坏人，她都杀。因为这是姑姑的命令。

姑姑利用她，这她知道。也可以这么说，她们两个是在互相利用着。

那一张张亡去的脸又重现于她的眼前。她并不感到害怕。她任那风吹起她白色的发带，白色的长衫。本该就是这样，狰狞的脸一直目送着她离开。她，并不害怕。

来到非承天府上的时候，月亮稍稍偏西。丑时未到，子时刚过。

洛歌很轻易地就跳到了墙上。

整个非府都被笼罩在了一片祥和的气息中。如轻云在山冈上的天空之中慢慢飘浮一样。可是，谁又料到在这种祥和的气息下会暗涌杀气呢？

洛歌轻轻地跳下墙来。走了几步，就到了花园。现在本就是刚刚入秋，景色虽然有些萧索，但是院子里面的花儿趁着月光，正暗吐芬芳，不时几阵虫鸣，让洛歌有些醉醉然起来。

绕过花园便到了主厢房。暖暖的灯光晕开了一双影子映在了窗纸上，里面传来一阵低低的说话声。

"老爷，霖儿的病该如何是好啊！"

"夫人别急，总会有办法让霖儿的病好起来的！"

"想我非承天一生都是光明磊落，从未做过对不起上天的孽事。为什么让我爱女受到这样的折磨！"

洛歌站在门外轻扬起嘴角。她毫不费力地将门踹开。抱剑立在那里。一双美目中流转着赤红色的嗜血光芒。

"不为什么！上天常常喜欢捉弄人！"她扬起下巴，看着他们嗤笑了起来，"老天爷就是这样。蠢！脏！痴！"她拔出剑，剑面上的寒气映着非承天微微惊愕的脸，显得更加邪恶。巨大的风涌了进来。玄风剑上开始滋生出粉色的荞花。房内银灰色的帐幔被风吹得掀了起来，带着荞花一起，透着一股肃杀之气。

非承天将他夫人李氏护在了身后，只静静地打量这满脸邪气的洛歌。

这张脸，似乎是那样的熟悉，却又是那样的陌生。熟悉的是这张脸跟她一样倾城一样的冷漠。陌生的是，这张脸却有着她没有的年轻与稚嫩。

"你是谁？"非承天指着洛歌。当他确定洛歌与那个女人一定有什么关系时，他心里升起了莫名的情愫。

"我就是'荞花白幽'，玖冽山庄第一杀手——洛歌！"她露出了无比邪气的笑容。手臂一挥，剑芒便抵在了他的胸口。

而他，只怔怔地看着她。

……

"承天哥哥，如果将来孩子出世是个女孩儿，我们便唤她做歌儿，好吗？"

"非承天,总有一天你会死在你亲生女儿洛歌的剑下,我要让她杀了你!"

……

他忽然笑了起来,笑容里满是温柔与宠溺。那是只有父亲对自己的孩子才带有的表情,他伸出手,轻轻地抚摸着她的头顶,柔柔地唤道:"歌儿……"

洛歌冷笑了一下,微微恍神。她用力一刺,剑直入他的心脏,发出虚弱的声响。她的心忽然狠狠地疼了一下。

他皱了皱眉,表情没变,依旧是含着笑,轻轻抚着她。她又用力一刺。剑刺穿了他的胸膛,嗜血的剑上飞舞着片片荞花。她困惑地看着他。为什么他不会觉得痛苦,脸上还挂着满足又如释重负的笑呢?

他的嘴角开始渗出血丝。荞花在他们的周围用力地纷飞。围绕着他们,兴奋地舞着。他一张口,血涌如注。他温柔地看着她,又抬起另一只满是血渍的手轻轻地描绘着她脸部的轮廓。

"歌儿,歌儿,我的好女儿……我的女儿……女儿……"

他到死都没有闭眼,亦没有倒下。只是抚着她脸的那只手生生垂下。他眼中依旧聚集着温柔和煦的微风,了然无息地抚过她颤抖的心脏。

荞花很快将他完全包裹住,她拔出了玄风剑。剑面干干净净,不干净的是她。她的身上、脸上全是她父亲的鲜血。

"我要跟你拼了!"李氏见了此景一下扑了过来,企图将她扑倒在地。她没有回过神来,口中不停地喃喃:"父亲……父亲……"她痴痴地抬起剑,刺中了扑过来的李氏。血,又溅了她一身。她仍旧没有回过神来。直至一声凄厉的哭喊炸响在她的耳畔。

"娘亲!"门口站着一个小女孩,不过七八岁的年纪。她呆呆地看着,除了叫一声"娘亲"只站在那里一动不动。

她这才醒了过来,转过头却看见了本不该发生的一幕。她忽然觉得莫名的悲伤,双手竟颤抖得不能够将剑从李氏的身体中拔出来。

良久,门外的非霂终于爆发了!

她冲进来对着洛歌又捶又打。她人还没有洛歌的一半高,拳头也是十分虚弱无力。可落在洛歌的身上,竟让她觉得那般疼痛。

"是你!是你杀死了我爹,杀死了我娘!我恨你!我要杀了你!"

她大哭着,嘴里不停地说恨她,恨她!

她咬她,捶她。满脸泪水,双颊绯红。

洛歌茫茫然地低头看着非霂。她任她打她,骂她。现在,她心里唯一想到的便是:这是我同父异母的小妹妹,这个世上我唯一的亲人了!

洛歌蹲下身去伸手钳制住了非霂。她挣扎着,终究是白费力气。于是,她妥协了只静静地流着眼泪。

"你恨我？"

"是。"

"很恨很恨？"

"是。"

……

洛歌忽然觉得无比悲凉。她抬起手撩开了贴在非霂颊上的湿发，望向她的眸子。

那眸子很大很大，黑白分明，一排长卷的美睫好像蝶翼般扑闪着，送下一粒粒珍珠。

她不希望一个小孩子从小就被输入仇恨的念头，不要像她这样。她希望她唯一的小妹妹能像其他小孩子那样无忧无虑地快乐成长。

"非霂，你要报仇吗？你杀得了我吗？"她抓住她的手，看着她尽力将声音放得平稳柔和："好好活下去，我等着你来找我报仇。"

她站起来牵起非霂小小的手，提着玄风剑僵硬着背脊跨出门去，没有再多看一眼。

可小小的非霂却回头深深地望了望那两具被荞花包裹的尸体，泪流满面。

爹，娘！霂儿一定会为你们报仇的！一定会的！

她低头看着小小的她，她忽然明白，有些事情早已由命运安排好了。逃，是逃不掉了！

"从此，你便不叫非霂。我唤你作'阿荞'。荞花之邪恶，阿荞之真。我把你送到颜山脚下的一处人家。你好好长大，我等着你来找我报仇。"

非霂的手冰冷。然后，她看见她狠狠地点了点头。

……

……

办好了一切，她拖着一身的疲惫与一颗混沌不已的心回到了玖冽山庄。

她骑在黑色的骏马之上。月白衣裳在黑夜中闪着奇异的光芒。她在想，非承天真的是我的父亲吗？那，我娘是谁？我，又是谁？夜风吹得她好冷好冷，她的身上带着她父亲的血，显得是那样悲凉。如此，她亦是悲凉的。正如那个人所说，她只是一支流落在大唐的悲歌。

"嘚嘚"的马蹄声终于从遥远的黑幕之中传来。薛崇简猛地抬起头，眼中的疲惫随着他眼中纯净的潮水慢慢退去。

他站在最前面。两排长长的灯笼一个接着一个排向遥远的山庄大门。

他终于看见她了！她的白衣上为何有那么多的血渍？她杀人从来都是不见血的啊，难道……她受伤了！

薛崇简的心不禁狂跳起来。他迎了上去，马儿一声嘶鸣，停了下来。

洛歌其实在很远的地方就看见了薛崇简。那个单纯的少年站在灯辉中，恍若一尊不能亵渎的神明。他日日为她点长灯，点了多久？三年前开始的还是四年前开始的？还是更久之前？她已经记不清了。夜风吹得他墨绿长衫的下摆翻飞着。他眼中的焦虑与爱慕，她是明白的，可是，她不能，除了感动她并不能给他什么。

洛歌跳下马来，他上前紧盯着她，确定她并没有受伤之后，终于长舒了一口气。

"崇简……"她轻唤了一声，语气中满是无奈与疲惫。她抬起头看着他因劳累过度而憔悴不已的脸，说："崇简，以后……就不要再等我了。我不怕黑的……我已经不是以前的那个我了。"

"歌儿……"

"我很累。"她摆摆手，不愿再听他多说些什么，牵着马儿从他的身边擦肩而过。

"歌儿，我会等你！就算你不愿意，我也会等你！我要为你点灯，看着你平安归来！歌儿……"薛崇简在她的身后歇斯底里地冲着她的背影喊了起来。

"歌儿，我等你！哪怕是一辈子，我都会等你！！！"

她的身体为之猛然一震，泪就这样潸然而下，化作颗颗明珠，撞击在她疼痛不已的心上。

"不值得的，崇简……"

安静一片，寂寞一片，荒凉了一片。

她看不见他的表情，他亦看不见她的表情。她继续行着，离他越来越远。

等待，多么漫长的过程啊！

正如她，也在等待着……

翌日，洛歌去复命。

霁曲半卧在花园的软榻上。整个园子里都是高贵妖艳的牡丹。她跪在她的面前，低着头默不作声。

霁曲低下眼睑，看见了她胸前的那片血渍。虽然知道结果，但她仍旧颤抖不停。

她终于实现了她的愿望啊！十六年了，她为了实现这个愿望付出了多少的艰辛！终于，终于在今天那些艰辛与那无尽的恨意随着洛歌身上殷红的血渍甩到了很远的地方。留下的竟只有心痛！为了当初给她幸福的男人心痛！为了当初那个抛弃她的男人心痛！

痛得不能自抑！痛到泪水滂沱！！

她颤声问道："你……你真的杀了他？"

"是!"洛歌的回答毫不犹豫,斩钉截铁!

"哈哈……你杀了他!非承天!你终于还是死在了洛歌的剑下!哈哈……"她大笑着,泪流满面。

那些过去,该随着这一声声痛极疯狂的笑声而烟消云散了吧!

"非承天,他是我爹!"

她的笑声终于随着洛歌的一声愤吼而停止。

"非承天……他是我爹,是不是?!"

霁曲看着面前的洛歌。

她的双眼喷发着怒火,她不能容忍她的笑。她的笑更加坚定了非承天是她父亲的事实。她更不能容忍,眼前这个女人竟让她亲手杀死了她的父亲!

"你为什么这么问?谁告诉你的?!"霁曲的双眼马上又覆上了一层凌厉的寒气。她紧盯着洛歌,她的眼光在空气中"哔辟"作响,化成了最有力的兵刃。

"你只需回答是或不是。"

"不是!"

她不假思索地回答了出来。

有风吹来,吹起了她们的衣裳。她月白色满是血渍的长衫,她紫色的冷艳的裙衫。

"我放走了非承天的女儿……"她不甘心地偏过头。从小就受制于霁曲,她不敢迎接她的目光,那样残酷的目光。

"你知道庄中的规矩。"霁曲面无表情地从怀中掏出了一个小玉瓶子,里面装着的是她配制的独门毒药——百虫穿肠蛊。这蛊由上百种毒虫制成。人若服用以后,将全身无力疼痛难忍。就连自杀的力气也没有。

"服了这蛊。"霁曲伸手将瓶子递了过去。

洛歌忽然邪笑了起来。她亲手杀死了她的父亲。她的命早就该绝了。死了一了百了。说不定还能与十三哥哥相见。

她夺过瓶子,打开仰头全部喝掉。冰冷的液体滑过她的喉,带着死亡的味道,侵蚀着她的五脏六腑。

不久,一股无名的痛楚开始顺着洛歌的腹部慢慢地向上蔓延。渐渐地,她的全身都开始变得沉重起来,使不出一丝力气。像是有无数的小虫在啃食她虚弱的身体。她捂着肚子垂着头,感觉心跳紊乱,快要死去一般。无形的痒痛游走于全身的各大经脉,让她生不如死,让她的意识渐渐模糊起来。

恍惚之中,一阵暖风迎面扑来,墨绿的身影还有那蜜色的纯净的眸子映入她的眼帘。是他,还是他?

她被轻柔地托起,少年横抱着她将她紧紧地搂在怀里。他的眼里满是痛楚。

她忽然轻轻地笑了起来。舒长的美睫快乐地抖动着。

十三哥哥,是你吗?你温热的呼吸喷洒在我的湿发上,是那样清香。十三哥哥,你在给我灌什么?为什么有一股甜腻的腥味?那暗红色的液体是什么?是血吗?不要啊,十三哥哥,我不要用你的血来解我的毒!不要啊!十三哥哥,我不要你受伤!

十三哥哥,是你在我的身边抱着我吗?明媚的阳光洒了下来,我闻到了荞花淡淡的香气。你告诉我,荞花是这个世界上最美丽的花朵。为什么不抱着我驻足看看那荞花的美丽呢?为什么你的脚步是那样的急?为什么你的脸在一片白光里闪耀?为什么?十三哥哥!

十三哥哥,我爱你。来到这个世界上,为你而生,就只是为了能够尽情地爱你!

那,你明白吗?

番外·殇曲

烈日当头。

三伏天气,日光仿佛要将大地上的一切都晒干。

少女撑着伞,绝美的脸上满是汗珠,她用手中柔香的锦帕为那跪在地上的少年擦着汗。

"承天哥哥,只要你向师傅服个软,师傅就不会再罚你了。承天哥哥,你就服个软嘛!"少女几乎都快急哭了,她紧蹙着双眉,紧紧盯着那少年。

少年坚毅的轮廓上有着淡淡的温柔,他抬起头冲那少女微微一笑,摇了摇头。

"不!不是我的错。师傅要罚便罚,只要能证明不是我的错,怎么罚都可以!"

少女知道他的倔强,眸中闪闪的晶液终于滚落了下来。

"承天哥哥,你总是让曲儿担心!前几天刚好的伤口,这会儿一定裂开了!承天哥哥,你要是出了事,曲儿怎么办?"

少年伸手替她擦起泪来。他的手中长满了茧,摩擦在少女的脸上,并不让她感觉到疼痛。

"傻曲儿,承天哥哥现在好得很!你回去吧!大热天的,别热坏了!"

"不!你骗我!"少女看着那张苍白如纸的俊脸大叫了起来,"曲儿要陪着你!"

少年无奈地笑了笑。"好吧!曲儿,承天哥哥说个故事给你听好不好?"

少女听了,泪立刻就止住了。她兴奋地点了点头。从小就喜欢听那少年讲故事,多少年过去了,她现在最喜欢做的事,仍是听那少年讲故事。

"从前啊有个人,他叫非承天。他有五个貌美如花的妹妹。他的大妹妹最善弹琴,名叫大珠。他的二妹妹最善下棋,名叫二珠。他的三妹妹最善书法,名叫三珠。他的四妹妹最善画画,名叫四珠。曲儿,问你个问题,你知道非承天的小妹妹叫什么名字吗?"

"叫小珠!"那少女不假思索地回答道。

"小猪?啊,哈哈……"少年忽然大笑了起来,用手指指着那少女不停道:"小猪,小猪?哈哈,原来洛霁曲是只小猪!"

少女一下子反应过来了。那最小的小妹妹原来就是她自己啊。她的脸马上飞来一片红霞。她娇羞地扑在少年的身上不停地轻捶着他。

"承天哥哥,你捉弄我!"她捶着打着也大笑了起来。

良久,她丢掉了手中的伞,也跪在了那少年的身边。

"你干什么?"少年一急,连忙将她拉了起来。少女偏过头,固执地又跪了下来,还有些得意地说道:"有福同享有难同当。"

少年报以温柔的一笑,不再加以阻拦,任那少女安静地同他跪在了一起。

骄阳下,两抹小小的身影跪在那一动不动,苍天垂悯,送来微风阵阵。那少女白衣如雪,随风翻飞,倾城的脸上带着少有的坚定。她像只欲飞的白蝶。那少年的脸刚毅英俊。他带着点点的幸福之色,看着身边的人儿温柔地展开笑颜。

暮色四合。

那少女趁着凉爽的晚风竟睡了过去,她的头靠在那少年的肩上,梦中轻轻呓语:"承天哥哥……"

少年将熟睡的少女轻轻地抱了起来。他将她的头靠在他的胸前。少女有所察觉,伸出手钩住了少年的脖子。脸上满是幸福的涟漪。

少年脸上的笑意更深了……

夕阳西下,白衣少女的睡颜如晨曦般清新。

英俊的少年,美丽的少女,在夕阳下交织成了一幅绝美的图画……

"承天哥哥,承天哥哥,我跟你说个秘密,好不好?"

"什么秘密啊?"

"我……我喜欢你!"

"哦?我也很喜欢你啊!"

"不……不是那种喜欢啦!是女人喜欢男人的那种喜欢!"

少女说完娇羞地低下了头。她见四下无人,又踮起脚在惊愕了的少年的俊脸上猛亲了一下。然后,转眼消失。

一大群飞鸟从林中飞起,带走了夕阳下的最后一片晚霞。那一声声寂寞的鸟鸣回响在这少年头顶的上空,久久不绝。只余下他一个人对着那少女离开的方向不停地叹息:"可是,我不能够爱上你啊!因为,你一直都是我最珍视的小妹妹啊……"

那一晚,她将一杯掺了药的酒给他喝下。

那一年,她有了与他的第一个孩子。

她犹记得那个清晨,湿润的阳光照在那少年的睡颜上。他的浓眉微蹙。她笑着,他却流泪了。泪在清新的空气中慢慢蒸发,化成了这一天的第一缕轻尘,飘散到了很远的地方。

他说:"我会负责的。"

她问:"你爱我吗?"

他睁开眼,看着少女的笑颜,摇了摇头。

"我不爱你,甚至恨你!"

她恍若无闻,微笑着说:"承天哥哥,如果将来孩子出世是个男孩我们就唤他作霂儿,如果将来孩子出世是个女孩,我们就唤她作歌儿,好不好?"

他无力地蜷缩着身体,不理她。

她依旧自顾自地说着,沉浸在一个人的幸福里。

后来,师傅单独召见了她。

"我这里有神器两件,我决定传授给你!"

"为什么?为什么承天哥哥不可以?"

"他太过仁厚,不够狠毒……"

"……"

那一夜之间,少女仿佛变成了另外一个人。她变得冷漠,毒辣。她的手里开始出现一把铜色的剑。

他仰望着天空,大朵铅云慢慢地移动。大风吹得竹林"哗哗"作响,亦吹走了他所有的犹豫不决。他回头看了看身后那个倾城倾国白衣胜雪,手里握着铜色宝剑的女子,表情冷漠,决然。

"既然你那么喜欢杀人,那就去杀好了。没有人再会站在你的身边了,包括我!"

"那我肚里的孩子怎么办?!"

他没有回答,跨上骏马转眼就消失在了她的视线里。

同年,他成亲了。同年,她成立了玖列山庄。

婚礼上,少女手里握着两柄剑出现在了他的面前。一柄铜色,一柄青色。

"非承天,你现在后悔还来得及!"

"我不后悔,洛霁曲,你从一开始就错了。"

当年的少年,在那一瞬间变成了一个伟岸的男子。他目光如炬,炯炯有神,里面沉淀着厚厚的决心。

"非承天,总有一天你会死在你亲生女儿洛歌的剑下,我要让她亲手杀了你!"

从此,良人变狼人,萧郎成陌路。我与你,不共戴天!

最终,她没能将他们的孩子生下来。她难产了,差点丢了性命。她只知道,她难产死掉的孩子是个小女孩。

她将自己的遭遇告诉了她的孪生姐姐。

姐姐告诉她,她的夫君镇关大将军遭人弹劾。一家人恐怕都会因此而受到牵连。于是,姐姐便将自己最小的女儿交给了妹妹,唤名:洛歌。

不久,姐姐一家十几口全部被斩首,除了这个大难不死的小女婴。

姐姐告诉她:"一念愚即般若绝,一念智即般若生。不执迷一个'情'字,或许会活得更轻松。"

可是,她放不下啊!那个她曾经深爱着的男子。于是,她抱着女婴回了庄。

那女婴慢慢长大,竟也生得与她一样倾国倾城。她看着她的一切及那个温柔的少年。

那少年与他一样,有着英俊的眉眼。只是他的面部轮廓更加柔和,对人也更加儒雅,不似他那般倔强。

可是,她不能容忍。她要让她断情绝爱,断情绝爱!

她做得很好。她终于逼得她杀死了那个她最爱的少年。

她一直没有忘记十六年前许下的誓言。她要让洛歌去杀死他。

洛歌是谁?是她一手调教出来的利刃,是玖列山庄的第一杀手,是江湖上人人闻风丧胆的"荼花白幽"。

她没有让她失望。

她抬起头,仰望着那高远的天际。昔日那个倔强的少年的脸出现在了蓝天之上。他冲着她温柔地笑着,他告诉她,我爱你……

女子蓦然回首,池中一对鸳鸯,在绿水之中,似朝朝暮暮,生生世世……

初入梦

她好像走了很长一段路。沿着玄风剑闪着寒光的蓝色剑刃。周身一会儿冰冷一会儿温暖。她仿佛路过了无数个地方,观遍了无数的风景。前方出现了一个深渊。无数的黑鸟从中飞起。那些鸟怪叫着,席卷着她飞上了苍暝……

玖列山庄。

五月,天微热。

青梨苑的一棵梨树下,小女孩仰着头,睁大了一双水汪汪充满灵气的双眼。阳光透过浓密的绿叶洒在她稚嫩却美丽的脸上。

微风习习,带着淡淡的梨香。风吹拂着女孩柔软的发,那一缕发丝便在风中飘飞着。已有蝉鸣了,忽高忽低,慵懒而又热烈。

远处浓浓的阳光里,忽然走出一身穿白衫的少年,他看着梨树下的女孩轻轻地笑了起来。

"歌儿……"少年站在女孩的身后轻轻唤了一声。

"嗯?"

阳光星星点点地洒在少年的脸上,小女孩一下子就呆住了。那少年带着笑意,灿烂的阳光为他的睫毛镀上了一层金色,恍若一只圣洁的翼。明明是金日当头,可小女孩却在他的星目中看见了一层银白色的温柔,那是只属于她一个人的温柔。

"在看什么呢?"

少年仰起脸,从发际线到下巴。那是一条非常完美的线条。完美得如同画中之人。不!比那画中之人还要完美。

"啊?"女孩回过神来,她不好意思地吐了吐舌头,扬起头说道:"我在看那些小梨子呢,不知道什么时候才可以吃到它们。"

"你呀!"少年轻轻地敲了一下小女孩的头。

"十三哥哥,等树上的第一颗梨子熟了以后,你一定要留给歌儿啊!"女孩侧过脸仰望着少年,她的眼里全是少年的倒影。

十三温柔一笑,揽过她轻轻拥入怀中。他用下巴抵在她的头顶轻轻颔首。

满院的葱绿夏草在风中微漾,显出美好的样子。但那些全都抵不过十三的温柔一笑。如风和煦,灿烂无比。洛歌静静地缩在他的怀里,轻闭上双眼。

风拂面,柔依旧。不掺一丝杂质,他只对她好。

"十三哥哥,要是我们能够永远在一起,那该多好啊!"洛歌从他温暖的怀中探出了小脑袋,眼眸扑闪扑闪露出无邪的光芒。

十三伸手刮了刮她的鼻尖,宠溺地看着她道:"我们当然是会永远在一起啦!傻歌儿。"

洛歌听了拼命地摇了摇头嚷嚷了起来:"可是……可是歌儿长大以后是会嫁人的!"

十三看着她着急的模样,抚了抚她鼻梁上皱起的细纹笑了起来:"歌儿,你才多大?就想着嫁人!"

被十三这么一说,洛歌立即羞得满脸红霞。她低着头不再说话。十三朗朗的笑声慢慢止住。他一手扶着她的肩,一手轻轻挑起了她的下巴,直视着她那无邪的双眼,满怀柔情地说:"歌儿长大以后嫁给我不就得了?你现在还小,等你长大了我一定会娶你过门。歌儿,我等你,你也要等我啊。等我闯出了一番事业,我一定会带你离开这里,远走高飞。我会带你去看那高岗上纷飞的荞花。那世界上最美的花朵……"

世界上最美的花朵……

洛歌随着十三清远的目光看向了那高高的蓝天。她仿佛看见那些美丽的花朵正从遥远的异国赶来。在云层之上,随风翻腾,演绎着少女羞涩的情怀,纯净的恍若一泓碧水,荡漾起芳心无数……

"娶我做娘子?那,我们是不是就可以永远在一起共抚相思之曲了?"她看着十三,轻轻地说着。

十三冲她轻轻地摇了摇头,眸中银白色的温柔满得似要溢了出来。"不!两人分离谓之相思,两人相聚,谓之相守。歌儿,我们共抚的是相守之曲啊!"

古琴丽音缓缓泻出。十三修长的手指如行云流水一般在琴面上拨弄起来。那音色宛如清风一缕席卷着一切的伤感和过往的痕迹,伴着"沙沙"作响的梨树飞到了很遥远的地方。一声空灵宛如晴空之中毕现的彩虹。笛音显得有些生涩。但无妨,生涩便犹如她初涉世间的单纯与脱俗。琴声笛音交错在一起,成为了这世间最幸福的一对眷侣。

梨树的枝丫上,两只灰色的麻雀叽叽喳喳地欢叫着。偶尔用朱红的喙为对方整理羽身。

洛歌仰头看着,心中一动,便更加忘情地吹了起来。

十三哥哥,如果我们能永远像现在这般那该多好啊。就像那两只小麻雀,无厌地为对方整理羽身。十三哥哥,你可会一直无厌地陪着我呢?

十三哥哥,你看眼前盛景。树木青郁,娇花撩人,清风阵阵拂面。歌儿好想伴着你眼中独有的温柔一直陪着你。到老,到死,直至宇宙毁灭……

……

"洛歌!我说你这丫头死到哪里去了呢!"身后一声暴喝,十三和洛歌俱是一惊。一个粗衣麻衫的老妈子正叉腰怒瞪着洛歌。"死丫头,居然跑到十三少爷这里偷懒!你找死啊!"

十三皱了皱眉,抬眼看着洛歌。

洛歌连忙将手中的玉笛塞给了十三,冲他调皮地吐了吐舌头,转身跑到了老妈子的身边。

那老妈子猛瞪了洛歌一眼。继而又转过头冲着十三哈腰道歉。然后,她一手抓住洛歌,一边骂骂咧咧地拉着她越走越远。

逆光之中,洛歌回头冲着树荫下的十三调皮地眨了眨左眼,冲他微微一笑,腮边梨涡浅现。

十三看得痴了。幼时的她清灵得如同一个从仙境之中走出的小小仙子。一笑足以让他倾心。那……她长大后呢？会不会……一笑倾天下。

在玖冽山庄。仆人也是分三六九等的。一般身着蓝衫的是内侍丫鬟，身着青衫的是外侍丫鬟。身着红衫的是烧火丫头，身着黄衫的是粗使丫头。洛歌就是身着黄衫让人使唤来使唤去的粗使丫头了。

洛歌是从小就在庄中长大的。因为她是抱来的，庄主又不多加拂照。所以，她的身份不青不白。后来是因为她的一句话冲撞了庄主，才会被贬为粗使丫头。虽然她只有七岁。

而比洛歌晚来的十三就幸运多了。他是在一个荷香满池的仲夏里被带进来的，一进庄便做了少爷。十三自小聪明，下人常常议论说十三将来很有可能会代替庄主霁曲来接替这个庄子。他听见了，也只是一笑而过。他想要靠自己的力量，而不是依附于一个女人。有这个想法的时候，他才十五岁。

不管岁月冲刷掉他多少的回忆，他都会永远记得那一天，初遇她的那一天。

那是他刚进庄的第一天。落寞和孤独将他紧紧地包裹着。无论是精神上的还是肉体上的，他都没由来地感到荒凉。

不知不觉中，他已漫步到了荷塘。

正值仲夏，荷叶田田，荷花在一片碧色之中羞着脸开放。他凝视着荷花，重重地叹了口气。就在这时，他隐约听到有人在哭泣。他扒开柳枝，看见荷塘边正坐着一个身着鹅黄纱裙的小女孩。她双手捂着脸，背对着他轻轻地啜泣着。那哭声很稚嫩，也很小声。撞击在他的心上，让他没由来地感到心痛。

"你是谁？"他张口问道。

那小女孩闻声扭过脸来，刹那让他惊住。

成片的荷花在她的身后静静地开放着，湖水反射着日光照在她满是泪痕的小脸上。她亦是疑惑地看着他。白嫩的小脸上透着娇红。大大的眸子清澄无比，恍若万物始出的第一缕清风。连她身后的荷花都自叹不如。

"你是谁？"小女孩歪着脑袋反问。

"啊？呵呵，我叫十三。"他友好地走过去冲着她温柔地笑着。

"十三？十三哥哥。我叫洛歌。洛歌的洛，洛歌的歌！"小女孩一下子止住泪冲他开心地笑了起来。

他感觉到一股清风拂面般的清新。他忍不住"扑哧"笑出声来。

"我说得不对吗？"小女孩更加困惑了。

"不！你说得很好。你为什么一个人躲在这里哭呢？"

小女孩低垂着头，慢慢地捋起了袖子。

那是怎样的一双手臂啊！丑陋的伤疤蜿蜒在她白净的皮肤之上。有的伤疤泛着红光，看来是新添上去的。有的已经结痂了！

他看得浑身颤抖，双手紧紧地握成拳，指关节微微发白。

是谁？是谁这样惩罚她？是谁？！如果让他知道了是谁，他一定会将那人碎尸万段！

那一条条丑陋的疤痕好像深深烙在了他的心脏上，让他疼痛不已。

他努力调整好呼吸，对他爱恋地微笑："很痛吗？"

小女孩摇摇头，柔软的发丝在夏风中轻轻飞扬了起来。又有一串泪珠掉了下来，溅湿了他的心。

"歌儿不怕痛。歌儿只是觉得这个世界上没有人喜欢歌儿，疼爱歌儿。歌儿就觉得很难过，会难过得掉眼泪。"

他感觉到一股让人窒息的疼痛。他伸出手努力地对着她微笑。她抬起头看着他眼中温柔的光芒，有些无措地将小手递了过去。他轻轻将她拉起拥入怀中。

"你相信我吗？"

怀中的人儿轻轻颔首。

"那你要相信，我会爱你疼你。你要相信，我会保护你不让你受到任何的伤害。就算未来艰险重重，我也会用自己的生命来保护你！"

他呵气如兰，柔柔的声音轻拂在她的耳畔。她抬起头凝视着他，眼中似有清风吹过，泛起一阵涟漪。

他宠溺地点了点她的鼻子。

两手交握。

风拂柳，满塘荷香飘向天际。有鸟自由飞过，蝉鸣四起。

如此，刹那成永远。

少年游

荷塘边，一身穿鹅黄纱裙的小女孩正在岸边冲着荷叶之中的一抹白影高声呐喊，夏风吹起她的裙衫，将她衬成了一个落入凡尘的仙子。

"十三哥哥，一定要摘很多很多的荷花哦！歌儿最喜欢荷花了！"

荷塘中少年撑着兰舟，在重重荷叶之中徘徊。那头船舱堆满了荷花与荷叶。他纯白的衣袂随着荷花翩翩起舞。他看着岸上的人儿，满眼温柔。

不一会儿,他带着满船荷香靠了岸。

"要这么多荷花干吗?"他宠溺地摸了摸她的头顶。

她抬起头眨着灵秀的大眼睛冲着他笑了起来:"当然是要做荷香糕了!十三哥哥你不是最喜欢吃荷香糕吗?"

他心中一暖:"好歌儿……"

十三坐在亭中,身边依偎着洛歌。他低眉看着怀中的人儿道:"姑姑让我去扬州。估计要去一个月……"

"什么!"洛歌一下子从他的怀中跃起,只睁大了双眼看着他。他温柔地又将她拉入怀中紧紧地拥着。"姑姑说我可以带个女婢,我选了你。你回去收拾收拾。明天一大早我们就走。"

话音刚落,洛歌又一下子激动地从他怀中跳了起来,她冲他眨巴眨巴双眼,欢呼着跑回了房间。

从洛阳到扬州,沿大运河直下,不消几日,他们便到了扬州。

十三立在船头,白衣飘飘。两岸柳拂水面,荡漾起层层涟漪。在一片片浓浓的青色中,偶尔有几对才子佳人你侬我侬。又或者,几个待字闺中的小姐看见立在船头的十三,会露出满脸的娇羞。也许,她们从未见过如此完美的男子吧。

"歌儿,到了!"他转过身冲着舱内的洛歌招了招手。

一路上他们走的大多都是水路,坐了几天的船。洛歌显然显得不适应。此时的她正趴在船舱紧憋着双唇,以防自己又要吐了出来。一路走来,她已不知道吐脏了多少件衣服了。

"哦……我……我就来!"她慢慢爬起来走出了船舱。

她穿的亦是一身月白长衫,这是她第一次穿男装。这件长衫还是十三为她买的。长衫罩在她娇小的身上,显得有些过大。

洛歌深吸了一口气,这江南特有的朦胧清香让她感觉舒服。十三偏过头看着她的侧脸轻轻笑了起来。她发觉了,抬起头看着他,苍白的脸上有着微怒的神情。

"你……你还笑我!没看见我的脸色不好吗?我很不舒服!十——三——哥——哥!"

他伸手轻轻拍了一下她的头顶,满眼温柔地看着她。他又轻移目光看向了远处朦胧的青山。

"歌儿……我在想,这一次出来是永远的摆脱玖列山庄,永远摆脱姑姑的开始,那该有多好!"他语气柔柔的,分明夹杂着一丝神往和几丝无奈。他又看着她,微微扬起嘴角露出了凄然的笑容:"离开玖列山庄,我将一无所有。我根本就没有能力给你幸福。离开姑姑,我只是一个一无所长的废人……"

几丝风缓缓吹过。

少年的目光忧伤得厉害。

她忽然紧紧地搂住了他,埋首在他的怀中,用稚嫩无比的声音轻轻地说:"不是的,歌儿的十三哥哥绝对不是废人一个!十三哥哥是歌儿心目中永远的神!永远的大英雄!只要十三哥哥能陪在歌儿的身边歌儿就觉得很满足了!真的!"

他也伸手搂住了她,紧紧地温柔地搂住她,笑了起来,无比幸福。

入夜,扬州城的大街上人群熙攘,灯火交相辉映。一眼望去,除了人,还是人。

洛歌兴奋得到处张望,她忽然抬起头,刚好看见十三低垂下的眼眸。他嘴角牵起一抹宠溺的笑,抬手轻刮了一下她的鼻尖。各式彩灯散发着美丽的光芒,照在十三俊逸的脸上温暖了一大片。

此时正是戌时,扬州城里所有的人都仿佛倾城而出。本来就拥挤的街,这下更是乱了套了。

洛歌抬头看了一眼夜空,只徒挂一轮明月。周边的云彩都避得远远的,连一颗星辰也没有。想是它们忌惮月的光华,所以没敢出来吧。

"歌儿,别跑得那么快!万一走丢了怎么办?快抓着我的手!"十三好不容易挤到她的面前。他双眉紧蹙。洛歌抬头看着他,灵秀的眸子忽然一转,她一把甩开他的手假嗔道:"两个'大男人'在街上拉拉扯扯成何体统啊?难不成你想让别人说我们有断袖之癖?"

十三听了先是一愣,然后哈哈大笑了起来。

"你这个机灵鬼!"

洛歌和十三一前一后在喧闹的人群中拥挤。偶尔有风吹过,她头顶的白色缎带就会随着风飘飞,恍若一只即将飞去的蝶。回首望去,十三距她仅一步之遥。他此时也正四处观望着。一袭白衫将他衬得俊逸非凡,隐隐透出几缕清冷之意。

走着走着不知不觉中他们走出了人群。几许夜风,吹得他们面前的花树落英缤纷。

她坐在他的身边,靠着他抬起头任那花儿落得她满身。白色的小花纷纷扬扬恍若夏雪,落在她的眉心给她本来就无波美丽的脸更添一份清新。

"菩提本无树,明镜亦非台。本来无一物,何处惹尘埃?"

风吹起他白色的袈裟,亦吹起他的白眉白须。眉宇之间一股超脱世外的不俗之气。他正含笑看着他们。

洛歌十三一齐抬头,却见一个身着白色袈裟的老和尚。十三起身双手合十行了一礼。那老和尚看了十三一眼,先是一愣,再见洛歌,竟惊得往后退了一步。很快,他又暗自镇定了下来。

"这位施主,老衲有一言相劝,不知当讲不当讲。"

"大师但说无妨。"

那老和尚深长地看了一眼十三道:"施主,以物物物,则物可物。以物物非物,则物非物。物不得名之功,名不得物之实,名物不实,是以物物无物也。"

十三听了拧眉一阵又畅怀大笑起来。好一会儿他才停下来紧盯着老和尚问道:"那何谓物,何谓无物何谓名之功,何谓物之实?"

那老和尚听了淡然一笑:"佛曰'不可说不可说,一说即是错'。"

十三听了不做理睬。一旁的洛歌见了,拉了拉十三的衣角皱眉说道:"十三哥哥你们在说什么?为什么歌儿一句听不懂呀?"

十三正欲回答,却被老和尚抢了先。那老和尚含笑轻轻拍了拍洛歌的头柔声说道:"小施主命格奇特,是大吉也是大恶。善用之人定会与你相辅相成。情劫是你最大的命劫。你要记住,爱别离,怨憎会,撒手归西,全是无类。不过是满眼空花一片虚幻……"

洛歌呆呆地看着老和尚淡然的双眸竟忘记了言语。老和尚看着洛歌呆呆的模样慈爱地笑了起来。他取下手中的念珠为洛歌戴了起来。

楠木念珠?十三一惊。他看着老和尚双眉紧蹙:"敢问大师法号可是辩机?"

那老和尚一愣,捻了捻长眉,风吹起他白色的宽大的袈裟,他转身踏着满地白色的花儿渐行渐远。

"辩机已死,辩机已死!这世上不过是多了一个为情而痴的痴和尚。前世今生随风而灭。无色无相,无嗔无狂。何哉!何来?"

更多的白花随风飘下,落在她的肩上,他的心中。无欲,何来能力保护自己爱的人呢?无爱,何必又来这世上走一遭呢?

他握住她的小手。那小手冰凉,经他一握又渐渐温暖起来。

她低头看着胸前黑色的念珠。她仿佛看见了高傲的公主在粉雨中起舞。舞出了大唐最美的华章。而她的身后站着一个身着布袈的年轻僧人。他的眼中含着比佛祖眼中更加神圣的光芒。那光芒照在公主的身上化成了美丽的花儿,随着她曼妙的身躯一起舞。那花儿开放在沙门与红尘之间,那般纯洁,美妙……

天空仍是灰色,破晓之前的那一种混沌的颜色。早晨的空气中还带着点儿湿气。十三背着迷迷糊糊还趴在他背上流着口水做着美梦的洛歌上了山。

记得在她很小的时候,她就曾对着蓝天说过,她想看日出,一种彻彻底底的日出。他记下了。于是,今天他便要带她去看日出。

沿着蜿蜒的小道一直向上。两边是葱郁的树林。路边的石缝里开满了黄色的小雏菊和紫色的小兰花。林间鸟鸣几声,空灵美妙。

十三背着洛歌走了这么长的路竟一点也不觉得累。她轻飘飘的,伏在他的背上恍若一片羽毛。

很快他们便到了山顶。林子到了这里也变成了尽头。一大片空旷的草地映入眼帘。这是一座悬崖。对面,群山起伏。东边的一座高山隐约间已被镀上了一层金色。

太阳,就快出来了吧!

"歌儿,快醒醒。"十三轻轻拍了拍洛歌红润的脸颊。她有些不耐烦地在他的怀中动了一下,抬手抓住了他胸前的衣襟又沉沉地睡去了。

"歌儿,快快醒来哦,不然……哼哼!"

她猛然睁开了双眼,对着他露出了俏皮而又惫懒的笑容。

她静静地依偎在他的怀中。他轻轻地搂住了她。两人目光无比期盼地看着东方。晨风送来阵阵花香,她深吸一口气,自顾自地微笑起来。

刹那间,东方金乌闪耀。金黄的光芒照亮了天地间所有的地方。林间发出了风的鸣吼与鸟鸣的空灵。

她从他的怀中兴奋地跳了起来,张开双臂拥抱着清晨的第一缕阳光。风拂起她柔软的墨丝,将她的月白长衫掀起。她闭上双眼,头顶白色的缎带几欲飞去。

"十三哥哥,我好开心啊!好漂亮,好漂亮的日出啊!"她转过身冲着他笑着大叫了起来。

十三双手撑地,满眼温柔,嘴角轻轻向上扬起,勾起一抹完美的弧线,他在心里默念。

"你快乐,我就很快乐了。"

阳光如欢乐的精灵洒在他们的身上。洛歌忽然摆起了双臂自编自导地跳起舞来。阳光照在她舞动的身上,为她镀上了一层毛茸茸的金边。

他笑了起来,她的舞实在是杂乱无章。但是,他却看懂了,那明明就是一种由内心流露出来的毫不做作的幸福感。

"十三哥哥,以后每一天我们都要一起看日出,好不好?"

"好啊。"

"十三哥哥一定要活到一百岁啊,这样我们就可以看很多次很多次的日出。十三哥哥,好不好啊?"

"好。"

"那……十三哥哥,你背我下山吧!"

"嗯好……啊?不好!"

巳时三刻,洛歌二人才一前一后慢慢向山下踱去。

"太短暂了,太短暂了。"洛歌手中捏着枯枝不安分地扫着路边的草丛嘟囔着。

十三在她身后笑了笑,走上前伸手揉了揉她的头顶。

"傻瓜,就因为日出太过短暂,所以世人才觉得它太美丽太珍贵啊!"

洛歌抬头看了他一眼,轻轻地叹了一口气。她抬起头看着远方。一大群飞鸟从林中飞起,扑棱着翅膀,在强烈的日光下,泛着无比耀眼的光泽。

"十三哥哥,如果……如果日出不是那一刹那,而是永远,那该有多好啊!"

十三的笑容突然凝固起来,他俯下身在她的额上轻轻一吻。俢长的睫毛碰触到她的头顶,让她觉得有些痒痒。

半晌,他才直起身子无比温柔地看着她道:"如果,日出由一刹那变成永远,那便不是日出了。如果我的歌儿的脸上的笑容不见了,那她便也不再是歌儿了……"

她愣愣地看着他儒雅俊美的脸突然地笑了起来,双眸中闪耀着奇异的光芒。

"我知道了,我知道了。为了十三哥哥,歌儿永远都会是开心的。只要十三哥哥你能永远陪在我的身边。永远,永远……"

她踮起脚搂住了他的脖子,用额头轻轻地蹭着他的下巴,如同一只小兽。他伸手抚摸着她的后脑勺。展开了温柔的笑颜,如和煦的风,抚过所有的痛苦,所有的悲伤……

月牙湾

入夜,弯弯的月牙慢慢地爬上了树梢。草丛中,几声虫鸣与夜风合唱,谱写了一曲静谧的调子。

洛歌翘着脚丫子怔怔地看着房顶。一只手搭在胸前,另一只手自然地垂在身边。她扭头看了看身边的十三。翻过身轻抬起手细细地抚摩着他的面部轮廓。十三猛然睁开了双眼,洛歌吓了一大跳,连忙收回了手吐了吐舌头,埋首在他的怀中"咯咯"地笑了起来。十三低头看着她,伸手轻拥住她瘦小的身体,嘴角不经意间扬起了温暖的笑容。

窗外,虫鸣依旧。

她喜欢被他搂着安然入眠。她总觉得他的怀抱是世界上最温暖的地方。那里可以让她忘记所有的伤痛。记不起是什么时候了,她满身是伤半蜷在他的怀里。他轻轻地拥着她,即使外面的世界满是黑暗,她也不害怕了。

于是,一夜好梦。

翌日,十三又是一大早出了门。洛歌醒来时,已是巳时三刻。太阳早已上了三竿。阳光透过纸窗照在她的脸上。她混混沌沌地睁开了双眼。身边是十三残留的温暖气息。洛歌微微笑了一下。她掀开被子来到桌子旁拿起十三临走时写的纸条。大意是说让她无聊时可以去街市逛逛。桌子上还放着一袋碎银子。

天气真是好极了！万里无云，天空澄澄蓝蓝的。上午的太阳不是特别的刺眼。洛歌兴奋地在人群中拥挤着，一双灵秀的眸子不停地到处张望。

远处，一品楼上。

少年穿着黑色的斗篷，如鹰般犀利的眼中含着一丝笑意。他慢慢地捧起茶杯抿了抿。他身后的六个侍从也是一身黑色的斗篷，站立垂首。

少年回头看了一眼身后同他年纪差不多大的赫沙道："赫沙，你过来坐下。"

赫沙听了，惊诧地抬头看了他一眼，确定自己没有听错以后，才缓缓地在他身边坐了下来。

"少主，有何吩咐？"

赫沙垂着头，不敢正视他的主人。

少年轻笑了一下，冷峻的脸色柔和了一点。他伸手指了指楼下挤在人群中的洛歌说道："赫沙，你说，那人……是男是女。"

赫沙抬头顺着他手指的方向眯起了狭长的双眼。

人群中，毫不知情的洛歌正看着杂耍肆无忌惮地大笑着，灵秀的双眼中满是天真的光芒。由于太过激动的缘故，两颊上满是红晕。

他从未见过如此美丽的"男子"。他被她的笑感染了，他也不知不觉地笑了一下。

"赫沙，你说那人是男是女？"

"回少主的话，那人应该是个女子吧……"

少年听了冷笑了一下。他站起来，挥开了黑色的斗篷。

"先去找个客栈。"

他说完，又用斗篷裹紧了身子。他的嘴角不经意扬起了一抹诡异的笑。

六个侍从满脸冰冷地跟在他的后面。

赫沙抬头看着眼前的少年，皱起了双眉。

不过十五岁，就攻破了大半个草原做了汗王，领地往西越过沙漠，突厥老少口中的战神就是眼前这个不过十五岁的少年吗？

路人皆往两边散开。因为这几个穿着黑色斗篷的人的身上，带着一股冷入骨髓的肃杀之气，让人不由感到压抑，感到寒冷。

少年冷峻的脸上没有一丝生气，身上带有的只有死亡的气息！

远处，洛歌毫无察觉地依旧欢笑着。风扬起她头顶白色的缎带。

少年越走越近，脸上带着蛊惑的笑容。

越来越近……

他脸上的笑意加深了……

他抬起手轻轻一拉。刹那间，一头墨丝如瀑布般泻下。

洛歌察觉过来了，她连忙伸手抱住了头，慌乱不已。在一片欷歔中她的脸由红变得苍白，又由苍白变得铁青。她抬起头，看着渐行渐远的一行黑衣人气得双眼喷火。

远处，炙热的阳光下，少年突然回头，带着邪逆的笑容，恍若草原上的一匹野狼，让她没由来地慌张……

"十三哥哥，真的！当时我真的很生气！"

"我知道，我知道。"

"我扮起男子来就那么不像吗？"

"像！谁说不像了？我的歌儿穿上男装也是最英俊的男子！"

"那他为什么会知道我是个女孩子呢？"

十三放下书看着正在望向自己的洛歌，无奈地叹了口气："我怎么知道呢？"

洛歌从他的身边站了起来，慢踱到了窗口。

窗外，月皎如玉，星辰满天。树黑洞洞的影子倒映在银色的院中婆娑起舞。就在这时，一道黑色的影子忽然闪过，一群乌鸦突然"啊啊"地大叫起来。

"十三……十三哥哥，我……我看见鬼了！！"

洛歌吓得连忙钻进了十三的怀中瑟瑟发抖。她伸出手抖抖地指向了窗外。

十三猛地一跃来到了窗前。忽然整个客栈的灯都亮了起来，有人大叫："抓贼！抓贼！"十三眯起了双眼，锐利的目光投向了对面的屋顶。黑衣人手执弯刀，月如银盘映在他的身后。银色的弯刀上，殷红的血渍妖冶无比。

十三的嘴角慢慢地爬上了一丝让人费解的笑意，他猛然关上了窗，抓起了桌上的剑，轻轻拍了拍洛歌的背脊道："歌儿别怕，好好待在房里，我去去就来。"

"不要！"洛歌忽然反手抓住了十三的衣角，她不停地摇头，抬头看着他："不要，十三哥哥。歌儿怕！你不要走！"

十三轻轻地摇了摇头，宠溺地拍了拍她的头顶："歌儿要听话！乖……"说完，他打开门走了出去。

桌上的灯晃了晃。洛歌打了个寒战蜷缩在床头睁大了双眼看着屋里的一切。

楼下乱哄哄的，不时冒出几声怒斥，又是一阵摔东西的声音。好一会儿，又静得只剩风声。

洛歌慢慢地下了床打开门。迎面扑来一阵清风。她探头望了望，四周的房间都是灯火通明。洛歌轻轻地关上了门，舒了口气大步下楼准备去找十三。

"来人！来人！赫沙！赫沙！"

一声叫喊把洛歌吓了一大跳。她定了定神抚了抚胸口，皱起了眉。

"外面的人，进来！"

洛歌一愣，她困惑不已表情古怪。

她推开门，走了进去。

昏黄的灯光被洛歌带进来的风吹得差点熄灭了。她皱眉往里走去。一股无名的压抑感让她越来越感到胆怯。

雕花的床上半卧着一个人。他垂着头，微卷的发丝盖住了他的容颜。他的呼吸有些紊乱。他的左臂上殷红的一片！

"你……你流血了！"

她大惊，抛开了一切顾虑奔到了他的身边。

伤口很深，是利器所伤。血色发紫。想必是淬了毒的。她紧蹙双眉，然后果断地找来一块干净的湿布替他擦掉了伤口周边的血渍。

"我现在为你吸毒，会很疼，你忍忍。"说完，她半跪在他的面前，低头在他的左臂上吮吸了起来。

少年疼得咬住了下唇，脸色苍白。他看不清眼前的人。湿发将他的视线遮挡住了。隐约间，他只看见一双明亮的眸子泛着灯火温暖的光芒。他忘记了疼痛，默默地笑了起来。原来是她……

"好了！"她吐完了最后一口毒血。他的伤口上的血色渐渐地由紫变红。她站了起来，擦干了嘴角的血渍。皱眉细细地打量着他。

"你是谁？怎会遭此毒手？"

他并不回答。一张脸隐在湿发的后面看不清容貌。她撇了撇嘴，上前撩开了他的发。一双如鹰般犀利的眼眸正看着她。她惊呼了一声跄跄地往后退了两步。

"你……怎么是你！"好一会儿，她才定了定神，怒道："早知道是你，我就不救你了！"

少年脸色冰冷，他靠着床头坐了起来，闭上双眼并不说话。洛歌疑惑地望着他有些奇怪。半晌，他都不曾发出一丝声响。她以为他睡着了，有些无趣地准备离开。

"我不相信你会见死不救！"他睁开双眼，看着她，眼神锐利无比，冰冷无比。

她迎着他的目光，打了个寒战。这目光让她再一次想到了大草原上的野狼。

"何以见得？"她沉下心坐在了桌子旁。

"凭你的眼睛！"他再次看向她的双目，眼里多了一丝笑意。

这恐怕就是西域女子与中原女子的不同之处吧！他看见过无数双眼睛。有美艳的，放荡的，爱慕的，含情的。可他从未看见过这样一双眼睛，时而清澈无比，时而灵秀俏皮，时而又如一头小兽般温顺胆怯。他想不到，他竟然可以沉迷至此。

"想知道我的家乡是什么样的吗？"他打破僵局。

洛歌细细地打量了他一番。他穿着异族服装。轮廓如刀削一般坚毅，俊美的脸上五官十分立体，不像中原人士。

"你是突厥人？"

他点点头，闭上眼开始诉说：

"我的家乡在一片大草原上。那里牛羊成群。天很高远，白云飘飘。每天我们都纵马驰骋在这片辽阔的大草原上。每晚我们围着篝火唱歌跳舞。从大草原往西走五十里，是一片金黄的沙漠，那里一望无际。大风吹起黄沙纷纷扬扬，就像老阿嬷悠远的歌声。沙漠的深处，有一个海子，名叫'月牙湾'。那里的水清冽无比，是沙漠之神才有资格去的地方。而我，就是沙漠之神……"

他睁开双眼看着她如痴如醉的样子有些迷恋。

"那里……应该很美，很美吧……"

"做我的汗妃吧！"

他忽然高声说了一句让她惊诧万分的话来。

"做我的汗妃！"他又重复了一遍。

她呆住了，完全不知所措。就在这时，她听到了十三呼喊她的声音。

"你……你胡说些什么啊！"她生气极了。猛地站起来，准备离开。却不料她身后的人伸出右手拽住了她的袖子。

"你……姓洛？"他看见她的袖子上绣着一个小小的"洛"字。

"放开！！"她皱眉看着他大喝了一声。

"你知道我们突厥人的图腾是什么吗？是狼！我们会像狼一样，为了自己想要得到的东西不惜付出一切代价。姓洛的，你逃不出我的手掌心。你，只能是我的汗妃！"

说完，他的嘴角爬上了一丝深不可测的邪逆笑容。他突然将她拉入怀中，邪笑着仿佛恶作剧一般在她的唇上猛亲了一下。

"你……无耻！！！"

洛歌气得几乎要跳起来了，她抽过衣袖猛力地擦着嘴唇。忿忿地看了他一眼，准备离开。

"姓洛的，记住了！我叫莫啜！你，是属于我的！我一定会得到你！我的汗妃……"

她用力地关上了门，把莫啜疯狂的笑声与她彻底隔绝开来。

疯子！疯子！绝对是疯子！

洛歌一边猛力地擦着嘴唇一边狠狠地朝莫啜的房门瞪了一眼。

"歌儿！"

她一惊，马上深吸了一口气，平复了情绪。回头看见十三提剑正十分困惑地看着自己。她奔入他的怀中，在他的怀里撒起娇来："十三哥哥你去哪了？歌儿一个人很害怕啊。"她从他的怀中抬起头看着他温柔的双眼乞求道："十三哥哥，我们快点回去好不好？歌儿不想再在这儿待下去了！"

"回去？"十三微微蹙眉紧盯着她，"回去就没有了自由啊，你真把玖列山庄当做了你的家？"

洛歌有些失落地离开了他的怀抱，小声喃喃道："歌儿从来都没有把那里当做自己的家。我知道十三哥哥喜欢自由胜过歌儿……"

还未等她说完，十三早已将她拥入怀中，他用下巴轻轻抵着她的头顶柔声道："傻歌儿，你知道我为什么那么向往自由吗？因为只有拥有了自由，我才能够拥有你，你也才能拥有我啊……傻瓜，快去收拾收拾，明天我们就回去。"

她有些意外地看着他笑了一下，腮边梨涡浅现。

小舟在江面上慢慢移动，离扬州越来越远。那舟划亮了破晓的曙光，启明星在遥远的东方闪烁，天边渐渐泛白。

十三手中拿了件薄衣，看着坐在船头的人轻轻地叹了一口气。他踱过去将衣披在她的身上坐在她的身边，伸手搂住了她的双肩。

"歌儿，到底怎么了？先是吵着要回去，现在又是满腹心事。为什么不向我倾吐呢？你……信不过十三哥哥吗？"

洛歌缓缓地抬起双眸看了他一眼，轻轻地摇了摇头，转而又扑在他的怀中，紧紧地搂着他。

"十三哥哥，这一辈子你都要陪着歌儿，保护歌儿，好吗？歌儿怕是离不开你了。"

十三温柔一笑轻搂着她微笑道："傻丫头，十三哥哥向你发誓，一辈子都会陪着你，保护你，不让你受到一丝伤害！"

洛歌透过十三的肩膀向后望去。繁华的扬州城渐渐地离他们越来越遥远。

"姓洛的，你是属于我的！我一定会得到你！我的汗妃！！"

莫啜疯狂的话语和桀骜不驯的表情忽然出现了。她看见了他那如野狼般满是霸火的双眸。那火渐渐将她的心脏包围，让她喘不过气来，直至她被烧得灰飞烟灭……

祈棱钗

叶枯黄，打着旋儿随风起舞。那风声如泣，哀绵地缠绕于耳。天边一轮迷茫的日头，被阴云遮住只散发出淡黄色的，不清不楚的光芒。

洛歌用手托着脑袋，眯起双眼直视着太阳。扫把倒在了一边，风又吹起了一地的枯黄，带着洛歌鹅黄的裙梢一起飞扬。

"歌儿！"

十三站在她的身后喊了一声。她回过头看着他笑了一下。

"十三哥哥，找歌儿有什么事吗？"

十三面带着微笑走了过去，在她身边坐下。满眼神秘地看着她："你知道今天是什么日子吗？"

洛歌想了想猜道："是姑姑宴请商贾的日子？"

他笑着摇了摇头。

她又低头想了想，颓然地说道："歌儿猜不出来。"

十三笑笑，伸手刮了刮她的鼻尖："今天是你的诞辰啊！小傻瓜，连自己的诞辰都会忘记！"他搂着她，在她的耳畔用柔柔的声音低喃："歌儿，今晚我会给你一个惊喜。戌时三刻，小荷塘边见！"说完，他轻轻拍了拍她的头，飘袂离去。

戌时三刻，洛歌蹑手蹑脚地出了门。她提一盏小灯笼，沿着直铺到荷塘边的石子路慢踱着。

今天是十五，霁曲宴请各路商贾。

洛歌轻轻地叹了口气，她抬头看着夜空。没有一点星辰。月亮犹如一块白玉，时隐时现于云端。

她忽然定住了脚步，那月亮好像在慢慢地移动，随着她的脚步一起。她揉了揉双眼，又看向明月。原来，月亮是静止不动的，她永远立在那里，只待身边的云彩换下一拨接着一拨。

远处，有丝竹的靡靡之音传来，还夹杂着低低的争喧声。

荷塘，微波亭。

风过无声。

有人立于亭中，白衣胜雪，衣袂随风飘飞，恍若神明。

月疏影淡。

那人身材颀长，似一棵古松苍劲，犹如一块碧玉，温润儒雅。

洛歌微微一笑。

"十三哥哥！"她娇喊了一声，飞身奔了过去。

亭中之人慢慢回过头来。容貌温润如玉，眉眼儒雅。他伸开双臂迎接着她。满眼笑意，眼中的温柔映着月光泛着银白色的光芒。

洛歌扑在十三的怀中，好一会儿才抬头看着他，调皮地吐了吐舌头。她探着脑袋左看右看，困惑不已地问道："十三哥哥，你不是说要给歌儿一个惊喜吗？惊喜呢？拿来拿来，歌儿要看看！"

十三笑着摇了摇头，轻刮了一下她的鼻尖："你呀，就是这么性急！"说着，他牵起了她的小手,踏着满地的月光与细碎的竹影向着荷塘走去。他抬起手拨开浓密的枝杈,整个荷塘便展现在了眼前。

一片暖光,一片独立的生长在莲花中的灯光,泛着映在湖面的月色,显出模模糊糊的美来。

满塘荷花,一大片灿烂朦胧的光芒。

她呆住了,立于风中,他的怀里。

烛火似要被风吹灭,摇摇曳曳的,脆弱无比,温暖无比。

忽然,天空中也出现了花朵。一朵接着一朵开放,此谢彼开。

是晚宴上的烟花。

那一朵朵美丽的灿烂的花儿,绽放在月身云影下,绽放在她的眼中,万紫千红,让她的眼眶也跟在后面微红起来。

她惊喜得几乎想要哭泣。

"十三哥哥……"她搂住了他的腰,用小脑袋在他的怀里蹭来蹭去。他温柔地笑着,任她在他的怀里撒娇。

"十三哥哥,谢谢你……"她忽然流泪了,泪水弄湿了他的新衣。

她抬起头看着他,幸福地展开了满是泪珠的笑颜。

他到底给了她多少的惊喜与幸福呢?她掰着十个葱白小指数也数不过来。她又搂着他,大声地笑了起来。

好一会儿,她才从他的怀中分离出来。十三满眼笑意地看着她,又伸手揉了揉她的头顶。"十三哥哥还有一个礼物要送给你。"

洛歌听了,两眼大放光彩。

他伸手,探入前襟从怀里小心翼翼地掏出了一块小小的方帕。他冲她神秘地一笑,慢慢地打开了锦帕。

月光柔柔地洒在了他手中的礼物上。

一朵祥云,线条流畅无比,仿佛是从天空之中飘飞而来的。一颗明珠,似月般皎洁。它被祥云包裹着,散发着柔和明亮的光泽。银色的祥云,白色的明珠。相伴无比美好。

"这是祈褖钗,它会保佑你平安。"十三兀自一笑,拿起钗子插在了她的发髻上。明珠似水流动着清澈的光泽,她扑闪着黑白分明的双眼。明珠明眸,本是一体。

"歌儿,我就是那祥云,你就是那明珠。我永远伴着你,陪着你……"

她靠在他的肩上,抬头看着夜空的满月。双眸出尘不染的清澈。

"我们一辈子都在一起,好不好?"

"好。"

"十三哥哥这一辈子都只能喜欢歌儿一个人哦!"

"好。"

"歌儿是你最珍贵的宝贝,是不是?"

"是。"

他又搂紧她,闭上了双眼,唇角温柔地向上扬起。

"歌儿,姑姑请来了长安第一皮影戏班来助兴,你不是最喜欢皮影戏吗?我带你去看看?"

"皮影戏?!"洛歌听了兴奋地从他怀中跃起,连连点头。他假蹙双眉,刮了刮她的鼻尖,带着她来到了大堂。

晚宴像是到了高潮。洛歌撇了撇嘴,抬头看着身边的十三。他皱了皱眉,无奈道:"歌儿,你看!要看皮影戏还得等一会儿。"

"没关系,没关系啦!"洛歌摆摆手,她不想让十三为难。于是,她退了出来,坐在台阶上。

里面,喧闹一片。

"洛庄主,听说您那儿有神兵两件。除了您手中的定波剑,似乎还有一柄。今儿拿出来给大家开开眼界吧!"

众宾客中,一个满脸横肉的商贾喊了起来。众人听了,皆是一片附和。

"是啊!洛庄主,你就拿出来给我们这等乡下佬看看吧!"

雾曲听了轻轻一笑。明亮的光照在她艳丽的脸上,却生生滋生出一股邪气。她用余光一扫,看见了门外坐在台阶上,鹅黄色的小小的身影。一抹诡异的笑爬上了她的唇梢。

"好啊!今日雾曲就献丑了。来人啊,快去把玄风剑送上来!"

不一会儿,一个被明黄丝绸包裹的物什被送了上来。雾曲将它放在了堂中央的木架上,轻扯掉了明黄的丝绸。

众人皆敛声屏气。洛歌和十三都困惑地回过头来。

一柄剑。

一柄长身青色的宝剑。剑鞘的正中央镶着两颗幽蓝的玛瑙石。剑身上全是妖媚的花。明亮的灯光投射一束在那剑上,那玛瑙石仿佛活动的一般,流动着湛蓝的、诡异的光芒。

洛歌定住不动。

十三定住不动。

所有的人定住不动。

洛歌忽然被一股巨大的引力向前吸去。似乎在很早的时候,洛歌就认识了它。

那花纹,那光泽,还有那两颗幽蓝的玛瑙石。

她站起来,眼神空洞地向前走去。

鹅黄的裙衫被莫名而来的一股怪风吹起,她忽然半眯起了双眼。卷翘的睫毛与眸子合为一体,像是被蛊惑了一般。

所有的人都看着她,困惑于这个女孩的怪异举动。

在众人如炬的目光中,在雾曲邪气的笑容里。她从木架上取下剑,缓缓拔出。

就在这时,原本呆立在一旁的十三像是疯了似的奔了过来。他夺下她手中的剑,不经意间,剑芒将她的中指划破。一滴血滴在了剑面上,转眼间消失得无影无踪。

"歌儿,你不可以碰它!不可以!"他失神地吼着,浑身颤抖。周遭的人纷纷侧目,看着他近乎疯狂的怪异举动。他修长的手指在剑鞘上慢慢地抚摸着。他眼中闪着复杂的光芒。愤怒、惊诧、恐慌。

他慢慢地将剑拔了出来。

彼时,剑身忽然射出一道幽蓝的光芒,直冲云霄。迷蒙住了所有人的双眼。霎时间,剑面上滋生出了千千万万朵粉色的小花,恍若一场盛大的粉雨。它们随着蓝光,在他和她之间纷飞。十三睁大了双眼,巨大的痛苦如潮水般在他的眸中拍打着。他发丝缭绕,双唇苍白。眼神忽然犹如被雪冰封般空洞起来。

"荞花,怎么是荞花!为什么?!为什么啊?!"

他大笑了起来,完全成了一个疯子。

雾曲邪笑着走到他的面前,低声道:"愿意吗?"

他又忽然安静了下来,坚定地点了点头,用无比哀伤的语气答道:"愿意。"

说完,他竟带着剑佝偻着身体一步一步地离开。

洛歌呆立当场!

所有人都不知何因!

他忽然回头深深地看了她一眼,仿佛要将她的样子深深烙进脑海。

她流着泪,中指仍在流血。泪光中,她看见十三忧伤的眉眼有着掩不住的凄凉。

"十三哥哥……"

她像是在呼唤。

他绝然地闭上了双眼不再回头。

一步一步地离开她,直至消失在遥远的夜幕中……

破剑气,混合着血腥的味道。成了他的宿命,她一生的诅咒。

若初识

秋风无情。

满地落叶。

青梨苑门口的刺槐,飘零了一树的叶子,露出了丑陋的枝干。

第几天了?他还不回来……

洛歌坐在刺槐下的石凳上,双手撑着脑袋,百般无聊地看着蓝天。她叹了口气,站起身来。拍掉肩上的落叶,又无比眷恋地看了一眼青梨苑,转身离开。

风过无声。

梨树枝上光秃秃的,显出一片荒凉的样子。它们随风飘摆,迷乱了她的眼。她朝微波亭看了看,什么也没有。她在想,如果这是一场梦,那该有多好!这样的话,只要她一睁开眼,她又可以看见十三立在亭中,白色长衫随风飘扬。他对她温柔地笑着。他的身后,一大片荷花热烈地开放。

可是没有。自那日以后,他仿佛人间蒸发了一般。

她低垂着头,又叹了一口气。

风拂起她柔软的发丝。天,微微凉了。

荷塘里没有一朵荷花。那日他走后,满塘荷花一夜之间全部枯萎。塘水因风皱面。她拂开了柳枝……

哀婉忧伤的笛声越过悠悠碧水,轻敲着她的耳膜。

她眯起双眼,四处寻着,一望无际的荷塘,只有枯了的荷叶,它们半闭着立在水面,随风摇摆。她忽然沿着荷塘飞奔起来。迎着风儿奋力地奔跑,风吹得她鹅黄裙衫"咧咧"作响。

有一小舟,飘在塘水尽头。

千万枝芦苇随风摇曳。

清新温暖的金黄色的晨光笼罩在那船上。船头立着一个少年,他着墨绿长衫,手执一管铜色竹笛忘情地吹着。阳光在他身后形成了一个巨大的光圈。他的发丝迎风飘扬,说不出的脱俗。

可是,她却看见了他的忧伤。

那种无人之时的落寞,那种无人之时才宣泄的无尽忧伤。

她的目光随着他飞扬起来的墨绿的长衫的下摆,投向了那如玉的天空。

你走后,我不知道什么叫快乐。你总是说要保护我。可是,在我思念你最悲伤的时候,你又在哪里呢?你将我陷进了无限的等待之中,我甚至忘记了自己笑时动听的声音。

我的幸福源自你,我的痛苦也源自你。

十三哥哥,你在哪儿啊?

她蹲了下来,抱住双肩大声地哭泣起来。泪滑过她美丽的容颜,不停地往下滚落,注入泥土,晕起一圈水渍。

她憋得太久了,她的泪水总像是被谁封印了起来,她只是不住地叹息。这哀怨忧伤的笛声,好像是咒语撕掉了封印,让她终于找到理由大哭起来。

远处,笛声忽然停下。少年困惑地蹙紧双眉。他放下笛子,摇楫靠岸。

笛声没了,洛歌仍旧自顾自地哭着,哭声让他的心微疼。

"你怎么了?"少年困惑地问道。

声音真是好听,像凉凉的泉水一样清甜。

她从双臂中抬起头,恍然间,只看见一个墨绿影子正踏着金色的晨光向她走来,恍若神明一般。

他向她伸出手,稚嫩的脸上带着关切的神情。

她呆呆地看着他。

仙人,绝对是仙人!那眸子是她从未看见过的纯净,犹如天山上的泉水,泛着金色的晨光,露出蜜色的诱人光泽。那不谙世事的脸上带着单纯的表情,不似凡人。

他错愕地看着她。

那泪水让人心疼。它们映着阳光折射出五彩的光芒。她痴痴的样子让他觉得好笑。那灵秀的双眸满是不解,美丽的容颜犹如初夏开放的第一朵荷花。

"你怎么了?没事吧!"

他皱眉看着她,伸出了左手,掌纹交错,在阳光里白嫩得恍若透明,泛着温暖的光泽。

洛歌呆住不动。

他无奈地摇了摇头,伸手抓住了她的胳膊将她拉了起来。她站起来了,他才发现,她比他还要高一截。

少年尴尬地假咳了两下。

"你……为什么要哭?"

洛歌回过神来,倔强地偏过头去。

"你看你的鼻涕掉下来了,还不擦擦?"少年假装很嫌恶的样子撇了撇嘴,"本来你是很好看的,这一哭真是这世间最丑的了!"

洛歌听了,胡乱地用袖子往脸上擦了擦,连着泪水擦得一干二净。她抬眼瞪了他一下,撅起了嘴。

"嘿嘿,这嘴撅得,嗯……都可以挂一个粪桶了!"

少年咧开嘴大笑了起来,笑容清甜生脆,十分动听。

"你!"洛歌气极,举起拳头准备揍他。

可是,她看见了他的笑容。那是一种毫不做作的灿烂表情。他笑得那样开心,好像遇到了世界上最好笑的事情。俊秀的小脸上,浅浅的梨涡凹现。仿佛她刚刚看见的那个落寞忧伤的背影与他根本就是两个人。她不禁揉了揉双眼,拳头也慢慢垂下。

她转身离开。

"别走!"少年忽然伸手抓住了她的胳膊。

她回头看了他一眼:"有什么事吗?"

少年不自然地笑了笑,收回手道:"我叫薛崇简,你叫什么名字?"

"洛歌。"

"洛歌……"

他若有所思地冲她笑了一下:"那……我们就是朋友了?"

洛歌困惑地歪着脑袋看着他,少年的双眼满是期盼,她不忍拒绝,点了点头。

"你今年多大?"

"十三了。"

"十三?哈!比我还要大三岁。嗯……洛姐姐!"

这么快就叫起了姐姐,这也太……

洛歌的嘴角抽一下。

薛崇简微扬起头看着她道:"洛姐姐,你也是这庄中之人吗?"

洛歌点了点头。

"我要回去了!"出来太久,再不回去她会遭老妈子骂的。

"好吧,洛姐姐,你住哪?有空我去找你!"薛崇简看着她,露出单纯无比的笑容。

"我住在辛者房!"

"辛者房?"

那是下人住的地方,我不过是个下人而已,那你还愿意和我交朋友吗?

"哦,嗯……我天天去那里找你,天天陪你!呵呵……"他笑着看着她,似乎一点也不介意。

洛歌看着他单纯如水的眸子,心里一阵感动。

"嗯!"她也冲他笑了起来,笑容绽放在阳光里,无比美好。

她冲他摆摆手,离开了他的视线。

他不禁皱眉，抬起左手呆呆地看着。刚才，他就是用这一只手拉住了欲离去的她。他的手很温暖，碰到她的手臂时竟变得凉丝丝的，生出一股甘甜。

他立在原地，痴痴地笑了起来。

入夜，窗外一片漆黑。无月，无星，无风。

洛歌静静地躺在浴桶里，温热的水散发着淡淡的香气。她的睫毛上覆上了一层湿气。一滴泪忽然滑过她稚嫩却绝美的脸庞。然后无声地跌进水里。

她忽然一闭眼将整个身体都蜷缩在水底。

十三那张温润如玉的俊脸浮现了出来。他对她微笑着，眼里满是银白色的温柔。

他说，歌儿，我就是那祥云，永远陪着你，伴着你……

可是……你骗我！你骗我！！

巨大的气泡一个接着一个往上漾去。她睁开眼，看见眼前发丝缭绕，好像黑色的墨闯进了清水里，融不开，只得沉沦。她也在沉沦，在对十三疯狂的思念里沉沦。

她开始大哭，哭得撕心裂肺，肝肠寸断！

沉沦啊，沉沦，痛苦的沉沦……

阳光透过纸窗，照进屋里。

窗外，有画眉在愉快地欢叫。又是一个无比美好的早晨啊！

她慢慢地睁开了双眼，眼前模糊的一片。渐渐地，她看见了趴在床沿熟睡的身着墨绿长衫的人。

头好痛！仿佛要裂开一般！

她有些气恼地揉了揉脑袋，神志清醒了一些时，她才想到……昨晚她是在洗澡，那么……

"薛崇简！！！"

"怎么了？怎么了？"

那人惊慌地跳了起来，他睁大了一双纯净的眼睛紧盯着洛歌。他发现洛歌的脸色正发生着有趣的变化。

呃……一会儿青一会儿红一会儿又白。

"你你你……我我我……啊！薛崇简你太过分了！"洛歌双手抓住被子，语无伦次地大叫了起来。

"我怎么了我？洛姐姐，我一夜未睡地守着你，难道就只是为了你醒来骂我的吗？"薛崇简说完又瞪了她两眼，他看着她红彤彤的脸颊莫名其妙地笑了起来："放心放心，我是让翠儿绿儿把你从水里捞起来的。嘿嘿，真是天下一大奇闻啊，说是某人昨晚一不小心差点淹死在自家的澡盆子里呢！"

"你你你……出去出去，马上给我消失！"

她拉过被子盖住头,背对着他气呼呼地撅着嘴。

他没有要走的样子,看着她微微一笑,从怀中摸出了那支铜色的竹笛,深吸了一口气,便慢慢地吹了起来。

笛声空灵悠扬,她慢慢地安心地闭上了双眼,思绪渐渐模糊。

梦里,她仿佛来到一大片花海中。风吹过,一大片小小的花儿落得她满身。花海之中,有一身着白衫之人忽然回过头来对着她温柔地笑着。她飞奔过去扑在她的怀里傻傻地笑着。耳边,笛声缭绕,那般美好……

长明灯

霜降,入冬。

青梨苑外,坐着鹅黄墨绿两个小身影。

"洛姐姐,你日日都来这里等那个十三哥哥吗?"

"嗯。"

薛崇简双手托腮,看着身边的洛歌,无聊地直翻眼皮。他穿着一件墨绿的皮装。而她,仍是秋时的衣装。他伸手捏了捏她的袖子,不禁皱了皱眉。

"穿这么少啊,万一冻着了怎么办?"

她侧过头白了他一眼。

"我只是一个下人!笨蛋!"

他不与她争辩,起身解开了皮装轻轻地披在了她的身上,又伸手为她系好了带子冲她微微一笑。一股暖意席卷了她的全身,她看着他感动地一笑。

"你不冷吗?"她皱眉看着他单薄的衣衫。

"我才不冷呢!啊……啊啾!"他说着打了个喷嚏。洛歌笑着解开带子复又将皮装重新披在了他的身上。

"看吧!看吧!还逞强!"

"洛姐姐,那个十三哥哥到底是个什么样的人啊?"他想知道她心中的那个他到底是个什么样的人,竟可以让她日日思念至此。

"十三哥哥么?他是个很好的人啊!他很温柔很温柔,很爱我很爱我……"

那一年,荷塘畔。那个身着白衫的少年温柔地将她拥入怀中,在她耳边许下了要保护她一生一世的诺言。

那一年,梨树下。他送给她一管玉笛,轻搂着她教她怎样用它吹出美妙的曲子。

那一天,微波亭。银色的月光下,他轻轻地吻了她。就那么一下下,如蜻蜓点水般,却让她回味了一生。

"我会用自己的性命来保护你……"

"我会活到一百岁,每天都陪你看日出……"

"我永远陪着你,伴着你……"

荷塘花灯,满天烟花。

他为她戴上了他亲手雕刻的祈祾钗,静静地拥着她,沉浸在单纯的、灿烂的幸福里。风吹散了她的发丝,同他的一起在空气中飞扬。

那般美好啊!

"他让我很幸福,很幸福……"

"崇简也会给洛姐姐很多很多幸福的!"他不服气地看着她,激动地挥起了拳头。

"就你?给我幸福?哎哟,你别跟我拌嘴就大吉了!"她好笑地看着他,捂起嘴"咯咯"地笑了起来。笑着笑着,她竟又泪流满面。

"十三……十三哥哥不见了!他是讨厌歌儿了吗?从来都是他为我付出,对了!一定是了!他一定是讨厌歌儿了,才一声不响地离开……"

她伏在石桌上大哭了起来,全身颤抖。他吓得不知所措,只一个劲地抚着她的背脊。

"洛姐姐,你别哭啊!洛姐姐,十三哥哥会回来的!洛姐姐……"

他站起来拥住了她,洛歌抬头看了他一眼,趴在他怀里更加大声地哭了起来。连她自己都不知道为什么,只要在他的身边,她就觉得安心,哪怕泪水滂沱,她也觉得不那么悲伤……

入夜。

洛歌靠在窗前,一灯如豆。窗外,月明星稀,寒鸦几只立于枝头。她看着夜空,泪一滴接着一滴从她的眸子里滚落下来。

那样的月,那样淡漠的月。那样的星,那样疏离的星。他可也会看见?如果他能看见,那么,他应该快快回来啊!因为,她是那样深深地想念着他。

夜空。

灯光散发出温暖的光芒。在茫茫黑夜之中,温暖得犹如神明临世般的灿烂。她蓦然抬首,只见一个个大大的孔明灯正摇摇晃晃地飘向夜空。那孔明灯散发出来的微弱的光芒竟比月还要明亮。

院中,身着墨绿棉衫的少年,搓着冻红的双手,打着火石又将一个孔明灯点亮。他捧着灯,那光芒照得他的脸红扑扑的。他慢慢地将灯举过头顶,双手一松,明亮澄澈的眸子一动不动地目送着那灯慢慢飘去。接着,他又蹲下来,点燃另外一只孔明灯。

一会儿，黑黑的夜空中竟低低地压着一片灯海。它们慢慢地一齐向高处飘去……

"洛姐姐，十三哥哥一定可以看到这些孔明灯的！你放心，它们会飞得很高很高，十三哥哥一定看得见，一定看得见！"薛崇简得意地仰望着灯海。他相信，她的十三哥哥见到了这片灯海就一定会回来！

"谢谢你……薛崇简。"她抬头看着那片高高的温暖的灯海，泪眼迷蒙。

你可看见那一盏盏温暖的灯光？你一定看见了吧！那就快回来，快回来啊！歌儿好想你，好想你……

寒意渐渐袭来，他搓着手不停地哈着气，身体也哆嗦起来。他痴痴地看着她迷离的神情，心微微疼了一下。

"很冷吗？薛崇简。"她看着他微笑，眼中的悲伤却更加凝重了。

"我……不冷。洛姐姐早些睡吧。"他看着她，忽然有种冲动，他想要抱抱她，将她拥入怀中告诉她，一切都是会过去的。

"嗯。你也快去睡吧！若是生病了，那真是得不偿失了！"

"好。你先睡。等你房里的灯灭了，我就走。"

她无奈地冲他笑了笑，又抬头无比盼望地看了一眼夜空才将窗户关上。

屋内，灯灭。

墨绿棉衫的少年扶着树，冲着她房间的方向淡淡地笑了一下，寒风吹得他刺骨的寒冷。他从背后伸出手，借着月光，他可以看见上面被竹篾戳裂的伤口和被蜡油烫伤的肿起的地方。他对着手轻轻哈了一口气，又回头看了看那个让他眷恋的地方，抬脚离开。

嗯……头晕晕的，该不会……真的病了吧！

事实证明，薛崇简真的病了！

洛歌去找他的时候，小厮正靠着门柱打着盹儿。她蹑手蹑脚地推开门走了进去。

中午的阳光并不炙热而是慵懒无比。它们一缕接着一缕地洒在屋里冰冷的地上。空气中扬着细微的尘埃，它们在明亮的阳光里轻轻舞蹈。

床上的人儿就在那儿。透过晃眼的阳光，他脸上的汗珠依旧清晰可见。她静静地走过去，趴在床沿看着他的睡颜。他的呼吸有些不稳，黑色的发丝因为汗的缘故紧贴在他的额上。他双眉紧皱，双目紧闭。这种感觉应该很难受吧……

"薛崇简……很难受吗？"她轻抚着他的脸，他好像有所察觉般点了下头。

他的脸绯红，她在他的脸上找不到他微笑时酒窝凹现的半点影子。暖色的阳光透过窗洒在他的睫毛上。他脸部线条柔和，是不是长大以后它就会变得有棱有角呢？

铜色的竹笛被他枕在头下，她小心翼翼地抽了出来。

那笛身光滑，泛着眼光灿烂的光芒。她十指盖住笛孔，一曲长相思缓缓泻出。

幽怨哀伤的笛声化成了透明的影子，轻拥着他和她，似乎在试图将他们紧紧地拉拢在一起。

他动了一下，紧握成拳的手慢慢松开。

笛声戛然而止。

泪模糊了她的双眼，她捂住嘴，尽力不让自己哭出声来。然后，她抖抖地伸手扳开了他的手。几道伤口纵横交错在他原本十分细腻的小手上，手背被冻得通红，有的地方还高高地肿了起来。那伤痕已结成痂了，狠狠地戳痛了她的双眼。

那分明是为她做灯笼时弄破的！好傻啊！你好傻啊，薛崇简！那么多灯笼你究竟做了多长的时间？

"三哥……三哥……"他忽然开口，唇微张，表情痛苦无比。"不！我有爹！我有爹！你们滚开！滚开啊！！"他忽然挥动起双臂喊了起来。不一会儿，他的神情又变得十分哀伤："母亲，您骂我，打我吧！只要别离开我！别把我送走！求您了……我会好好听话……求您了！"他的眉痛苦地纠结在一起，几滴泪滑过了滚烫的脸庞。

她不能自抑地啜泣起来，泪打湿了她绝美的容颜。她一手抖抖地轻抚着他的脸，一手紧紧地捂住了胸口。

为什么那里会那么痛！那么痛?!

一滴泪落在了他的眉心，他忽然慢悠悠地睁开了双眼，目光澄澈无比。他忧伤地看着她，虚弱地抬起手替她擦掉了脸上的泪。

"歌儿，原来是你啊……为什么哭呢？不要哭好不好？"

他冲着她苍白的脸上勉勉强强挤出了一丝无力的笑容。然后，他垂下手，又昏睡了过去。

她紧紧地握着他的手，满是泪水的脸上忽然绽放出了一丝异常温柔的笑容。

你是从什么时候开始唤我作歌儿而不是洛姐姐呢？崇简……

十二月末冷冷的空气中，雾曲的房门前。

清晨的雾尚未消散，一大团聚拢在一起。鹅黄色的小小的身影，跪在那儿一动不动。两个时辰了，里面一点动静也没有。可她依旧固执地跪在那里。

在对谁执著着呢？恐怕也只有十三了吧！

浓雾中，她好像看见一个白色的身影立在青梨苑的梨树下，他抬头看着葱郁的树叶。许久，又回头来冲着她温柔一笑：

"歌儿，我回来了！"

他说，他回来了……

浓雾遮住了他温柔俊逸的脸庞，她看不见他的表情。只隐约觉得他的脸上有泪。那是万劫不复的忧伤。

"十三哥哥,是你吗?你……回来了?"

她蹙眉看着那白色的身影,又眯起了双眼,希望能够看得更加清楚一些。

"十三哥哥!十三哥哥!你知道歌儿有多想你,多想你吗?"

她大哭了起来,挣扎着起身。或许是跪得太久了,双腿麻痹。她踉跄了一下,又跌倒在地。

浓雾渐渐消散……

那白色的人表情如死灰一样。他忧伤地蹙着眉,轻喊了起来:"歌儿啊!我不要离开……歌儿啊,你一定要好好活下去!"

"不!!"

她伸出手,哭喊着,想要抓住那模糊的渐渐消散的影子。

手掌被擦破了,她无暇顾及,只一直垂泪一直哭喊。

为什么要再离开呢?为什么呢?难道你还不明白吗?没有你我又怎会一直无忧地活下去呢?

许久,她由哭喊变成了低低的啜泣。她垂着头,眼泪不停地流淌。

门"吱呀"一声被打开了。她猛然抬起头来,看见雾曲面无表情地走了出来。

晨光穿透了浓雾的心脏,它们完全消散开去。那白色的光芒照在她明艳的脸上,冷风扬起了她的发梢。

"你就当你的十三哥哥死了吧!"

良久,她忽然开口。

她的意思是,你永远也不会再见到你的十三哥哥了。他如同死了一般,已经脱离了你的世界。

她呆呆地抬头看着她。

"你要记住,是你害了他!"

她的笑容如鬼魅一般妖娆。双眸泛着阴森森的寒光。一句话,便将她推到了万劫不复的境地。

"你要跪就一直跪下去吧!"说完,她抬脚准备离去。她猛然惊醒,连忙伸手抓住了她的裙角,苦苦哀求道:"十三哥哥怎么会死了呢?我怎么可以当他死了呢?姑姑,求求你告诉我,他在哪儿好不好?求求你……"

冷笑一声,斜眼看了看她,抬脚踹开了她,头也不回地回了房。

她依旧跪着,她自信自己的坚持可以打动她。

寒冬的清晨,天气犹如小孩子的脸说变就变。

薛崇简醒来的时候,窗外正下着大雨。昏睡了一天一夜。除了头有些沉以外,似乎好了很多。他仔细嗅了嗅,空气中弥漫着一股淡淡的清香,好像她身上的味道。她来过了吗？迷迷糊糊的,他好像还替哭泣的她擦过泪水呢。到底这是梦境还是现实呢？

大雨倾盆,雨水打湿了她的发。棉裙吸了不少的雨水,黏糊糊地贴在身上很难受。

他四处寻着她。远远地,他就看到一个小小的影子狼狈地跪在雨中。心,猛然一沉。

不知何时,雨似乎停了。准确地说,是她身边的雨停了。她抬起头正对上了薛崇简澄澈的蜜色的双眸。他撑着一把白伞皱眉看着她,一袭单薄的墨绿长衫在风雨中摇曳。

"你你你……你在干什么?!"薛崇简刚一开口就无措地连吐了四个"你"字。她抬头冲他牵起嘴角。可笑起来却比哭还难看。

"薛崇简……你走吧。这是我自找的……"

"自找的?!你难道是傻子吗?!快起来!!你不想活啦!!"他一边说着一边拉她。也许是太过动气,他忽然松手佝偻着背,剧烈地咳了起来。她慌了神,抬头紧张地看着他。许久,他才平复。他回过头来直起身子低头看着她,嘴角爬上了一丝若有若无的血丝。

"你到底起不起来？"

"不！"

她为他感到心疼,但她决不能因此放弃十三。她倔强地偏过头不再看他。

"好吧！"他失落地低叹了一声。然后猛地丢掉了手中的雨伞,在她身边跪了下来。"你要跪我就陪着你！大不了一起生病！"

"你这是干什么？你起来！你已经病了啊！你不要命了?!"她急急地推着他。他不能再有事了。不然,她都要愧疚死了。

就在他们争执不下的时候,雾曲撑了把伞盈盈走出。她扫了她一眼,目光定在了薛崇简的身上。

"薛公子,我可受不起你这一跪,你快起来吧！"

薛崇简并不理睬她,只固执地侧过头看着洛歌道："不！洛歌不起,我也不起！"

"她?哼！洛歌,我劝你还是不要白费心思了。我是不会告诉你十三的所在,你死了这条心吧！"

她抬头看着她,雨幕重重,她看不见她的表情。

一声凄厉的哭声终于在这滂沱的雨中爆发。她再也支持不住了。身体所有的气力在瞬间崩溃。身体直直地向后栽去,眼前一片空白。

他托住了她,慢慢地起身背起了她。

而她,也紧紧地伏在他弱小的背上。

她仿佛回到了那个令人怀念的黎明。她睡着了,静静地伏在他的背上流着口水。

他说,我永远陪你看日出……

可是,薛崇简啊。你并不是他。你的温暖太微弱了。不能融化掉我对他的思念,对他的……眷恋。

泪水混着雨水,慢慢流尽。

他的身上还冒着莲子淡淡的清香。

她太累了,昏睡在了他小小的背上。绝美的脸上有着挥抹不去的忧伤。

他亦是忧伤的,胸口好痛!好痛!是为她而痛!

渐行渐远……

他皱着眉,嘴角的血丝渐渐清晰可见。最后,它们化做了泉眼不停地往外喷着鲜红的血!

走过的路上,狂乱的雨冲淡了殷红的鲜血,混着泪流到了亘远的地方……

断情丝

阳春四月,柳抽新枝。

拱桥之上,风拂水面,荡漾起层层涟漪。

灿烂的阳光照在拱桥上的人儿的身上。

他坐在木轮椅上,抬头看着身后的她"咯咯"地笑着。澄澈的双眸倒映着灿烂的阳光,灿烂的光芒泛着蜜色的纯洁的光泽。

她低头看着他,小嘴一张一合眉飞色舞地说着。甚至还双手比画起来。美丽的脸庞上,稚气较于旧的一年又褪去了不少。

"就是这样啦!从此以后我再也不敢一个人走夜路了。呵呵……"

"哦,原来歌儿以前这么胆小啊!"

"怎样怎样?叫姐姐,我比你大,你得叫我姐姐。不然……当心我揍你哦!"她说着举起了拳头。半晌,冲着他眨了眨双眼哈哈大笑了起来。

他看着她愉快的笑容也跟在后面大笑了起来,却不想引来一阵剧烈的咳嗽,嘴角也慢慢地沁出了一丝血丝。她紧张地看着他,伸手轻柔地抚着他的背脊。

"崇简,没事吧!"

他抬头冲着她微微一笑,摇了摇头。

自那日以后,他每次咳嗽都会咳出血来,身体也变得更加虚弱。大夫说,先前的病已伤及了他的五脏六腑。现在他又淋雨又动气,寒气已沁入肾肺了。

有风拂过,他俊长的睫毛微微地颤动了一下。他仰头看着她,俊秀的脸上满是幸福的神色。

"真好啊!生病真好。这样歌儿姐姐就会花很多很多的时间陪着我了!"他开心地笑着,眼神如水迎风荡漾起缠绵的微波。

"薛崇简,你傻啊!生病多难受啊!你要是想我陪你就来找我嘛!"她怪嗔着,假装生气的样子。

"嗯……"他低头嘟哝着,"只有生病了你的眼里才只会看到我一个人啊,只有生病了,你才可以只关心我一个人啊……"

"薛崇简,你在说什么啊!"

"啊?没什么,没什么……"他慌乱地答着,抬头看了她一眼,发现她并没有察觉,这才松了一口气。

"崇简,晚上想吃些什么吗?"她低头看着他微笑着柔声问道。

"随便啦!"他笑笑,看着她温柔的样子心中一阵悸动。"歌儿姐姐,我发现你越来越漂亮了……"

还没等他说完,头顶就挨了一记暴栗。

"哼!油嘴滑舌!"

他不觉得痛,抬头看着她揉着脑袋一个劲地傻笑。

她好像放下了许多呢,到底,我看到的是真还是假呢?

"薛崇简,你到底是从哪里来的呢?有时候我就在想啊,真的很奇怪,好像有很多个你。"她蹲在他的面前,托着下巴抬头看着他。

"啊?很多个我?这是什么意思?"

她歪着脑袋站起身来,伸了个懒腰蹙眉说道:"有时候你会气得我哇哇大叫。有时候你又让我感动得一塌糊涂。有时候啊,你看起来是那么的快乐。有时候呢,却又让我觉得你是这个世界上最忧伤的一个人!"

"忧伤……"他心中一滞,抬头看着她,眸中的澄澈变成了一种不可名状的光亮。"歌儿姐姐,我一直以为只有三表哥才会那么懂我呢。原来……呵呵。"

她像个小大人似的微笑着拍了拍他的头顶笑着说:"走!我带你去荷塘看看。四月末了,荷花应该打苞了吧……"

荷塘里,荷叶田田,映着塘水的悠悠碧波,显得越发的绿。荷叶之中,已有荷花亭亭玉立在那儿,半开半闭的样子。

似乎,今年的荷花开放得要比往年早很多呢……

她就是在这里遇见了他。那年的荷花开放得也是很早的。她坐在池塘边偷偷地哭泣,这个世界上再也没有人喜欢她了!再也没有人爱她了!她活着还有什么意思呢?心里的悲伤化作泪水侵蚀了脸庞。那种悲伤压得她几乎绝望，几乎死亡。小小的她懂些什么呢？只盼能够有人来拯救她啊……

于是，他出现了！

那个身着白衣满脸落寞孤寂的少年。他惊诧地看着她，满眼疼惜。

你是谁？

我是十三……

十三……十三初与君见，相思汝怜吾心。

我叫洛歌……

洛歌……流落大唐的悲歌……

白衣似雪飞扬，却闪着愤怒与爱怜的复杂光芒。在看了她的伤疤以后，他毫不犹豫地将她拥入怀中，在她耳边许下了生生世世的诺言……

初见，是一辈子都无法忘却的情缘啊！

种情根，得情果。情根枯，情果灭。

她痴痴地看着那摇曳的花苞儿，泪水满眶。心，还是会那么的疼，那么的疼啊！

原来，她终究是放不开！

他失落地叹了口气，从背后掏出了铜色的竹笛吹奏了起来。

美妙的笛声中，她拾起了地上散落的粉花。闭上眼，双手虔诚地托着它。风剧烈地鼓噪起来。她的睫毛轻轻地颤抖，有泪滑过。她的嘴唇翕动，默默地念着什么。手心的粉花缠绕于指间，留恋、缠绵。终于，它们飞离了她的手掌，飞向了遥远的天边。

她说，快回来，快回来……

她在向风神祈愿，快快让他回来吧，哪怕取走她的性命，她也只希望再看他一眼。

他的悲伤怎会比她的少啊！

心很痛，嘴角的血丝渐渐清晰可见。他看着她。眸中，那个忧伤的她，像一只蝶，快要乘风离去了……

快回来吧！不然她就要离开……

笛声忽然停下。数百只飞鸟破风而起。远处，柳絮纷飞，一片翠绿中，白衣胜雪……

那个人，那个人！

他！是！谁？！！

满塘荷花怒放开来，只因那个人！！

他睁大了双眼，握住笛身的手蓦然收紧。

她缓缓地回过头来。刹那间，时间停止。咧咧长风吹掀了她鹅黄的裙衫。

满塘荷香萦绕在她的身旁。

天地混乱间，一片开朗！

他目光清漠淡定，看着她轻唤了一声："歌儿……"

是的！他在叫你歌儿！你日日思念的那个人，他就站在那里，一如从前那样唤着你，"歌儿……"

可是，有什么东西渐渐沉睡了……

是什么东西，什么东西呢？

她呆立不动，睁大了满噙泪水的双眼有些不敢相信。柳絮渐渐飘飞过来，带着她熟悉的温暖气息。

"歌儿姐姐，他是谁？"

他是谁？他是十三啊！！

泪水如决堤一般涌了出来，她迎风奔了过去。抬眼看着他，身体不住地颤抖。

"你……你去了哪里?！"

慌乱中，她没有发现他眼中的冷漠。她痴痴地笑着，兴奋地摇了摇头，紧拥住他埋首在他的怀里："不管了！只要你能回来就好！回来就好！十三哥哥，你知道歌儿有多想你吗？"

他的身体一片僵硬，瞳仁缩得如针尖般大小。

既然决定了，就应该放开……

他一咬牙，将她从怀中推开。没有用力气，就那么轻轻地却坚定地将她从怀中分离。她错愕地抬头看着他，那原本满是温柔的眸子如今变得如冰山一样寒冷。她不敢怀疑，痴痴地笑着看他，等待着他的下文。

远处，木轮椅中。

小小的少年皱眉落寞地看着这一切。那个白衣男子看起来似乎的确比自己强很多啊！最起码，那个人比自己更加沉稳，更加英俊。可是，久别重逢的恋人，不应该是这样的啊！他看见他推开了她。眸中没有她所说的银白色的温柔。不应该是这样的啊！

白衣少年低眉看着痴痴的人儿，背脊僵硬。半晌，他开口："三个月后，我要成亲了。希望你能够祝福我。如果这太难为你了。那么，你就当我从未在你的生命中出现过吧！"

他说，他！要！成！亲！了！！！

清远淡漠的声音在春风中荡漾开去，击碎了她的耳膜。仿佛什么都消失了，连那最后一点希望。

什么长相守，什么一辈子，什么生生世世。全都是他骗你的！骗你的！

风停了一阵，又鼓噪了起来。

一树繁华，随风落尽，飘零了一切……

落花之中，身着红衣的少女飞奔到了他的身边。她抬头看了看他，然后指了指麻木的却早已泪流满面的她,娇声道:"十三哥哥,她就是你最宠爱的妹妹洛歌吗?"

声音娇媚动人。

他低眉看着她满眼温柔。

是真的还是刻意装出来的呢?

只是,他说:"嗯。她便是我以前最宠爱的妹妹,洛歌了。"

以前……最宠爱。不代表现在,不代表未来。只是这样的宠爱已经过去罢了!

绿衫少年听到了,她不是他最爱的恋人吗?为什么又突然变成了过去最宠爱的妹妹呢?他的目光慢慢转移,落在了她的身上。她背对着他,让他看不见她的表情。她流泪了吗?她流泪了吧……

洛歌低头,心,痛得仿佛要从胸腔中迸裂出来!!

她怎么可以当他从未在她的生命中出现过呢?

因为他,她找到了活下去的勇气。

因为他,她不惧怕深夜的黑暗。

因为他,她学会了坚强。

因为他,她才知道这个世界上其实还有一种特别美好的感觉叫做幸福。

只一句话,便粉碎了她对他所有的眷恋,所有的依赖。

泪水夺眶而出。

她尽力克制住,吸了吸鼻子抬手抹掉泪水。然后,她拉住他的手对着他笑:"十三哥哥不会捉弄歌儿的,对不对?这个玩笑一点也不好笑,好了好了,十三哥哥……"

"我没有开玩笑。我知道你很难接受,但这是事实!"他表情淡漠疏离,看着她,好像在看一个与自己一点关系也没有的陌生人。

她踉跄地往后退了两步。

电光火石之间,一切都分崩离析。

正对上他绝情的双眸。那里漆黑一片,死寂一片。如旷野的孤寂,北风忽起,寒冷无比。

远处,荷花依旧热烈的开放。

它们的确开放得太早了。就好像不合时宜降临的爱情终究是会被无情地夺取。

荷塘边,绿衫少年看着她的背影,不知该不该开口。

泪屑肆意飞溅,打湿了一切关于他的美好回忆。

"可是……十三哥哥,你说过会娶歌儿的啊!你说过会永远和歌儿在一起的啊!"她抬头看着他,眸中绝望的黑暗中带着一丝希望的光亮。

他俊长的睫毛闪了闪,嘴唇翕动,却什么也没说,只一把将她推开,她踉跄一步终于摔倒在地。

轮椅上的少年再也忍不住了。他撑起自己虚弱的身体摇摇晃晃地走了几步，嘴角蔓上了一缕血丝。迎风而立，他倔强地呵斥："你不可以这样对她！"

他蓦然抬头，看见了那个仿佛是从风中诞生的如同神明一样的小小少年，目光突然收紧。他冷笑了一下轻拥住怀里的红衣少女，柔声道："梨儿，这里好吵！我带你去青梨苑吧！"

怀中娇人儿轻轻颔首。转身之间，他看见一滴泪正从她的眸中滚落，在阳光的照射下，跌得支离破碎……

风过无声……

荷花亭亭玉立，有企图开放却无能为力的哀叹声。

绿衫少年走过去半跪在她的身边，看着她空洞的双眸，心疼得无以复加。

她抬起头，绝美的脸上笼罩着一股浓郁的悲伤。她忽然抬手，残留在她指间的花屑随风而逝。她的泪哗哗流下，眼睛哭得红肿。她看着他唇启泪流："他……来过吗？他……他真的离开了吗？"

刹那间黑云压城，一股无名的压抑埋葬了所有的生命，凋零了满塘荷花……

乌云在苍穹之上翻滚。电闪，雷鸣。

倾盆大雨肆意狂下，打湿了她所有的美好。长长的游廊一直向前，仿佛没有尽头。雨打芭蕉，发出一阵阵沉闷的声响。一道闪电划过，激起惊雷一片。四目相对间，有火光在哔辟跳跃。

一个麻木哀伤。

一个露骨的憎恶。

狂风扬起了她红如鲜血的裙角与她淡然如菊的裙衫一起飞扬。

那天在那片花雨之中，她只看见一个鲜红的影子翩然而来。她并没有看清她的容貌。因为当时，她的眼中只有他的影子。

她的脸其实并不比她生得好看，甚至还及不上她。只是，她们的一双眸子却是如此的相似。一样的美丽一样的灵秀。

而此刻，红衣少女的眸中只有无尽的憎恶。

"求你告诉我，十三哥哥为什么会变成这样，好吗？"许久，她终于开口，看向她哀求着。

她冷笑了一下。

又有一记闷雷炸响。

她挑了挑眉毛看着她，声音尖刻："好啊！只要你跪下来求我，我就告诉你。"

她低下眼睑，浓密的睫毛如蝶翼般扑闪着。下唇被她轻轻咬住，已经变得无比苍白。

有泪流下。

伴随着悚人的闪电她直挺挺地在她的面前跪了下来！！

然后，她抬起头看着她，哀求道："求求你，告诉我！"

雨更加肆意地狂下，天地间一片黑暗。

红衣少女的脸忽然变得无比苍白，眼神无比悲伤。最后，竟流下泪来。她伸出手钳住她的双肩，尖长的指甲生生嵌入她的肌肤中。她怒瞪着她，然后抬起手用力地扇了过去。"啪"的一声，她绝美的脸上赫然出现了五个指印。

"我不会告诉你！我不会告诉你！！是你害了他！是你在害十三！！都是你！！"她凄厉的声音缠绕于梁，久久不绝。

长裙曳地，无情掀起。

"我是他的娘子，还好，是我和她成亲！而你，什么都不是！"

她忽然大笑了起来，泪如泉涌。飘袂冲入雨中。

她还跪在那里。她慢慢地慢慢地滑倒在地，伏在冰冷的地上尽情地哭泣。

为什么会变成这样啊，为什么？如果初见造成了这一切的是非。那么，我宁愿我们从未相遇过。如果结局是这样，我宁愿把你给我的所有幸福都原封不动地还给你。如果，如果……

可是，没有如果了啊！该经历的都必须经历。

她悲恸大哭。长长的游廊一直向前，曲曲折折。雨愈下愈大，夹杂着她的哭声，无比悲凉。

远处，有人长身立于雨中。一袭白衫之上全是水渍。雨儿打在白色的伞面上，化作透明的珍珠挨着伞面滚落下来。他的眼眶聚满了泪。左手握拳，心疼得无以复加。

"对不起……"

"谢谢你……"

梨儿抬头看着他，满眼痛苦。"不怪我吗？你应该怪我啊！我……打了她。"

白衣男子哀伤地启唇："谢谢你……谢谢你……"话还没有说完，早就哽在喉中的血喷了出来，染得他满襟红色。

"十三哥哥！"梨儿吓得立即扶住了他。他冲她笑笑，脸色苍白得吓人。"为什么要这么做？这一切本都是该由她来承受的，为什么？"

男子抬头，温润的目光穿过层层雨帘，落在了那个伏在地上哭得肝肠寸断的少女的身上。许久，他深情地微笑了起来。

"因为……我爱她……"

因为爱她，所以愿意为她承受一切……

仲夏了。

西晴苑，身着绿衫的小小少年坐在窗前，手里握着一卷诗经，怔怔地望着外面发呆。澄澈如水的双眸中,有着淡淡的哀伤。院中石桌前坐着鹅黄襦裙的女孩。她托着下巴看着远方,似乎在等待着什么。

"歌儿姐姐,快进来啊,外面热。"

女孩好像没有听到,目光丝毫没有移动。

拱门里,一个老妈子风风火火地跑了进来,看见发呆的洛歌不仅没有责骂反倒还行了一礼,满脸献媚的笑。

"我说您去哪了呢。庄主赐了个院子给您,遣我这就送您过去呢!"

"院子?什么院子?"她站起身来,困惑不已。

"老奴也不知道,只是奉命带您过去。您快快随我过去吧!"说着,老妈子就上前来想要拉走洛歌,却不想,一道墨绿的影子横在了她们的中间。

薛崇简皱眉看着那老妈子道:"说清楚点,到底是什么院子?"

"老奴真的不知道。薛公子又何必为难老奴呢?"

"算了算了,崇简,就让我随她去吧。"

薛崇简回身微扬起头看着她轻轻一笑:"那好,我要和你一起去!"

炙热的阳光焦烤着大地。

可是,靠近荷塘的院子里却一片温凉。竹林密密地围住了这座院子。有无数虫鸣在竹林间回响。一条石子路从宅子的门口一直蜿蜒到了竹林的外面。

洛歌推开门走了进去。房内的布置素雅无比,萦绕着淡淡的荷香。她推开窗,几缕阳光洒了进来,原本灰暗的房间一下子变得无比光亮。

"这宅子叫什么名字?"薛崇简好奇地左看右看,一边问着唯唯诺诺的老妈子。

"庄主交代了,这宅子叫做'断情阁'。"

"断情阁?"薛崇简不由皱起了眉,在看向洛歌时,却发现她正对着一堵墙泪流不止。

是的,她在哭泣。

雪白的墙上,有位素衣女孩正坐在荷塘边抬头微笑着,天真无邪的眸子里满是幸福之色。她怀中抱着几朵荷花,裙角落在水中,引来游鱼无数。

白衣少年站在她的身边,低眉看着她满眼温柔,唇角微微扬起灿烂的笑意。他的手里握着一管玉笛。白衣飞扬,眉宇之间满是忧伤。

她抬起手,一缕黑发被她紧握在手中。她泪眼婆娑地看向了那幅画的右下角,那里赫然写着六个字:断青丝,断情丝。

断青丝,断情丝……断青丝,断情丝……

还她一缕青丝,真能断掉一世情丝吗?

"十三哥哥……你好残忍……好残忍啊!"她不能自抑地啜泣起来。

为什么要这样对她,这样对她啊!他明知道她是放不下的。

有谁能够告诉她,这到底是为什么啊!

她慢慢地抬起头,泪眼迷蒙地看着身后的薛崇简。许久,她颓然地站了起来,走到桌旁坐下,轻声喃道:"你们……出去。"

"可是,歌儿姐姐……"

"出去。"

少年落寞地垂下了眼睑,他推开门走了出去,只留下了一声凝重的叹息。

她蓦然抬起头,风吹掀了白色的帐幔,透过窗。她看见荷塘里,荷花热烈地开放。翠绿淡红之中,有人如她一样心痛得不能自抑。那样……那样的痛苦。只是,她看不见罢了。她看见的只是与她的泪水格格不入的灿烂。

她将头枕在臂上,轻合上了双眼。绝美的脸上满是忧伤与泪水。

门外,绿衫少年埋首臂中,不停地叹息。

天空中,黑色的鸟儿悄无声息地划过,仿佛是在寻找着天堂……

月出东山。

竹随风舞,繁星点点。

白天燥热的空气中此时只留下淡淡的温凉。

有白衫之人立于院中,手握着碧色的竹笛忘情地吹奏。剑眉深锁,忧伤地皱起了一道道沟壑。夜风吹起他白衫的一角,在风中飘扬。银色的月光与他眼中银白的温柔混为一体。

哀婉的笛声如柳絮,如雪花,在风中飘洒,轻柔地落在了万物之上。可,再轻柔却也还是透着沉重的悲伤。

门被打开了。月光洒满院子,竹影倒映在银色的地上,摇曳起舞。

她赤脚站在那里,静静地看着他。

很多年以前美好的回忆又涌了上来。

那时的她,天真可爱,总喜欢央求着他去摘很多很多的荷花。

那时的他,温润儒雅,用温柔小心翼翼地呵护着她。

只是那些早已一去不复返。他已还了她一缕青丝,一世的情丝。

"十三哥哥……是你吗?"她的声音显得微弱而又胆怯。白衣少年慢慢转过身来。他冲着她露出了久违的笑容,眸中银白色的温柔若隐若现。

"歌儿……"他微笑着伸开双臂迎接着她,腰间锦袋忽然散出了一阵幽蓝的光芒。

她有些不知所措地走了过去,不知是喜是悲。十指相接的那一刹那,他揽过她,紧紧地搂在了怀里。

"十三哥哥,告诉歌儿,你和梨儿……是你在逗歌儿玩,对不对?"

"嘘——"他将食指往唇边一靠,又重新搂住了她。下巴抵在她的头顶上,她淡淡的发香直窜鼻中。"歌儿,你要记住。即使十三哥哥不在你身边了,你也要好好地活下去,勇敢地活下去……"

他将她搂在怀中,从腰间取下粉色的锦袋。然后,他伸手打开了它。一束幽蓝的光芒像是冲破了禁锢萦绕在他们的身边。他将手探入袋中。然后,她看见许许多多蓝色的流沙从他的指间流出。那些沙粒静静地飘散在风中。那样柔美,她忍不住伸手与他五指交合。那蓝色的光经她一处变得更加明亮了起来。

她静静地靠在他温暖的怀中,看着这奇异的景象。夜风大起,吹起他们的发缠绕在了一起,在风中狂舞着,那样缠绵。

"放开吧!放开吧……"他的声音喑哑,在她耳边低喃,是那样地让人心碎。

她半开手掌,流沙飘泻。那些流沙落地,忽然大量的粉花涌出。它们和着蓝色的流沙飞舞。她忽然流泪了,从掌中传来十三手指的温度,让她的心不停地抽搐。

"啪"的一声微响,他的手背上绽放了一朵水花。她抬眼看着他,原来,他也流泪了。温柔的眸子泛着蓝色粉色的光华,浓郁的哀伤如雾一般在他的眼底弥漫开来,晶莹的液体在他的眼中不停地晃动。

那样的让人心疼,让人心疼啊!

他说:"放开吧!放开吧……"

放开一切,就让曾经我给予你的美好全都在这片粉雨中飘散吧!放开吧……

那声音无比哀凉,哽咽着,最后消融在了这片盛大灵异的美丽中。

锦袋被风刮起。流沙倾泻。它们幻化成更多的粉花在风中纷飞。他们就这样伸手,让流沙慢慢地流尽。他的泪水,她的泪水彼此交合。他们,快要融在一起了。

可他却不停地说:"放开吧,放开吧……"

她泪眼迷蒙地抬头看着他,微笑。

"我祝福你们,十三哥哥。"

她走出他的怀抱,双手捧住了几朵粉花。笑容绽放在夜色中,天真而又美好。

他看着她,竟痴了。

原来,她真的可以这样美丽啊!

"十三哥哥,这样做……你会幸福的,对不对?"

她转过身,背对着她。微笑着却泪流满面。

两伤怀

整整三天,她将自己锁在房中,什么人也不见。整日只对着墙上的那幅画泪流不止。

画上情景如此美好。只是,再美好的情景也不过如云烟一般在她的生命中消散。

青梨苑,张灯结彩。

浓厚的喜庆气氛下,却隐隐藏着一股与之相悖的力量。近几日,青梨苑的门槛都快被人给踏平了,来给十三贺喜的人,络绎不绝。

他站在堂中,一改往常穿起了绛红长衫。今日,便是他迎娶梨儿的日子。众人簇拥着他,争先道喜。他笑着,只是笑容里掺了旁人看不出来的虚假与疲惫。

很远,薛崇简就听到了里面一阵热闹的喧哗声。他皱了皱眉,撩开长衫前摆走了进去。

"你真的决定了吗?"

一道突兀却十分动听的孩童声音响起,打破了原有的喧闹。众人不解地回过头来看着那身着墨绿长衫的小小少年。

"你真的决定了吧!"

他抬起头看着他,语气里有着与年龄不相符的坚定。

十三低头看着面前这个身高只到他胸下的小孩子,嘴角蔓上了一丝古怪的笑。

"我决定了,那又怎样?就算没有决定,我已经不能够退出了……"

"不!你能!十三……十三哥哥!你能!你……你知道你离去的日子里,歌儿姐姐的样子是多么的让人心疼吗?她好几次都是为了你差点死掉!我不相信歌儿姐姐心里的那个十三哥哥会是这般的冷漠!这般地无情!"

差点死掉!差点死掉!!

天啊!她到底受了多少的痛楚!苍天有眼的话,就请将要降临在她身上的灾难全都转移到他的身上吧!!

不!不可以的!哪怕再痛苦!都要忍住!要决绝一点!!

他深吸了一口气,轻笑了一下。

"冷漠又怎样!无情又怎样!"他捂住胸口,抑制住喉间几欲涌上的腥甜。"现在,我马上就要成亲了。她和我什么关系也没有了!"

薛崇简愣住了。整个大堂安静得连一根针掉下来都听得见。

半晌……

"十三!十三你好无情啊!没想到歌儿姐姐会喜欢上你这个喜新厌旧冷血无情的男子!你!你!"他气得破口大骂起来,脸涨得通红。

他淡淡地扫了他一眼,挥了一下手:"这里不欢迎你。来人,送客!"

"你!十三!你难道真的想将歌儿姐姐折磨死吗?!"

几个彪形大汉走上前来架住了薛崇简就往外拖。

他挣扎开来,站在他的面前,小小的脸上从未有过的严肃。仿佛在做着一个非常重大的甚至比生命还要重大的决定。

"好!很好!从今以后,就让我来守住歌儿姐姐吧!你!十三!今生今世也休想再后悔,再伤害歌儿姐姐半分!!"

他背过身,两道剑眉痛苦地纠结在了一起。喉间的血腥再也压制不住,全部喷涌了出来,溅在他的前襟上,绽放出一朵朵刺目妖艳的花。

他被拖了下去。

远远地,他忽然觉得这背后似乎隐藏着什么惊天动地的巨大阴谋。而这一切的阴谋似乎都是关于爱与被爱,承受与被承受。

小小的他当然还不能够明白。那看似沉默的背影到底暗自吞下了多少苦果。

门被风推开。

掀起房内白色的帐幔。这里是个纯白的世界。枕巾是白色的,被子是白色的,桌布也是白色的,好像一个灵堂。

只有蜷缩在墙角的人,身着鹅黄襦裙。呆呆地仰头看着墙上的画流泪。

即使,即使她说过要祝福他,即使在他面前她装作不再留恋过去。可是……可是她终究不能够放下啊!

曾经,她以为自己是幸福的,因为他在她的身边,给予她幸福。她以为这种幸福可以陪伴她一生一世。直到那个人离她越来越远。她才发现,当初的美好已经变成了她心底最深刻的伤痛。

不知从哪里飘来一阵淡淡的香气,蛊惑了她的心。

她的泪慢慢止住,墙上的画卷随风飘扬了起来。她慢慢地起身向门口走去。

无数朵粉色的花儿随风纷纷扬扬,似雪一般纯洁又似樱花一般妖娆。它们绕着圈儿飘飞,越聚越多,如同拼尽了生命一般进行着一场最华丽的演出。

这是荞花,她一直盼望看见的,他心目中最美丽的花朵……

真的是很美丽啊……

他曾经说过,要带她远走高飞,去看那高冈上纷飞的荞花。

她一直好奇着,能让他赞美的花儿该是怎样的美丽啊!曾经,她是那样的盼望,看这美丽的花儿。

如今,她看见了,却只剩下她一个人了。

只盼君顾我,还来朝朝暮暮痴情永固。

君若不顾我,多少往事也惘然!

她伸出手跌跌撞撞地向前走去。

那些荞花在竹林面前飞舞,她泪流满面地伸出手,接住一两朵飞花。然后,紧紧地抓住它们贴在胸前号啕大哭。

倾尽了所有的悲伤,所有的泪水和所有的力量,就那么尽情地哭泣。

"洛歌,如果这一切都是假的,你相信吗?"

霁曲魅惑的声音冷不防地响起,她半笑着抬手,荞花在她的指间缭绕。

她猛然地止住了泪水,睁大了潮湿的双眼看着她。

"这是什么意思?"

霁曲媚笑着走到她的面前轻挑起她的下巴:

"啧啧啧,好美的一张脸啊!洛歌,那梨儿的脸都及不上你的万分之一吧!十三不是最疼你,最爱你吗?怎么会为了一个不如你的丫头抛弃你呢?你想……他一定有什么苦衷吧!"

洛歌看着她的双眼,猛地打了个激灵。

她怎么没有想到啊!他们之间拥有那么多美好的过去。他怎么可能就那么轻易地忘记呢?他是爱她的啊!怎么可能会为了别人而轻易地放弃她呢?

她茫然地看着她的双眼,只觉得脑中一片混乱。

过去的一切都零零碎碎地席卷而来,让她晕眩,让她苦恼。

她将目光投向了那片纷飞的荞花。

"我……不知道。"

"不知道?你还真是笨啊!没有你的日子里,他无时无刻不在想念着你……他,依旧爱你!"

她蹙紧了秀眉,只觉得头晕晕的。

"婚礼马上就要开始了!洛歌,你可不要后悔!"

"后悔……我可以吗?"

霁曲盯着她,忽然大笑了起来。那是一种既猖狂又疯狂的笑声。

"凤冠霞帔我已替你准备好!洛歌,接下来就看你的了!"

她忧伤地将目光投向了遥远的荷塘。

真的,只能这样了吗?

远远的,青梨苑里锣鼓喧天。

十三立在门口,手中牵着红绸的一头,满脸笑容。

那一头,有柔荑一双,十指纤纤。在阳光的照耀下,白皙得恍若透明。

所有人都在欢笑着。唯有人群中那个身着墨绿长衫的小小少年皱眉看着这一切。

穿过长长的游廊,身上的坠饰碰撞出一阵阵"叮当"的声响。长裙曳地,红纱迤逦,金丝滚边。宽大的袖子蓄满了长风,鼓鼓的,像孩子肥嘟嘟的笑脸。青丝随风缭绕,凤冠压鬓,上面的八宝珍珠坠泛着阳光金色的光芒,显得无比华贵。凤冠下,一张倾城绝世的脸,若仙人一般!

淡淡的粉色的荞花诡异地围绕在她的周身。

袖口中,纤手紧紧握住了那支祈祾钗。

脸色有些苍白,无妨,那红艳的胭脂遮住了她的忐忑,使她更加明艳起来。

她仿佛褪去了所有的稚气,变得如同一个成熟的女人,那样让人心醉神迷。

她,如同一个花神降临于世,傲睨众生!

她轻牵起裙角,踏入了青梨苑。

梨树在她身后"哗哗"作响。一股奇异的香味,弥漫在每个人的身边。

她盈盈立于人群之外,脸上带着娇羞的表情。

穿过人群,她看见了他。而他,也看见了她。

终究,终究她完全释放出了她的美丽。

她的脸上夹杂着女孩的天真与女人的妩媚。两种相悖的感觉在她的脸上却那么奇异地结合在了一起。

喜帕半搭在她的凤冠之上,她含羞看着他,腮边满是红晕。

"十三哥哥……"

声音糯软悦耳,像一个小妻子在低低地呼唤着归家的丈夫。

众人俱是一惊,纷纷回头。

那少女就立在那儿,大风吹起她红如火焰的裙角,荞花围绕着她妖娆地舞动。她不再是那个会依偎在他怀里撒娇的小女孩了。此时,她已成为了一个傲睨众生,艳光四射的女神!

"咦?怎么又冒出了一个新娘子?"

"不会吧!今日一夫娶二妻?那……哪个是妻?哪个又是妾呢?"

她掩嘴轻笑了起来,轻提起裙角向他走去……

人群中,绿衫少年完全呆住。

她,竟然美得如此的动人心魄!!

她……她要干什么?难道……怎么可以这样做呢?

"歌儿姐姐!!"少年急得脸色苍白,一个劲地只往外冲。

可是,她仿佛没有听见,只一直往前走去。快到台阶时,她抬起头微笑着看他,伸出右手,希望他能牵住。

　　阳光明晃晃地照在他温润俊逸的脸上,少年的眉毛紧蹙,几丝忧伤被揉匿其中。他的睫毛抖了抖,看着她,心中莫名地慌张了起来。他看向少女的双眸,那里犹如此时的天空,清透无比,夹杂着淡淡的盼望。

　　他冲她不经意地露出了温柔的笑容,右手慢慢伸了出去。

　　"不要忘记,说好放开的……"

　　他的手忽然停滞在了半空。他松开双眉,眸中覆上一层冰冷。然后,他蓦然收回手,笑眯眯地冲着众人一拜。

　　"各位见笑了。此人只不过是庄中的一个疯子罢了。被未婚夫抛弃,才会变得如此疯癫。惊扰到了各位,十三在这里向大家赔个不是。来人啊!把这疯子拖下去!"

　　他说着,脸上还露出了十分歉疚的表情。他转过身,对着司仪喊道:"开始吧!"

　　一切又都重新变得喧闹起来。

　　锣鼓喧天,鞭炮齐放。众人簇拥着他们走进大堂。

　　只剩她一个人,呆呆地站在那里,伸出的右手迟迟没有收回。

　　他说,你是疯子!你是疯子!是个被未婚夫抛弃的疯子!

　　天崩!

　　地裂!

　　何时下雨了?下得那样大,那样大!

　　她一个人,一个人呆呆地站在那里。

　　原来,在他的心目中,早已没了她的影子。她,只是他口中的一个疯子。

　　那个会摇桨泛舟为她摘荷花的少年说她是疯子!

　　那个会拥着她入眠的少年说她是疯子!

　　那个说要保护她一生的少年说她是疯子!

　　袖中握得出汗的祈褉钗,"当啷"一声落地,溅起了一片水花。

　　她的脸变得无比苍白,脸上浓浓的胭脂被雨水冲花。她慢慢地捡起祈褉钗重新收入袖内。

　　屋内,

　　一拜天地。

　　屋外,

　　泪雨滂沱。

　　屋内,

　　二拜高堂。

屋外，

荞花凋零。

屋内，

夫妻对拜。

屋外，

凤冠落地。

屋内，

送入洞房。

屋外，

她胸中一滞，心脏如刀绞一般，一股腥甜随着她一声猛烈的咳嗽喷了出来。

暗血满地，被雨水越冲越淡。

她的脸苍白得吓人，好像下一秒就会死去！！

"歌儿姐姐……"墨绿少年抬头看着她，本就羸弱的身体在这风雨中，更显单薄。

她并不理睬他，蓦然地抬起头，泪仿佛不能自抑般狂涌。

心，早已疼到血肉模糊，疼到化为灰烬。

屋内，她搀扶着他。

他的身体剧烈地颤抖着，脸色如同白纸一样惨白！

心，亦疼到难以形容。

口中血浆翻涌。他轻合上双眼。泪不知不觉地滑过。那些血慢慢地从嘴角流出，撕裂了大红的喜字。

入夜。

风怒吼，仿佛是谁的哭泣声。

荷塘边。有人一身白衣，漫步于此。

夜晚湿湿的草丛里，有虫鸣。

满塘碧水荡漾着月光，泛起一阵银白色的波痕，好像某个人眼中银色的温柔。她看着痴痴地微笑了起来，笑容恬静美好。

"十三哥哥……"

素手轻拂塘水，荡漾起一阵水圈。

她低头看着水面的倒影，笑得更加妩媚。

"我不美吗？你不爱我了吗？"

"要抛弃我呢……再也……再也不回头。"

她以慵懒的姿态仰望着天上的明月，淡淡的笑容在苍白的脸上慢慢地扩散开来，显得无比憔悴。

如墨的青丝在她的肩上散开,偏髻上,祈褓钗泛着月光冷冷的光芒。

她站了起来,白衣似雪翻飞。忧伤的眉眼之间暗藏着荼蘼的美丽。

"还要活下去吗?眼泪都流尽了啊……"

她浅笑着,从怀中摸出翠绿的玉笛吹奏了起来。

如泣如诉。如呜如咽。

慢慢地向前走去。

身后,虫儿依旧在欢叫。

月光凄惨地笼罩在她的身上,流水围绕在她的膝前。

并不寒冷。因为,她的心已死,对任何事情都不会产生一丝的知觉。

有两滴泪自她的眼角滚落。她轻合上双眼,笛声戛然而止,身体剧烈地颤抖!

她……要死去了!她,也要抛弃他……

好像有人在低唤着:"歌儿……"

水已漫到了她的腰间。

好像,有人说如果我的歌儿脸上的笑容不见了,那她便不再是歌儿了……

于是,她一直保持着微笑。

水已漫到了她的胸前。

岸边,紫色的人儿嘴角蔓上了一层冷笑。

她要的,不就是这样的结果吗?

"洛歌!"

突兀的一声叫喊,让她微怔。回过头来,她眼神凄迷地望着她。

岸上的人,双眼妖媚,紫色的裙衫被风吹得"咧咧"作响。青丝在风中吹散,诡谲得如同一个夜妖。

"洛歌,你知道为什么你的院子里种满了荞花吗?那是十三给你的孽。他的冰冷他的无情,全都是因为你要背负着那个孽!你的身上早已被他下了诅咒,他咒你,永世不得真爱!永世孤零!因为,你和他注定相克!有你,他亡!人都是自私的,谁都会为自己着想!所以,他种荞花,诅咒你!!"

"别说了!不要说了!"她痛苦地抱住脑袋,双眉紧紧地纠结在一起,"不要再说了……求你!"

"愚蠢的人!他这样对你,你却还要以死来解脱自己!洛歌,我想不到你会愚蠢到这种地步!!"

"那要怎样?"她抬头看着她,冰冷的塘水隐藏着黑暗的力量在她的身下流动。

"如果相信我,就吃了它!"

红色的药丸在她纤长的指间泛着冰冷的光,安静狰狞地等待着。

洛歌闭上双眼，睫毛抖了抖，握住笛身的手越收越紧，指关节渐渐发白。蓦然一松，她长吐了一口气。

然后，她慢慢地爬上了岸，凄凉的笑意爬上了她的唇梢，伸手拿过药丸，仰头吞下。

天地混乱！

仿佛有一双手正撕扯着她的身体。毫不留情地撕扯，甚至好像用匕首肆意地宰割着她！

痛！

好痛！

汗珠越聚越多。她倒在了地上，蜷缩着身体，不停地颤抖着。

混乱，真的好混乱！

那些过去的一点一滴好像正化作青烟随风消散离她越来越遥远。

体内，似有火在燃烧着。

熊熊的烈火将她的一切全部化为灰烬。

什么都没有了！什么都没有了！只剩赤色的炙热的火焰！

夜风习习，扑面一阵异香，是荞花的香味。

"该弄明白的，都该去弄明白，不是吗？洛歌……"

她轻轻一笑，眼中漆黑一片，黑得如暗夜一般。

明月当空，星辰灿烂。

新房中。有白衣之人立于窗前，月光柔柔地洒在他的身上，他低垂着眼睑，无比哀伤地唤了一声："歌儿……"

一件薄袍披在了他的身上，他回过头，看见了那个同样拥有一双美目的少女。

"更深露重，十三哥哥……"

"梨儿……对不起。"他歉疚地低头看着她，凄凉一笑。

少女冲他摇摇头，开口道："能嫁给你，是我的福分，即使你不爱我，但我想到我可以一直陪着你，心里……还是很幸福的！"

"谢谢你……"

"不要说谢谢，既已是夫妻了。那么，我们之间就谈不上谁对不起谁，谁要谢谢谁！"

"梨儿，今生我只能负你！望来世，我能够报答你！"

少女惨淡一笑，抑制住心中的疼痛，抬头看着他道："时辰不早了，我已在外间铺好了床，你……快睡吧！"

他一愣，伸手轻轻拥住了她，满眼温柔："梨儿，其实你很让我心疼。如果，今生没有遇见她，我定不会负你！"

没遇见她……

可是,你们还是相遇了,相爱了,相伤了。

你的爱,除了她不可能再施舍给别人半丝半毫吧!

"十三哥哥,等树上的第一颗梨子熟了以后,你一定要留给歌儿啊!"

这话,似曾听过。

月光透过梨树葱郁的树叶,斑驳地洒在她的身上。她回头看了一眼那棵大树,眼中只有无限的哀伤与凄凉。

房内,灯火萤然。

好像很温暖的样子。

冷!刺骨的冷!

热!灼肉地炙热!

她痛苦地皱着眉。

好难受啊!那潜藏在身体里的火焰继续燃烧着。可是,为什么她的脸色却是那样的苍白,手指却是那样的冰冷?

不能自制地,她一脚踹开了门。

月光柔柔地洒满了一地,恬静而又美好。

她慢慢地抬起头,看见的,却是一对新人相拥的美好画面。

火,愈烧愈大!

"诅咒,荞花……"她颤抖得伸出手指着他,心疼得厉害。

原来,原来她什么都知道了啊!

"你全都知道了……"他松开怀中的人,低垂下眼睑却看见了她正滴着水的裙摆。

"你……你刚刚做了什么?!"

她听不到他在说什么。

她的确什么都知道了!

天旋地转!生不如死!

窒息的痛!削骨的痛!寒冷的痛!

"为什么要这样对我?!为什么啊?!早知这样,当初你又何必对我那样好?十三……十三哥哥!"她痛苦地摇着头,泪流满面。

被出卖了啊!被他温柔的面具出卖了啊!!

突地,她又一下子安静了下来。

"我恨你……"

声音很小,恍若无声。

撞击在他的心上,如匕首正在血淋淋地绞着他的身体。

她慢慢地抬起手,拔下头上那支他亲手雕刻的祈袯钗。然后,她惨淡地一笑,抬起手向掌心猛地刺去。一道长长的伤口一直划到了手腕,鲜血如泉涌!

"这是还你给我的幸福!"

说完,她又用力刺了一下。

"这是还你给我的快乐!"

她的双眼空洞,整个祈袯钗上全都是她的鲜血。可是,她仍旧不停地再刺。

"这是还你给我的爱!"

她的手早已血肉模糊。他忍住胸中滞住的一团鲜血冲了过去。可是,那一下,比先前几次更加用力。

好像抛弃了一切,只求死去般。

那么……那么用尽全身的力气刺了下去。

还他!还他!全部还给他!!!

她的血,她的肉,她的情,全部还给他!!

他呆立当场,看着她的手,眼中的痛苦突然如死灰一般沉寂了下来。

她冷笑了一下,将沾满了她的鲜血的祈袯钗丢在了他的面前。

"还你,全部还给你!我不欠你了……"

暗处,有什么东西在散发着幽蓝的光芒。

静静地,诡异地,热烈地,渴求地,

蓝色光芒。

那个从一开始就牵引着他们走进绝地的罪魁祸首就在那里!

她的眸中忽然出现了红色的光芒,那是嗜血的光芒!

"我要毁了它!毁了它!"她疯狂地奔过去,用力抓起剑身,却不想弄疼了手,剑掉在了她的脚边。"毁了它!毁了它!"她抬起脚用力地践踏着那把剑,只想把它踏得粉碎。

"不!不要!歌儿,还给我!!"他匍匐在她的脚下,伸手极力想要抓住剑身,苍白的脸上一片惊恐。

她依旧疯狂地踏着,甚至将他的手也踏得出血!

"你若要毁了它,就先杀了我!!!"

许久,他冷冷地开口。

他说,要毁了剑就先杀了他。

连性命都不要了,只为了那把剑!

她痴痴地笑了起来,流着泪笑着。

"你以为我不敢吗?"

她慢慢地反手抬起剑,笑着看他。

风涌了进来,吹起了她的白衣。

她轻轻地拔出剑。一股奇异的蓝光萦绕在剑身的周围。然后,她看到剑面上滋生出了千千万万朵荞花。

如同那次她看到的一样。

剑芒直指他的胸前。

那个美好的早晨。

万物在她的舞蹈中苏醒。

金乌在她的舞蹈中闪耀。

众生只为她一人倾心。

鸟鸣,风声,树摇,花香。

她趴在他的膝上笑着说,十三哥哥一定要活到一百岁啊!这样就可以陪着歌儿看很多次很多次日出。

他微笑着点头,眼中满是银白色的温柔。

那时的幸福好简单啊!她最大的愿望,是他能够一直陪着她看日出。

"洛歌!你要是敢杀了十三,我绝对不会放过你!!"

"闭嘴!"

"洛歌!!"

"我先杀了你!"她的剑芒一转,指向了那个脸色惨白的少女。

"不要!歌儿!"白衣少年跪倒在她的裙畔,抬头看着她乞求道,"不要杀她!"

很多年以前,他一直都是她心目中的神。

神,是高贵的。

可是,今日他却为了另一个女子给她跪下。

胸腔里,有什么在慢慢地滴血。

"连跪下都可以呢,死……恐怕也可以吧!"

她目光空洞地看着他。

剑芒,准确无误,刺入他的胸膛。

她好像还听见金属划破血肉的闷响。

残忍,冷酷。

一切,全部结束。

他的眼神变得迷离。

月光好温柔。

荞花好美。

娘亲就是喜欢在这片粉雨中舞蹈呢!

好美！好美的样子！

像仙女一样舞蹈，也像仙女一样死去。

只剩他一个人了，真的很孤单，很孤单啊。

没有娘亲。

现在也没有了她。

真的，只剩他一个人了。

真的，好孤单。

他微笑着，眸中银白色的温柔如寂静的河水荡漾着涟漪。

满身鲜血。

他怕吓着她，微笑着说："别怕，歌儿，有十三哥哥在呢，十三哥哥会保护你……"

可是，他快要死了。

荞花在他和她之间用力的纷飞，如同最后的华丽演出。

她颤抖着在他面前跪了下来。

他伸出手抚摸着她的脸，手中的血在她的脸上留下了赤烈的痕迹。

"啊……呵呵，怎么这么笨呢……看……看啊，十三哥……把你的脸弄脏了。可是……可是歌儿永远都是我……我心中最美丽的……宝贝。"

他无力地垂下手，连抬头的力量都没有了。

他的身体猛地向前一倾。他趴在她的耳边轻轻地说："不要后悔，后悔让人心疼！"

他说："歌儿……我爱你……我爱你……我爱你……"

我爱你

我爱你

我爱你

我爱你

这一辈子的我爱你全都在这一刻说完吧！

我爱你

我爱你

我爱你

……

心疼至死！

那个眼中满含银白色温柔的少年，就此离去！

她颤抖着，泪流满面。

浅吻落在了他的眉梢。

似雪无痕。

亡去了一切。

来生,你还会为我去摘那仲夏的荷花,对不对?

来生,你还会陪我一起看日出,对不对?

十三哥哥,十三哥哥……

我也爱你……

屋外,月光如此美好。

风过无声……

墨绿色的人亦泪流满面。

屋内,

粉色的荞花契合了彼此。

今生,怕不能再爱了吧!

佛祖说,由爱故生忧,由爱故生怖。若离于爱着,无忧无怖。

离爱,

离爱……

人生如此,浮生如斯。缘生缘死,

谁知?谁知?

情终情始,情真情痴。

何许?何处?

情之至!

番外·离

夕阳西下。

我看见了那个身着白色长衫的你。你站在梨树下,抬头不知是在看着天空,还是在看那葱郁的树叶。

有风忽起。

你白色的长衫随风翻飞。夕阳的余晖洒在你的身上,为你镀上了一层神圣而忧郁的光芒。

你在思念着谁吧!

许久,你回过头来,看着我温柔俊逸的脸上展开了一丝浅浅的笑容:"姑姑选的人是你吗?"

我点点头。

"你叫什么名字?"

"我没有名字。"

你一愣,温柔地笑道:"那我唤你作梨儿,好不好?"

梨儿,梨儿。

我看了看你身后的梨树,开心地点了点头。

你教我习字,教我画画。唯独不肯教我吹笛。

你说,这世上只有一个女子她才可以与你琴瑟合鸣。

那日,我站在房门外。

姑姑说:"十三,你知道吗?自洛歌出生起。她的命运就系在了玄风剑上。剑在,人在。剑毁,人亡。"

你淡淡一笑:"我知道。所以,我要代替她,做玄风剑的主人,代替她接受那个诅咒。"

"天命不可违!你这样逆天而行,不会成功!"

"就算不会成功,我也要试。因为,我说过我要保护她,即使付出自己的生命……"

即使付出自己的生命,你也要保护她!

那个洛歌,她到底是怎样的女子啊!

我默默地流下了泪水。无人知道,我是多么的嫉妒她。

因为,我已爱上你……

爱上了那个在风中舞剑的你。

爱上了那个夜阑吹笛的你。

爱上了那个白衣似雪的你。

爱上了那个忧伤苍白的你。

是的,苍白!

强忍着身体的痛苦依旧要练习那把被诅咒的剑。极阴的剑气与你的内力根本不调。

尽管身体一天不如一天,可你依旧强忍着。

她看不见,我不知道她会不会心疼。可是,我看见了啊!我的心因你,早已变得弱不可击。

三月,梨花满地。

你忧伤地蹙眉说道:"梨儿,你看这梨花,好美好美啊!不知道飘零了满树的梨花之后,会不会有人来为歌儿摘下梨树上结出的第一颗梨呢?"

我看着你,轻声说道:"会有人的!她……不会孤单。"

你转过身,抬头看着满树的梨花,温柔的双眸中,覆上了一层浓郁的悲伤:"娘亲最喜欢在荞花中舞蹈了。她是世上最美丽的女子,那花儿亦是这世上最美丽的花儿。可是,娘亲却抛弃我死掉了。只剩我一个人了,一个人了……一个人孤单地活着。"

你回头冲我凄惨一笑,接着说道:"直到遇见她。她好像一株在风中摇曳的荷花,那样惹人怜惜。我就是那样爱上了她。爱她的天真,爱她的无忧,爱她的笑脸,爱她……歌儿,你应该是无忧无虑的,对不对?"

你轻轻呓语:"无忧无虑的歌儿,才是最美丽的歌儿……"

所以,你替她承受了一切!一切的灾难!!

十三,你好傻!

四月,天微热。

玖冽山庄。

一切似乎都没有变,变的只是人与人之间的距离。

远远的,我看见你站在柳荫深处不停地叹息。俊逸的脸上,满是痛苦的神色。甚至,我可以发现你的身体在不停地颤抖,紧握着双拳不让眼中的晶莹落下。

我顺着你的目光,看见了那个立在风中的少女。

她虔诚地闭上双眼,掌中飞花几片。

她说,快回来,快回来……

那些花儿随风飘走。

她的神情忧伤无比,风吹掀她鹅黄的裙衫。

尽管泪流满面,她都无暇顾及。

只是说,快回来,快回来。

似乞求一般。

那一刹那,我知道,我没有资格同她去争。

夜深人静之时,你立在荷塘旁,不停地低喃:"歌儿,歌儿,歌儿……"

我站在你的身后,心随着你悲伤的声音狠狠地抽痛着。

月光柔柔地洒满荷塘。那里的荷花与荷叶互相依靠,静静地伫立着。

那个女子,似荷花一般。

你们,会有多相爱?

姑姑说:"要想保住洛歌的性命,就要让她忘了你。你也要与她断绝一切。不然,我会亲手杀了她。"

你的眼中有莫大的凄凉。

"种荞花,洗清她的孽。"

十三,你知道我有多爱你么?

我的爱不比洛歌的少。只是,你不愿去感受罢了。

那夜,你们彼此契合。交握的双手间,蓝色的流沙飞泻,满地荞花飞扬。

她流泪了,

你也流泪了。

我可以看见你眼中的温柔,那是一种近似月光般的,银白色的温柔。

你苍白的脸上,挂着淡淡的笑容。紧紧地拥住怀中的人儿。你们,好像快要融为一体了。

我站在暗处流着泪苦笑。

原来,我一直只是一个局外人啊!

那个叫做薛崇简的孩子来找过我。

那日,我正在你的书房里练字。那孩子进来看了我一眼,便径自坐到了我的对面。

我抬眼看着他。他正侧着头看着窗外,澄澈的眸子里含着淡淡的忧伤。

"告诉我,十三为什么会变成这个样子!"许久,他开口。

我对他轻轻一笑,提笔在白色的宣纸上写了四个字:

"爱拯救爱"

是的,你的无情你的冷漠,全是你对她的爱,你对她的拯救!

薛崇简困惑地扫了一眼,轻合上双眸,秀气的双眉紧紧地纠结在了一起。

"我不懂什么是爱。梨儿,我只是不想让歌儿姐姐伤心。"

不让她伤心。

可是,长痛不如短痛。

终于盼到了这一天,我与你成亲的日子。

你牵着红绸的一头,小心翼翼地拉着我。

从此,是否夫唱妇随?

我知道,婚礼不可能就这么顺利地进行。

洛歌,终究是来了。

她的美,使我自惭形秽。

那是一种似浴火凤凰般,燃尽一切的美丽!

就算用最美的诗句都无法形容的美丽。

可是,你却使她如凋零的花瓣般,凋零了美丽。

我透过喜帕看见你的脸,同样苍白得毫无血色。

心,狠狠地抽痛着。

如我所料,还未入房,你就吐血了。

这是这几天你第几次吐血了呢?我记不清了。

十三哥哥,原来,你是可以用生命去爱一个人啊!

初婚夜晚。

你脱下火红的喜服,又是一身白衫。

你说,谢谢,梨儿。

我讨厌你说谢谢,这个词好疏离啊!

你将我拥入怀中,轻轻地说,梨儿,其实你很让我心疼。

我哭着笑了。

荞花纷飞中,那个你用生命来爱的人最终也亲手结束了你的生命。

没有恨,

没有泪。

主角一直是你们。

而我,只是个渺小的配角。

十三,你一直是孤单的。

孤单得让人心疼。

孤单得让人心碎。

孤单得让人流泪。

十三,其实有一句话,我一直放在心里,自卑得不敢告诉你。

十三,尽管我们之间只是合作的关系。可是,我却真的爱上了你。

真的!

我爱你!

我离开了中土,去了东瀛。

遇见一个叫做植藤三川的男子,他如你一样,会温柔地对我说,梨儿,你很让我心疼。

只是,我再也无法爱上他。

第二卷 权路之始

江南雨，
遇刁蛮，
常问客玉颜许。
扬名利，
易双节。
暗叹此生权语。

梦方醒

仿佛走了很长一段路。

那些熟悉的,让人心痛的历程,一幕幕地闪过。

她沿着玄风剑的剑刃慢慢地朝前行走,来到了一片混沌的天地。

有人指着前面那条黑色的河流说:"这是忘川,是阿鼻地狱里痴鬼的泪水。渡过忘川,前世的种种皆随风消散。前世的一切都会化成这地狱里最妖艳的花——曼沙珠华。"

她回头看了一眼,一大片血红似流动一般,一直蜿蜒到了地狱的尽头。

"是不是渡过忘川,前世所受的诅咒也会消失?"

"是!"

"那……前世爱过的人,也会忘记?"

"是!"

她忽然一笑,仿佛放下了千斤重担。"那我们现在就渡忘川。"

她提起裙角,忽然迎风一阵,吹起了如黑缎一般的墨丝。她不禁回头看去。

远远的,似有一点亮光。

在万千朵曼沙珠华之上。

"歌儿,快回来,快快回来啊……"

她从未听过如此哀伤的低喃声。那声音忧伤、悲凉,带给她的竟是一股窒息的疼痛。

"歌儿,回来呀……不要离开我……"

"没有你,我该如何活下去……"

她呆呆地望着那点亮光,竟泪流满面。

忘川黑色的潮水在她的脚畔拍打着,发出一声声骇人的音浪。

她闭上双眼,静静地听着那人心伤的声音。

"歌儿,我爱你,我是多么多么的爱你。所以,请你不要离开我……"

"快回来吧!不要让我惘等……"

"走吧!"身后有人推她。她痴痴地任前面的人拉她往那忘川走去。这个混沌的世间中,她能听到的,感觉到的,只是那一阵低喃声。

身后一阵抽泣声。

她茫然地低下头，却发现自己正站在忘川的上空。脚下，竟是一大片金色的莲花！

她蓦然转身，朝着那一点亮光伸出了双手，泪流满面地喊道："我要回家！我要回家！有人在唤我回家啊……"她迈出第一步，竟发现自己可以在这半空之上移动。惊奇之余，她连忙提裙飞奔了起来。

身后有人在喊："天啊！莲花！莲花！地狱中也能开出金色的莲花么？"

她无暇顾及，只一个劲地朝着那一点亮光奔去。刺眼的光芒照亮了她周身的黑暗，温暖了她冰冷迷茫的心脏。

"歌儿，不要离开……回来！回来！"

"我回来了！我回来了！我不离开！我不离开！"

她伸手抓住白光，眼前一片空白。

好像被死神丢弃，遗落在过去的眼泪，被谁错当成了执著的誓言。生生世世，世世生生……

窗外，春光明媚。

窗内，瓶中有桃花两枝，散发着幽幽的香气。床边，有人正在低低地呼唤："歌儿，不要离开，不要离开……"

声音低靡忧伤，仿佛失去了一切。

多少个日夜了，他一直守候在这里，不眠不休。

阳光静静地洒在屋里冰冷的地上，两只喜鹊从外面的竹林里展翅飞了进来，叽叽喳喳叫了一阵，又夺窗飞向了不远处的荷塘。

他的手中忽然有微微的震动。

床上的人，绝美的脸上一片苍白，如墨青丝散在枕上。她的秀眉紧蹙，嘴唇轻轻翕动："我回来了，我不离开……不离开……"

"歌儿！歌儿！！"身着墨绿长衫的少年激动得几乎跳了起来。他猛地趴在她的耳边，抑住兴奋柔声道："听话，快快醒来……"

"啊……"她发出一声痛苦的呻吟，双睫抖了抖，竟颤颤地睁开了双眼。

白茫茫的一片。好痛！好痛！仿佛有无数个微小的匕首正刺戳着她的身体。

混乱，真的是好混乱啊！头痛欲裂！

她痛苦地动了动身体，眼前渐渐清晰了起来……

一双眸子，泛着阳光温暖的光芒，如水一般澄澈，眼中的温柔让她忘记了伤痛。

还没待她看清楚，她就被一股巨力紧紧嵌入了某人的怀中。"歌儿，你终于醒了……"

他埋首在她的颈间，欣喜地低喃。温柔的眸子中，闪着莫大的欢乐与失而复得的庆幸，他紧紧地拥住她，仿佛要将她融入怀中，彼此合为一体，从此不分不离。

"你是谁?"她睁大了双眼茫然地问。

他的身体为之猛然一震,他慢慢地松开她,然后直视她的双眼,呼吸有些无措:"我是……我是崇简,薛崇简啊!"

"薛崇简?你不要开玩笑了!崇简还是一个小孩子呢!他何时变得像你这样大?"

是的,她刚刚还看见薛崇简了呢!

月光下,她看见他在流泪。

还有,荞花……

还有,十三!!

"十三哥哥!"她猛地推开他,掀开了被子。"十三!我要救十三哥哥!"

"十三?"他又惊又困惑地看着她。"十三不是早在四年前已经死了吗?"

"四年前?!"她的动作一滞,缓缓地回过头来看着他。"四年前?四年前……现在是什么时候?"

"万岁通天元年。"她颓然地跌坐在床上,脸色苍白得如同一张白纸。"原来……原来……"她突然捂着脸,不能自抑地大声号啕了起来。

"只是梦,只是梦而已啊……"她痛苦地抓住了少年的衣襟,抬头冲他哭道:"十三……十三哥哥是我杀死的!薛崇简,我杀死了我最爱的人,薛崇简……薛崇简……"

她哭得肝肠寸断,撕心裂肺。

他无措地拥住她颤抖的身体,轻轻地拍着她的背脊柔声道:"到底怎么了?歌儿,一切不是已经过去了吗?"他紧蹙双眉,眼里满是怜惜。

"我只是做了一场梦,一场真真切切的关于过去的梦。我梦见了十三哥哥,梦见了你,梦见了姑姑,梦见了……荞花!"

荞花!

她的身体忽然变得僵硬,双眸变得冰冷。

她从他的怀里站了起来,走到了窗边。

竹林里,有鸟儿的欢叫声,竹叶互相摩擦的"沙沙"声。阳光快乐美好地洒在竹林里,斑驳的光影随风微微晃动。

荷塘,微波亭。

有什么正反射着阳光,发出明晃晃的光芒。

他,白衣似雪,眉眼儒雅。

他,嘴角含笑,眸隐温柔。

风吹起他如雪长衫,如墨青丝。

他回过头来,对着她笑。

歌儿,荷花要开了呢!

淡淡的湿润重新侵上了她的双眸。她抬起手抹了抹眼角,再看去时,发现什么也没有。

原来,一切都只是四年前。

现在,十三长埋地下,恐怕早已化为一堆白骨了吧!

她忽然自嘲地笑了笑,表情比哭还难看。

一切只是梦,只是梦而已。

没想到,自己这一睡竟睡了整整半年。

现在,春意盎然。

四月的春风和煦无比,轻抚在她的身上,漾起她的发丝。

她回过头来,却看见薛崇简正站在她的身后,满眼忧伤地看着她。

"百虫穿肠蛊"无药可医,除非……她舔了舔嘴角,记忆里的腥甜又涌了上来。她一个箭步跨了过去,猛地掀开了他的衣袖。

果然,他的手臂上蜿蜒着大小不一的十几道伤口,有的结痂了,有的已经长出了新肉,只余见粉色的痕迹,有的却还是鲜红的!

许久,她的睫毛抖了抖,极轻柔地放下了他的衣袖,抬头看着他,轻声道:"你这又是何必呢?你明知道,我不会……"

"我知道!可是,歌儿,愿不愿意让我救你是你的事。但,救不救你是我的自由。我说过,我会等你,一辈子守护你!"

"一辈子?"她凄惨地笑了起来:"你知道一辈子是多久吗?薛崇简,不要轻易许下一辈子的誓言。"

"你再休息一下吧!"他躲开她的目光,眼中的痛楚浓浓地沉淀在了眼底。他抬头冲她笑了笑,故作轻松地说:"歌儿最喜欢吃杏仁茯苓糕。我去吩咐一下。"说完,他打开门走了出去。

慢慢,慢慢地,刚刚泻了一地的阳光,又重新被关在了门外。

风吹掀了白色的帐幔。她侧过头,看见荞花随风起舞。心,越发的疼痛。

每个人都会离她远去,每个人,每个人。

包括那个说要等她一辈子的少年。

也包括……那个白衣翩翩说要保护她一生的人。

她,注定孤单。

也注定只为嗜血而活,为杀人而生。

眸中,重新覆上了一层千年不破的寒冰。

是夜,竹林被风吹得"哗哗"作响。那些竹影映在窗上婆娑起舞。

洛歌赤脚来到院中。

月光如霜，冰冷无比。夜风吹起她如雪白衣。粉色的荞花在她的面前妖娆地舞蹈。

她抬头看着清冷的月，低笑了一声："不知姑姑深夜到访，有何赐教！"

身后，霁曲从黑漆漆的竹林里走了出来。眼里和脸上永远如冰山一样寒冷。她看了她一眼，笑道："我看你伤已大好，可以继续工作了。"

"哦？不知姑姑又接了哪桩生意。"洛歌回头，似笑非笑地看着她，眼中的杀机一闪而过。

霁曲抓住几朵纷飞的荞花，十指拈动。她拍了拍手，捋好发丝道："房州庐陵王李显。"

"庐陵王李显？！"她的身体为之一顿，困惑不已地看着她道："玖冽山庄从不干预朝堂之事。姑姑何时对此感兴趣了？"

霁曲转过身来，与她对视："玖冽山庄如今已是江湖第一庄，若再得朝廷支持，那定可成为天下第一庄！"

"天下第一庄……"她冷笑了一声："这暗杀庐陵王定是武家……"

"不错！正是武家。现在是大周天下，亦是武家的天下。洛歌，你又何必问那么多？你的任务是去结果他。明日就起程。我限你十天之内必须取得他项上人头！"

"是！洛歌遵命。"

翌日，古道旁。

杂草丛生，地界碑已快被荒芜的青色掩埋。道路两旁，杨柳青青，有黄鹂立于枝头，鸣着翠柳。

远远的，有打马声传来。洛歌警觉地回过头去，却看见一点墨绿渐渐靠近。

彼此之间，只隔三十余步。

她胯下的黑马，暴躁地吐着粗气，光泽的鬃毛泛着晨光，显得越发黑亮。

他远远地看着她，轻轻一笑，澄澈的双眸中满是温柔。

"此行定要多加小心。"

"我知道。"

她静默地垂下头，黑色的发丝在风中飘动。他心中一动，跳下马儿摘了一枝青绿的柳条儿，走到她的身边递给了她，风鼓起他宽袖，那些丑陋的疤痕暴露在清晨微湿的空气中。她看见，心中一紧，伸手取过柳条，轻声道："崇简，你要好好保重。"

"是，你也要珍重。"

她抬眼看了看他，掉转马头，挥鞭绝尘而去。

渐行渐远。

她好像听到他在喊：

"歌儿，我等你！"

他,等你!

洛歌猛甩长鞭,尘土飞扬间,谁也没有看见她唇边凄凉而又满足的微笑。

刺庐陵

到房州的时候,已是五天之后了。

白衣人,黑骏马。穿梭于人海之中。两边酒肆,旌旗高挂,迎风招展。

洛歌拍了拍马头,将它系在了"百味楼"外。

一入店门,一股酒气便迎面扑来。洛歌不禁皱了皱眉,握紧了玄风剑,找了一处僻静的地方坐了下来。

邻桌几个官差打扮的人正大碗喝酒,高谈江湖之事。

"哎!听说了吗?那玖冽山庄的第一杀手洛歌,可是个好生神秘的人物,传说只有他的剑下鬼,才见过他的模样呢!"

"是,我还听说了,只要他一杀人,便花雨一阵,一剑封喉,滴血不溅。"

"我说虎哥,不就是个杀手吗!还传得这样神乎其神。我们这三大名捕,不就是为了平定这江湖之乱,来诛洛歌的么?"

"啊呸!宫义,谁跟你是三大名捕,别往自个儿头上戴高帽。杀洛歌?你连见他一面都难!"

"哎!四哥,话可不能这样说。没见过洛歌?哼!洛歌是男,若长得还过得去,我便收他作我的面首,若他长得不好,我便要他为奴。洛歌若是女子,长得好,我便收她作妾,若长得不好,我便……我便卖与了青楼,哈哈……"

玄风剑上,一双纤手指关节微微发白。洛歌默不作声,举起茶杯慢慢啜饮。玄风剑低低地呜咽,剑身散发出的蓝光冲破了包裹着它的黑布,印上了她的双手,那些蓝光透过她的指间向外扩散。

周围有人低低"咦"了一声。

茶杯之上,一张绝美倾世的脸,似血红唇忽然勾起一抹冷笑。她忽然站起身来,放下茶杯,抱剑走出。路过邻桌,那剑鞘忽然轻触桌脚。风起,白衣亦起。她冷若冰霜的脸上,看不出一丝情绪的波动。

店内鸦雀无声,众人只道那白衣男子徒有一副赛世皮囊,却不食人间烟火,倨傲冰冷。

洛歌走出店外,她扯了扯嘴角,牵起黑马,轻轻一笑:"走!马儿,我们去干正事。"

店内，只寂静了一会儿，便又重新喧闹了起来。小二过来收拾桌子，刚一触那杯子，却发现那器皿早已化为白粉。彼时，邻桌一声爆响。那摆满酒菜的桌子，顷刻间支离破碎。桌边三人，瞠目结舌。

"洛……洛歌，方才那白衣之人是洛歌，是洛歌！！"宫义大叫了起来，额上冷汗直冒。

"原来，洛歌竟是这样一个倾世的翩翩公子！"

"天啊！竟是洛歌！竟是洛歌！！……"

……

傍晚，夕阳西下。

微风袭来，吹拂起她如雪白衫。她抬起头，小小的匾额上书"庐陵王府"四个大字。她不禁露出了嘲讽的一笑。仅仅是个草堂，居然还自称王府，简直是笑话。想来，这李显的日子也不好过啊！

她推开老旧的大门走了进去，一条石子路直铺到正堂。石子路旁栽满了花草。有人背对着她，佝偻着身体，为那些花草浇水。他行动甚是迟缓。脚边，海棠花迎风而立。

"你可是庐陵王李显？"

那身着粗布麻衣的背影忽然回过头来，他看着她，目光沧桑而又呆滞，眉宇之间有着被岁月渐渐磨消的皇族贵气。他困惑不已，放下手中的物什，道："我是李显，请问阁下是……"

"我便是来取你性命的人！"她冷笑着，拔出玄风剑，刹那间，满院荠花纷飞。

李显睁大了双眼，呆滞的瞳孔慢慢地放大。

"韦儿！韦儿！快逃！快逃！"他不顾一切地奔向大堂，几乎是连滚带爬。

洛歌冷眼看着他，玄风剑的寒光照在她的脸上，悚寒无比。

"你可是母后派来的人?！"韦氏站在李显的身边，一袭粗裙丝毫不能掩盖她身上的傲气。她眼神严厉地看着洛歌，不卑不亢。

洛歌只是冷笑，并不回答。

"难道……难道是武家！！"韦氏惊得往后踉跄了两步。

夕阳橘色的日光里，洛歌的眼中浸上了一层血红的光芒。她手中的玄风剑在粉色的荠花中呜呜作响。她举起剑，运足内力冲了过去。乱花飞舞中，一道幽冷的光芒朝着她的面门砍了过来。她没有防备，只好将身子向后仰去。间隙之间，她猛地将剑抽回，看准了来人的胸口，复又一刺。那人显然没有料到她还有这一招，只好向后翻去。

"你是谁?！"洛歌站定，将剑背在身后。她面前十步远，站着一个黑衣人。那人手里握着一柄长剑，看着她，目光冰冷而又凌厉。他并不回答她，只细细地打量着。

她被他的目光看得浑身不自在。想来，这个人的武功一定不在她之下。不然，他一直隐藏在这里,她早就发现了。

她的目光跳过他,落在了韦氏的身上。

韦氏若有所思地低着头。李显紧握着她的手,眼中满是惊喜。

难道,这人……

她冷笑了一声,提起剑又冲了过去。

那黑衣人亦举起剑迎了过来,兵刃既接,两股巨大的内力冲击着彼此,震得她的虎口险些裂开。彼时,寒光几许,那黑衣人竟反手使起了短小的匕首向她刺来。刀光一闪,顷刻间她的臂上就被划了一道长长的伤口。她咬了咬牙,向后退了几步。

荞花围绕着她纷飞着,她将剑撑地,黑衣人的身影在她眼中变得模糊不清。

"你……你好卑鄙,不仅偷袭,还……还淬毒!你……"

她身体里的力气,好像被完全吸干了一样,她再也支持不住,握着玄风剑缓缓倒下。

隐约之间,她好像看见那黑衣人深沉的幽黑的双眸,闪过一丝莫名的笑意。

灯火随风摇摆。房外,风怒吼。

洛歌轻轻地睁开了双眼,看见的是灰色的床幔。她猛地坐了起来,牵起臂上的伤口,一阵钻心的疼痛。

"啊……"她捂住伤口,疼痛得皱起了双眉。

"你醒了。"

洛歌掉转目光,却发现这房间里面原来还有另外一个人。他背对着她,不知道在做些什么。一袭青衫,将他略显消瘦的背影衬得更加凄清。

"这是哪里,你又是谁?"

"这里是来福客栈。"青衣男子慢慢地转过身来,手里端着一碗黑色的药汁。"我是在护城河边发现你的,见你还有一丝气息,便把你带了回来。"

"护城河?"洛歌瞟了一眼床下,身体一顿,眼里忽然闪过一丝警觉。

"喝了它。这药是净毒的!"男子说着,将碗递了过去。洛歌顺着他的手向上看去,不禁微微惊诧了一下。

他的脸,俊美无比,眉宇之间竟有一股难挡的矜贵与英气。他俯视着她,双眸冰冷幽黑,如死寂了千年的湖泊。倨傲的唇角微微牵起,似笑非笑。

"喝了它。"他好像是在命令她。

洛歌冷哼了一声,虚弱地抬起手,猛地将碗扇到了一边。她看着他,眼神亦是冰冷,不同于他的,她的眼中也满是倔强。

"你!"他气得甩开衣袖,英俊的脸刹那变成了猪肝色。

"哼!"他气极反笑:"从来没有人敢这样对我!我告诉你,你是生是死,皆与我无关!"

只是，哼！你若不喝这药，你体内的毒素会折磨得你生不如死！"

生不如死！

又是生不如死！

她厌恶地看了他一眼，一手扶着受伤胳膊下了床，一手推开他来到了桌旁。正如她所料，桌上摆着熬药的药罐。她端了起来，找了个杯子，将剩下的药渣倒了进去。然后，她看了他一眼，将杯子里的药渣全部喝掉。

"我会将这个救命的恩情还给你的。"她用袖子擦掉了嘴边残留的药汁。

"还？怎么还？难道，你还能还我一条命不成？"青衣男子冷笑了一声，"我看你的袖子上绣了一个小小的'洛'字。你姓洛？"

她冷冷地看了看他，"我姓什么与你何干？"

说完，她抓起自己的剑推开了门。

"哎！你伤还没好……"

"不关你事！"她掏出一锭银子丢给了他。"这是药钱，我欠你一个人情，日后一定会还。"

"洛……阿洛，我并不是希望得到你的报酬才救你的。"他走到她的面前，幽黑的眸中冰冷得看不出一丝波动。"我想，你需要我来助你。"

"助我？"洛歌突然来了兴趣，她抱着剑靠在门边，冷眼看着他。"你能猜到我要干什么？"

"不管你干什么，我对你都会有帮助。"他笃定地看着她，十分自信。

"哦？我凭什么相信你？"

"凭我救了你一命。"他忽地勾起唇角，露出了一丝深不可测的邪逆笑容。

她深吸了一口气，哈哈大笑了起来："好！很好！告诉我，你叫什么。"

"木子王。"

"木子王？好奇怪的名字。我叫洛千。"

"洛千？"他冷笑了一声。"洛千……你该不是在骗我吧！"

她定定地看着他，轻扬起嘴角，露出了一丝倾世的魅惑笑容："你又何必这样说呢？彼此彼此罢了！"

"有意思，有意思。"木子王放开蹙紧的双眉，走出了房间。"好好休息。我就在你隔壁。不要忘了，不管做什么，都要知会我一声。"

"你想要什么报酬？"

"报酬就免了。洛千，这只是你在还欠我的人情罢了！"

说完，他飘袂而去。

外面，夜空黑得看不见一丝星光。

翌日，来福客栈。

洛歌坐在院中的樟树下，轻眯着双眼。

隐隐约约，有波光在晃动，银白色的柔和的光芒，带着细细的忧伤。转瞬间，那波光又化成了一汪清澈无痕的碧水。

"我等你。"

那碧水晃动，让她的思想有些迷离。

"崇简……"她轻轻地低喃了一声，唇角扬起了一丝浅浅的笑意。

不远处，木子王正看着假寐的她，发现她唇边的笑容，一时竟有些痴了。世上，竟有如此美丽的男子。他定了定神，假咳了起来："咳咳，洛千，我有事要出去。药我已吩咐小二煎好。我没回来，你不准离开！"

"去哪里，做什么事？"她缓缓地睁开了双眼，有些慵懒地看着他，"你说过，不管我做什么，都要知会你一声。现在，也请你告诉我。"

"我去县衙。"他走上前，阳光将他的影子投射在了她的身上。她从榻上站了起来，拿起剑绕过他往外面走去。

"木子王，我同你一起去。"

房州县衙外，车水马龙。

两尊石狮，威严地注视着过往的行人。门口，有衙役两个。

洛歌不禁嘲讽一笑，她倒要看看，这木子王到底有什么本事可以让堂堂房州知县出门相迎。

只见那木子王上前对那衙役笑道："告诉你家老爷，就说长安人士木子王求见！"说完，他回过头来看着她，幽黑的眸中满是自信。

大约过了半炷香的时间，衙门再次打开，那房州知县扶着尚未戴好的乌纱帽，狼狈地一路小跑着出来。

"臣房州知县崔尚知拜见木先生。不知木先生驾临，有失远迎！"崔尚知说着又是一礼。木子王回过头来，对着有些惊愕的洛歌，得意地牵了牵嘴角。

"崔大人不必多礼，在下此次前来只不过有些事情想要请教崔大人。"

"木先生有什么疑问尽管说，下官一定知无不言，言无不尽。来！里面说，请！"

"大人请！"

房州知县府并不大，但却十分精致。

长长的游廊两边种满了花花草草。假山翠池，雕花亭廊。

转眼之间，便到了议事的书房。

木子王顿了一下，他回过头来对洛歌说道："进来么？"

"免了。我在这里等你。"她说着，走进了翠池上的亭子里。

阳光开始变得有些炙烈。

池塘里,锦鲤欢快地游弋着。

她靠在栏杆上,轻合上双眼。

微风拂过,她的发丝随风漾起。

她抬手揉了揉眉心,微微叹了一口气。

"歌儿,等我……"

"等我……"

她的睫毛抖了抖,窸窣的风声在她的耳畔作响。灿烂的阳光为她的脸镀上了一层金边,华美无俦。

十三哥哥……

冥冥之中,他亦让她等他。

可是,生死相隔,他已无法再幻化回来。

忽然一阵歌声。

哀婉缠绵,似呜似咽。

她猛然睁开双眼站了起来,风掀起她的白衣,微微作响。她快步走出亭子,扒开浓密的柳枝。不远处,有一个身着粉裙的小小背影正对着她,她看不清她的容貌,据她的身形来辨,也不过十一二岁吧!

她睁大了双眼,身体忍不住颤抖了起来。

这调子!这调子!这调子分明是《长相思》,在这世上,除了她和十三,绝无第三人知晓!

"你……你是谁?你怎么会哼《长相思》?你是谁?!"她抓住女孩的双肩,疯狂地摇晃起来。

"我……我……"小女孩被她近乎狰狞的面孔,吓得不知所措,泪盈满眶。

"原来你在这儿!"一双粗糙的大手忽然从她的手中将无措的女孩拉到了一边。"好你个牡丹,老爷把你带回府,是让你没事到处乱跑的吗?走!快跟我回去!"

"慢着!"洛歌上前,从那人手中又将小女孩拉了回来。她深吸了一口气问道:"牡丹,告诉我,这调子你是从哪里学来的。"

"我……我不能说!"小牡丹仰起头看着她,眼神倔强得厉害。"我不能说,不能说!"

"你!"洛歌气极,她捏了捏拳头,眼神让人不寒而栗。"牡丹,告诉我,快告诉我!不然……哼!"她说着举起了手中的剑。

"我……我……"小牡丹睁大了一双惊恐的眼睛,节节后退。"不……不!牡丹不能失信于人,牡丹不能说!"

"好!很好!"她的嘴角蔓上了一丝冷冷的笑容,眼中开始出现淡淡的血红,她伸手拔剑。

狂风大起。

仿佛预兆着死神的驾临。

"洛千！你要干什么？！"远处一声暴喝，就在她正欲拔剑的同时，一阵青风袭到了她的身边。他的左手按在了她欲拔剑的右手上，力气大得惊人。

她的瞳仁刹那间缩得如针尖般大小。

她收回剑，狂风渐渐平息。

小牡丹呆立在一旁，清秀的小脸上除了惊恐已找不出一丝别的表情。

"崔二，还不快把牡丹带下去。"随后赶来的崔尚知，看了一眼正在对峙着的洛歌与木子王，若有所思地皱了皱眉。

洛歌移开目光，投在了渐行渐远的小牡丹身上。

她，一定会弄明白的。只是，现在……

她冷笑一声："你的事情办好了？可以回去了吗？"

"嗯。"他目光冰冷，点了点头。"崔大人，木某告辞，至于大人答应在下的事，希望大人一定要办好！"

大街上，热闹非凡。

二人走在街上，引来路人的注目。

好俊美的一双男子。

穿青衣的男子，剑眉星目，眉宇之间竟藏着一股君临天下般的迫人英气。他的眼神淡漠疏离，似乎一切皆与他无关。

穿白衣的男子，不似凡人。

是的，不似凡人！白衣，很少有人穿白衣。他的俊，只能用美来形容。

美，美得倾城倾国。

"木子王，你是左撇子？"

"……"

"……"

"是。"

临淄王

是夜，寒鸦立在枝头，"啊啊"的乱叫着。

清冷的街上,没有一个行人。

忽然,一道白光闪过。凄寒的夜风,吹掀她的白衣。明月如盘,在她身后散发出一种异样的光亮。她执剑立在屋檐之上,嘴噙一丝冷笑。

她一跃而下,稳稳当当地落在了地上。

鹅卵石铺就的小路两旁的草丛里,有虫儿在低鸣。

她握紧了玄风剑,直冲厢房。

霎时间,数十名黑衣人从天而降,他们举着长刀围着她向她砍来。

果然不出她的所料,她讽刺性地牵了牵嘴角。

一个回旋,剑光一闪,无数朵荞花纷飞。转瞬之间,那些黑衣人手中的长刀全都被她的剑震出了数米之远。她长身而立,眼中涌上了一层嗜血的光芒。

黑衣人面面相觑,不知进退,个个额上都是冷汗直冒,他们互相使了个眼色,又举起拳头纷纷冲了过来。

简直是找死!!

她冷笑了一声,更多的荞花在这群黑衣人的周身纷飞。一剑下去,一人的手臂被斩飞,鲜血往外急急喷涌。带着血腥味,喷到了她的身上。

她眼中的红色愈来愈浓烈。

乱花之中,血流成河!她越杀越兴奋,越杀越快活!

满地零碎的尸首,她的白衫被鲜血染得通红。

旋风剑上,没有一丝红色。

它疯狂地吸收着甘甜的汁液,一分一毫都没有放过。

洛歌满意地收回剑,转身离开。

厢房内,正如她所料,李显与韦氏早已被迁到了别的地方。

现在,她要对付的人,正在等着她!

大门洞开。

冷冷的月光洒满了一地。

木子王淡定地坐在她的房间里品茗。房内,灯火忽灭。

"洛千,我早说了,不管你做什么都要知会我一……"

"站起来!"一道寒光紧逼在他的喉间,她冷冷地看着他。

"你到底是谁?!"她厉声问道。

寒光之中,那人缓缓地回过身来。她冲到他的面前,抬手捂住了他的鼻子和唇。

银色的月光中,一双眸子幽黑深沉,泛着凌厉的光芒。

"果然是你!"

她轻轻一笑,收回剑,点燃了油灯。

"木子王。木子——李。李王，你是李家王爷！"她端起茶杯摇了摇，倒掉了里面的茶水，又重新斟了一杯。"功夫了得，左手又会使兵器。李家中，唯有临淄王李隆基是个左撇子。"她慢慢地啜饮，不急不慢地缓缓道来。

"不愧是玖冽山庄第一杀手，你是从什么时候开始怀疑我的……洛歌！"李隆基的眼中闪过一丝赞许。他坐到了她的对面唇角扬起了一丝邪逆的笑意。

"从你说在护城河边发现我的时候，我已经开始在怀疑你了。我的身上没有潮湿，鞋边也没有一点泥土。你又怎么会在护城河边发现我！李隆基，你很聪明。救我一命，我就欠你人情。这样，你就有足够的理由待在我身边监视我了！"她冷笑着，斜眼看着他。

昏暗的灯光中，他英俊的脸显得有些阴翳。

"洛歌，你比我想象中的要聪明。继续说下去！"

"你既然要监视我，那自不能分身去保护庐陵王一家。于是，你拜托房州知县派人保护。这崔尚知亦是足够聪明，他其实早已猜到了你的身份，才会出门相迎，又想到你自称姓木，定有什么难言之隐。于是，他便陪着你一起演戏！"

"是！崔尚知的配合，是我意料之内的事。"他轻轻地扯了扯嘴角，把玩着手中的茶杯。

她站了起来，走到窗边，抬头看着天上的月，轻闭上双眼，慢慢地说："其实，这其中有很多都是你故意露出破绽给我看的。你在试探我，你在试探我是否足够的机智，来识破你的身份。李隆基，你到底想干什么？"

李隆基邪笑着鼓起了手掌："很好，这个结果令我很满意。洛歌，现在这里有一桩交易，你愿做不愿做？"

"哦？"她睁开双眼，回头冲他魅惑一笑。"说来听听。"

他走到她的身边，一双漆黑得如同子夜的眸子，在月光下闪闪发光。

"大周总有一天会被李家子孙夺回政权。现在武家人专职弄权，对皇位十分觊觎。朝廷里看似是一片太平，其实波涛暗涌。保李派大臣一直都十分关注众李王的一举一动。洛歌，只要时机成熟，一旦我们起兵，定会将我李唐天下夺回。你号称天下第一杀手，我本来是想请你去刺杀武曌，现在……"他盯着她的脸笑了起来"现在倒不用了。武曌广搜天下美少年，进宫为她面首。洛歌，只要你同意进宫做我们的耳目，将武曌的一举一动都告知我们的话……事成之后，你想要什么我们就赐你什么！"

"我为什么要答应你！"她有些慌乱。面首，做女皇的面首。可是，自己并非男儿之身，又如何与女皇行床头之欢。

"因为，你要复仇。而复仇的最好途径便是权力！如果，我给你至高无上的权力，你……答不答应？"

"权力……"她开始变得迟疑起来。

夜风灌涌进屋,扬起她的发丝。她定定地看着他自信无比的俊脸。

四年前那个苍白的夜晚又重新浮现在她的眼前。

她的剑,准确无误地刺入了他的心脏。

他抬起头看着她,眼中是让她迷恋的银白色的温柔。

他满身是血,粉色的荞花在他的周身用力地纷飞。

他说,歌儿,我爱你……

她捂住胸口,身体不住地颤抖。

李隆基倏地蹙紧双眉,看着她苍白无色的脸急急问道:"你怎么了?"

泪水开始涌上眼眶,她垂下头,黑色的发丝混着她的白衣飞扬。手中的玄风剑呜呜地低泣,发出幽蓝的暗色光芒。

要复仇!

要复仇!

这四年以来,她使自己变成了一个杀人不眨眼的大魔头,使自己变成了一个离爱冷漠的嗜血杀手。

为了什么?!

为了复仇!

为了杀霁曲,焚玖列!

现在,这样一个大好机会摆在她的面前,她怎能错过!

她猛地抬起头,冷冷地笑了起来,面目冰冷而又阴森。

"好!我答应你!"

这是她第一次与霁曲的命令相悖。

这一次,她是真的不用再去依附霁曲的势力来强大自己了。

她要的,

是至高无上的权力!

要的,

是复仇!

她站在楼顶,俯视众生。

破晓的曙光,自地平线慢慢地扩延。

冷风不停地吹,吹起她的墨丝,吹扬她的白衣。

旭日击退黑暗。

她抱剑迎风而立,倾国倾城的脸上,忽然浮起一丝万物皆为我而生的霸气!

倨傲的笑,在她的脸上蔓延开来。

身后,李隆基放大瞳孔。感到了从未有过的……宿敌感!

与她合作,到底是对是错?!

遇刁蛮

五月既过,六月悄然而至。

他们仍滞留在房州。

窗外,柳絮纷飞。

一团一团地荡漾在空气里,然后飘落在湖面上,泛起一丝涟漪。

空荡荡的湖,没有游鱼,没有水草,更没有荷花。

死寂的,只让风吹拂着它,让它微微皱面。

洛歌轻轻叹了一口气。

为什么不种荷花呢? 那花儿……是多么的美丽啊!

还有那白衣男子,抚琴坐在船头,回头对她灿烂一笑:

歌儿,荷花开了呢!

最近,她对他的思念似乎越来越频繁了。虽然,她知道,那只是幻想中的挣扎。可是,她的脑子里,她的梦里总会填满了他的影子。

他穿白衣抚琴微笑的样子。

他坐在灯下读书的样子。

他为她戴祈裱钗的样子。

他陪着她看日出的样子。

他的每一个动作,每一个表情,每一段话语,像深深刻进了她的意识里,总会自然地流露出来。

一双蜜色的眸子,犹如清澈见底的一汪清泉忽然出现在了她的眼前。那眸子上的睫毛抖了抖,忽然满眼笑意:

"你看!这嘴撅得都可以挂一个粪桶了! 呵呵!"

薛崇简……

她轻扬起嘴角,每每想到他,她总是忍不住地想要微笑。

一阵笛声突兀地闯进了她的耳中。

那笛音不似十三那般忧伤,也不似崇简那般哀婉。

那笛音之中透着的是一股涉世之深的沧桑感,仿佛看透了一切,超然世外。

她站起身来,顺着笛音寻了过去。

湖边,有青衣人身而立。

他手执竹笛,忘情地吹奏。

阳光寂静地流动在他的周身,湖面上的热浪顺风扑来。

他忽然停了下来,回头看着她。

"你也会吹笛子?"她牵了牵嘴角走过去,又自顾自地回答道:"是啊!早就听说临淄王自幼精通音律,擅长各种乐器。这笛子,你当然会了。"

他定定地看着她,幽黑的眸中闪过一丝笑意。

她将目光投向了湖面。树上,有蝉儿在聒噪。忽高忽低的,慵懒无比。

"我们何时上长安?"

"我还有事情没有办好,再说吧!你难道不回玖列了吗?"

"李隆基,我既然选择了你,就等同于选择了李家!而姑姑效忠的却是武家。我与她,已在我做出选择的那一刻势不两立了!现在,我和她不是师徒,是仇人,是站在不同阵地的敌人!"她怔怔地望着湖面,眼中闪过一丝凶狠。

李隆基微微一愣,随即笑了起来:"很好!洛歌,你能这样想就很好了!崔尚知在他府邸设宴。邀了我和庐陵王一家,你去不去?"

"你说呢?"她对他挑了挑眉,转身飘袂而去。

是夜,房州知县府。

歌舞升平。

虽然李显被贬,但仍是皇亲,遂坐在上首。从左手数起,依次是韦氏、崔尚知夫人陈氏。从右手边数起,依次是李隆基、洛歌、崔尚知。

李显的神情有些不太自然,他看了看正在赏舞品酒的洛歌,额上冷汗直冒。韦氏轻轻地握住了他那微微颤抖的手,抬头冲他报以安心一笑。

"洛公子只知道一个人喝酒吗?"韦氏挑了挑眉,高声说道。

洛歌转过头来看着她,微微扬起嘴角。她重新斟上了一杯酒,站起身来:"那洛歌就先敬王妃了!"说完,她仰头将酒全部喝掉。

"洛公子真是好酒量啊!"韦氏冷冷一笑,她抬起手,将杯中的酒当着众人的面,慢慢地倒在了地上。

李显的嘴角抽了抽,他摇了摇韦氏的手,示意她赶快重新再斟上一杯。韦氏只当没有发觉,依旧目不转睛地欣赏歌舞。

众人只觉尴尬,在看向洛歌时,她只是淡淡一笑,重新坐下。

洛歌四下看了看,皱了皱眉,对着身边的崔尚知说道:"崔大人,府上可有一个叫做牡丹的小婢?"

崔尚知的脸色变了变,他淡定地放下酒杯笑道:"那牡丹……好像跑了吧!"

"跑了?大人没派人去寻吗?"

"只不过是个丫鬟,又何必弄得满城风雨。"

洛歌抬眼看了看他,嘴噙一丝冷笑,端起酒杯又慢慢品起酒来。

"爹爹!娘亲!"远处忽然传来一声娇呼。李显侧首看去,脸上满是宠溺。他站起身来迎了过去。韦氏看了看,嘴角扬起了无奈的笑意。

"裹儿,刚才跑去了哪里?一开宴就没见着你。你呀!老是喜欢乱跑!"

"爹,别再怪裹儿了嘛!刚刚崔家姐妹邀我去看皮影戏,女儿一时兴起,就看得忘记了时间嘛!好爹爹,我这不来了吗?"

青衣少女一边说着一边拉着李显的手使劲地撒起娇来。洛歌不禁看了过去。

她应该就是庐陵王李显最宠爱的七女——李裹儿吧!

她一袭翠青襦裙,身材玲珑娇小,明艳的脸上有着一股与她母亲同样的妩媚与妖艳,眉宇之间竟也有一股无人可与之相比的皇家傲气。那种傲气是完全张扬的,使人一看见她,便知道她的身份很不一般。

她不禁抬眼望了望身边的李隆基。他正低头不语独自品酒。深沉的脸上暗藏着一股巨大的英气,好像平静的大海下隐藏的巨大波涛一般。他的黑眸之中,忽然精光一闪。他放下酒杯冷冷地看着她:"怎么了?"

她摇了摇头。

很明显,他的骄傲是完全内敛的。

她笑笑,又开始独饮起来。

明月当空而立,银色的月光一触到这里明亮的灯火便马上消失得无影无踪。

李裹儿眨了眨双眼,低呼了一声。

好特别的男子啊!

他坐在那里,一袭白衣,独自品酒。

风吹起他头上的缎带,恍若一只白蝶欲乘风飞去。

那男子静静地品酒,低垂着一双眸子,十指修长地覆在酒杯之上。

风过无声……

他猛然抬起头来,看着她。

她哑然地睁大了双眼。

他的脸,让她想到了仲夏开放的第一朵荷花。清而不俗,妖而不惑。

那种俊,只能用美来形容!

美得惊心动魄!美得让她暗自惭愧!

他淡漠地瞟了她一眼,眼神疏离得厉害。他将目光又投向了台下。

她呆呆地看着他。良久，不禁撅起了嘴。

什么嘛！自己好歹也算得上是个美人啊！他，怎么看都懒得再看自己一眼呢！

她的傲气被他淡漠的态度挫去了许多。她很不服气，她要的是征服，她要他拜倒在自己的石榴裙下。

"爹爹，那白衣男子是谁啊？"李裹儿趴在李显的耳边轻问。

"他？"李显皱了皱眉，眼神古怪地看着自己的宝贝女儿，道："裹儿，这男子你可招惹不得！他可是天下第一杀手——洛歌！你爹我啊，差点就死在他的剑下！"

"啊！"李裹儿捂唇往后踉跄了两步。李显见她神色惊慌，还以为她是在担心自己。正准备安慰她，却听那李裹儿兴奋地说道："他这么厉害啊！"

李显的脸色变了变。明亮的灯光中，隐藏在他墨丝里的白发隐隐可以看见。

洛歌百般无聊地收回目光，把玩着手中的酒杯。她微蹙双眉，闻到了一股浓烈的胭脂味。

"洛公子，裹儿敬你一杯。"李裹儿提着酒壶拿着酒杯，含笑走了过来。她举起酒杯看着她，眉眼妖艳，尽显魅惑姿态。

洛歌只觉得一股冲鼻的味道，她皱眉举起酒杯站了起来，与她轻轻一碰，便仰头喝下。

"呀！"李裹儿踉跄了一步，竟直直地向洛歌的怀中倒去。她的嘴角不期然地浮起了一丝自信满满的笑容。

洛歌冷笑了一声，往后退了一步。

众人对这突然的变故都显得有些措手不及。韦氏只能眼睁睁地看着自己的女儿直直地往冰冷的地上摔去。

李裹儿睁大了双眼，不敢相信地抬头看了他一眼。可此时，她已别无他法，只能闭眼等待着与大地的亲密接触。

一双手忽然将她拉入怀中。她心有余悸地抬起头，正对上了一双如同子夜般幽黑冰冷的眸子。她的身体轻轻一颤，慌忙地低下了头，轻道："三……三堂哥。"

李隆基目光凌厉，他看着她，抓住她双肩的手倏然用力。"够了！不要再丢人现眼了！"

李裹儿娇艳的脸上蓦然升起一股红晕。她狠狠地咬了咬银牙，偏头向洛歌看去。

她正抱臂一脸邪笑地看着她。

李裹儿一跺脚，从李隆基的怀中走了出来，气呼呼地挨着李显坐下。

"裹儿！"韦氏又是责备又是心疼地握住了李裹儿的双手。"你看！你若是听了你爹的话，也不会弄得如此难堪。"

"娘亲！"李裹儿蹙紧双眉，显得又羞又气。

"好啦！娘不说你了！"韦氏笑着拍了拍李裹儿的头，看了李显一眼，目光又重新落在了洛歌的身上。

她若无其事地重新坐回位置上，促狭地笑看了一眼李裹儿，满脸邪气。

韦氏不禁皱了皱眉。这个洛歌，亏他生得一副好皮囊，没想到却是这样一个不懂得怜香惜玉的鲁莽子弟。

"裹儿，快！见过你三堂哥！刚才要多亏了你三堂哥，不然你就糟大了！"李显笑着拉起李裹儿就往李隆基的身边推去。

"裹儿，见……见过三堂哥！"李裹儿不敢抬头，她怕一抬头又会撞上那一对可以洞悉一切的眸子。

"嗯。"李隆基轻轻颔首，转而向上首一拜："伯父，时间不早了，侄儿先告退了！"

"哎……且慢，隆基啊，你随我来，伯父有些话想问问你。"

"是。"

李隆基有些担忧地回头看了一眼洛歌，她对他微微点头，轻松一笑，示意他可以放心离开。

皎月如玉。

席上，有崔家夫妇、韦氏、李裹儿与洛歌。

她静默地低头慢啜着杯中的美酒，嘴角微微向上扬起。

李裹儿竟看痴了，起身在李隆基的位置上坐了下来。

"洛公子……嗯……洛公子喜欢什么样的女子啊？"李裹儿红着脸小心翼翼地问道。

"裹儿！"韦氏有些生气，她皱眉紧盯着女儿。

"我么？"洛歌抬头若即若离地看了一眼满脸通红的李裹儿，露出了一丝邪逆的笑容。这个李裹儿，定是被爹娘宠坏了！

"嗯！洛公子……"

"我最讨厌浓妆艳抹，自作多情，不知好歹的女子！"她看着她一会儿青一会儿白的脸又说道："我喜欢素雅高洁，能歌善舞的女子。很可惜，李小姐一样也不占！"

"你！"李裹儿气得快要跳了起来。

"洛歌！"一声沉着的声音传来。她抬头看去，李隆基青衣立于远处，消瘦的身体在黑暗中倍显凄清。

"洛歌，走了！回客栈！"

洛歌看了一眼李裹儿，抓起桌上的剑，对着一旁使劲憋着笑的崔尚知微微一拜，转身大步离开。

风月阁

清冷的街上,只有月白、青绿两道身影。

李隆基在前,洛歌在后。

李隆基忽然停了下来,他回头看了看紧随自己的洛歌道:"洛歌,你可能猜到伯父问了我什么吗?"

"哼。"洛歌漫不经心地冷笑了一声:"你那伯父定是奇怪你一个堂堂临淄王怎么会和江湖中人扯上关系。而且,这个人还是刺杀过自己的人。"

"嗯。"李隆基微微颔首,表示赞许。"你怎么看?"

"我能怎么看!这是你叔侄之间的事,我一个外人怎么好妄下绯言。"洛歌低头想了想,眼中闪过一丝狡黠。"我猜,你肯定对你的伯父撒了个谎!"

"是。"李隆基看着她闪亮的眼睛轻轻一笑:"我说你是我朋友,刺杀他只是个误会。"

"哦。"洛歌点了点头,往前走了几步又突然回过头来皱眉对着他说道:"李隆基,你们李家是不是真是阴盛阳衰!先是武曌夺了政权做了皇帝。你没看见吗?庐陵王妃的气势远在庐陵王之上,甚至,庐陵王妃完全可以直接左右庐陵王的思想。"

"我知道。"李隆基微微皱眉。

洛歌轻轻一笑,又往前走了几步才回头笑道:"你们李家可别再出第二个阿武子了!"

翌日,天气晴朗。

洛歌坐在樟树下悠闲品茗。风吹树叶,发出一阵悦耳的"沙沙"声。

远远的,传来一阵窸窣的声响,她不禁睁开眼警觉地看去。

李裹儿一袭粉裙,手提食盒,正三步一停地慢慢朝她走来,脸上还挂着看似温婉的笑容。

洛歌皱起双眉,站起身来准备离开。

"哎……洛公子!等等!"李裹儿奔过来,一把拉住了洛歌的胳膊。

"放开!"她回头狠狠地瞪了她一眼,眼中杀机浮现。

李裹儿被吓得连忙放开了手。随即,她又满脸笑容:"洛公子,这是我亲手做的糕点,你尝尝!"

洛歌看着她,满脸的不耐烦。

"不用尝了,你放这儿吧!"

"洛公子,你尝尝看嘛!"李裹儿一脸"你不尝我不走的表情"。

洛歌没有办法,她毕竟是李隆基的堂妹,她只好无奈地伸手接过她递来的蜜饯梨片,浅浅地咬了一口。

"怎么样?怎么样?"李裹儿睁大了一双眸子紧张地看着她。

洛歌蹙紧双眉,将手中剩下的蜜饯梨片用力地掷在了地上。她回头对着李裹儿轻轻一笑:"忘记告诉你了,我最讨厌吃梨子!"说完,她竟踏着那被掷在地上的糕点大步离开。留下李裹儿站在原地咬牙切齿。

从未!从未有一个男子敢这样对她!她气愤之余竟萌生了这样的想法:她,一定要征服他!

用尽一切办法,要他臣服于自己!

夜深人静。

冷月立于中天,月光洒在地上,如千年积淀的寒霜。

拾级而上,洛歌手执玉笛,脸上流露出来浓重的悲伤与沉重的思念。

湖面一片黑色。月倒映在此,风拂过,月影模糊。

她呆呆地看着湖面心底一片荒凉。

现在已是四更了。刚才,她梦见了她的十三哥哥。

他站在高高的山冈之上,风吹起他的青丝和白衣,粉色的荞花围绕着他跳着美丽的舞蹈。

她站在他的面前,有些惊讶地睁大了双眼。

他轻轻唤道:"阿洛,来!来陪我一起看荞花飞舞。"他微笑着,朝她伸出了修长的右手。

他并没有注意到他措辞的不对劲,只一个劲地流泪。

"你哭什么啊?阿洛,你不是最坚强的吗?"十三困惑地偏着头看着她。

"是!是!歌儿最坚强!歌儿最坚强!歌儿什么都不怕,什么……都不怕……"她抬手抹掉脸上的泪水,可是却引来更多的泪珠滚落了下来。她再也忍不住了,紧紧地搂住他抽噎着:"可是……可是歌儿怕……怕十三哥哥离开歌儿啊!"

十三的身体一顿,他凄苦地笑了起来,眼中满是银白色的温柔。他怜惜地拍着她的背脊柔声道:"傻孩子,十三哥哥永远也不会离开你了,永远不会了。"

"真的吗?"她惊喜地从他怀中抬起头看着他。

"嗯。"

得到了他的肯定,她像得到了糖果的小孩子一样,雀跃了起来。

一阵狂风刮过。

他的身体忽然失去了形状,变得模糊不清。

她惊慌地伸手想要再抱住他。可是,抱住的却只是一阵清风。

她的十三哥哥竟无声无息地消失在了旷野之中。

她惊愕而又挫败地跪倒在地,大声号啕了起来。

天空中,浮云几朵,好似十三微笑时温润俊逸的脸庞。

夜风刮过,带着破晓前露珠微湿的香气。

她打了个寒战,脸上的泪水早已被风干。

她举起笛子,开始吹起了《长相思》。

笛声曼妙飞扬,孤独而又凄凉。

"晓风别残月,年年柳色新。执笛吟相思,与君长分离。"她放下笛子,凄苦一笑,又喃喃道:"执笛吟相思……与君长分离……长分离。"

"长分离?你在相思何人?"蓦地,一道深沉的声音忽然响起。

她猛地回头。

苍白的月光下,李隆基的黑眸与夜色完全融在了一起。他英俊的脸上竟也挂着淡淡的忧伤。

她抬起头看着他,轻轻地摇头:"不!我并没有相思。"

"是吗?"他看着她的脸,轻轻一笑:"你忧伤的双眸和脸上的泪痕正在告诉我,你在骗我。"

"你呢?你可会去相思一个人?"她有意岔开话题。

"我?我不是不去相思,而是不敢相思。思念如流沙,越刻意握紧,也就是越刻意忘记,你记起来的会越多。曾经,那个人给你的幸福和美好,会变成心上最大的伤痛。你,明白吗?"

她看着他忧伤的双眼,轻轻颔首。

"所以,洛歌。不要去习惯相思。这只会陷你于万劫不复的痛苦境地。"他说完这句话,轻轻叹了一口气。眉宇之间的沧桑感,越发凝重。

"你在相思谁?"

"我的母亲,在我九岁时死去的母亲。"他说到这里,黑眸之中竟慢慢浸上了一层恨意。"我的母亲和刘母妃全都是被武曌身边的宠婢韦团儿陷害而死,至今尸骨也不知被埋在了大明宫的哪个角落,所以,我恨!"

她呆呆地看着他,忽然抬手搭在了他消瘦的肩上。他有些困惑地回头看着她。

"李隆基,我们都是同一个世界的人。恨并相思着。"她说完,转身离开湖面。

"洛歌,杀手不需要相思。"

她停住脚步，回头看着他，眸中重覆上一层千年不破的寒冷。

"我知道，还有，请你转告你那堂妹，别再来烦我！"

沿着护城河往上，一路风光旖旎。

有白衣人立于船头，跳目远方。嘴角噙上一丝淡然的笑容。她复又坐在船头。低头看着河面上。一根根墨绿的水草随着水流的波动而跳着曼妙的舞蹈。她卷起袖子，纤纤玉指拨弄河水。那细细的波痕泛着太阳金色的光芒，一圈一圈地向外漾去。

凉凉的河水，自她的指缝中流出。她的脸，倒映在河面上，模模糊糊，只能看出大致的轮廓。

"公子啊，已快到头了，公子到底想去哪里？"船那头约莫四十岁上下的船家满脸是笑地看着正在弄水的她。

她慢吞吞地抬起头，看着那船家道："嗯。唉！这房州城不过尔尔，翻来覆去也就那么几个地方。"

"哎！公子，话可不能这么说！"一听她说房州城甚是无聊，那船家立马就急了。他上上下下地打量了她一番。不仅啧啧称赞了起来。

他自认阅人无数，但他却从未见过如此美丽、英俊的少年郎！他想着忽然一笑："公子，这房州城内有一个地方，是像你这样的翩翩公子必去的地方。"

"哦？哪里？"

"风月阁。"

风月阁外，洛歌不禁摇头苦笑。

风月风月，风花雪月。

自己怎么没想到呢？这风月阁是个妓馆啊！

她抬头看了一眼风月阁的招牌，准备离开。

这时——

"公子，既然都到了门口了，为何不进去呢？"一个身着淡黄襦裙的风尘女子，看见洛歌先是一愣却又立马巧笑着攀在了她的身上。"公子，风月阁是个好地方呢！郁兰一定会将公子伺候得逍遥赛神仙呢！"

洛歌蹙紧双眉，刚要示剑发作，却见一个身着粉衫的小小身影偷偷摸摸地溜了进去。

洛歌的双眼倏然放亮！

她忽然笑了起来，魅惑地看了一眼身边浓妆艳抹的郁兰，连忙伸手搂住了她的纤腰往风月阁内走去。

整个风月阁都弥漫着一股叫做醉生梦死的颓靡味道。形形色色的嫖客妓女，脸上挂着的，都是一种飘飘然赛似神仙的逍遥笑容。

数十道惊羡的目光朝着洛歌的方向投了过来。周围有人在低低地议论着。洛歌偶尔一瞥，惊起数朵绯红。

此时的郁兰更是格外地得意。想她在这风月阁，貌，算不上顶好。艺，也只能排倒数几位。可是，她今天却钓到了一条大鱼！身边这位公子，样貌可以惊为天人！通身上下都透着一股不凡的尊贵之感！

今夜，众姐妹不知道会有多么的羡慕她！

洛歌的目光在四周转了一圈，根本就没有发现进门前的那个小小身影。

难道……是自己看花眼了？

"诸位，诸位。且听我百花妈妈说一句。今日是我们风月阁舞姬之王的评选日。诸位手中都有一枚玉珠。倘若看上了哪位姑娘，认为她对这舞姬之王的称号当之无愧的话，就把您手中的玉珠抛给她。到时，得玉珠最多的姑娘便是我风月阁的舞姬之王！"百花顿了顿，故意卖起了关子。

"百花妈妈，这总不能评个什么舞姬之王就了事吧！"

"是啊！百花妈妈，我们可是一点甜头也没有啊！"

台下有人起哄。

"怎么没有！"百花笑嗔道："我风月阁何时会让诸位吃亏呢？但凡大家看中的那位姑娘，只要她愿意……这共度春宵的机会还是很大的嘛！"百花说完，故意将羽扇掩面，意味深长地笑了笑。"好了！舞姬之王的评选现在开始！"

百花话音刚落，一阵异域的胡笳之声忽然响起，接着又是一阵鼓点的击打声。灯火暗处，一团火焰正慢慢地向台上移来。那女子红纱掩面，只露出一双十分魅惑人心的眸子。她的舞姿随着鼓点的起伏跌落而变化万千。她的手上戴着数十只金银相间的手环，脚上亦戴着五六串金色的小铃铛。那些小铃铛随着她的舞步，发出一阵热情而又欢快的"铃铃"声，好不悦耳！

洛歌身旁，郁兰撇了撇嘴，她四下看看，发现不少人都停了下来怔怔地望着台上。

一群无知的男人，只知道去欣赏放荡淫乱的舞蹈！她偏过头，看了看身边的洛歌，她正抱剑仰面，紧合双眼闭目养神。她看着她的脸，深深地叹息了一声。

好美的一张脸啊！比风月阁头牌名妓风柳柳的脸还要美上十倍！啊不，是百倍！

她郁兰果然没有看错人啊。身边这位洛公子一看就知道是个情趣高雅的人，他才不会像其他那些庸俗的男人一样，只喜欢那种不要脸的放荡调调呢！

大约三盏茶的工夫，喧闹声忽然停止。

洛歌有些困惑地睁开了双眼。台上，灯火明亮。台左角有布衣之人席地而坐，双手抚琴，有风穿堂而过，吹起他乌黑墨丝，他眼神迷离地看着琴弦，修长的手指在琴面上来回拨弄。

琴声淙淙，似泣似诉。

风忽然刮起一阵白色的花雨，迷乱了所有看客的双眼。

影影绰绰的，似有一抹淡紫色的人影在其中舞蹈。

"摽有梅，其实七兮。求我庶士，迨其吉兮。摽有梅，其实三兮。求我庶士。迨其今兮。摽有梅，倾筐塈之。求我庶士，迨其谓之。"

那女子手甩长袖，半遮半掩，让人看不清她的容貌。她的歌声清丽而忧伤，似一个正在苦苦等待别人追求的女子，内心深处对情感的寄托的欲求表现得毫不做作。

她一旋身，水袖翩飞，包围了她舞动的身体。

洛歌眯起了双眼。

电光火石间，一道哀伤的幽光与她凌厉的目光撞击在了一起。

洛歌猛然偏首，台上黑暗处，隐隐有光闪耀，似一对眸子，一对明亮而又美丽的眸子！

"关关雎鸠，在河之洲。窈窕淑女，君子好逑。好！好！"不知何时，身边有人拍手叫好。洛歌回过神来，才发现那女子已跳完舞，正与那琴师垂首站立在一旁。

"姑娘舞姿曼妙。若风拂柳，若蝶恋花。好舞！好乐！这舞姬之王非你莫属！"

好熟悉的声音！洛歌不禁侧首看去，李隆基一身青衫，立于人群中，拍手称赞，但脸上却无一丝波动。

"你！你……"洛歌不禁哑然，他怎么也在这里。

李隆基闻声偏头看着她，黑眸中浸上一层淡淡的笑意。

"嗯！好！好舞！好乐！"洛歌站起身来，拍手笑道："不知姑娘芳名……"

"奴家柏艺，见过公子！"身着淡紫襦裙的柏艺走到台前冲着洛歌便是盈盈一拜。

洛歌的目光越过她，重新投了舞台的黑暗处，却发现什么也没有了。

"公子在看什么？"柏艺抬起头，脸色不禁变了变。

她冷笑了一下，这柏艺的声音，果然……

"百花妈妈，这柏艺姑娘，在下以为是今晚的舞姬之王！"洛歌掉头，冲着台角的百花露出了一丝魅惑的笑容。

有风吹来，她俢长的睫毛微微抖动，双眸美而亮得妖异。明亮的灯火照在她倾国倾城的脸上，她抬起手，掌中放着一枚硕大圆润的稀世南海夜明珠。

众人皆倒吸一口冷气，连出身皇家的李隆基也微微惊愕了一下。身边，郁兰更是惊诧得几欲昏去。

"百花妈妈，怎样？这柏艺姑娘够不够格当上这舞姬之王？"

"够……够……够格！够格！当然够格！"百花惊得语无伦次，但她又立马恢复了笑脸，一路跌跌撞撞地奔了过来。她抬起头看了看淡笑的洛歌，狠狠地咽了口唾沫，这才小心翼翼地从她掌中取过夜明珠。

台上,柏艺亦是又惊又喜。

她蓦然回首,身后的布衣琴师早已不见了踪影。

"柏艺姑娘,不知柏艺姑娘愿不愿意与在下共度良宵。"洛歌跳上台立在了柏艺的面前。

"我……我……"

"柏艺!哎呀!这位公子,柏艺……柏艺只是太过惊喜了!柏艺!还不快快答应?"百花站在柏艺的面前,神情比谁都要着急。

"是。奴家谢过公子。"柏艺比起百花反倒镇定了许多。

"小红,快!服侍公子与柏艺姑娘上楼!"

方流萤

后院,百杏林。

有布衣之人席地而坐。身边,身着粉裙的小女孩亦坐在地上,抬头仰望着他。

"小舅舅,这次又挣了不少的银子呢!"她笑着,用力地甩了甩钱袋。

布衣男子双眼迷离,但眼形却十分好看。他直直地看着前方,俊逸的脸上,泛起一阵温柔。

"萤儿,这次苦了你了!"

"才不是呢!"小流萤假装生气地嘟起了嘴,她将他的手捧到嘴边,轻轻吹了一口气。"小舅舅,手疼不疼啊?"

"不疼。"他微微摇头。

风吹落小小的杏花,飘落在他的身上。他的睫毛恍若黑翼,遮住了眸中那一片宁静的湖。

"萤儿,等赚够了钱,咱们就回家,好不好?"

"嗯。"

她靠在他的怀里。翘翘的鼻尖微红。她用力地吸了吸鼻子,抬手慢慢地抚摸着他的眉眼。

"如果不是萤儿,小舅舅的眼睛……"她哀伤地皱起眉头,又往他的怀里钻了钻。

"傻丫头,我答应你娘的嘛!即使丢了性命也要保你万全。"他说着,伸出修长的手轻轻地揉了揉她的头顶。

更多的杏花随风飘零,落满了他们一身。

那一年,姐姐亲手将她交给了年仅十岁的他。

"好好保护萤儿。熙,姐姐欠你的也只有来世再报了!"

姐姐……

他的心狠狠抽痛了一下。

那个女子,她喜欢倚窗观月,喜欢带着他一起在河中嬉闹。清冽的水流穿过她如缎墨丝。她面带微笑,眼含温柔,轻轻唤了一声:熙……

久久的,山谷中会传来一阵清灵的歌声,婉转缠绵,胜过一切美乐……

他偏首细细地听了听,嘴角蔓上了一丝宠溺的笑意。

他换了个姿势,让她趴在他的膝上。他脱下外衣盖在了她的身上,轻轻地拍着她的背脊。

膝上,流萤熟睡着,小小的脸上挂着甜甜的笑容。

许久,他抬头冲着前方的黑暗处,轻轻一笑。

"她睡着了,你出来吧!"

杏林深处,洛歌淡笑着从林中走出。

"熙岚,即使瞎了,可你的听力却比以前更加敏锐了!"她抱剑站在他的面前。身后,杏花似雨飞扬,带着一股儿浓郁的香味,吹鼓了她的衣衫,吹散了她的发丝。

"洛歌,当日……我谢谢你。"熙岚静静开口,声音有些低哑但却十分好听。

洛歌怔了怔,摇了摇头。

"不用,熙岚……如果你真的要谢我,就把你怀中的女孩交给我!"

"她?"熙岚危险地眯起双眼,冷笑了一声:"不惜以稀世夜明珠做代价,目的只是为了她?"

"是。"

"不行!我不能答应你!"他倏地用手护住怀中酣睡的人儿,面露紧张。

洛歌走了过去,随手拈起几片杏花轻轻一笑。

"熙岚,因为忘不掉姐姐。所以,哪怕死也要守住她对你的嘱托,是吗?"她的眉毛轻轻向上一挑。

熙岚的脸色变了变,原本十分平静的双眸,竟也浮上一丝愠恼。

"洛歌,当初你又何必救我!"

"救你?"她的神情忽然变得恍惚。

当初,为什么而救他。

只因为,他有着和他一样温润的气质。只因为,他心痛的样子竟和他十分相像。

救他,只因为他!

她微微叹了一口气,半跪在他面前轻声道:"熙岚,你放心,我只是想问问她一些小问题而已,我绝对不会伤害她。我答应你!"

"萤儿只是个孩子,你会有什么问题想请教她?"他微微松了一口气,急促的呼吸慢慢恢复平稳。

"我自然有我要问的,长孙熙岚,你到底答不答应?!"

"不要叫我长孙熙岚!我不姓长孙!"他忽然激动无比,身体不停地颤抖,毫无焦距的眸中覆上一层厚厚的怒意。

"小舅舅……"睡眼惺忪的小流萤揉了揉眼睛,抬眼困惑地看着自己的小舅舅,不禁有些奇怪。小舅舅平时一向稳重,即使天塌下来他也不会如此激动的啊!她嘟起小嘴回头看去。

成千上万朵杏花洋洋洒洒,迷离的银色月光洒在林子里,让树影倒映在了她的身上。洛歌淡笑,伸手掸掉肩上飞落的杏花。

"啊——"小流萤失声尖叫,原本粉嘟嘟的小脸,此刻却苍白得毫无血色!她拉起熙岚就想逃跑。"小舅舅,小舅舅,就是这个人!他找来了!他要杀萤儿!"

"萤儿,别怕!"熙岚俯下身去,脸上带着让人安心的温柔笑容。他将她搂入怀中,用手轻轻地拍着她的背脊。"萤儿,他答应过小舅舅的,他不会伤害你。"

"是,我是不会伤害你的,方流萤。"洛歌牵起嘴角,俯身看着她。

"可是……上次……"她一想起上次她脸上的狠色与眸中暗沉的杀机,就忍不住地想要发抖。

"上次是上次!上次与这次不同。萤儿,你敢说昨天吃的馒头与今天吃的牛肉面是一样的吗?"

小流萤眨了眨双眼,歪着脑袋想了想,才咧嘴一笑:"嗯,是不一样呢!"

很好,看来已经成功了一大半。最起码,现在她已经对她放下了不少的戒心。

"所以,萤儿今天看到的我与上次看到的我,当然也是不一样的啦!"她说着,伸手抚了抚她头顶的两个小鬏鬏。

小流萤从熙岚的怀中探出小脑袋,睁大了一双亮闪闪的大眼睛,仔细地看着她。

是不一样呢!这次的他比上次要温柔了许多,也亲和了许多。月光将树影投在了他的脸上。他好美!好美啊!

"那……哥哥有什么事找萤儿吗?"小流萤慢慢地从熙岚的怀中走出,站在洛歌的面前,抬头仰望着她。

"萤儿,告诉我,告诉我关于长相思的事。你怎么会唱长相思?"她半跪在她的面前,绝美的脸上,满是迫不及待。

"长相思……长相思,那曲子叫长相思吗?好悲伤的名字啊。怪不得……"小流萤忽然叹了一口气,稚嫩的脸上浸上了一层淡淡的忧伤。

"怪不得什么?!怪不得什么?!告诉我,流萤告诉我!"她激动地抓住了她的双肩,身体剧烈地颤抖。

"你弄疼她了!放开她!"一直沉寂的熙岚,隐约听见了小流萤"咝咝"的吸气声。他摸索着,然后用力地扳开了她的手又重新将流萤拥入怀中。

洛歌忽然直起了身子。月光下,她的眸中覆上了一丝暗红色的冷酷!手中,玄风剑开始呜呜作响。

"长孙熙岚,只有让我杀了你,你才会放心将流萤交给我吗?"她举起剑,狂风忽起,满地的杏花在风中狂舞。

"坐亦禅,行亦禅,一花一世界,一叶一如来,春来花自青,秋至叶飘零。无穷般若心自在,语默动静体安然。"

空气中,忽然流动着一股让人安静的檀香。

洛歌蓦然回首。

你要记住,爱别离,怨憎会,撒手归西,全是无类。不过是满眼空花,一片虚幻……

是他……

"你是……辩机?"她惊讶地睁大了双眼,看着眼前这个身着白色袈裟体态安然的老僧人。

"难得施主还记得老衲。五年了,施主忘了当初老衲告诫你的话了吗?"

"情劫?"

"是。"辩机拈眉一笑。"人生有八苦:生、老、病、死、爱别离、怨长久、求不得、放不下。此八苦,施主便占了五苦。"

"哪五苦?"洛歌转过身来走到他的面前。

"爱人之死,离爱之难,怨恨之久,求不得斯生,放不下斯死。"

求不得斯生,放不下斯死!

她捂住胸口,猛地向后踉跄了两步。

是的!她求不得!放不下!正因为想求却求不得,所以这五年来,十三的影子才会时刻萦绕在她的脑海!正如她放不下十三的死,所以她才会拿起玄风剑开始这为杀人而生的人生。

她想忘却忘不了。正如李隆基所说,思念如流沙,握得越紧,流失的越多。思念同样,越想忘记越不能忘记。

"你……辩机,你到底想干什么?!"她抬起头看着他,双眸中浸上了一层浓重的杀机与……惊慌!

辩机淡然一笑,白色的月光为他的身体笼上了一层淡淡的银色,恍若仙人一般。

他清远的目光越过她落在了熙岚的身上。

"施主,你可愿跟随老衲一起修行?"

"我?"熙岚怔住,完全出乎意料。

"是,辩机今日就是为了施主而……"

"不可以!"还未等辩机说完,一直沉默着的流萤忽然嚷嚷了起来,"不可以!小舅舅永远都只和流萤在一起!"

"萤儿……"熙岚俯下身去,将激动的她轻轻搂入怀中,他的下巴抵在她的头顶轻轻磨蹭。"小舅舅不会离开你,不会离开你的。"说完,他又直起身子对着前方缓缓说道:"不知大师为何想让在下随你一起修行?"

"因为缘分。"

"缘分?"

"是。缘由天定,而分由人为。你我的缘分早已在你祖父那代定下了。"辩机抚须而笑,深邃的眸中饱含禅意。

"我祖父……长孙无忌?"

"长孙无忌是你祖父?!"洛歌惊愕地睁大了双眼。不错!熙岚的确是姓长孙。但她从未将他与凌烟阁第一功臣长孙无忌联系在一起过。

"是,长孙无忌……他是我祖父。"熙岚说完,空洞的眸中覆上一层浓郁的悲伤。

"小舅舅,那个长孙无忌他是谁啊?"小流萤抬起头,困惑地睁大了一双圆溜溜的双眸。

熙岚低着头,冲着流萤微微一笑道:"他是你的曾外公。"

"曾外公?"小流萤偏头想了想,似懂非懂地眨了眨眼睛。良久,她对着辩机问道:"那……大师,为什么小舅舅的祖父是长孙无忌,他就要出家呢?"

辩机看着眼前这个粉琢玉雕的小人儿,无波的心中忽然升起一股爱恋。他低下身子抚着她的头顶,轻道:"既种因,则得果。上辈种的因,自然要由下代来尝其果。小施主,这些道理,也只有等你长大了才能够明白。"

"长孙熙岚,你心中的执念既放不下,又何必常自缠缚? 越执著只会陷得越深。你可想过,你所牵挂的人。她,又会作何感想?"辩机随手拈花,笑看熙岚。睿智的眸中一片柔和的光芒。

熙岚忽然怔住。

她,可会为自己难过? 那女子温柔如水,她只爱她的英雄,那个戍边战死沙场的大将军! 她可曾爱过自己? 并不是那种姐姐对小弟弟一般的爱过自己。可是,就算彼此相爱,又如何能够冲破世俗伦理的禁锢? 又如何面对列祖列宗! 这叫他们,又情何以堪!

他暗自苦笑了一下,冲着黑洞洞的前方,低低地柔唤了一声:"兰儿,你叫我如何放下……"

"常伴我佛，远离红尘。"辩机忽然肃容，语气里是让人不能拒绝的坚定。"熙岚，只有懂得放下，才对得起她！"

"放下？真的要放下？那……萤儿，我的萤儿又该怎么办？"

"一切由天注定！流萤小施主自有她命中注定的归宿与结局。这，又岂能是我辈左右得了的？"辩机说完，忽然长叹了一声："熙岚，你身上的红尘之气太过浓重。我不能让你遁入空门，断清一切情欲。但，你带发修行，我自能消除你心中那份愚蠢的执念。"

夜风习习，似带来了一阵清远迷人的歌声。杏花似雪，覆满了他的一身。

他忽然牵起嘴角，了然一笑。然后，他转身，朝着洛歌双膝跪下。

"洛歌，我长孙熙岚请求你，替我好好照顾萤儿！这算我欠你的，将来，我一定会还。"

他抬起头，"看"着她。银色的月光倒映在他的眼底，泛起星星点点的光芒。

林间，有无数只黑鸟腾空而起，叫嚣着从月底划过。

她茫然地伸出手，轻抚他的眉眼，心底一片荒凉。

"是你吗？十三……"

"答应我。"

"好……我答应你。"

"小舅舅，你说不会离开萤儿的！小舅舅，你怎么可以骗萤儿！"

"萤儿……"他轻吐她的名字，竟哽咽住了。"小舅舅无能。小舅舅放不下。在这里住着一位小舅舅相爱却不能爱的女子。小舅舅，要还她自由了！"他执她的手贴在自己的心房，轻轻一笑。然后，他转身跟随辩机，踏着满地杏花绝迹于杏林深处……

月下，白衣人搂住粉衫女孩，忧伤蹙眉。

身相许

傍晚。

天边的夕阳似一团火焰，蔓延在整个天际。红色的阳光穿透云层洒向了不知名的远方。

小河边，有人抱膝席地而坐。

她的粉裙被风吹起，恍若一朵盛开的小花。

她的眼眸被夕阳浸上一层橘黄的光芒，显得很温暖的样子。

她怔怔地看着河面,眼泪"吧嗒吧嗒"地往下落。她瘦小的身体开始颤抖,好像很无助的样子。

洛歌站在她的身后,白衣胜雪。

她能够理解她的心情。当年,她也曾跟她一样。落寞、无助而又孤单地独自哭泣。但她还有薛崇简的陪伴。可她,却什么也没有了。

她对她忽然放下了所有的冷漠,她想好好疼爱她。

于是,她走到她的身边也坐了下来。

"萤儿,在想小舅舅吗?"

夕阳的余晖洒在她的脸上,为她镀上了一层近乎淡红的金光。她眨了眨眼睛,唇角微微下撇。

"嗯。萤儿很想很想小舅舅。"她说着,侧首看着她,小嘴一撇又有一串泪珠儿滚落下来。"为什么小舅舅不要萤儿了!为什么……为什么……"

"萤儿!"洛歌忽然一把将她搂入怀中。"就算小舅舅不在你的身边了,你还是要好好地,坚强快乐地活下去!"

……

远处,杨柳依依。柳絮一团一团地向着她们飘飞过来。太阳走向天的尽头。然后慢慢慢慢地沉了下去。浅浅的光辉笼罩在她们的身上,显得无比美好。

怀中,小流萤微微抬眼,看见的,是她俊美无俦的脸。她淡漠地看着远方,目光里饱含着一种叫做思念的缠绵情绪。这一眼,一辈子她都无法忘却。小小的脸上,泪被风干,剩下的只有娇羞的绯红。

青衣人长身而立于柳色深处。

他看着她,微风吹皱金色的河面,吹起她如墨青丝,她的睫毛微微抖动,风儿似精灵一般在她的发间舞蹈。

久久地,久久地,一直很安静,很温暖。

"洛歌,你真的决定要将那方流萤留在身边吗?"

清早,李隆基站在院中看着正在舞剑的洛歌,心里不禁有些纳闷。那方流萤论姿色论心智都不如自己的堂妹,她为什么会将一个年仅十岁的孩子带在身边呢?

洛歌停了下来,她收起剑,目光冷漠疏离。

"我决定了的事,就绝对不会反悔。"她从樟树下的小几上端起茶浅抿了两口接着说道:"这是我答应长孙熙岚的。君子一言既出,驷马难追!"

"可是等你入宫以后,方流萤又要由谁来照顾!"李隆基无波的脸上微微有点愠色。

"我自有我的打算。"洛歌抬眼看了看他,目光投向了远处。

小流萤蹲在地上,双手撑住下巴。圆溜溜的眼睛一眨都不眨地盯着草丛深处。有风拂过,草儿笑弯了腰。小流萤忽然睁大了双眼,咯咯地笑了起来。

"萤儿在看什么呢?"

她站在她的旁边,顺着她的目光也投向了草丛里。

流萤的背脊忽然僵住,两抹红霞飞到了她的腮边。"萤儿……萤儿在看蚂蚁搬家呢!"她说着,伸出小手扒开了草丛。

一小队蚂蚁一个跟着一个一直蜿蜒到了墙角的洞穴门口。它们井然有序地缓缓爬行。

"要下雨了吧!"洛歌不禁喃喃。她伸手拍了拍流萤的头顶。冷冷的脸上微微露出了一丝阳光。"回屋吧!要下雨了!"

"要下雨了?"流萤抬头看了看她,又看了看天空,不禁撇了撇嘴。"大清早的就要下雨,真是扫兴啊!"

正说着,小雨点竟密密麻麻地打了下来。

洛歌猝不及防,她拉起流萤就往屋里跑。

"看!我说的吧!这雨说下就下!"洛歌牵了牵嘴角,扯过锦帕为流萤擦起脸来。

她抬起头看她。正撞上她那双满含笑意的眸子。既不冷漠也不疏离。甚至,还带着一点点温柔。这让她脸红得低下了头。

"哎呀!"小流萤突然低叫了一声。她四下看了看,抓起墙角的雨伞就往外跑。

"哎!萤儿,你要去哪里?"洛歌放下锦帕追到了门口。

雨幕重重,却挡不住那雨幕之外的安静与美好。

她蹲在泥泞的地上,举着小伞,冲着屋内的她,甜甜一笑。

雨越下越大,却丝毫不能打断蚁队的继续前行。她蹲在那里一动不动,认真地守护着那些世间最渺小的生灵。

恍恍惚惚中,洛歌好像看见了一个身着鹅黄裙衫的小女孩。她呆呆地蹲在那里,撑着一把小伞。伞下,是一株梨树的幼苗。

……

"十三哥哥,你说这梨树什么时候才能长大呢?"

"傻瓜!等你长大了,这梨树自然也就长大啦!"

"等歌儿长大了?那歌儿什么时候才能长大呢?"

"小傻瓜!"他伸手轻刮了一下她的鼻尖。"等歌儿嫁给了我啊!"

"那歌儿什么时候才能嫁给十三哥哥呢?"

"今天怎么这么多问题啊?老是'什么时候什么时候'的。我教你的几个字你都会了吗?走!回书房,写不出来我打你屁股!"

……

"十三哥哥……"她倚在门边，凄惨一笑。小树已经长成了参天大树。可是，她却不能嫁给他，甚至，她还亲手杀死了他。

雨中幼小的身影越来越模糊，她抬起手抹掉眼角的湿润，撑开伞抬脚踏入雨中……

"萤儿，不好好爱惜身体的下场就是这样！以后还敢不敢淋雨了？"她故意板起了脸，表情十分严肃。

"萤儿不敢了，萤儿不敢了阿……嚏！"

床上，可怜兮兮的小流萤狼狈地抹了抹鼻子，然后抬头巴巴地看着她。

手里的药汁飘散着一股难闻的味道，浓黑浓黑的，应该很苦吧！她不禁皱了皱眉。不过还好，她早已做了准备。

"来！萤儿，把这药喝了！只要你把这药喝了，洛哥哥就拿糖葫芦给你！"

糖葫芦?！这个诱惑实在太大了！小流萤低头想了想，确定自己并不吃亏后，这才慢吞吞地从她手里接过药。

"哎！烫！来，我喂你。"洛歌说着，举起了汤匙轻轻吹了吹，才将药汁送到了她的唇边。

小流萤悄悄抬眼看了看她，发现她是一脸严肃，两颊上不禁又遍满红霞。她一咬牙，从她手中抢过药碗。猛力地吹了吹，仰头"咕咚咕咚"地喝了起来。

"哇！好烫啊！"她皱起眉咧起嘴，不停地用手朝着小巧的舌头扇风。"这药怎么这么烫！这么苦啊！"

"小傻瓜！苦口良药嘛！我都说要来喂你啊，你怎么自己先抢了去！"

"因为苦啊，所以一口喝下去，这样的苦才是短暂的啊！如果一口一口地喝，还不知道要把我苦成什么样呢！"小流萤说着，还冲她扮了一个大大的鬼脸。

洛歌轻轻一笑，伸手取过湿帕为她擦掉了腮边的药渍。又从桌上拿过一串糖葫芦冲她笑道："看，洛哥哥没有骗你吧！等会儿我要出去办些事，萤儿一定要乖乖地在客栈里等我！"

"嗯，萤儿一定会很乖很乖的！"

经过昨日的一场大雨，空气似乎也变得清新了许多。

洛歌打开窗，迎面一阵凉风，吹得人神清气爽。

楼下，李隆基一袭青衫，长身立于樟树之下。他似乎察觉到了她的目光。微微抬头看向了她。

她冲他牵了牵嘴角，执剑冲着床上的流萤轻道一声"好好休息"便出门离开。

"今日要去哪里？"洛歌掸掉身上的微尘，抬眼看向伫立在一旁的李隆基。他看了她一眼，才道："去拜访崔尚知。明日我们便要起程上长安了。"

"明日?!"这倒出乎了洛歌的意料，她低头想了想又不禁蹙眉："可是萤儿的病还没好，又如何禁得起这长途颠簸。"

"洛歌，我早就说过把这方流萤带在身边是个累赘。洛歌，你不是一个杀手吗？你何时变得如此心善！"他黝黑的眸中不禁浮出一丝愠恼。

"我已经脱离了玖冽山庄，从此江湖上也就没有'荞花白幽'。现在，我只是一个等待入宫服侍武帝的普通男子而已！"她抬起头看着他，脸色冰冷得厉害。

李隆基深吸了一口气，调整好情绪，黑色眸中重新覆上一层淡漠的冷酷。

"李姑娘，你确定这样做真的不会出什么事吧！"

"有我在，你放心吧！"李裹儿有些不耐烦地看了看身后紧跟着自己的郁兰不禁蹙眉。

难怪这几日她想要来见他，都会被拒之千里呢！原来，他早已是金屋藏娇啊！

想到这里，她不禁撇了撇嘴。听郁兰说，那个叫方流萤的只不过是个十岁大还没有长开的小丫头片子呢！那自然也不会有自己这般妩媚多姿了啊。为什么洛歌会要她呢！真是让人费解啊！

"李姑娘，到了！"郁兰小心翼翼地打断了李裹儿飘飞的思绪。她指了指房门。微微点头。

"就是这间？"李裹儿轻挑了一下眉毛。她伸手拍了拍，两个彪形大汉一脚踹开了房门。

屋内，流萤正酣睡着，被这一声巨响惊得连忙睁开了双眼。

"你……你们是谁?!"她惊恐地抓紧被子，紧张地看着冷笑着的李裹儿和她身后神色有些慌张的郁兰。"郁兰姐姐，怎么是你？"

"萤儿……我……我……"

"别跟她废话！来！你们把她给本小姐抬起来，我要亲自将她送到秦公子那儿！"

"你们不可以这样！你们……洛哥哥！洛哥……"

……

街上，车水马龙。

俊美的脸上一片冰冷，洛歌伸手抚了抚眉心。不知道为什么，从出门到现在，她心里总是隐隐地感到不安。

身后，李隆基亦是一脸无波。他看了看她，觉得她似乎有些反常。刚刚在崔尚知府府上的时候，她也是坐立不安，心神不定。

"洛歌，怎么了？"

"没什么。我们还是快赶回客栈吧！"她说完，抬头看了他一眼，又加快了脚步。

客栈外,陈掌柜早已是恐慌到了冷汗直冒。就在刚才,他让小二去天字房送药,却发现里面早已是空无一人。洛歌出门时千叮咛万嘱咐,吩咐他一定要将方流萤照顾好的,可是现在……唉!

远远的,他便看见洛歌与李隆基正往这边赶来。

"洛公子,我……我……"他只眼睁睁地看着她,抹了一把汗一咬牙接着说道:"刚刚我让狗儿去送药,可是,您交代照顾的那位方姑娘……不……不见了!"

"什么?!"洛歌惊得一把揪住了他的衣领。"萤儿不见了!"

"是……是……小人也不知道啊!刚刚才发现的!小人……小人……"陈掌柜亦是急得语无伦次,不知所措。

"何时?何时发现她不见的?有没有什么可疑人进过她房间?"

"刚刚……就在刚刚……我……我也不知道啊!她人就这么奇奇怪怪的不见了!"

"洛歌,放开他!"李隆基站在她的身后,深沉的眸中没有一丝波动。他从未见她如此着急过。想来,那方流萤对她就那么重要吗?

"洛歌!你现在着急也没有用!快放开!"他见她不松手,一个箭步上前,强行从她手中将陈掌柜救了下来。

"你先冷静一下,从长计议!"他说着看了她一眼,黝黑的眸中闪过一丝利光。

"如何从长计议!萤儿现在下落不明。你又要我如何冷静下来!"

"洛歌!"李隆基厉喝一声,慢踱到了窗口,面对着大街上来来往往的人群不禁蹙眉:"你想想,除了你我,还有谁知道这方流萤在这客栈。"

"柏艺……还有……郁兰?"

"是。柏艺曾救过长孙熙岚和方流萤,所以她是不可能对方流萤不利的,那么,现在剩下的只有郁兰。"

"郁兰?"

"现在我们要去的地方便是风月阁,这郁兰很有可能知道方流萤在哪儿。"

"我现在就去找她!"洛歌听罢,恶狠狠地吐出了一句话。她执剑的右手,指关节微微泛白。

风月阁外,莺莺燕燕。

洛歌抬头看了一眼风月阁的牌匾,长长地吸了一口气。正要抬脚进去,却见一个熟悉的身影正从里面慌慌张张地跑了出来。

"郁兰!"她朝着来人大喝了一声。

神色慌张的郁兰猛然睁大了双眼,匆忙的脚步也突然一滞。她顿了顿,正准备继续走开,却被一股巨力拉到了一边。

"告诉我!你把萤儿藏到哪儿了!"洛歌紧盯着她,俊美的脸上一片冰冷。

"我……我……萤儿她……"她慌张地抬头，正撞上了她那双冰冷瘆人的双眸。

"说！不说我杀了你！"她目光凌厉，眸中覆上了一层浓厚的杀机。她忽然抽出剑，冰冷的剑刃直抵她的颈间。

"我……是李姑娘！是李姑……"

"洛公子，让奴家带你去找方流萤吧！"一道素雅清淡的身影忽然出现在了他们的身后。洛歌困惑地回过头去。

此人正是曾救过长孙熙岚和方流萤的柏艺！

"让奴家！让奴家带公子去找方流萤吧！"柏艺见她没有反应，又高声重复了一遍。

"你知道萤儿在哪儿？"

"是！奴家知道！"柏艺毫不畏惧地抬头迎上了她那双瘆人的眸子。"奴家见郁兰神色诡异慌张，便跟踪了她。所以，奴家知道方流萤被劫去了哪里！"

"快！带我去！"洛歌猛地收回剑，抓住了柏艺的手，引得她双颊一片绯红。

身后，郁兰早已吓得瘫坐在地上，几欲昏去。

"洛公子，李裹儿很有可能将方流萤交给了秦文生。"柏艺一边引路，一边推测。

"秦文生？他是何人？"洛歌看了看走在前面的柏艺，目光投向了风月阁内楼宇深处。

"秦文生乃本地的一大恶霸。因其父是一方大财主，所以他才会如此嚣……"

"洛歌！！"

柏艺话音未落，就被一声深沉的声音喝止。

洛歌回过头去，看见的却是李隆基。他青衫立于远处，让人看不清他的表情，只隐隐让人觉得他现在很生气。

"洛歌，你给我听好。从今天起，你的事情不管是大是小，都得告知我一声。因为，只有我才可以护住你！"李隆基双手夹住她的双肩，低头看着她，黑眸中满是不可抗拒的坚持。"听到没？！"他的声音深沉而又响亮，竟使她怔住。

明亮的阳光洒了下来，一阵火辣辣的，让彼此暴露在外的皮肤微微感到刺痛。

他幽黑的眸中被阳光投下了一层明亮的光芒，好像千年不破的冰湖，深沉黑暗竟也漾起点点波光。

"好！"她看着他，轻轻点头。继而转身挣脱了他的双手，随着伫立在前方的柏艺继续向前走去。

随着曲曲折折的小道，终于他们走到了尽头。

展入眼帘的，竟是一幅醉生梦死的淫靡画面。无数个红男绿女，相倚痴笑，一股浓重的酒味与胭脂味迎面扑来。

"恶心！"洛歌厌恶地蹙紧了双眉，随着前面的柏艺穿过人群走上了二楼。

"哟！这不是洛公子吗，今儿个怎么有空来这儿逛逛啊！"百花献媚地笑着，甩着手中的香帕，整个人几乎都攀在了洛歌的身上。一股浓厚的胭脂味儿直窜入她的鼻中。她一把将她推开，目光里满是杀机！

"你离我远……"

"啊！！"

"流萤！"洛歌警觉地抬起头，握紧了玄风剑朝着尖叫的方向寻了过去。

李裏儿得意地倚在门口，听着里面不时传来的凄声尖叫，像是在欣赏一般，脸上竟露出了十分惬意的表情。

她忽然收敛住了笑容，隐隐的，一股强大的杀机正迅速地靠近她，她能感觉得到那股巨大的、抑人呼吸的压抑感！还未等她回过头看清楚，一道寒光便立刻闪在了她的颈间。

洛歌的背脊一阵僵硬，她的双手抑制不住地颤抖，她看着剑下她那张明艳妩媚的脸，恶狠狠地吐了一句话："你这个、你这个蛇蝎女人！李隆基，李裏儿是你堂妹，我把她交给你了！"说罢。她收回剑双目冰冷地看了她一眼，一脚踢开了房门。

眼前景象，不堪入目。

流萤全身赤裸的躺在床上，只着了一件贴身的肚兜而已。她惊恐地睁大了双眼，泪似泉水，溢满了整张小脸。

床边，秦文生正淫笑着，被突然出现的洛歌显然吓了一大跳。

"你……你！你是何人！"

"你这个畜生！"还未等他说完，洛歌早已拔剑怒斥。

一时间，玄风剑上滋生了千千万万朵粉色的荞花。有冷风灌入房内，吹掀了绿色的帐幔。那些荞花，在风中飘飞，随着她的墨丝倾力舞动。

她缓缓地举起剑对准他的胳膊用力砍下。彼时一阵血花四溅。秦文生的半条胳膊竟生生飞到了她的脚边。

她看着疼得在地上打滚的他，唇边竟扬起了一丝嗜血的冷酷笑意。

"畜生，今日我暂且放过你！他日若再让我看见你为非作歹，就不是砍掉一只胳膊这么简单了！"她说完，走到床边看着泪流满面的流萤。眼中嗜血的赤红光芒，转眼间竟化成了一股怜惜的温柔轻风。

她扯过薄被，将她裹住，打横抱在怀中。

她蜷缩在她怀里，空洞的双眼，看见她俊美无俦的脸。泪，更加汹涌。

"萤儿，对不起！洛哥哥没能好好保护你……"

她蹙眉低眼看着呆滞的她。忽然俯下了身子，用手轻轻为她抚去了脸上的泪水。

"萤儿，乖！洛哥哥带你回家。从此以后，洛哥哥再也不会让别人欺负你了！"

走出房门,她偏头目光跳过皱紧双眉的李隆基,落在了被吓得完全呆住的李裹儿身上。

"你给我记住!我永远不会爱上你!倘若你再伤害我想要保护的人,杀你!我决不留情!"

上长安

月皎如玉。

夜间的一切仿佛都已沉沉睡去了。寂静的小路上,马车一路颠簸奔驰。黑色的枝丫上,有夜莺鸣唱,低低的,好似谁在哭泣。银色的月光洒在她的身上,她眼神迷离地看着前方,月儿温柔的光华为她的睫毛镀上了一层银色的淡霜。

她掀开帐幔。里面,流萤已沉沉睡去。她的双眉痛苦地纠结着,好像在做着一个可怕的梦。

"洛歌,喝水!"李隆基目不斜视,手甩着长鞭驾着马车,一手将水囊递了过去。

她看了他一眼,摇了摇头。

"李隆基,还有多久我们才能到达长安?"

"三日,仅需三日之程。洛歌,你别怪我不顾流萤的安危。你砍掉秦文生的一只胳膊。我想,他是不会轻易罢休的!"

"我知道。我没有怪你的意思。李隆基,你也进去休息一会儿吧!"她说完,抢过他手中的马鞭,并不理会他的反应。

他偏过头,借着月光看见了她那张写满忧伤的脸,心里莫名其妙地被什么撞击了一下。

"我说过,杀手不能相思……"

"我知道!"她偏过头看着他,眸中的忧伤被冰冷的夜风吹散。

她看着他,他也看着她。

他的眸子幽黑冰冷,仿佛是一个隐藏着巨大暗潮的黑色的湖,神秘却又让人不敢窥探。

这个世界上,恐怕也只有她有这样的勇气,敢直视他那双吸人心魄的眸子吧!

她的眸子,好像是月光下闪烁的绿色宝石。明明流光溢彩。却好像被冰封一样,掩藏了太多太多。

他忽然冷笑了一声,牵了牵嘴角,准备钻进马车。

"我只是感觉悲哀罢了!人活着却不能保护自己想要保护的人……难怪当年,他会那样的悲伤。"

她的声音幽幽飘来,让他的身体猛然一滞。他慢慢地回过头来。黑眸中,她的背影在惨淡的月光下显得格外的凄凉与悲伤。

夜风牵起她的白衣,似蝶飘飞。她抬头看着天上的那轮皓月。隐隐的,她仿佛看见了他的脸,他笑着,容颜温润如玉。

眸中,是萦绕在她梦中千遍万遍的银白色的温柔……

阳光零零落落地透过窗棂洒了进来,微风将床幔吹得微微抖动。她抬起头透过窗,看见的是高远明净的蓝色苍穹。有大雁排"人"字形往南飞去。

立秋了,那个荷花盛放的夏季已成为过去。

身边的小人儿忽然慢悠悠地睁开了双眼。她看着她的侧脸,俊美无俦却让她眼眶发酸。

"你醒啦,昨夜睡得可好?"她侧过脸看着她,唇角扬起了一抹似有似无的浅笑。

"嗯。萤儿昨夜睡得很好,洛哥哥……对不起。"她看着她略显疲惫的脸。心里既心疼又愧疚。"要不是萤儿的身体不争气,洛哥哥也不会日夜不寐地陪着萤儿了。"

"小傻瓜!我答应你小舅舅的,一定要将你照顾好!"她低头看着她,伸手为她理顺了头发。

可她,却躲过了她的手,将头埋进了枕头里。

"萤儿,怎么了?"

"洛哥哥……"她并不抬头,瓮声瓮气地接着说道:"洛哥哥是不是因为《长相思》的事才……"

"不是!"她一怔,坚定地摇了摇头。

没错,起初她的确是因为《长相思》,因为十三才会答应长孙熙岚,说要照顾她。可是现在,她可以理直气壮地说,不是!

"不是?"流萤从枕头里抬起头看着她,脸上泪痕可见。"那是为什么?"

"仅仅是因为想要照顾萤儿而已啊!"她轻挑唇角,将她露在外面的手重新放回被子里。

"洛哥哥……"她看着她。许久,轻轻一笑,腮边梨涡深陷。

"好好休息。萤儿,不要想太多。这样对身体不好。"她说完又看了看她,才推开门离去。

游廊里,李隆基站在那里。秋风急速,吹得他的青衫"猎猎"作响。

"明年开春,我便托人引你入宫。洛歌,你准备好了吗?"

洛歌在他身后,不屑地轻哼了一声:"还需要准备吗?只是对付一个七十有余的老妪罢了。"

"你太低估武曌了!"李隆基转身,目光凌厉地看着她:"她人虽老,心智却如当年那般清晰,手段亦如当年那般铁腕。在她面前,没有任何事情可以瞒过她!"

任何事?她不禁冷笑一声。她是女儿身的事连他自己都看不出来,更何况一个头昏眼花的老太婆。可是,可是总有一天,那武曌是会知道她的身体……想到这里,她不禁蹙眉。

李隆基见她一副若有所思的样子,以为她已将他的话记在了心里,遂稍稍放宽了心怀。

"你也不要过于担忧,到时我已有安排助你。"他侧头见她仍是一副眉头深锁的样子,不禁叹了一口气。他从怀中掏出竹笛贴在唇边吹奏了起来。

一曲《平秋雁》缓缓泻出。

阳光将他们的影子投在了冰冷的地上,交错在了一起。她微微扬头,看见的是如洗的天空。此时的天空高远莫测。蓝得发白。正如她的未来,非她能测。

一切,都是未知的……

第三卷 五王宅内

长安城,
五王宅,
淡淡相惜深深爱。
错冤案,
见天慧。
入室还托形似人。

入王府

清晨，第一缕晨光照在了数丈之高的城门之上。巨大的城，神秘莫测，金碧辉煌。引燃了多少壮志男儿的梦想。

在这，长安。

一辆马车。

车前执鞭的，是两个男子。

一个，白衣胜雪，面容倾城。冰冷的眉宇之间，暗含着一股近乎妖娆的美丽。似初夏的第一朵荷花，既清涟又妖冶。无人能比。

一个，青衫飘飞，容貌英俊。黝黑的眸子像是被冰封了千年的湖泊，无波无澜。但，他眉宇间却包含着一股君临天下般的摄人气质。

马车一路疾奔，驶向城内，停了下来。

洛歌抬头，"五王宅"三个大字映入眼帘。

朱红的大门，缓缓打开。自内走出十个小厮。他们并列两排，看见李隆基微微垂头。

"三弟啊，你总算回来了！"

不见其人，先闻其声。

洛歌本要扶流萤下车。听到这声音，她的身体忽然一滞。继而，她又若无其事地继续将虚弱的流萤扶了下来，这才回过头去。

大门内走出四个锦衣玉袍的翩翩公子。为首的，是一个身着绛色长衫的男子，他大约二十一二岁。面容英俊却有些粗犷。面庞流露出的皆是一股豪放之气。

那男子走到李隆基面前，用力地拍了一下李隆基的肩膀。然后低头在他耳边耳语了一阵。引来他二人一直开怀大笑。

"真是这样？"李隆基笑看着他。

"那是当然了！二哥我怎么会骗你。"男子说着，冲着李隆基促狭一笑。他微微直起身子。抬眼，却看见立在阳光下，白衣翩飞的洛歌，不禁呆住。

阳光如琉璃珠一般，沿着她的肩膀，一直滚落到衣袖，到翻飞的衣角。风将她的墨丝吹散。如同五月里飘飞的柳絮。她看着他，白皙的皮肤被阳光照得恍若透明。倾城倾国的脸上，冷漠疏离。仿佛置于尘世之外。可她的双眼，却正在探索着，让人想到了撕破黑夜的启明星。

"他是谁？"他指着那个如初夏莲花般脱俗的男子。

"他?"李隆基回过头,目光落在洛歌的身上,微微蹙眉。他走过去,伸手揽过她的肩,来到四人面前,轻松一笑:"这是我去房州认识的朋友,名叫洛千。"他说着,微微侧身冲她点了一下头。

"洛千,我来介绍。"他拍了一下绛色衣衫的男子,道:"这是我二哥,成义。"说完,他又指了指他身后的一个穿着浅蓝长衫的少年道:"这是我四弟,隆范。"话毕,他又指了指李隆范身边一位穿宝蓝长衫的少年,接着说道:"这是我五弟,隆业。"

洛歌看这二人,都约莫不过十五六岁。李隆范眉眼英俊充满阳光。他看见她,先是一愣,然后他冲着她露出了热情而又友好的笑容。

而他身边的李隆业则不同于他的阳光。他的眉眼也很好看,只是却比李隆范更显老成一些。他打量着她,眼神古怪。

"洛千,这是我大哥,成器。"李隆基见她出神,便用力地揽了揽她的肩。她回过神来,顺着他手指的方向,微微抬头,眼神不觉一跳。

他一身淡灰薄衫,微微低首,看着她。

清晨的风微湿,但却十分清新。淡黄色的阳光,透过枝杈,斑驳地洒在他的身上。晨风吹起他的衣角,翩若飞离。

他的眉宇,仿佛笼罩着一种淡淡的,如雾一般出尘的光华。他的双眸淡静闲适,是一种真正的超脱世外般的安然。柔和的阳光,照在他俊逸的脸上,晕起一层光圈。

他看着她,淡然一笑。微微点头。睿利的眸中不期然闪过一丝亮光。

洛歌不禁一怔,她慢慢地转过目光扫了众人一眼,抱拳微微颔首。

"洛千见过各位王爷。"

"小悌被忽略了!"

他们的身后,一阵清甜的童声忽然响起。

众人皆往两边让了一步。一个身着紫衫的小男孩站在那里,嘟着个小嘴,一双满是稚气的大眼睛直愣愣地看着李隆基。

"我倒忘了!"李隆基扬起嘴角,轻轻一笑:"洛千,这是我的六弟,隆悌。"

"好漂亮的哥哥啊!"小隆悌一声惊呼,像一阵风儿一般飞奔到了她的身边,扬起小脸看她。

"哎!不对!"李隆范半蹲在他的面前,伸出食指轻刮了一下他小小的鼻尖。"小悌用错词了。漂亮这个词都是用来形容美女的。形容洛哥哥应该用俊美这个词,知道了吗?"

小隆悌听了,不以为然地偏过头轻哼了一下。

"哼!小悌刚刚摆脱先生的叨扰,这会子又要听四哥的啰唆。"说完,他又转过脸看了众人一眼,眉眼故作悲伤。"唉!小悌的命好苦啊!"

他小小的脸皱成了一团,偏偏灵稚的大眼睛还不时转转,瞟了瞟众人。

小隆悌的一句话，引得众人一阵哈哈大笑，就连淡漠的洛歌，也不禁牵了牵嘴角，心里也开始喜欢上了这个古灵精怪却又十分惹人喜爱的小孩子了。

小隆悌发现众人正在笑他，有些不服气地挑了挑淡淡的眉毛。他转过身，抬起头，冲着洛歌微微一笑，腮边梨涡深陷，他张开一双小手，迎着阳光喊了一声："抱我！"

他的嘴角牵起，形成了一条十分调皮的弧线。他看着她，大大的眼睛里盛满了期待与阳光。他浓密的睫毛扑闪扑闪，显得可爱至极。

"悌儿，你别……"李隆基上前一步。他怕她会拒绝他，这样会伤害到小隆悌的。

"好啊！"洛歌低下身子，仰起头冲他牵了牵嘴角。她伸出双手，将他抱了起来。

三岁的小孩子，不是很重。他的身体好软和，就像是一片轻柔的羽毛。

小隆悌在她怀里开心地"咯咯"地笑了起来。他有些骄傲地冲着众人翘了翘唇角。然后，他一头扎进她的怀里，将脸埋在她的颈窝间，闭上了双眼。

"好香啊！"他伸出双手圈住她的脖子又仔细地闻了闻。

"好香啊！"他靠在她的肩上，睁开双眼，又忍不住重复了一遍。

"好香？"正在一旁深思的李隆业听他这么一说，不禁皱眉。

"是啊！洛哥哥身上好香！好像荷花的香味！"小隆悌不明所以地点了点头。

洛歌的心跳猛然漏了几拍，她微微抬眼，正看到李隆业一张十分困惑的脸。

"原来，洛公子也喜欢燃荷香啊！"一道清远的声音忽然自她的身后响起。洛歌回头，看见的却是李成器！

他淡笑着，从她怀里接过小隆悌，将他放在了地上。

"这有什么好奇怪的。小悌你闻闻大哥身上是不是也有这种味道？"他说着，伸出袖子凑到了小隆悌的鼻间。突然，他有好笑地揉了揉眉心。"小悌，你瞧大哥这记性。大哥倒忘了。大哥刚刚泡了趟澡。这会儿，大哥身上自然也就没有这种香味了。"

"这荷香极为少见。没想到，洛公子竟也十分喜欢这种淡淡的清香。"李成器一边说着一边直起身子，云淡风轻地看着洛歌。

洛歌微微颔首道："是，在下从小就一直很喜欢荷花，更喜欢它那种清雅脱俗的淡淡香气。"她盯着他的双眸，暗自思索着他到底是为什么会替自己解围。

李成器亦直视着她的双眸。他深邃的目光，直投在她的眼底。仿佛是一只有力的大手，意图揭开她双眸中的那层冷漠，探索着她眼下的流光。

"小色狼！别碰我洛哥哥！"流萤忽然一把推开了小隆悌，叉着腰怒瞪着他。

可怜巴巴的小隆悌自然敌不过比他大七岁的流萤那般大力。他一个趔趄，便一下子摔坐在了地上。他抬起头，看着怒气冲冲的流萤，无辜地眨着一双大眼睛。半晌，他突然一蹬腿指着流萤朝着李隆基哇哇大哭了起来："三哥！呜……三哥！你看！她欺负我！三哥，三哥，呜呜呜……"

"萤儿,怎么了?"洛歌有些困惑地半蹲下身子,看着不知所措的流萤。她的萤儿一直都是很温和的,怎么今天……

"哇呜呜呜……"流萤看了看她,忽然也仰起小脸大哭了起来。她一边哭着一边指着完全呆住的小隆悌,哭道:"洛哥哥,李隆悌这个小色狼他说想要亲你!"

一阵风忽然刮过。

洛歌的脸上,挂了三条黑线。

李隆基尴尬地假咳了两声。

几个人之间,一片寂静。

"好你个色狼小悌!"一直呆立在一旁的李隆范忽然跳了起来,他猛地敲了一下小隆悌的头。"你还真是和你二哥一个德行呢!看见漂亮姑娘就犯迷糊,哼!居然连长相好一点的男子都不放过!"

"诶!四弟,怎么说话呢!小悌怎么就像我了!"李成义听李隆范这么一说,立马嚷嚷了起来:"我才没有小悌那么色呢!小悌,你说对不对?"

"对……啊不对!"小隆悌先是点头然后他又立马摇起了头。"小悌一点也不色!小悌只是看洛哥哥的脸像莲子糕一样好看而已啊!所以,小悌想尝尝看嘛!"

尝尝看?!

洛歌仰起头看着蓝天,觉得有几只乌鸦正"啊啊"的从她头顶飞过。

李隆范抬手摸了摸额上的汗。他伸手抱起小隆悌说了句"进去再说吧",便立马跑进府里。

流萤抓住洛歌的衣袖,气得小脸通红。

李隆基更是满眼笑意。

而其他几个人早已是笑得直不起腰来。

洛歌的脸上除了一阵尴尬,竟漾起一圈一圈的笑意。

这王府的生活,有了这个古灵精怪的小隆悌,或许会有趣很多吧!

秋风劲

五王府。

黄昏时分,如血夕阳在远天散开。太阳呈现出一种妖冶的红色,不同往常。

院内早早地就点上了灯火。一盏盏灯烛散发着一种既热烈又温暖的光芒。在几近暗色的天空下,仿佛一颗颗流星陨落人间。

"洛哥哥,你说今天的太阳为什么这么红呢?"

"洛哥哥,洛哥哥,你听我说,听我说!"

洛歌低头看了看围绕在自己身旁一左一右的两个小人儿后,无奈地摇了摇头。

她抬起头,正看见李隆基站在灯光里愣愣地看着自己。

夕阳火红的余晖与灯烛暖黄色的光芒融在了一起,映照在他黝黑的眸底,竟显一片让人痴恋的华光。

她的背脊一僵,不自然地牵了牵嘴角。

李隆基亦收回目光,英俊的脸重复往时的冰冷。

"大哥他们摆酒为我们接风洗尘,进去吧!"

大厅里,灯辉交映。

觥筹交错间,除了洛歌,每个人脸上都满是笑意。

"三弟,你不知道啊!少了你,这王府外边,倚墙观望的女子可是少了许多啊!"李成器大笑着站起来举起酒杯,又道:"你看,你这一回来王府又变得热闹了起来!"

洛歌身边的李隆基亦笑了起来,他举起酒杯与李成器的酒杯微微一碰,便仰头喝下。

"二哥说笑了,如果二表弟在这里,我想会更加热闹!"李隆基一边说着一边将酒杯冲着李成义凌空倒置了一下。

李成义听李隆基这么一说,也微微出神。

"是啊,如果二表弟也在这里,可就是真正的热闹了。"

"只可惜,他现在人仍在外面。"李隆业接过话茬,"不知当初姑母为什么那么狠心。二表弟还那么小,就把他送出去。"

"家家都有本难念的经啊!"李隆范做最后总结。

洛歌执酒,侧头看着外面的月色。

朦胧的月色洒入她的眼帘,让她有些微醉。

天已完全黑了下来,院中一排排灯火在暗色的夜里显得格外的明亮。

她想,薛崇简现在不知道在干什么。

他,还会夜夜为她点长灯,等着她回去吗?

洛歌情不自禁地牵起了嘴角。她将酒杯贴唇,慢慢啜饮。

"洛公子习惯一个人喝闷酒吗?"

李隆业忽然站了起来,他举着酒杯看着她。

洛歌回过神来。她偏过头目光投向了一脸莫测的李隆业。

"洛千自幼独闯江湖,遂养成了独来独往的习惯。望王爷见谅!"

"什么王爷啊!"李成义突然站了起来,他两颊晕红,显然是喝醉了。"洛兄弟既然是隆基的朋友,便也是我们的朋友。既然大家都是朋友,又何必王不王爷的称呼呢!洛兄弟只管叫我们的名字就是了!"

"是啊,洛兄!"李隆范笑看着她,笑容像四月里的春光一样温暖。

洛歌看着他兄弟二人,飒爽一笑。她站了起来,抱拳道:"那洛千就恭敬不如从命了!"

秋季微冷的夜风带着女子的一阵轻声嬉笑声传了进来。

洛歌蹙眉向门外看去。

只见高墙之上,露出了数十个女子的脑袋。她们巧笑嫣然,直盯着屋内灯火浓盛处。

"外面那些女子在干什么?"洛歌偏头小声问着身边的李隆基。

"因为哥哥们啊!"坐在李隆基另一侧的小隆悌忽然抢着说道:"哥哥们可是长安城里有名的美男子呢!每夜都会有女子在墙头偷看哥哥们,有时候还听哥哥们一起和乐。她们以为是神不知鬼不觉,其实哥哥们早就知道了!"

"哦?是这样啊!"洛歌似笑非笑地看了一眼李隆基。

他亦放下酒杯看着她。良久,李隆基忽然站了起来,他冲着众人高声道:"我看今夜月色极好。我们兄弟几人已经很久都没有和过乐了。不如今日我们就来合奏一曲。以慰藉这墙外的姑娘们,可好?"

说完,李成器兄弟几个连连点头称好,纷纷回房取琴。

"隆悌,你带着洛哥哥去后园。我在那里等你们。"李隆基说完,冲着洛歌微微点了一下头,便转身离去。

后园,采风亭。

夜风自亭中灌入,吹扬起他们的衣袂。星辰布满天空。暗色的夜里,荡漾着醉人的花香,涨伏起所有墙头女子的心潮。

六个俊美的男子,各自带着自己的乐器。

采风亭下,一片寂静的大湖。泛着月光散发着诱人的温柔光芒。

白衣人倚在一棵巨大的绿树下。夜风吹着树,发出一阵悦耳的"沙沙"声。

她,白衣翻飞,墨丝在肩上散开。双颊微红,双眼迷离。是喝醉了吗?是心,微醉吧……

亭子里,六个男子,伫立如松,面容英俊。

李隆基唇角微微上翘。一道空灵的笛音忽然响起。彼时,群乐忽和。

洛歌静静地坐在那里。

风吹落叶,她抬手拈住。十指间,一点翠绿。光滑的叶面,迷离的月光,透过她的长睫,洒在上面。

她看着叶,专注而又沉迷。

亭中,他呆住,忘记吹笛。

她的眉,她的眼,她的鼻,她的唇。

此时此刻,让他是多么的沉醉!

墙头女子,不知是谁先发现了他的异样。她们低低地"咦"了一声,调整目光,却见大树下隐隐有一抹白色的影子。偶尔翻飞的衣袂冲破黑暗,迷惑了众女子的双眼。

洛歌轻轻抬手,双指一松。那绿叶随风飘去,越来越远,越来越远……以至于最后,消失在她的视野,消失在咫尺的天涯,化为夜空中最明亮的一颗星。

她猛地站了起来,微红的脸上带着淡淡的笑意。她看着呆住的他,眼眸闪亮得犹如月光下最珍贵的宝石。

她宽大的衣袖,蓄满疾风。她微微蹙眉。转身,眸中的笑意却化为了最浓郁的悲伤。

墙头女子呆住。亭中男子呆住。

世间没有一丝声响,她如仙人一般,遗世独立。

她抬头对月长吟:"月出皎兮,佼人僚兮。舒窈纠兮,劳心悄兮。月出皓兮,佼人懰兮。舒忧受兮,劳心慅兮。月出照兮,佼人燎兮。舒夭绍兮,劳心惨兮。"

声音低婉缠绵,娓娓动听。

一夜之间,五王府神秘的白衣男子,名动长安!

五王府内,西厢。

洛歌半倚在贵妃榻上,她放下手中的书卷看了一眼窗外。

雨,淅淅沥沥地下着。风雨中,门外的小梧桐似要被风吹倒。洛歌抬眼看了一下天空。那是一种晦暗的灰色。巨大的乌云在空中翻滚着。偶尔几声雷鸣。而后,闪电撕破苍穹。

这样的天气……如果他还在的话,他一定会安抚她。叫她不要害怕,他会保护她。可是……现在一切都不存在了。哪怕她再怀念也还是无法挽回。

洛歌不禁苦笑,又拿起书继续读了起来。

"笃笃笃……"

有人在敲门,敲门声十分急促。

洛歌站了起来,走过去将门打开。

一阵冷风迎面扑来,还夹杂着雨珠儿。生生打在她的脸上,冰冷冷的一片。

洛歌低头,看见的却是流萤一张哭花的小脸。她全身湿透,抬起头可怜巴巴地看着她。

"萤儿,怎么了?"她扶住她瘦小的肩,蹙眉问道。

"洛哥哥!"流萤带着哭腔喊了一声便一下子扎进了她的怀里。"洛哥哥,萤儿怕打雷,怕闪电! 萤儿怕……"

"好了好了,萤儿,有洛哥哥在,洛哥哥会保护你!"

洛哥哥会保护你……

十三哥哥会保护你……

她一怔,泪就这样毫无征兆地流了下来。

他要保护她。可是,她却有能力去保护别人了。

她已成为了一只羽翼丰满的飞鸟,可以独自飞翔了。

他的死,让她成长,让她不用懦弱地趴在他的怀里哭泣。可是,她宁愿重拾过去的懦弱,过去的一切她的不好。只要有他,只要有他在而已。

她慢慢地蹲下来,将流萤紧紧,紧紧地拥在怀中。

门外,风雨大作。闪电划过天际,引来一阵雷鸣。

泛黄的纸伞下,有青衣人长身而立。

他微微蹙眉,幽黑的眸中流露出的,是连他自己都不曾发觉的怜惜。

风吹乱了他的发,他察觉不到。雨打湿他长衫的下摆,他也不知道。

风太大了,雨太急了。西厢的房门,被风吹得紧紧地关合在了一起。

可是,他黑眸中留下的,只有门后那一抹哭泣的白色身影。

除此无他。

笑倾绝

秋季的阳光,总是暖暖之中又透着一股凛冽。

秋风扬起她的发丝,落在她的眼里。她伸手,捋开了头发。

洛歌的身边是熙熙攘攘的人群。耳边,叫卖声连绵不绝。前面,流萤与小隆悌手拉着手,一人一串糖葫芦,开心地边走边跳。

这两个小家伙,前一秒还是互相仇视的敌人呢! 这会子,又因为同对洛歌的喜爱,而义无反顾地成为了同盟军。都说女人心,海底针。依洛歌看来,是小孩心,海底针还差不多。

今天是个好天气。于是这两个小同盟军硬是缠着洛歌把她拉了出来。洛歌推说没来过长安会迷路。可小隆悌却拍拍胸脯以三岁小孩子的人格保证。说他从小生活在长安,他说绝对认得回家的路的。

"小悌,萤儿,你们慢点!"洛歌抱剑,摇头苦笑。一早上,这两个小孩子只知道吃、吃、吃。小肚子已撑到了圆滚了,还是央着她买了两串糖葫芦。

"知道了!洛哥哥!"小隆悌与流萤一齐停了下来,然后回头异口同声地大声回答着她。

洛歌无奈地摇头苦笑了一下。

手中,玄风剑忽然"呜呜"地振动了起来。洛歌蹙眉低头看去,却见剑身正幽幽地散发着浅蓝色光芒。

一阵怪风忽然刮起,遍天黄沙。

远远的,一阵急促的马蹄声越来越近。

"萤儿,小悌!快躲开!"洛歌大吼了一声。

奇怪的黄沙迷乱了她的双眼,她看不清前方。只能施展轻功,靠着听觉将两个小孩子抱到了一边。

"没事吧?"她睁开双眼,可视线却是模糊不清。

"没事!我和李隆悌都没事!"流萤一边回答着,一边掏出手绢为洛歌仔仔细细地擦着眼睛。

"哪里来的怪风。还有,这漫天黄沙又是从何而来!"洛歌不禁自言自语。

"阻挡司卫少卿大人路者,死——阻挡司卫少卿大人路者,死——"

马蹄声"嗒嗒"传来,其中还夹杂着一人的长吼。

"好猖狂!"洛歌蹙紧双眉眯起了狭长的双眼。

漫天黄沙,如厚厚的雾。

可是……

黄雾中的那抹白影,在高高的骏马之上。

熟悉的身影,熟悉的衣袂,熟悉的轮廓……

高高在上,

无人能比。

仿佛冲破了死亡的禁锢。

他又回来了。

明晃晃的阳光,穿破黄沙笼罩在他的身上。他,白衣翻飞,墨丝随风飘逸。

他的侧脸,俊美无俦。她永远都不会忘记的,温润如玉。

如此真实!

"十三……"

她惊愕得说不出话来。半晌,才从唇中吐出这两个她万般留恋的字眼。

一阵风过,马蹄声越来越远。带走了白影,带走了那种仅仅一秒钟的让她电击全身的感觉。

"十三……十三哥哥!"她猛地站了起来,向前奔了几步。

风渐止,雾渐散。

大街上重新恢复喧闹,叫卖声依旧连绵不绝。

仿佛刚才的一切都不曾发生过。

可她,可她却如此真实地感受到了他的气息!

如此真实!如此真实啊!

阳光扫在她的眉睫上,泛起星星点点湿润的光芒。

是幻觉吗?可为何如此真实……

茫茫人海中,有谁知道,此时的她,失望之极。

一匹骏马。

马上之人,白衣翻飞。

他忽然扯住缰绳,马儿嘶鸣半立起来。他掉转马头。回头望去,英俊的脸上一片疑云。

一汪人海。一片喧闹。

他是如此的困惑。抬手间,一朵粉色的荞花,随风飘落。

夜,波澜不惊。

月光洒满大地,如尘一般轻轻地沉淀了下来。仿佛夜风一吹,它们便会随风飘去,袅袅上升。在半空之中,在明月之下,慢慢消散。

摇曳在月影中,有倩人于世独立。

月,为她披上了一层淡淡的光华。

她,抬头望月。

心中所思,心中所想,皆化为脑海中那对如玉温润的眸子。他的眼底,有银色的如月光一般的温柔。似水面漾起圈圈波纹。

她轻轻一笑。

这一笑,足以倾城倾国。

"十三哥哥,你看,每年的今天你都会来看歌儿。歌儿怕你不认识了,还特地换了女装呢!"她轻轻说着,张开双手在月下旋了一圈,宽大的衣袖如蝶飞舞。

"十三哥哥,这里不是洛阳,也不是玖冽,你不会迷路吧?呵呵……歌儿知道十三哥哥是最聪明的,所以十三哥哥一定会找到歌儿的,对不对?"

"今天歌儿似乎看到了十三哥哥呢!你骑在高大的骏马上,穿着你最爱的白衣,丰神俊朗。歌儿以为这都是真的,还好不欢喜。可是……这一切都只不过是歌儿的幻觉而已。"

"我好想你,十三哥哥。歌儿日日夜夜都在想你。"

她落寞地低下头,又立马抬起来冲着明月凄凉一笑。

四年前的那个夜。

他立在微波亭中。

风过无声。

他,白衣似雪,衣袂随风飘飞,恍若神明。

"十三哥哥……"她微笑着,迷惑地轻喃了一声。

那亭中之人,慢慢地回过头来。容貌温润如玉,眉眼儒雅。

他伸开双臂迎接着她,满脸笑意。眼中的温柔映着月光,泛着银白的光芒,浓到化不开丝毫。

他说:"歌儿,你让我好等啊!还记得它吗?"他说着,从宽袖中取出一支银色的珠钗。"祈祾钗,你还记得吗?十三哥哥说过一辈子保护你,哪怕付出自己的生命。你……还记得吗?"

"记得,记得……歌儿,歌儿怎会忘记?!"她痛苦地将手埋进双手里,开始哭泣。"我不会忘记……不忘记……"

月下,一切都显得十分寂静美好。

甚至,还有着一股暗夜才有的恬香。

夜风将她髻上的流苏吹得泠泠作响。缭缭萦萦,缠绵着她的墨丝,不忍离去。

迷离的月光,模糊了她的双眼。

洛歌觉得自己……好寂寞!

谁能了解这种寂寞?谁能?!

她低垂着头,看着冰冷如霜的月光洒在自己的衣角,泛起点点荧光。

她粲然一笑,伸出双手。

一两片荞花缭绕在她的指间。

然后,一片接一片。她的周身忽然出现了成千上万朵粉色的荞花。

浩浩荡荡!缠缠绵绵!

在她的身边,带着她的衣袖和袂角,舞蹈!

她仰起头,冲着高高的月亮,灿烂一笑。

双手间,粉色的荞花不停地缭绕!

"十三哥哥,我爱你!因你,我已心死!"

她的墨丝在夜风中飘荡,荞花穿过她的发间更加奋力地舞了起来。

她闭上双眼,一行清泪无声滑过。

"何人?!"

拱门下，一道青色的人影长身而立。

她笑着，张开双臂。

长风蓄满她宽大的袖子。她迎风而笑，如一只圣洁的巨大的蝶。

青衣人呆住，手中的灯笼跌落在地。被风吹倒了的烛火，燃尽了那最后一丝光亮。

只有月，只有星。

还有，那一排排被月光剪成碎影的青竹。

她蓦然回首。

头一次见他呆成这样，全然没有往时的沉着冷静，她不免俏皮一笑。

荞花如雨飞落，迷乱了他幽黑的眸子。

这个世界上，仿佛一切都因她一笑而变得无比美好。

只有她的笑，只有她的笑。

让他想倾尽一切来保留的笑。

如此让人心动！

倾世魅众！

暗色的竹影交错在她倾世的美颜上。

她的眸子，在夜色下显得格外的明亮。

彼此，咫尺却天涯。

她回首，踏着月光，如仙人一般施展轻功飘飞而去。

而他，仍旧停留在那似真似幻的倾心一笑中。

这一笑，注定了他一生的至爱。

这一笑，以至于后来让他……倾尽天下！

星辰布满夜空，明月当空而立。

月光透过翻飞的窗幔，扫开窗下的珠帘。

西厢里，一灯如豆。

"笃笃笃……"

房门被一双纤手打开。

门外，李隆基神情有些恍惚。他抬眼看着她的脸。

有那一刹那的错觉，她的脸与那张脸重合在了一起。

不分彼此。

"你还要盯着我的脸，盯到什么时候。"洛歌邪笑，靠在门边。夜风鼓得她白色的长衫迎风飘扬。

"难道……堂堂临淄王李隆基，也有……龙阳之癖？"她抬眼看着他，面色冰冷。

"天色已深，四更已过。王爷半夜扰人清梦是何道理？"她说完打了个哈欠，冲他微微行礼。便转身入房,关上了房门。

灯火摇曳。

朱罗帐下,一套崭新的粉白襦裙赫然摆在床上。

洛歌轻吐一口长气,抚了抚胸口,仍觉得心有余悸。

房门外,秋夜冷风吹得李隆基青色长衫"猎猎"作响。

他转身,怅然若失。

难道是我弄错了?为什么见到她,我第一个想到的人,便是你……

夜深沉。

一双满是青筋厚茧的手,铺开了乳白的宣纸。提笔,运气,回忆,描摹。

她如一只月光幻化的白蝶,迎风飞去。

她的笑,仿佛穿透了一切,直达他的心底,刻下了一生都难以磨灭的痕迹。

她的笑……

"王爷在弱冠之前,定会遇上让您情系一生的女子。只不过……王爷,恕老僧直言。此女虽让王爷倾心,却不能永伴王爷身边。王爷,得放手时且放手,不强求才不痛苦……"

情系一生的女子,如那老和尚所言,会是她么?

笔锋一顿,他幽黑的眸中闪过一丝莫名的情愫。

画纸上,伊人若飞天一般,衣带飘飘。月影云清萦绕在她的周身。她粉色的裙摆在半空之中零乱飞舞。一大片粉色的花雨,随风笼罩在她的身旁。她的墨丝伴着花雨飞扬,演绎着最明媚最缠绵的诗歌。

只是……伊人无面。

没有明眸皓齿,没有黛眉美目。

什么都没有。

只有那若隐若现的轮廓。

青衣人伸手题词,目光温柔而又多情。

"北方有佳人,绝世而独立。一顾倾人城,再顾倾人国。"

宁不知,倾城与倾国,佳人难再得。

难再得。

难再得……

执笔之人,轻声一笑。他直起身子,英俊的眉眼中透着一股君临天下般的凛然霸气。

"不管你是谁,只要你在这世上存在过,我都一定要得到你。一定!"

窗外,破晓的曙光洒遍万野。

秋风吹黄了墙头绿草。

光芒透过窗棂洒在乳白的宣纸上。

洒在桌边熟睡的人的发间。

恍恍惚惚中,画中倾国佳人似乎从画中走出。在秋日阳光里化为了一抹冷然绝世的白影。

宣纸上,只有无面的美人!

公主宴

清晨的竹林,总会笼罩着一大团白色的雾气。

深秋了,可是这里的竹子却依旧翠绿无比。它们迎着晨风微微摆动,一个个风姿绰约。

林子深处,偶尔几声鸟鸣,打破了这林子里最原始的寂静。

凉凉的晨风,在这一片翠绿里,也隐隐透着清香。

路边,有蓝色的小花默默地开放。

没想到这王府里还有这样一个好地方。

洛歌轻轻一笑,这里好像玖列山庄,也会有一大片竹林。

晨风将她的青丝吹得轻轻飘扬。

她深吸了一口气,显得十分惬意。

"洛哥哥,怎么样啊!小悌今天带你来的地方不错吧!"

身着绛色长衫的小隆悌优哉游哉地走在前面,还不时得意地回头看上她两眼。

"嗯,这里的确是个好地方!"洛歌微微一笑,走上前轻轻抚了抚小隆悌的脑袋:"怎么不把萤儿叫出来呢?这里,这里只有我们两个啊!"

"我才不要呢!"小隆悌冲天翻了个大大的白眼,"好不容易洛哥哥才只和小悌在一起了。为什么还要叫那个让人厌的方流萤呢?"

如洛歌所言,小孩心啊海底针。

她不禁又是一笑。

"对了,洛哥哥,小悌一直都很想看看洛哥哥手中的这把剑!"小隆悌说着,抬起胖胖的小手指了指她怀中的剑。

"这只是破剑一把,会有什么好看的。"洛歌轻轻一笑,将剑递了过去。

剑鞘上,两颗幽蓝的玛瑙,泛着晨光微微透亮。细小的荞花,布满整个剑鞘。银制的剑柄上,一颗硕大的幽蓝玛瑙仿佛流动一般,闪耀着诡异的光芒。

"哇!好沉啊!"小隆悌刚接过剑,就不禁大呼了起来,两撇淡淡的眉毛也不禁艰难地纠结在了一起。

"看吧!我早就说过……"

"哔咻——"

有金属破空的声音。

一股浓烈的杀伐之意,自四周慢慢弥漫开来。

"小心!"

洛歌大叫一声,纵身一跃。伸手搂住小隆悌匍匐在地。这才躲开了刚刚那致命的一箭。

"谁?!"洛歌猛然挺身,将小隆悌护在了身后。

身边的翠竹之上,三尺一寸的羽箭,正抖动着发出慑人的"铮铮"声。

可想,射箭之人用了多大的力气。对她,已下了必死的信心!

洛歌睁大了双眼,眸中瞳仁收缩得如针尖般大小。

万绿中,一点血红伫立在竹林深处。

赤黑的弯弓上,又搭上了一支羽箭。

拉弓,满——放!

"哔咻……"

又是一箭,致命的一箭,破风迎面而来。

洛歌蹙紧双眉,用力将小隆悌推到了一边。

羽箭急速飞来。

洛歌只觉面门一阵冰冷,她睁大了双眼,猛然侧首。那箭竟擦着她的发丝,叫嚣而过。

她长身而立。

身边,一缕发丝悠悠落下。

洛歌危险地眯起双眼,目光投向了竹林深处。

血衣,血衣。

这世上,只有玖冽山庄的死士才会穿红如鲜血的血衣。莫非,姑姑却有行动,要杀了自己!

洛歌冷笑一声。

尽管自己做得再隐秘,也还是瞒不过玖冽山庄的探子。

"小悌,把剑给我!"

她伸手取过剑。

刹那,风涌不止!

吹得她的白衫"猎猎"作响。

杀机,似伏波一般从她的身体里向外扩散。

拔剑的瞬间,荞花漫天飞舞!

"拿命来吧!"洛歌冷笑一声,施展轻功纵身一跃。

若是近身搏斗,弓箭便不能起到任何作用。红衣人干脆丢掉了赤黑长弓,拔出腰间所别的弯刀,迎上了洛歌强厉的攻势。

霎时,满林子的飞鸟都被一股强烈的杀机震出了林子,成群的飞鸟四散飞离。

她举起剑,自空中舞了个剑花,便用力朝红衣人刺下。

剑刃尖,萦绕着数十朵粉色的荞花。

红衣人灵巧一闪,剑刃触地,将她轻轻弹开,又凌于半空。

红衣人举起弯刀,开始反攻。

弯刀舞在风中发出"嗡嗡"的声响。那红衣人忽然掉转刀向,向她拦腰砍去。

洛歌猛地一蹙眉,施展轻功连忙跳开。可那剑刃却如毒蛇游信般,一步一步狠狠地紧跟着她。洛歌一急,举剑瞬间亦运足内力。她唇边挂上了一抹冷笑,剑刃竟迎着凌厉的刀刃刺了过去。

只听得"铮"的一声,剑身直抵住刀身,划出一道道火花。洛歌面露狠色,她牵了牵嘴角,猛然侧身,剑尖亦掉头,朝那人面门刺去。

眼看着剑尖要刺中那红衣人的要害。

"哔咻——"

不知何处,又冒出了一箭!

洛歌猝不及防!

那箭直冲着她的后背射了过来!

"洛哥哥!小心!"

远处,小隆悌看着这惊心动魄的格斗场面,亦心惊到满身是汗!

洛歌听到小隆悌这么一喊,余光一扫,便看见那一箭急速飞来!

她只好迅速收回剑,往后移了一步。收剑的瞬间,那箭已到达。箭芒正擦过洛歌的左臂!

"啊!"洛歌低头闷哼了一声。

那一箭带着点点血丝竟射穿了她身边那棵粗壮的翠竹!

此人内力何其之高!

玄风剑"当啷"一声掉落在地。

洛歌再抬首时,身边的红衣人已不见了踪影。四处寻觅,看见的只有绿色深处,那一双满是杀机的眸子与那飘飞曼舞的紫衣。

她,竟亲自来了!

洛歌睁大双眼倒吸一口长气,背脊一身发冷。

转眼间,紫衣人已不见。

半晌,只听得林子里树叶飘落的簌簌声响。

静得可怕。

洛歌蹙眉,低头检查自己的伤口。

还好,只是擦破了一层皮肉。过上两月,伤口大概便会愈合。可是,这血却流了很多,白色的衣袖大多被染红。

"小悌,过来!"洛歌看着远处吓呆了的小隆悌,微微一笑。她举起左手,冲他轻轻招了招。"来!小悌,帮我把这剑捡起来。"

"啊……哦!"小隆悌这才反应过来,他一路小跑着过去,有些艰难地将剑捡起来递给她。"洛哥哥,这么多血……你没事吧?小悌,小悌这就去找三哥,让他请大夫来!"说完,他连忙转身欲跑去求援。

洛歌轻轻一笑,她伸手一捞,便将小隆悌搂在了怀中。她蹲下身子,抬起左手轻点了一下他的鼻尖。

"小悌放心,这点小伤对洛哥哥来说,算不了什么的。不过……小悌,洛哥哥需要你帮我一个忙,那就是……今日这竹林之事,洛哥哥不希望还有第三个人知道,你明白了吗?"

"为什么?为什么不能让哥哥们知道,让他们帮你报仇不好吗?"

"不!这仇他们报不了,洛哥哥也不希望让他们来报。小悌,答应洛哥哥,好吗?"她说着,故意朝他面露乞求之色。

小隆悌的一双大眼睛滴溜溜地转了转,他略略迟疑,低头想了一会儿,小脸绽放了一丝笑容。

"好!小悌答应洛哥哥。小悌和洛哥哥打钩钩。小悌一定不会将今日林中之事说出去!"说完,他冲她伸出了小小的小指。

洛歌会心一笑,亦伸出手与他的小指紧紧地钩在了一起。

晨光洒满了竹林,带着清晨独有的那种宁静清新的安适,灿烂的光芒,洒在他们钩在一起的小指上了一种永恒的美好。

这林子,仿佛是那样的安静,又仿佛一切都不曾发生过……

一条小溪。

溪水清冽而又冰冷。

洛歌撕开袖子,手臂上的血肉完全翻了出来,一片模糊。

她将衣角湿了湿，细细地擦起伤口边的血渍。

如果是普通人射出的一箭，伤口顶多是裂开而已，可是，这是玖冽山庄庄主霁曲射的一箭。

剑锋毒辣而又致命。

洛歌想到这里，不禁出神。一不留神，水花便溅在了伤口之上。

深秋的溪水，很冷。

洛歌不禁"嘶"的一声吸了一口气。

"洛哥哥，你没事……"

"洛千！原来你在这里！"

倏地一阵喑哑男声，洛歌和小隆悌俱是一惊。

李隆基站在十步之外，正看着她。

洛歌不动声色地站起身来，将手背在了身后。

李隆基微眯起双眼。

金色的晨光，洒在她微微扬起的发梢。她看着他，目光里死一般的冰冷。

他微蹙双眉，目光掉转，却看见她身边的河水一片淡红！

洛歌有些纳闷地顺着他的目光偏头看去，霎时全身冷汗！

刚刚她清洗伤口，弄得满池溪水都变成了淡淡的红色。

晨风拂过，溪水微微皱面。

"啊！三哥，你来找洛哥哥什么事啊？"小隆悌忽然往溪边靠了一步。风吹扬起他的绛色长衫，在水面上微微晃动，形成一波一波红色的圈纹。

李隆基放松双眉，绷紧的神经也一下子缓和了下来。

原来，这水面红色只是小隆悌绛色长衫倒映出来的而已。

"嗯，是这样的。洛歌，今晚姑母举办了一场家宴。我们都收到了帖子。你……是否与我同去？"他看着她，黝黑的眸中是一贯的深沉。

"姑母？你姑母可是当今太平公主？"

"正是。"

"既是家宴，我一个外人去，恐有不妥之处。"洛歌一边说着一边尽力将受伤的右臂隐于身后。

李隆基冲她微微摇头。"你还是去吧！虽说是家宴，但姑母也一定请了不少皇亲国戚。我也可以为你引荐引荐。到时入宫，你或许也会多一个人照应。"他顿了顿，接着说道："就这么定了，到时我会派人叫你。"

酉时将近，黄昏时分。

五王宅前，两辆马车。

今日五王赴宴,一辆马车恐是装不下的。

李成器与管家交代了几句,便拨开帘子登上了马车。

洛歌倚靠在马车窗前,她撩开珠帘,看见的是夕阳余晖下熙熙攘攘的人群。淡黄色的微弱的光芒,洒在她的脸上,为她的脸晕上了一层冷漠之外的柔和。

车内,李隆基与李成器并坐在一起,低谈着朝堂之事。

一旁的小隆悌不安分地扭了扭身子,目光在李隆基二人与洛歌身上徘徊良久后,他突然牵唇一笑。

"洛哥哥,你吃不吃啊?"他爬到洛歌的面前,从袖中掏出一枚红彤彤的小果子在她眼前晃了晃。

"这是什么?"洛歌微微蹙眉。

小隆悌眨了眨一双圆溜溜的大眼睛,冲她露出了无害的目光。"山楂啊!小悌听做糖葫芦的师傅说,这山楂啊在这个时节吃,是最清甜可口的了。所以,小悌就偷拿了一颗留给洛哥哥啊。"他说着又扭了扭小身子,举着山楂往她身前凑了凑。

李隆基与李成器忽然停了下来,只眼神古怪地看着他们。

"这东西……会有你说的那样好?"洛歌困惑地从他手中接过红果,仔细地端详了起来。

"当然啦!小悌怎么会骗洛哥哥呢?洛哥哥你尝尝看嘛!"他有些无辜地看着她,长长的睫毛扑闪扑闪的。

洛歌似信非信地将红果送入口中,本来她只是想浅尝一口的,可是——

马车忽然颠了一下。洛歌猝不及防,整个红果便滚入了她的口腔里。她的上齿与下齿微微一颤,一股异常的酸意自她的舌根扩散开来。她的牙齿开始打颤,俊美的面容也变得扭曲起来。

"好酸!"她忍不住张口大喊了一声,整个五官生生地揉在了一起,却显得十分可爱!

"哦……真的是很酸呐。看来那卖冰糖葫芦的师傅的确没有骗我!"小隆悌好像完全了然般,大力地点起头来。"谢谢洛哥哥啊!洛哥哥,本来我是想自己尝尝看的,但又怕酸。还好有你替我尝了!"小隆悌说完,冲她眨了眨大眼睛,又立马躲在了李成器的身后。"洛哥哥不可以打小悌哦!小悌可是有两位哥哥撑腰呢!"

洛歌看着他恶作剧般的笑靥,不禁暗自叫苦。想自己谨慎一世,却没想到居然被一个只有三岁的小娃娃给骗了!

"好了,小悌,别闹了!"李成器强忍着笑意将小隆悌从他身后拉了出来。"快跟洛哥哥道歉!"

"罢了罢了!小悌只是个孩子而已!"洛歌冲他摆了摆手,就算小隆悌耍了自己,但对于他，她总生不出气来。

"洛千，漱漱口！"李隆基满眼笑意地递过茶水，看见她皱在一起的俏皮面孔，不禁微微出神。

洛歌低眉从他手中接过杯子，喝了一大口漱了漱，方才觉得好多了。

"千乘郡王府，到——"

千乘郡王府，乃千乘郡王武攸暨府邸。太平公主嫁武攸暨已是很多年前的事了。

洛歌跟在李隆基一行后面，慢蹉进府。

千乘郡王府较五王府的确气派奢华了许多。一路皆是假山怪石，奇花异草，让人目不暇接。

今日虽说是家宴却也来了不少朝中官员。可见这太平公主的面子何其之大。

"听说张易之张大人也会来呢！"

"是啊！我好兴奋，好想快点见到他！"

两个侍女手捧果味一边低声议论着一边与她擦肩而过。

张易之……张易之？

洛歌反复咀嚼着这个名字，心底忽然涌上了一种莫名的感觉。

"李隆基，张易之是什么人？"她追了上去，看着李隆基黝黑的眸子说道。

"张易之？你怎么会问起他来？"李隆基侧首困惑地看着她道："张易之是一年前入宫的，现任司卫少卿，常侍武皇左右。将来，你便也会同他一样，成为女皇的……面首。"

"面首？"洛歌听了，不禁鄙夷一笑："靠出卖色相而得到官位的人，我看不起！"

"父亲大人！"

缩在成器怀中的小隆悌忽然朝前方大喊了一声。原本就亮闪的眸子变得更加闪亮。他张开双臂向前飞奔，一下子扑进了一个温暖的怀抱中。

"父亲大人……唔……好久都没来看悌儿了。悌儿好想你啊，还有母妃……"小隆悌撒着娇，用小鼻子蹭着那人的怀抱，咯咯地笑着。

"儿子们拜见父亲大人！"

五王忽然一齐拜首。

洛歌抬眼望去，只见一个穿着深黄长衫的男子正含笑看着他们。眉眼满是淡静的光华与一种皇族的贵气，这让她想到了李成器。

父亲大人……莫非此人便是相王李旦。

"好啦好啦！一家子又何必如此见外，还是我的悌儿最无拘。悌儿啊，你说很想念父王，那是哪里想啊？"

"这里这里！"小隆悌一边说着一边指了指胸口。

"哈哈……嗯，悌儿最会逗父王开心了！"相王说着，满脸笑意地抚了抚小隆悌的脑袋。

"父亲大人,儿想为父亲大人引荐一个人!"李隆基冲着相王微微一笑,便目光一转投向了一旁的洛歌。"这是儿新近交的朋友——洛千!"

"草民洛千拜见相王!"洛歌双手抱拳,微微躬身。

"洛公子不必多礼了。三郎啊,你的确应该多结交一些朋友了。兄弟六个里面就你最闷。嗯,不对!还有五郎,你这才十五的小小年纪,就一副老气横秋的样子,皱起眉来,简直比父王我啊还老!"相王说着看了看李隆业又是一阵笑意自他的脸上弥漫开来。

洛歌看了看五王,又看了看相王。美目流转,停在了李成器的脸上。不错!李成器的确长得最像相王。两人的眉宇之间,都有着一股淡泊名利,超脱世外的光华。

"对了,洛公子是何方人士啊?"相王笑看着她,目光里满是柔和。

"在下乃洛阳人士。"

"洛阳?洛阳牡丹天下闻名,繁华更胜长安。没想到,洛阳竟也是俊美男子多出之地!"

洛歌微微一怔,她抬起头看向相王。

他的目光纯净安然,没有丝毫疑色。这种淡然的眼神,也让洛歌放下心来。

她浅浅一笑:"依在下看来,长安才是美男子多出之地,看看五王便知!"

相王看向她,又是一笑,嘴角的笑纹清晰可见。

"好了,走!该入座了!不然你们的姑母又要埋怨起我来了!"

千乘郡王府。

一派辉煌,灯火辉映。

丝竹声声,语笑连连。

从厅堂一直往下最后一级阶梯上,都铺上了一层大红的毛毯。

高高的假山楼阁里,四面通风临水。

歌舞台上,莺莺燕燕。

洛歌坐在第三桌。左边是李隆基,右边是李成器。对面,则是梁王次子武崇训,太平公主与前任驸马薛绍的长子薛崇训,与现任驸马武攸暨的二子武崇敏,武崇行。余下的,便是李家子弟了。

好巧啊!洛歌不禁在心里低喊出声来,这薛崇训与薛崇简的名字仅一字之差,眉眼居然也有些相像。

"洛歌,你看!那便是梁王武三思了!"李隆基手握酒杯,不动声色地对着洛歌低声说道。

洛歌随着他的目光,投向了主桌。

她的目光越过梁王武三思,被一种奇异的光芒吸引住了。

那光芒,好像是不借助任何灯火,任何光亮所散发出来的。而是一种源自本身,仿佛本就该属于她的一种灿烂。

她,武曌最小的女儿,大唐,不!乃至大周最值得骄傲的公主——太平公主!

她淡笑着坐在上首,温婉美丽的笑容中,透着一股无法形容的温柔。她的眉眼有着她父亲的高贵与母亲的威严。

温柔与凌厉,原本是那样相悖的气质。在她的身体里,在她的容貌上,就那么奇异地被糅合在了一起,向世人展示。

她怔住,有些惊愕地看着她。

"怎么样?我姑母不愧是大唐的第一美人吧!是我们大唐的骄傲是最美丽的公主!"李隆基见她怔住,勾了勾唇角,举起酒杯微抿。满脸骄傲的神色。可是……他忽然顿住,如果这世上真的有那夜对她回眸一笑的女子。那么,有谁会比得上她的美丽呢?他痴痴地笑了起来。

"是,公主不愧是大唐的骄傲,可是……"

可是,为什么这张脸她好像在哪里见过。

主桌,太平公主突然敛住笑容,她转过头,目光投向了白衣人。

就是她么?他不回来的理由,就是因为她么?

她的眸子不期然地闪过一丝寒意,更多的却是疑惑。

舞台上,有长安城里最大的杂耍班子在表演着节目。每到精彩之处,台下喝彩连连。

夜风带着微微的酒香微微的沉迷。荡漾着每个人的醉意。暖暖的,却又冷冷的,撩动着每个人的神经。

洛歌只觉得浑身有些燥热,她深吸了一口气,胸腔里似憋了一团火。

"你去哪里?"李隆基抬起头,看着欲离席的她。

"出去透透气,这里太闷了!"她想了想,又道:"半炷香之后,我便会回来。"说完,她起身趁着众人不注意,悄然离席。

走出水榭,湖面冰冷的夜风迎面扑来,熄灭了她心中的火焰,让她觉得好受了许多。她微微吐了一口浑浊的酒气,偏首遥望,水榭里依旧灯火通明,丝竹不断。

这就是所谓的皇族生活吗?洛歌不禁摇头苦笑。席上他们是一个样,不知离席后他们又会是个什么样。这,就是所谓的"皇亲国戚"的嘴脸吧!

她甩了甩头,轻轻一笑。席地而坐,躺在有些微湿的草坪之上。

太平公主,从古至今父为皇母为帝的公主,恐怕也就只有她一个人了吧。她感叹她的美丽更感叹她的才智。

只有这样的女子,才能够让李隆基去崇拜吧!

她看着黑色的天空。星辰满天,明亮而又繁多,好像正好奇地打量着她。

她的耳边忽然响起了那个眼眸单纯如水的少年的话:

"歌儿,你说是夏天的星星多呢,还是冬天的星星多。"

"不知道矣。"

"笨蛋!当然是冬天的夜里星星最多啦!夏天还有虫儿的陪伴,花儿的相随。所以就不会觉得很孤单,也不会去注意星星的多少。可是冬天就不一样了。冬天的夜是那样的静,那样的荒凉,荒凉到好像这个世界就只剩下我一个人了。这时再抬头仰望天空,就会发现,黑色的天空里有很多很多的星星。它们只属于你一个人,彼此相依,不离不弃。"

彼此相依,不离不弃。

洛歌的唇角忽然蔓上了一丝异常温柔的笑容。

薛崇简,你该是孤单的吧!

"我的儿子,你认不认识!"

从天而降的一道声音,让洛歌猛打了个激灵。她猛地坐了起来,抬眼看见的却是——太平公主!

洛歌不动声色地站了起来,拍掉身上的草屑,抱拳向她微微行礼。

"草民洛千拜见公主殿下。"

"洛千?"太平公主侧身对她冷笑了一声:"你以为瞒得了别人也瞒得了我吗?玖列山庄不仅仅只是为武家办事!洛歌!"她抬眼瞟了她一下,美丽的脸上俱是厉色。"你可认识我的小儿子。"

"你的小儿子,武崇行?在下不认识。"

"不,是薛崇简。"

"薛崇简?!"她猛地抬起头看着她,仿佛根本就不相信刚刚她所说的。"薛……薛崇简是你的儿子?"

"是,他是我与前驸马……薛绍的幺子。"太平公主看着她惊呆了的脸,眸中微微闪过一丝痛色。"难怪你会不知道,薛崇简他从不会承认她的母亲是当朝公主。"

原来,原来如此!难怪她刚刚见到她时,会有一种似曾相识的感觉。现在细细回想起来,他与她的母亲长得很像!

"薛崇简和你长得很像。"她不禁将心里的想法脱口而出。

"不!他并不是特别的像我。更多的,他像他的父亲,他们……简直是一个模子刻出来的!"太平公主的声音忽然低了下来,明媚的眸中也突然蔓上了一层浓郁的哀伤。

"洛歌,既然你认识薛崇简。那么,就请你书函一封,让他快点回来。"

"为什么是我？你是他的母亲，难道你就不可以……"

"我试过了，你猜他怎么回我。"太平公主回过头来直视着她的双眸。"他说，他在等一个人回家。那个人怕黑。所以，他要夜夜点长灯，直到那个人归来。我知道，那个人……便是你！"

一股奇异的暖流充斥着她整个的心脏。仿佛她心中的寒冷快被这股温暖的异流给融化了！

"那又怎样？"她冷下脸来，邪魅一笑。"现在为什么又要让他回来，公主殿下不是一直都很讨厌他么？不然，又怎么在他仍需要母亲关怀的时候，不顾他的苦苦哀求，将他送到了冷酷的玖冽山庄。"

闻言，太平公主的眉毛忽然一跳，她凝视着她，语气冰冷："并非我要找他，而是冰儿，冰儿已时日不多，她还想见他最后一面。"

"冰儿？"

"与他自幼青梅竹马定下姻亲的人，颜冰。"

洛歌猛然一怔，心里竟空落落地疼了起来。

原来，他早有婚约。

"恕在下难以从命！"洛歌低头抱拳微微颔首，便转身逃似的想要离开。

"洛歌！"太平公主背对着她，冷声道："你一味地逃避薛崇简是何原因？害怕让他知道，你要进宫做一个不要脸的面首吗？"

"你住嘴！"洛歌回头，看着她的背影满目杀机。"我并不是在逃避。只是你，尊贵的公主殿下，是你一直在逃避！"说完，她转身大步离开。

留下她，怔怔地站在原地。痛苦地纠结着双眉。目光越过湖面投向了遥远的远方。

"在逃避吗？她又是如何知道我在逃避。是你告诉她的吗？薛绍……"

水榭里，歌舞升平，珍馐酒暖。

洛歌气闷地回到座位上。一旁的李隆基看了看她，无波的眸中闪过一丝波澜。

"刚刚见到我姑母了。"

"你怎么知道？你……跟踪我！"洛歌猛地偏首看他，眼色凌厉。

李隆基不动声色地瞟了她一眼，嘴噙一丝冷笑："你刚刚离席，姑母也随后离了席。她不是去找你，又会找谁？"

洛歌听了，牵了牵嘴角，坐了下来，手捧酒杯看着台上的歌舞。

"薛崇简是你表弟？"

"是。他是我二表弟。"

洛歌忽觉一阵心闷。她放下酒杯，侧脸看着李隆基，小声道："我先走一步。"说完，她便起身，不顾众人的眼色朝楼外走去。

身后,李隆基满眼冷色,无波无澜的脸上染上了一层愠色。

冷风拂面,洛歌微微叹了一口气。

薛崇简,真是个傻瓜!她轻轻一笑,笑容里温柔无限。

你还在点长灯吗?日日夜夜的等着我回来。薛崇简,无论我走多远,突然回头,你总是站在离我最近,最明亮的地方看着我。薛崇简……

她蓦然抬头,冷风扬起她的发丝在空中凌乱飞舞。

千乘郡王府前,停着一辆装饰华美的马车。

洛歌径自绕过,跨上了一匹黑色的骏马。她扬鞭灰尘,朝着归路飞奔。

车帘掀开,有白衣人躬身而出。

夜风吹起他的白色长衫,如雪翻飞。他眉目儒雅,俊美的脸上有着深深的哀伤,眉宇之间笼罩着淡淡的如玉般的温润的光华与浓烈的邪魅气息。

"司卫少卿张易之张大人到——"

远方,洛歌蓦然回首。

浓烈的夜色中,有什么被生生错过了。

错冤案

五王府,惊天血案!

一夜之间,五王府便有三名下人被人杀死,均是一剑封喉,荞花掩尸。

有人说,"荞花白幽"洛歌来了!

一时间,全府上下人心惶惶。

西厢里,洛歌半卧在贵妃榻上,身边是正在呵呵傻乐的流萤。

"萤儿,你笑什么?"洛歌轻轻抬手,拂开了被风吹到流萤脸上的发丝。

"啊?我啊,呵呵……在笑那群无知的人啊!"流萤说着,又对着她托起下巴小声道:"洛哥哥,他们说的荞花白幽就是你吧!"

洛歌猛然起身,她慢踱到窗前,看着窗外白雪纷飞。"他们终是不安分的。第一次刺杀不成功,便策划着第二次嫁祸于我。"

"那些人是谁?"流萤亦起身来到了她的身边,抬头仰望着她。

"玖列山庄。"她说完,伸手接住一两片飘落的雪花,嘴角蔓上了一丝冷笑。"不知道他们是太高估了自己还是低估了我,哼!"

"洛哥哥!"

窗外雪地里，有一抹绛色的小小身影。他站在那里，使劲地冲着她挥动着双臂。

"洛哥哥！出来玩啊！我们来打雪仗！"

洛歌微眯起双眼，看见的是小隆悌红扑扑的洋溢着欢乐的笑脸。他兴奋地冲着她振臂呼喊。

洛歌微微一笑，冷冷的眸中浮上了一层暖意。

她伸手取过白色的貂皮斗篷披在身上，一边系着带子一边冲着流萤说道："走！萤儿，你不是一直缠着我，要我带你去玩雪吗？快加件衣裳，我在外面等你！"她说完，推开门迎着冷风走了出去。

茫茫一片雪海。万物仿佛都已在这片白色的海洋中沉睡，天地间寂静得没有一丝声响，只有洛歌微微粗重的呼吸声。院中，只有几朵红梅傲然开放，成为这世间唯一的美者，雪花落在了她的发间，随着她的发丝飞舞。落在她的身上，伴着她的衣角飞扬。

走在雪地里，会有一阵"扑哧扑哧"的声响，让她感觉很踏实。她回过头，看见自己的脚印深深地踏进雪里，心里一阵恍然。

……

"歌儿，踩着我的脚印走，你要跟在我后面，这样才不会滑倒，听到了吗？"

……

恍恍惚惚中，十三那张温暖的笑颜又出现在眼前，他笑着冲她伸出手，牵着她在雪地里小心翼翼地行走。

那时候的她，真的是好笨拙，在没有他的时候，她总是会在雪地里滑倒，摔得满身是雪，身上也总是青一块紫一块的。自从他来了以后，每逢下雪天，他都会伴在她的左右。每次出门，他总是走在前面，用力地踏着步，将雪踩得结结实实的，然后伸出温暖修长的手紧紧牵住她的小手，叮嘱她要跟着自己的脚步走，像捧着一块珍宝似的，生怕她摔跤。

想到这里，洛歌不禁苦笑了一下。

"洛哥哥！"小隆悌欢笑着跑过来牵住她冰冷的手，淡淡的眉毛不禁纠结在了一起："洛哥哥，你的手怎么这么冰啊！让小悌来为你哈哈气吧！"他说着，捧起她的双手用力地哈了一口气，然后使劲地搓了起来。

"小傻瓜！"洛歌不禁微微一笑，她抽出一只手轻轻地抚了抚他的头顶，又指了指胸口冲他轻声道："手冷是因为心冷了。小悌，这里变冷了，是永远也不能变暖了。"

"怎么不能？"小隆悌歪着脑袋眨着一双黑白分明的大眼睛看着她："等天暖了，河里的冰融化，落在洛哥哥心头的雪也该融了吧？小悌好想快点到春天啊！"

"小傻瓜，这才刚刚入冬，离春天还早呢！"她说完，抬眼看了看苍穹。无数朵雪花飘落在了她的脸上,冰冷冷的一片。一只孤雁无声飞过,它掉队了吧!独自飞翔,再也回不到从前了,只能与孤独相依。

"小色狼!"

身后流萤忽然出现,她双手叉腰怒瞪着小隆悌。

"谁让你握洛哥哥的手了?快放开!"流萤气呼呼地吼了一声,连忙奔了过来,用力地拽开了小隆悌的手,转而又嘟起嘴怒瞪着他。

"小泼妇!小泼妇!这么刁蛮,长大肯定嫁不出去!"小隆悌丝毫不肯示弱,他一边说着又冲着流萤扮了个大大的鬼脸。

"你……你!小色狼!小色狼!"流萤气得满脸通红。她大声地叫着又挥起小拳头追着小隆悌满雪地里乱跑。"你不要跑!小色狼!你不要跑!"

洛歌看着他们追逐打闹,心里没由来地感到一阵轻松。她好羡慕他们,可以这样无忧无虑地肆意奔跑。曾几何时,她也有过这样的岁月啊!

"洛歌,你跟我来一下!"

身后冷不防的一阵低沉男声,让洛歌猛然一惊,她回过头来,看见的却是李隆基阴沉着的脸。

他说完,裹了裹斗篷,转身踏雪大步离开。

她看着他的背影,不禁冷笑一声。

该来的,终究是要来了。

书房里,温暖如春。

洛歌坐在火盆前,伸出双手烘烤着,俊美的脸上一阵冰冷。

李隆基站在书架前,若无其事地翻阅群书,无波的眸中一片暗沉。

彼此之间,静得只剩火苗"噼啪"的逃窜声。

半晌,他终于开口。

"府上那些死去的人,是你杀的吗?我希望你能给我一个解释。"

洛歌听了冷笑一声:"你若相信了,我再强辩也是没有用的。"

"可是,那一剑封喉与满地荞花,除了你和你的玄风剑,这个世上没有第二个人能够做到!"他猛地回身,冷冷地看着一脸淡定的她。

洛歌轻瞟了他一眼,目光投向了窗外漫天飞舞的大雪中。

"你不要忘了,我姑姑霁曲她手里也有一把定波剑,她同样能够做到一剑封喉。至于荞花,它本就是大食国的国花。玖列山庄与各方商贾都很活络。这荞花的花种,他们就购不到吗?"她顿了顿接着说道:"李隆基,我们的合作应该建立在彼此信任的基础上,现在你对我这样怀疑,你认为……你还有与我继续合作的理由吗?"

她说完,站起身来伸手取过斗篷,向门外走去。

"我并不是不信任你,洛歌。你与玖冽山庄的恩怨,我劝你尽早解决。这样,才不会对我们的合作产生阻碍。"

洛歌闻言微微一滞,她嘴噙一丝冷笑,用同样冷到骨髓的口气答道:"我知道。"

是夜,一轮明月低低的与枯枝相伴。几只寒鸦立在枝头,似睡似眠。

洛歌靠窗,听见的只有那雪压屋檐,往下"簌簌"跌落的声音。

一切,都显得是那样的寂静。

洛歌握紧了手炉关上了窗户。她腾出手,搓了搓被夜风吹红的脸颊,哈了一口气,起身铺床。

这时——

洛歌猛蹙双眉,她取过放置床头的玄风剑,警觉地向上望去。

头顶,一阵瓦片松动的声音。

洛歌冷冷一笑,掌风推开房门,她握紧玄风剑,施展轻功飞到了院里。

漆黑的夜里,只徒挂一轮明月。

没有星,没有云。

对面的屋顶上,有黑衣人手执弯刀立于夜色之中。

她危险地眯起双眼,拔出玄风剑。刹那间,风卷白雪,整个院子里皆是一股杀气。

洛歌冷冷一笑,施展轻功朝屋顶飞去。

黑衣人并不急着与她相斗,只一味地往前逃跑。洛歌嘲弄地牵了牵唇角,紧跟在那黑衣人的身后。

寂静的夜里,仿佛一切都已沉睡了。

唯有那屋顶上,一黑一白两道身影,以极快的速度匆匆闪过。

洛歌跟在黑衣人的身后,并不急着对他挥戈相向。她倒要看看,这雾曲派出的人,到底要玩些什么花样。

冬夜里的冷风,带着雪屑吹到她的脸上,有一种刀割针扎般的疼痛。

"你到底想玩什么花样!"洛歌突然停了下来,将剑收在了身后,怒吼了一声。

黑衣人亦停了下来,他回头,背对着月光,他的唇角蔓上了一丝连洛歌都没有察觉的冷入骨髓的邪意。

"杀了你!"黑衣人蓦然一声低吼,举起弯刀向她迎面砍去。

"就凭你?!"洛歌冷笑一声,挥剑迎上了黑衣人急速砍来的弯刀,刀刃与剑身一个猛烈相击,火花嗞嗞。

彼此之间,都能看见各自眼中浓烈的杀机!

洛歌微眯双眼,猛退两步,向后飞去。

黑衣人被她猛地收力,逼得一个趔趄。他连忙稳住身形,举起刀又攻了过去。

洛歌邪笑起来,她举起剑,正对月光。

月如巨大的银盘映在黑白两道身影之间,诡异得厉害。

刹那间,满天荞花。

那些细小的花朵随风一阵一阵,在他们之间荡漾飞舞,蔚为壮观!

"拿命来吧!"洛歌一声惊天冷笑,她挥剑朝黑衣人刺去。

那黑衣人的弯刀迅速地朝她砍来,她施展轻功纵身一跃,剑尖荞花缭绕,直刺黑衣人的天灵盖。黑衣人惊觉,将刀举过头顶,以刀身挡过剑刃,这才躲过了她致命的一刺。洛歌轻巧落地,抬眸直视黑衣人。

"怕了?"她低低痴笑一声。

黑衣人被她这么一攻,虚寒连连。他连连倒退了几步,终于稳住了身形。

"怕?"黑衣人逞强一声冷笑,便转身飞下了屋顶。

漆黑的夜里,满地白雪辉映着月光,反射出一片惨白的冷冷的光华。

白衣人执剑站在院中,四周一片寂静,静到只剩下对面黑衣人粗重的喘息声。

"今夜,你只能成为我的剑下之鬼!"洛歌冷冷说完,提剑冲了过去。

黑衣人大骇,他连忙转身冲进了一间黑洞洞的房间里。

房门洞开,冷风呼呼灌入。

洛歌微微迟疑了一下,便又立马跟了进去。

一股浓烈的血腥味扑鼻而来,手中玄风剑开始剧烈地抖动。整个房中,满是荞花飞舞。洛歌小心翼翼地摸黑向前,她困惑地四下打量。冷冷的月光洒了进来,洒在积满灰尘的桌上,洒在如霜的地上,洒在满是鲜血的……尸体上!

洛歌猛地抬头,只见对面窗户大开!

不好,中计!

洛歌睁大了双眼,刚想转身逃出。不想,外面一阵人声骚动。

"快!围起来!别让杀人凶手跑了!快!围起来!"

这……分明是李成器的声音!

洛歌惊得连连倒退了几步。

房外,李成器兄弟五人带领着数十名家丁,高举火把,将小屋团团围住。

火光登时充满了整个小屋,照亮了一切,包括洛歌苍白的脸,以及地上两具被荞花掩盖的尸体。

"怎么是你?"

李隆基睁大双眼,看着眼前这个白衣翻飞,荞花缭绕周身的人。

洛歌一愣,忽然冷冷一笑。脸上的苍白一扫而光,重又变成了原来那个冷漠疏离的白衣人。

"原来,刺杀我只是个幌子,你真正的目的是引我入瓮!

"洛千,怎么是你?"

"不是她!"

"不是她!"

蓦地两道声音,同时打断了李成义的话。

洛歌蹙眉目光一扫,却发现李隆基与李成器同时开口。

李成器,为什么又是他?上次帮她,洛歌都没有详细打探,这次又……

"大……大哥,三弟!"李成义一阵尴尬。

察觉到自己的失态,李成器深吸了一口气。

"二哥,这杀人凶手绝对不是洛千,弟弟我愿以性命担保!"

"三哥此言差矣!"李隆业不动声色地从人群中走出,他轻瞟了洛歌一眼,接着道:"当初这洛千入府时,三哥就没有说明她的来历,她本身对于我们来说就是一个危险的谜!"

李隆业掉转目光,冲着洛歌轻蔑地牵了牵嘴角。他绕过洛歌,走到了她的身后停了下来。

"这血还是热的!"李隆业蹲下身子,拂开尸体上的荞花,伸手抹了抹仍在流血的伤口。他抬起头冲着李成器等人接着说道:"我听闻洛歌好穿白衣,每每杀人都是荞花掩尸。而这洛千……哼!什么洛千,你分明就是洛歌!"

"是,我就是洛歌!"洛歌冷冷一笑,冲着众人高声说道。

此言一出,惊诧四座。

她举起剑,缓缓地插入剑鞘。

"我承认我是洛歌,但我绝对不会承认我就是杀人凶手!"

"你不承认也罢!但这些证据已摆在大家的眼前。这是不争的事实!"李隆业走到洛歌的面前,咄咄相逼。

洛歌看了李隆业一眼,不屑一笑:"那接下来该怎么办?各位王爷是想把我投入刑部大牢,还是就地正法以慰那些冤死的人?"她说着,目光一扫停在了李隆基的身上。

她的目光冷漠疏离,停留在他的身上,却好像化为了一声坚定的质问:你,信不信我?

李隆基亦看向她,双眸如一对深不可测的黑湖,让人不能探索出一丝线索。

周围一片寂静,仿佛过了好几个世纪。

"请洛公子去墓院小住几日,来人啊,送洛公子……"

"不用!"洛歌冷冷地看了李隆基一眼,目光既轻蔑又冷酷。

没想到,他终究是不相信自己!

洛歌朝着众人冷冷一瞥，不期然地，看见了李成器满是忧虑的目光。他静静地看着她，目光悠悠，仿佛一声迟疑的叹息。

洛歌收回目光，握紧玄风剑大步离开。

墓院一住，便是十天。

这里仿佛与外界断绝了一切联系，犹如无边大海中的一座零丁孤岛。

每日三餐时刻，会有小厮定时送饭。除此之外，再无他人敢踏进这里一步。

府中上下，皆流言纷纷。

墓院里，住着名震江湖的杀人狂魔，玖列山庄第一杀手——洛歌。她手中一把玄风剑，一剑封喉，杀人从不流血。每每杀完人，总是荞花掩尸。前几日，府中的连环杀人案就是此人一手制造的。

洛歌透过窗，看见外面白雪皑皑，不禁冷冷一笑。

十日已过，她倒要看看这李隆基会怎么处置自己。难不成，他还能将自己在这墓院中关上一辈子。

洛歌微微吐了一口气，伸手取过貂皮斗篷，推开门融入了茫茫白雪之中。

墓院，是王府最偏僻的角落。这里一片荒芜，只有厢房几间。洛歌看过了，每个厢房都是空落落的，只摆了一些十分简单的家具。灰尘厚厚的一层，似很久都没有人住了。

洛歌裹紧了斗篷，漫无目的地朝厢房后面走去。

脚踩在厚厚的积雪上，一阵阵"咯吱咯吱"的声响。好像是一声声苍凉而凝重的叹息。洛歌蓦然回首，看见的是自己的脚印。一串串深深地踏进雪里，每一步都显得十分的艰难与沉重。好像她过去所走过的路程，每一步都是杀机重重，让她不得不小心翼翼，谨慎行走。

呵，她还是走过来啦！哪怕是再艰难，她还是挺过了没有他的五年。

她回过头来，伸出手哈了口热气，搓了搓面颊又向前走去。

身后，一望无际的雪地里。有一抹灰色的影子，正顺着她的脚印默默跟来。

屋檐下的冰凌，长长短短的挂着，晶莹剔透，反映着她洁白的身影。

穿过一条小径，洛歌的脚步不禁一滞。

展现在眼前的是一片雪地。可是……那白色之间隐隐约约立了一个……碑！

洛歌疾步走去，伸手拂掉了那些堆积在那碑上的积雪，她不禁皱眉细看了起来。

"三儿之墓，三儿……是谁？"她不禁困惑地喃喃。

"三儿便是三郎。"

身后蓦地传来一声清远的男声。洛歌回头，看见的却是李成器。

他冲她微微一笑，俊雅淡泊的脸上忽然涌上了一层淡淡的忧伤。

"三郎……你是说,这是李隆基的墓?!"洛歌突然睁大了双眼紧盯着他,只觉得十分诡异!

"洛歌……你是不是觉得很奇怪?"李成器低垂双眉,微皱的眉心中似笼罩着一团朦胧不清的光华。他轻轻地叹了口气,抬首望向苍白的天,用着他那独有的清远声调接着说道:"这是三郎九岁那年为自己造的墓,立的碑。那年,窦贵妃猝死宫中。他哭着闹着,满院子找娘亲。可是,哪里……哪里又会有他娘亲的影子呢?有人告诉他,他娘亲是被逼死在皇宫中的,死后……死后居然还……挫骨扬灰!"李成器说到这里突然停了下来,他蹙紧双眉,显得十分痛苦的样子。

"你……你没事吧!"洛歌上前一步,想要扶住他。

李成器抬起泛红的双眼看了看他,顿了顿,终究冲她摆了摆手。他慢踱到碑前,伸出手拂掉了碑顶的积雪。

"就在那夜,原本天真可爱甚至调皮的三郎完全变成了另外一个人。他开始勤读书,勤学武。性子也一下子变了。他越来越冷漠,越来越……他是变得优秀了,他是我们兄弟五人中最优秀的,连我这个大哥都自叹不如。姑母说,他有高祖之风,太宗之表。对他,也是着力培养。可他好像只是生活在自己一个人的世界里。练武习文,读兵书,结政友。他……长大了!"

李成器看了看她,凄苦一笑:"这院子本不叫墓院。三郎告诉我,这方小小的墓里埋葬的是九岁以前,那个顽皮懵懂又爱偷懒的三儿。从立碑的那一刻开始,他,便要与过去告别!"

洛歌听他说完,心里一阵堵得慌。她抬起头,冲着李成器微牵唇角。

"每个人只有经历了一番大的打击后才能成长!"

如她般,失去了十三她才能成为羽翼丰满的飞鸟,飞向广阔的天空。

洛歌微微叹了一口气,白色的雾气在茫茫的雪地中白白的天空下,淡淡化无。

李成器回眸看她,淡泊忧伤的脸上缓缓地绽放了一丝温暖的笑容:"是的,正如你所说的,每个人都要经过一番巨大的打击才能成长。洛歌,你不要去怀疑三郎,他是相信你的!"

"相信我?"洛歌低低地嗤笑了一声,她抬眸冷冷地看向他:"他若信我,怎会将我禁足在这墓院中不闻不问就是十天!"

"你错了,洛歌。"李成器冲她微微摇头,他走到她的面前,看着冷漠的她不禁又是一笑:"你和三郎的个性还真是很像呢!同样用冷漠来掩盖自己的脆弱。他是以权力做盾牌,而你却是以血腥为护甲。其实,你们都是最孤独,最需要人保护的……"

他暖暖的声音,缓缓地流出又慢慢地消声于苍白的雪地中。她的呼吸一滞,猛然抬起头看着他,心中"咚"的一声,似被什么击中。

李成器低眼看她，淡静安然的眉宇中笼罩着一种淡淡的如晨光般的光华。他轻轻一笑，一口暖气自他的齿间逸出，立马消失在了冷冷的空气中。

　　"你知不知道三郎这些天有多着急。你的事情已惊动到了姑母甚至圣上，圣上自三郎幼时便十分看重他，说他有帝王之相，洛歌，你明白这意味着什么吗？三郎的成长是李家的幸亦是祸！你可以安然地在这墓园中度过十日，但三郎却要在外奔波十日。墓园看起来空旷寂寥。其实是整个五王府中最安全的地方啊！"

　　洛歌闻言，心微微颤抖了一下。她忽然冷冷一笑。该信吗？作为李隆基的大哥，他只不过是个说客而已吧！

　　她抬起头，细细地打量着他。

　　他看着前方，微怔。眉目间优雅而又安然。既显露着作为皇族独有的贵气又流露出一股世外如仙的淡然气质。

　　她不禁困惑，他的母妃不也成了黑暗的宫廷斗争下的牺牲品吗？为什么他没有恨，没有憎，有的只是与皇家人应有的铁腕相悖的气质。

　　"你的母妃不也被处死了吗？为什么你不恨？"

　　她的问题很露骨，直戳他的要害。

　　李成器痛苦地皱了皱眉，目光回转投在了她的身上。良久，他悠悠地叹了口气："洛歌，你一定认为我很懦弱吧！是，最爱自己的母妃被人杀死，甚至沦落地挫骨扬灰的下场，为什么我就没有恨？为什么我就没有像三郎那样学会强大自己，储蓄反抗的力量？没错，因为我怕！我怕自己会死掉！会永远在这个世界上消失掉！"

　　"你怕死？"洛歌冷冷嘲笑。

　　"是，我怕死。当年父亲也是让了天下，才没有沦落到像他的兄弟们那样，死的死，被流放的被流放。他也恨！恨他强大的母亲夺走了他父亲甚至是他的天下。可是，他只能忍。他要的，是活下去！只有活下去才有希望。而我，明白父亲的睿智。我要像他那样，做一个无欲无恨的人，怀着希望活下去。而恰恰，这正是我母妃赐予我的人生信条。怀着希望活下去，哪怕最亲近的人离开，也不要恨……"

　　洛歌猛然一怔，心竟隐隐泛疼。

　　"你不是怕死……我明白了，你只是在做一个清明的局外人。这一切的风云局势，你……包括你的父亲都看得很清楚！"

　　"是！只有无欲无恨的人才会清明！"

　　洛歌抬起头看了他一眼，忽然仰天长笑："李成器，你以为人人都能做到像你那样吗？无欲无恨……便也无爱，没了爱，人又如何活下去……"

　　她的声音越来越低，以至于最后低到耳不能闻。

　　她蓦然回身，裹紧了斗篷，抬头望天将涌入眼眶的泪水硬生生地逼了回去。

"为什么三番两次地替我解围？"她回头看他。

李成器闻言，舒展双眉对她轻轻一笑："洛歌，其实我很早就认识你了！你只是一直不曾用心记住那时的回忆罢了。那个人死了，是不是一切的回忆对你来说，都毫无意义？"

洛歌猛然一怔，她蹙眉看着他，凝神仔细地想了想，终于失败地松开了双眉。

"抱歉，我……真的记不起来了。或许是吧，他死了，一切的回忆对于我来说，都是空白。"

"那个人就那么好么？"

她昂然抬头，直视着他的双眸，肯定地点了点头："是！他很好！为了他我愿意付出一切，甚至承受玄风剑的诅咒。"

李成器忽然一笑，道："洛歌，你和三郎还真是同一个世界的人呢。你们都是为了自己最爱的人，而拿起了复仇这把锋利的匕首。或许，这就是每个人不同的人生态度吧！只是，洛歌，我不得不提醒你一句：有时候太过执著，只会弄巧成拙为对方带来更大的伤害！"

她反复地咀嚼着他的话，心里竟乱得像一团麻。

"悌儿早就想来见你了，只是三郎不许。我想以他的个性，约莫今日酉时之前他一定会偷偷跑来见你。你最好做个准备！"他说着对她一笑，伸手哈了口暖气搓了搓，"洛歌，我先回去了。我留下了一名厮儿，有什么事交代他便可。我相信，你很快就会被三郎救出。"他说完，留下一串孤寂的脚印自行离开。

你和三郎，其实是同一个世界的人。你们都是为了最爱的人，而拿起了复仇这把锋利的匕首……

……

是这样吗？

……

有时候太过执著，只会弄巧成拙，为彼此带来更大的伤害……

……

会吗？

洛歌叹气，不禁怅然。

见天慧

小屋虽孤寂,却依旧温暖如春。

厅里的大火盆上,坐了一壶水。火光在壶底闪耀,火舌跳着曼妙的舞蹈,独自妖娆。

洛歌握紧茶杯,仰靠在贵妃榻上,惬意一笑。

"笃笃笃……"

敲门声蓦然响起。洛歌不禁微微一笑,她坐了起来将茶杯放到了一边,高声对着门口道:"进来吧!"

不多时,便从门外钻进了一个绛红色的小小身影。

他背对着她,跺了跺脚,伸出小手关上了房门,这才转身迫不及待地飞扑到她的怀中。

"洛哥哥,洛哥哥,小悌真是担心死了!"小隆悌抬起脑袋,一双大眼睛眨巴眨巴地看着她。

洛歌微笑着伸手抚了抚他的头顶,道:"小悌放心,洛哥哥这不好好的吗?"

小隆悌听了,从她的怀中走了出来,向后退了几步,左看右看,半晌,终是一笑:"是呢!洛哥哥的气色看来很好!"

"小悌,就你一个人吗?萤儿呢?她怎么没来?"

"流萤?"小隆悌听她这么一问,不禁撅起了小嘴。"哼,洛哥哥只知道流萤。既然洛哥哥想让流萤来看你,那小悌就先告退了!"小隆悌说着,便转身向门口走去。

"傻瓜!"洛歌笑着伸手抓住了他的肩膀,将他重新拉到了怀里。"洛哥哥真是闹不明白,你和萤儿在争些什么……"

"争洛哥哥啊!"小隆悌自她怀里抬头看她。"洛哥哥这么漂亮,这么好。小悌才不想有人分走洛哥哥呢!"

这么好……

洛歌不禁苦笑了一下,她杀人无数,背负的只有"杀人狂魔"的恶名。没有谁会认为她是好人,就连她自己都否定了自己。

她低眼看着小隆悌,唇挂一抹温柔:"小悌,洛哥哥不是好人,洛哥哥是个十恶不赦的大坏蛋!"

"不是的!洛哥哥才不是坏人!小悌相信洛哥哥,小悌相信那些人不是洛哥哥杀的!"

"你相信?"洛歌蹙眉看着一脸严肃的小隆悌,忽然苦笑了一下,颓然地放松全身的力气,仰躺在了贵妃榻上。

李隆基,你竟不如一个三岁的孩子!

"是!小悌相信洛哥哥永远永远都相信洛哥哥!"小悌看着一脸颓丧的她,信誓旦旦地喊了起来,一张小脸上满是不符年龄的坚定。

洛歌偏头看他,欣慰一笑。她猛然起身,将他紧紧地拥入怀中:"谢谢你,小悌。谢谢你会相信洛哥哥。"她想了想,放开他低眉问道:"验尸结果出来了吗?仵作怎么说?"

小隆悌偏着脑袋想了想,道:"小悌听哥哥们说,这些人的确是被剑所杀。伤口约莫三寸。的确是一般剑器的刃宽。嗯……还有就是,这些尸体据发现时,只有一刻钟。死者面目均是十分狰狞,似受到了很大的惊吓……洛哥哥,对不起啊,小悌听到了这里就被四哥赶回房里睡觉去了。"

洛歌听罢,忽然一阵长笑。她伸手摸了摸小隆悌的脑袋,自信道:"小悌,这么多就足以救你洛哥哥出去了!你等我,我这就去写封信给你三哥!"

她说完,转身进了里间,取出笔墨纸砚,浅笑行书。

约莫一炷香的时间,洛歌便写好了信。她笑着将信交给了小隆悌。

"洛哥哥就这么有把握?"小隆悌不大相信她能从他的只言片语中得到能够赎得自由的证据。

洛歌浅笑,倒了杯茶慢慢啜饮。

"当然!小隆悌不是很相信洛哥哥吗?"洛歌故意蹙眉,笑看着小隆悌。

"不是不相信!"小隆悌皱起淡淡的眉毛,嘟起小嘴走到她的身边坐了下来。"洛哥哥,快告诉小悌,你怎么会找到出去的证据呢?"

洛歌看着小隆悌一双黑白分明满是好奇的大眼睛,缓缓道:"第一,你说那剑刃宽是三寸,可我的玄风剑只有两寸宽。第二,小悌,你五哥曾在案发现场说过'这血是热的',但你有没有想过,这杀人时间据被发现有一刻钟。这话若搁在夏天或秋天来说,便是毋庸置疑的。但此时却是冬天,天气冷咱们况且不说。那屋子窗户大开,北风呼啸,这血怎么可能会是热的?怕是早就冻结了起来!第三,玄风剑杀人,荞花纷飞,人们大多会被这奇异的景象吸引住,又怎会出现狰狞的表情?所以,这杀人凶手是另有其人!"

洛歌说完冷笑了一声,她低头看向小隆悌,却见他一脸呆滞的样子。

"怎么了,小悌?"洛歌伸手在他眼前晃了晃。

"哇!"小隆悌忽然一声大叫,他激动得一把抓住她的袖子大叫了起来:"洛哥哥,小悌今天才发现,你不仅漂亮,而且还机智过人呢!小悌……小悌这就去告诉三哥,让他放你出来！"小隆悌说完，竟连斗篷都忘了拿，只一个劲地捏紧信封往外跑去。

"哎！小悌，你慢点！"洛歌站在门口，冲着一溜烟跑掉的小隆悌刚刚喊完，就听"扑通"一声，绛红色的小小身影便一下子摔倒在雪地里。

"小悌，慢点儿，你没事吧！"洛歌刚想跑过去扶他，却又见小隆悌自己爬了起来，他回过头看着她，用脆生生的童音高声答道："没事没事，小悌没事！"

洛歌看着他满脸是雪的样子，笑了起来。待那小小的身影完全消失在她的视野中后，她终是冷冷一笑，关上了房门。

李隆基，我就等着你亲自来接我出去了！

雪后初霁，天地间一片光亮。

此时，是距小隆悌来访的两日之后。洛歌淡然地靠窗看着窗外的雪景。

大雪尚未消融，白皑皑的一片，反射着太阳灿烂的光芒。明晃晃的，刺痛了洛歌的眼。

两日已过，外边依旧没有任何消息。难道，她的那些断论，于这些案子没有一丝作用吗？不会……她相信李隆基是个聪明人。可是，已经两天了啊！怎么可能一点消息也没有！

洛歌兀自想着，却没有发现正有一行人在慢慢走近。

"洛哥哥！"

一声脆生生的童音打断了洛歌的思绪，她抬眼看见的却是小隆悌一张兴奋的红扑扑的小脸，以及他身后李家兄弟五人。

洛歌冷然地牵起唇角，离开窗打开门，倚靠在门边冷笑道："怎么，今日五王齐齐聚首在这清冷之地，所为何事啊？"

李隆基一脸阴沉地看着她，幽黑的眸中看不出一丝情绪。

"洛歌，我们已查实，这些命案的确不是你一手制造的。所以，你自由了！"

"自由？"洛歌看着李隆基一声冷笑："你们冤枉了我，居然连个道歉的都没有，一声自由，你以为就可以了却一切么？"

"那你想怎样？"李隆业一脸阴翳地看着她。

"我、要、你、们、道、歉！"她一字一顿，恶狠狠地说道。

"道歉？"李隆业轻蔑地嗤笑了一声："你要我们王爷五个放下尊贵的身段向你这杀人狂魔道歉？哼！亏你说得出口！"

"五郎，休得无礼，退下！"一向温和的李成器，此时却板起了脸，面色凌厉地看着李隆业。

"大哥，她……"李隆业刚想开口争辩，却又看见李隆基一脸冰冷地瞪了他一眼。

"洛歌，我们的确是错怪你了，抱歉！"李隆基回过头来看着她，伸手抱拳躬身一拜。

随着李隆基这么一拜，李成器与李隆范也一并朝她躬身拜下。小隆悌在一旁眨巴着大眼睛，目光在洛歌与诸位哥哥之间来回数次，终是一笑朝着洛歌深深一拜。

洛歌不禁错愕。

李隆基居然肯放下身段向她道歉，这是让她始料未及的。

记忆中的他，冷漠、淡然、无情、冷酷。可是，无论他是怎么样的，他始终是骄傲的。

他的身上有吸引着她的，如同君王傲睨众生的气质，可是，这样骄傲的人也会向她道歉。

她出神地看着他，心中不免一叹。

"劳烦临淄王随在下来一趟。"说完，她便转身自行离开众人，向后院走去。

身后，李隆基抬头一愣，微微迟疑了一下，终还是随着她的脚步离开。

漫无边际的雪地中，一白一青两道身影，一前一后地慢慢行走。

洛歌抬头，看见的是那灿烂到苍白的太阳，那样热烈地散发着刺眼的金色光芒。她抬起手遮住阳光，微眯双眼。

金色的阳光洒满了她的全身，她抬起头仰望着太阳，静静地伫立着，犹如傲睨寒冬的白梅。

李隆基的目光随着她墨黑的发梢，投向了那满是阳光的雪地上。这场雪，恐怕是今年冬天最后一场雪了吧！

"李隆基，你知道为什么太阳会那么耀眼吗？"她忽然偏过头，看着他。

李隆基闻言一愣，他不解地看着她，摇了摇头。

洛歌一笑，笑容绽放在金灿灿的阳光里，恍若一朵无比美好的花儿，让他怦然心动。

"因为太阳是君。它司掌着人间的一切光明。所以，它有资本也有权力散发着灿烂耀眼的光芒。它可以让万物全部向它虔诚地膜拜。这是它诞生的梦想，也是它生存的目标。李隆基这也是你的目标，对不对？你的梦想不仅仅是想让李家重掌朝纲，你的终极目标便是坐上那皇位，受到群臣的朝拜，天下人的赞扬，对不对？"

李隆基定定地看着她，黝黑的眸中闪过一丝寒色。他忽然一笑，那笑是冷的，绽放在同样冰冷的脸上，显得是那样的诡异。

"你错了，洛歌。对于皇位，每个李家男儿都会有一种与生俱来的渴求感。你要知道，拥有这种渴求感的不仅仅只有我一个人。当年那些叱咤朝堂，醉卧沙场的男儿如今都去了哪里？天下改姓，女主掌朝。这怎不叫我心痛！这天下是我李家的天下！我怎能容忍一个外姓人夺走这一切。我是觊觎这皇位，但我却深知，此时，我只能放下这种梦想。李家男儿需要团结。而不是某一个人的孤军奋战。只有团结了，我们才能夺回本属于我们的天下！"

他说着渐渐地激动了起来,如剑的双眉紧紧地纠结在了一起。

洛歌看着他,长叹了一声。

"李隆基,你信过我吗?"

她突兀的问题让他一愣。

她看着他,重复道:"你信过我吗?你怕是从来都不曾相信过我吧!"

李隆基看着她,幽黑深沉的眸中突然漾起了一丝细微的波痕。

洛歌看着他幽沉的眼,忽然自嘲一笑:"你们皇家人又怎么会去轻易地相信一个危险的人物。或许,皇家人根本就不知道信任为何物!"

"不!"李隆基忽然开口,打断了她的话。"用人不疑,方可成仁主。洛歌,并非我不相信你。而是你自己从一开始就在怀疑我对你的信任!洛歌,一直以来你都是独来独往。所以,你不会了解如何与一个人共存。因此,你便也不会了解这共存的唯一联系便是信任。因为你的怀疑,所以就变成了你所理解的:我不信任你!"

他的嗓音低沉而有力,融入空气中,流到她的耳朵里,狠狠地撞击在她的心上。

是这样吗?这五年来的凄风苦雨,她独自一人走来,心早已孤寂到只容得下她一个人那一方小小的世界。

薛崇简……她忽然想起了那个单纯如水,眼眸温和的少年,心,竟隐隐泛疼。

薛崇简,那个单纯的少年曾说过,他永远会等着她,哪怕是一辈子!

她低头轻合双眼,眼前竟浮现出了他的笑脸。那样温暖脱俗让她心安的笑脸。他的蜜色双眸中,有无限的温柔。他说,歌儿,我会永远为你点长灯!

永远,该有多远……

她不愿去接受任何人的好意,只知道将自己埋进十三死去的阴霾里,禁锢在对十三无限的思念中。

这样活着,好痛苦!

没有亲情,没有友情,更没有爱情!就这样孤寂地活着!

真的,好痛苦!

她抬起头眸眼看着他,凄苦一笑:"正如你所说的,或许是这样吧!李隆基,权力……真的是可以操控一切么?"

"是的,权力是至高无上的,它能让你得到你想要的一切!"李隆基看着她,面目冷峻。

"好!"洛歌一扫满面忧伤,重又变得冰冷起来。她看着他,邪笑道:"为了你的梦想,也为了我的梦想。就让我们合作吧!就让我们成为这世上最亲密无间的合作者!"

他看着她的笑脸,忽然觉得那笑容有些刺眼,仿佛抛开了一切。

他点头,冷笑。

茫茫雪地的一角，冬日猛照，冰雪默默消融……

诉衷肠

洛歌再度回到西厢时，却发现流萤已病了数日。

冬日的阳光温暖而又萧索，透过窗洒在她熟睡的苍白的脸上。

才分离几日，她整个人已瘦了一圈。

她蜷缩着小小的身体。双眉纠结着，应该是做了噩梦吧！

洛歌满眼怜惜地伸手，抚平了她双眉间的沟壑。将她放在被子外的手又轻轻地放回了被子里。

小隆悌趴在门边眨着一双大眼睛看着洛歌既轻柔又亲昵的动作，心里的小酸泡一个接一个地往上冒。

洛歌看着床上的小人儿，轻轻地叹了口气。她为她掖好了被角，这才转身向外走去。

小隆悌仰头看她，她只作未见，轻柔地带上门便目不斜视地向前走去。

"洛哥哥，洛哥哥！"

小隆悌跟不上她的脚步，只得一路小跑。

她听见了他着急的叫喊，唇边隐匿了一丝笑意。继续装作没有听见他的声音。

"洛哥哥！"

小隆悌受不了她的冷漠。他使劲地喊了一声，便用整个身子缠住了她的腿。

"洛哥哥，你不要不理小悌嘛！"他抬起头可怜巴巴地看着她，黑白分明的大眼睛里满是乞求。

洛歌低头冲着他故意板起了脸："小悌，你老实交代，为什么不告诉我流萤生病的事？"

"洛哥哥……"小隆悌忽然松开她，低垂着小脑袋，显得十分落寞的样子。他悠悠地叹了口气，道："我就知道。不管怎么争，小悌终究是争不过流萤的！"

他的表情，他的语气，是那样地像一个人。

同样的落寞，可是那个人却是忧伤的。

那种无人之时宣泄的无尽忧伤。

洛歌轻轻一笑，她俯下身子将他搂进了怀中。

"傻瓜！人是不可以这么自私的！小悌，洛哥哥不属于任何一个人。洛哥哥是一个独立自由的人。洛哥哥爱你,也爱萤儿。你们俩这样争来争去,最难做的,只有我!"洛歌松开他,点了一下他小小的鼻尖,接着说道:"萤儿的舅舅曾经拜托过我,要我好好照顾萤儿。可是,现在连萤儿生病了我都不知道。小悌,你说洛哥哥对得起萤儿舅舅的嘱托吗?"

她看着他,目光里温柔无限。

小隆悌呆呆地看着她。良久,他将小脑袋深深地埋进了她微凉的怀中,闷声道:"小悌知道了,小悌再也不会去和流萤争了。可是,"他从她的怀里抬起头看着她。"可是洛哥哥永远都是小悌最喜欢的哥哥!洛哥哥,你喜欢过小悌吗?"

"当然,洛哥哥当然很喜欢小悌了!"她笑着,伸手轻刮了一下他红红的鼻尖。

小隆悌调皮地冲她眨了眨双眼,之前的落寞一扫而光。

"洛哥哥,你知道吗?其实不是小悌不愿意将流萤生病的事告诉你,是她自己不让我说的。她还说,如果我要是对你说了,她就会揍得我满地找牙呢!"

"哦?是吗?看来是我错怪你了!对不起啊,小悌!"

"没关系啦!洛哥哥,你说流萤这么野蛮,将来她嫁得出去吗?"

"嗯?如果萤儿嫁不出去你就娶了她吧!"

"啊?小悌才不要呢!小悌要是娶了她,以后一定没好日子过了!"

"呵呵,好了好了,小悌,你陪洛哥哥一起去为萤儿取药吧!"

"嗯。"

阳光下,雪地里。

春风微拂,扬起一白一红两片袂角,恍若飞离。

已近年末,三日后便是除夕了。

没有冰雪,没有北风。冬日的阳光便也消除了一丝凛冽,多了一些温暖。

五王府的花园里,流萤裹了一件厚厚的斗篷仰起小脸对着身旁的白衣之人甜甜地笑着。

洛歌伸手捏了捏她粉红的脸颊,假装生气的样子,对着她嗔道:"还笑!不许笑了!"

流萤看着她假装生气的样子却笑得更加大声了。

"洛哥哥,真是笑死我了!萤儿一直以为洛哥哥是个很聪明的人呢!没想到,你还有这么笨的时候啊!"

"好你个萤儿,抓住你洛哥哥的小辫子了就揪住不放!哼!"她说着又揉了揉她的脸。

"咳咳咳……"流萤忽然剧烈地咳嗽了起来。

"怎么了?慢点……"洛歌看着流萤痛苦咳嗽的样子,她不禁揪紧双眉,心中满是愧疚。"萤儿……以后不要再做这样的傻事了!不要因为洛哥哥而伤了自己!明白吗?"

"洛哥哥……"流萤的脸转瞬苍白,她看着她,轻声道:"洛哥哥的事就是萤儿的事情,萤儿怎么不会担心呢?"

"傻孩子!"洛歌伸手揉了揉她的头顶,满眼怜惜。"该喝药了。"

"啊?又要喝药啊!"流萤苦着一张小脸,不禁唉声叹气了起来:"中午不是刚刚喝过吗?怎么又要喝啊!"

"现在已近黄昏,当然要再喝啦!"洛歌冲着她浅笑着,从身旁婢女的手里接过药,用银匙搅了搅,便凑到了她的唇边。"萤儿听话喝了它。"

"我早就知道流萤一定很不听话!"一脸得意之色的小隆悌不知从什么地方冒了出来,他眨巴着大眼睛冲着流萤撅嘴一笑:"流萤,把药喝了吧!小悌为你准备了十串糖葫芦呢!"

"真的假的啊!"流萤显然不信。

"你不相信就算了!反正啊,你不信我,吃亏的是你自己!十串糖葫芦啊!啧啧啧……"小隆悌一边说着一边夸张地摇头晃脑装出一副很可惜的样子。

"哎……我信,我信你!"流萤看着他的表情,立马相信了他。她从洛歌的手中抢过药碗便"咕咚咕咚"地喝了起来。

一旁的小隆悌冲着满眼笑意的洛歌胜利地勾了勾唇角。

"呐,我喝光了!糖葫芦呢?"流萤擦干净嘴巴,拿着空碗冲着小隆悌亮了亮。

"我当然不会骗你啦!你待会儿到我房间拿吧!"

"小悌,你三哥呢?怎么一天都没见着他?"

"三哥?"小隆悌抬头看着她,皱起了淡淡的眉毛。"洛哥哥你不知道吗?三哥今儿一早就出门去了,他是去接二表哥回来呢!"

"你二表哥?"洛歌不禁困惑。这小隆悌的二表哥不就是薛崇简吗?怎么他不应该是太平公主的人去接他么?李隆基……这是怎么回事。

"洛哥哥,我二哥啊就是,哦,就是太平公主的二儿子。他自小就跟三哥十分亲厚呢!三哥对他啊,比对我这个亲弟弟还好呢!真是嫉妒死小悌了!"

"你二表哥没有自己的府邸吗?"

"还没呢!二表哥还没到年龄,自然也就没有自己的府邸了。这几年,他也没在长安待过,一直在什么玖冽山庄生活。这次二表哥来,三哥一定很开心!"

洛歌忽然一笑,他要来了!那个一直停留在原地等着她的少年要来了!分隔了大半年,不知道他是否改变了很多。

花园里,有红梅与白梅交相呼应着热烈开放。梅花中的一抹白影,在阳光的照射下恍若翩跹欲飞的白蝶。

有风轻轻吹过,吹落了枝头两三朵红色的梅花。飘落在她白色的斗篷上。那粉色的花儿便好像嵌在了她的白衣上，默默开放。

"二表哥！"小隆悌朝着湖的对岸忽然惊喜地喊出了声。

洛歌惊觉，蓦然回首。

湖对面，一抹绿影一抹青影。

偌大的湖早已被冰冻住了，阳光洒在上面，会有一股股白色的雾气缓缓上升，模糊了湖的两岸那两撇互望的淡影。

绿衣人那年轻俊逸的面庞，仿佛又褪去了一层稚气多了一份成熟。他蜜色的眸子泛着阳光灿烂的光芒。纯净得让人不敢正视。风儿吹起他墨绿的长衫。他看着她，忽然一笑，腮边酒窝深陷。

他从桥上走了过来，站在她的面前，调皮地冲着她眨了眨双眼，轻轻地唤了一声："歌儿……"

洛歌抬起头看着他，淡笑着不知道该说些什么好。他浓黑的身影完全将她的身体笼罩住了，年轻结实的胸膛上散发的依旧是儿时那股淡淡的清新的莲子香。

"薛崇简，你好像又长高了。"

"那当然！过了年我就十五了！"他看着她弯了弯唇角，蜜色的眸子中满是诱人的光泽。

"你怎么会来这里？"刚一问完，洛歌就恨不得咬了自己的舌头。这是什么问题嘛，他来这里当然是为了看看自己的表哥啊！

薛崇简一愣，继而，他唇边的温柔慢慢地自脸上散开，流进腮边的酒窝里，浓浓的化不开。他深深地看着她，道："因为你在这里啊！"他说完，眉峰一挑，回过头冲着立在湖对岸的李隆基高声道："三哥！带我去看看我房间啊！"

"薛崇简，你要住在这儿？"

"当然了啦！这里就是我的家啊！以前，我一直都是住在这儿的啊！"他低头想了想，单纯如水的眸中满是浓浓的温柔："歌儿啊，见到你，我很开心！"

因为她在这里，所以，他就来了。

看见了她，他就会很开心。

洛歌抬眼看着他渐行渐远的身影，心里满是莫名的情愫，有一点甜有一点乱有一点心慌慌……

除夕至，王府上下皆是一片喜庆的气氛。贴对联，迎灶神，包饺子，置酒席。哪怕六个主子不在府中过年，该办置的也都办置了。

夜幕降临，华灯初上。

夜空中满是璀璨的烟火，它们灿烂地在黑色的背景下绽放，显得格外的耀眼。

其中那几朵最美的，皆出自于宫城方向。此时的皇宫应该很热闹吧！

洛歌看了看满席酒菜，又看了看身边的流萤，无奈地摇了摇头。

偌大的酒席上，只有洛歌流萤两人，显得格外的冷清。

"怎么办？萤儿，今年除夕只有我们两个人来守岁了！"

"嗯……没关系啊！萤儿以前不也只是和小舅舅两个人在一起守岁吗？"流萤忽然停住，眼神一黯。"只是不知小舅舅此时身在何处，又与谁共度除夕夜。"

洛歌看着流萤黯然的神情，轻轻一笑。她拉过她坐在了自己的腿上，姿势之暧昧让流萤不禁脸红。

"萤儿放心，你的小舅舅一定过得很好很好。"她看着她小小的脸，想了又想道："不如这样，洛哥哥带你去放爆竹玩，好不好？"

"爆竹？好啊好啊！"流萤高兴地拍手叫好，一扫先前的黯然。

后院里，有一方很大的空地。

洛歌点燃了引子，急忙捂住了流萤的耳朵跳到了一边。

热闹的夜里，一阵"噼里啪啦"的声响，突地使整个冷清的王府变得有生气起来。管家老妈子丫鬟家丁都跑过来凑热闹。

洛歌点燃了一支烟花。

那烟火挣开困住它的实身一下子蹿到了高空之中，迅速盛开。一朵接一朵，那些烟火争相在夜空下绽放，煞是好看！

"好美的烟火啊！"

"是啊！这样多好！这样才热闹嘛！"

"嗯，我这会儿子才尝到了一点年味儿……"

……

洛歌微笑着仰头看着夜幕下的花儿，一瞬之间，心竟有些空落落地疼了起来。

玖冽山庄从来不过除夕，那儿充斥着的只有血腥与死亡的味道。即使是被热闹包裹着，玖冽永远是玖冽，它永远是冷酷的。

想到这里，洛歌轻轻一笑，双眼氤氲。

那时候，十三总会让她穿上他亲自为她挑选的新衣。他们不敢明目张胆地在庄中放烟花。于是，他便会偷偷地带她去后山。他们仰躺在微湿的草坡上，看着空中的烟火，觉得好幸福。那种幸福既简单又单纯。好像只要两个人在一起了，不管干什么都是最幸福的一对。他轻轻地拥着她，握紧她的手。他的手很暖，胸膛也很暖。那里有他沉稳有力的心跳声，更有让她，迷恋的类似于月光般朦胧的青草香气。

她会仰头傻傻地问他："十三哥哥，烟火那么漂亮却为什么那么短暂呢？"

他低着头看着她，眸中满是让她依恋的银白色的温柔。"因为美好的事物都是短暂的。不过……十三哥哥答应歌儿，一定会为歌儿制造出一种永开不败的烟火。"

"真的吗?"

"嗯。"

他深深地看着她,轻牵起薄薄的唇。

她睁大了双眼,眼神有些迷离。

他的脸在她的眸中渐渐放大,放大……然后,他吻了她,那样小心翼翼地轻轻地碰触了一下,好像很害怕吓着她似的。

可没有,她呆了呆立马埋首在她的怀中,闷声轻笑了起来。

那吻实在太轻太柔太生涩,生涩到洛歌现在想起来,都会忍不住微笑。

那是他第一次吻她。

后来,他死了。

陪她过除夕的是那个单纯如水的少年。

他会静静地为她燃放满空的孔明灯,静静地陪着她仰望着那些灯越飞越远,逐渐消失在她的视野中。

她坚信,那些灯儿是可以飞到那个人身边的。

她问他:"薛崇简,你相不相信那些灯可以飞到他身边?"

他偏过头看着她,蜜色的眸子在黑色的夜里,散发着忧伤的光芒,他轻轻地点了点头:"我相信。"

她又问:"薛崇简,那你相不相信有来生?你说他来生还会遇见我,爱上我,和我在一起,对不对?"

他的声音有些颤抖,心脏紧紧地蜷缩着,很疼很疼。可是,他依旧用着最坚定的语气答道:"对,我相信。相信有来生,也相信来生你们一定会在一起,永远的在一起。"

"薛崇简……我想他了……"她蜷缩着自己的身体。眼眶中,泪越聚越多。

"想他了的话,就靠着我的肩膀吧!闭上眼,尽情地去想念他!"

她闭眼靠着他单薄的肩,泪流满面。

他睁大了双眼,心疼得无以复加。

终于,他还是忍不住,流下泪来。

就这样,她靠着他小小的肩,吸取着他身上那微弱的温暖,一靠便是一夜。

而现在……

洛歌苦笑了一下。每个人都拥有属于自己的空间。就像他,也会在她最孤单的时候,离开。

洛歌冷冷一笑,她看着流萤如花的笑靥,眼神有些蒙眬。

"翠兰,等一会儿流萤小姐乏了。你就送她回房间。知道了吗?"洛歌一边揉着眉心一边吩咐着身边的婢女。

"是。奴婢知道了。"

今夜的西厢，也是格外的冷。

火盆里的火早就熄灭了。她没有点灯，所以此时的房里是黑洞洞的。银色的月光透过窗棂洒了进来，洒在她倾国倾城的脸上。她靠着窗，肩上发丝披散。银色的月光让她的脸显得格外的出尘，好像一尊神祇。

她闭上双眼，俟长的睫毛轻轻地战抖，为她的眼睑投下了一层暗影。她忽然无声大叹了一口气，表情格外的孤冷凄凉。

窗外，朵朵烟花在月下热烈绽放，她的表情与那份热闹格格不入。

"十三哥哥，歌儿觉得……很孤单……"

她凄苦一笑。

桌上的玄风剑，呜呜抖动，通体透蓝。无数朵粉色的荞花自剑身滋长而出。它们在黑暗中飘飘荡荡。夜风四起，吹散了荞花整齐的步伐。它们零乱着，疯舞着，越来越汹涌。

她默默地抬起手，手掌有着一般女子没有的趼子。风吹起了她白色的衣袖，那些荞花便钻入她袖中，与她洁白的手臂缠绵。她为张开手，那些荞花在她的之间缭绕，不忍离去。

她忧伤的眼渐渐潮湿，变得混沌。

正对着院子里，上百盏孔明灯忽然一齐摇摇晃晃腾空而起。温暖明媚的灯光里，一抹绿影渐渐地清晰了起来。

洛歌睁大了双眼，看着薛崇简那张年轻的俊颜慢慢靠近。

"你……你不是在宫中吗？"她突地站了起来紧盯着窗外的他。

"宫里虽热闹但太无趣了！"薛崇简无所谓地耸了耸肩，忽然俯下身子冲她狡黠一笑："我觉得还是和歌儿在一起比较开心一些。"他想了想又接着说道："我不能把你丢在这里啊，我想你一定会很不习惯。那，你想着十三的时候，也不会有肩膀给你靠一靠。"

"薛崇简……"

"快打开门啊，让我进去。天太冷了。我带了两坛桂花酿，你最喜欢的。今晚，就让我陪你一起守岁吧！"

……

……

漆黑的房中，两撇身影背靠着背，席地而坐，举酒痛饮。

窗外的上空，孔明灯低低地压成一片，灯火温暖迷人，那光芒在寂静偌大的夜里，是那样的让人迷恋。

洛歌的脸微红，思绪也有些混乱。她举起酒坛又啜了一口。那浓郁的桂花香充斥着整个口鼻，带着甘甜与些许的辛辣滚入了她的喉中。

背后，薛崇简的眼神也变得微微有些迷离。他的脸也红红的，桂香自他的口中逸出，满室馨香。

他的胸腔里仿佛燃起了一团火焰，他忽然大笑了起来，一挥手朗朗高声道："去他个什么家国天下，去他个什么朝纲政权。一壶酒，一把剑，混沌天地任我独自逍遥！"

"独自逍遥？"背后的她突然醉醺醺地问道。

"不……不是，是看我薛崇简带着歌儿将这天下玩个昏天黑地！"

他胡乱的醉语引得背后的她一阵"咯咯"的轻笑。

"薛崇简……"

"嗯？"

"到底……为什么愿意一直等我？"

"歌儿……如果说，十三的使命是保护你，那么，我的使命就是守护你。一直等着你陪着你，不让你独自一人，饱尝孤单。"

"薛崇简……"她抬起手摸了摸脸，那里湿凉凉的一片。

背后的他，突然发出一声轻笑，那笑声低迷动人。"歌儿，我只是希望你累的时候可以有个依靠。"

"那……我累了……"她挺起身转过脸来看着他，绝美的脸上满是泪水。

他亦深深地看着她，蜜色的眸映着窗外的月光，显得格外的明亮。他轻轻一笑，伸过手揽住她的肩变换了姿势，让她稳稳当当地靠在了自己的怀中。

洛歌微微一笑，又有一串泪珠自眼中落下，泛着月光温柔的光华，湿润了他的前襟。

她在他的怀中，坐直了身体伸手扳过他的脸。那张脸在月光下显得格外的俊逸，俊逸到让她忍不住叹息。她反复地抚摸着他的脸，口中酸涩："不要再等我了，我不可能再爱上任何一个人了……"

还没等她说完，他竟孩子气地将她紧紧地搂在了怀中，自顾自地摇着头，痛苦地纠结着剑眉："我知道，你喜欢他已经喜欢到了不愿意给别人机会的地步。歌儿，我并没有强迫你来喜欢我。你不喜欢我没有关系，只要我喜欢着你就好！"

顿了顿，他又接着说道："不管你走到哪里。你只要记住，有一个人他会站在你的身后一直等着你看着你，如果你累了，只要转身伸手，他就一定会紧紧地握住，让你依靠！"

"薛崇简……"

她依偎在他怀中，闭上了双眼。他胸前那股好闻的莲子般的清香萦绕在她的鼻间。她听着他年轻有力的心跳声,意志有些模糊。

"薛崇简,我想睡了……"

"那你就睡吧……"

"……薛崇简,你答应我,哪怕……所有的人都背叛了我,你都不要离开我,好不好?"

"好。"

怀中女子,温柔一笑。在他的温暖的怀抱里放松了全部力气,满足地轻轻叹息了一声:

"你长大了……"

除夕的夜晚,烟火满空绽放。

大街小巷处处欢庆,热闹非凡。

僻静的一角,少年勾起了唇角,满足地微笑。怀中的女子,已沉沉睡去。她唇带一抹幸福的笑容,似做了一个好梦。

院中,从宫中匆忙赶回的青衣人徘徊数次,终于拾级而上,在房门前放下了一壶佳酿。

"新年快乐,洛歌。"

冰初融

五王府,花园内。

石桌上是难解的棋局,从局势来看,黑子胜出的几率要大一些。

薛崇简看了看对面的白衣人,轻勾唇角,手拈一粒黑子从容放下,一切风云皆成定势。

"歌儿,我赢了!"

洛歌抬头正对上他的双眸,那眸子在阳光的照耀下,清澈迷人。她轻轻一笑:"薛崇简,你的棋艺又精进了不少!"

"那当然,人总是在不断地进步嘛!"

远处,一脸笑容的李成义正引一位少女快步而来。风扬起湖边柳树新生的嫩芽,亦拂起那少女如墨的青丝。她的眉眼十分美丽,只是脸色过于苍白,犹是病中西子的味道。她穿一袭粉色襦裙,头顶插一斜钗,一副尚未出阁的小姐打扮。

"成义哥哥,你慢点!冰儿都快跟不上你的脚步了!"少女急急地跟在李成义的身后,娇弱的身躯仿佛被风一吹就会倒下。

"我说冰儿啊,你难道不想快点见到你的情郎吗?呵呵呵……"

"成义哥哥,不要拿冰儿开玩笑了!"少女说着,两颊绯红,娇羞地垂下了眼睑。

"崇简,你看谁来了!"李成义爽朗的声音在洛歌的背后响起。

薛崇简的目光越过李成义投在了他背后少女的身上。

"冰儿?你怎么来了!"薛崇简猛地站起身来,顾不得看到洛歌微变的神色,便急急向那少女走去。

少女抬眼飞快地看了一眼薛崇简,便立马低垂下了眼睑,双颊越发地红了起来。她娇羞道:"简哥哥……"

"你身体不好,最好不要随便出门。你怎么穿得这么少?万一冻着了该如何是好?"薛崇简一边说着一边解开自己的斗篷披到了少女的身上。

"哎!"李成义忽然一声大笑,他伸手推了推洛歌道:"哎哎,走了走了!不要打扰人家小两口在这儿打情骂俏了!"他说着,拽了拽洛歌的衣服一边拉着她离开一边对着薛崇简调侃似的笑着。

洛歌抬眼却迎上了少女那双温柔的眸子,她忽然冲她笑了笑,福了福身子:"颜冰见过公子!"

颜冰……原来她就是颜冰!那个自幼便与薛崇简有过婚约的女子,就是眼前的人。

他们倒还真是很相配。一个温和英俊,一个柔弱美丽。

洛歌轻轻一笑,冲着颜冰微微点头。

"那洛歌就不打扰二位了!"说完,她不顾薛崇简急切的目光,便转身跟着李成义大步离开。

身后,薛崇简忽然一脸落寞。

湖的这边,李成义兄弟五人悠闲品茗。

午后的阳光,温暖而慵懒。虽已开春,但风中仍存一丝凛冽。

洛歌坐在李隆基身边,毫无心思地把玩着手中的茶杯,目光却投向了湖的另一边。

那绿衫少年温柔地笑着,英俊的脸上一双眸子是无比的澄澈与温和,泛着蜜色的灿烂光芒。

春风拂起湖面,荡漾着一圈圈微笑的波纹。金色的阳光洒在上面,让那湖水显得格外的清澈好看。

粉衣少女美目含春,她娇咳几声,苍白的脸上泛起淡淡的红晕。少年飞快地递过一方手帕,脸上满是怜惜之色。

"啧啧……你们看看崇简跟冰儿啊,真是天造地设的一对。你们看看崇简那样儿,好像一双眼里就只有冰儿一个人似的！"李成义看着湖对岸的一双璧人，啧啧地笑着。

李隆范看着他，打趣道："二哥要是羡慕也娶一个呗！"

"娶？"李成义听他这么一说，连连摇头。"我这么早成亲，奉父母之命媒妁之言的，娶一个自己不爱的女人！"

洛歌闻言微微一怔，她收回目光转而投向了波光粼粼的湖面。

薛崇简，即使是父母之命媒妁之言，但你也还是很喜欢她的吧！

眼前阳光忽然一暗，洛歌抬头看见的是李隆基一张冰冷冷的俊脸，他的黑眸无波无澜看不出一丝情绪。

"洛歌，你跟我来一下，我有事要与你商量。"

洛歌微微蹙眉，她看着他的眸，不禁收紧心跳。

此时的他，眸中虽无任何情绪，但全身上下却早已散发出一种君临天下般的扼人的气魄。他冲她挑了挑眉，便转身自行离去。

洛歌放下手中的茶杯，站起身来掸掉了身上风儿遗落的微尘，目光掠过湖对面那旖旎春色，眸中覆上了一层千年不破的寒冰。

书房里，李隆基坐在桌案前，蹙眉看着摆在桌上的一卷泛黄的集子，修长的手指正不耐却又很有节奏地轻叩着桌面。

洛歌知道，那集子是他常看的《尚书》。

"李隆基，你找我来到底有什么事要商量？"洛歌一脸冷色地坐在他的对面。

李隆基慢吞吞地抬起头，看了她一眼，冷然道："上元灯节一过，我就会请人引你入宫。"

"上元灯节？"洛歌微微蹙眉，三日之后便是上元灯节了，时间紧迫，她甚至还没有做好任何准备去面对宫中的生活。

"是。我准备通过姑母拜托司卫少卿张易之引你入宫。"

张易之……洛歌的心跳猛地漏掉了一拍。

她抬头看他，眼神有些凌乱："为什么是张易之，你知道我很讨厌这种人！"

李隆基合上集子，站起身来慢踱到窗前，看着窗外高远的天空，目光中闪过一丝异色。他冷冷道："这由不得你拒绝。第一，张易之目前是皇上身边最得宠的人。第二，他是姑母推荐入宫的，所以姑母拜托的事他没有理由拒绝。第三，这第三……"李隆基忽然停了下来，他回头意味深长地看着洛歌道："这第三……张易之有一个弟弟，名叫昌宗，也是一名美男子。只是前几日突然猝死。不过，他死亡的消息除了张易之本人和姑母知道外，余下的就只有我们了，所以，我要让你成为张昌宗！"

"什么？！"洛歌猛地站了起来，满脸寒色地紧盯着他。"你要我做张易之的弟弟？"

"是。"

"不行！"她偏过头，双眉紧蹙。"不管怎样，我都不要做张易之这小人的弟弟！"

"小人？"李隆基忽然发出一声怪笑，他走到她的面前，低眉看着她冷声道："你以为你和他相比，就是君子吗？只要做了女皇的男宠，在世人眼里你们都是属于同一类的小人！"

"你！"洛歌猛然侧头看他，美目圆睁。"既然这样，那请恕洛歌选择退出！"

"退出？"李隆基危险地眯起双眼，紧盯着她，身体中一股君临天下的慑人气魄缓缓涌出。"你以为你现在还能抽身而出吗？没有机会了，洛歌，你现在唯一能做的就是好好完成你的任务！"

洛歌被他慑人的气势逼得猛向后退了两步。

她抬起头傲然地看着他，忽然发出一串冷冷的长笑。

"真不愧是临淄王李隆基啊！呵呵……好！这个局既然我已经进入了，就会全力以赴。只是，王爷你不要忘了曾经答应过洛歌的，事成之后，我要王爷给我这世上最强大的——权力！"

入夜，长安城人潮涌动，叫卖声喧闹声，络绎不绝。

洛歌牵着流萤走在前面，薛崇简带着小隆悌走在后面。

今日是上元灯节，长安城倾城而出。大街上喧闹一片，无数盏彩灯在人们的四周散发着五彩迷人的光芒。

"洛哥哥，萤儿想要一盏灯！"流萤拽了拽洛歌的衣角，仰起小脸看着她，一双明眸里满是乞求之色。

洛歌冲她微微一笑，伸手抚了抚她的头顶，正打算替她去买，却见一盏花灯猛然出现在了她们的面前。

薛崇简手执花灯，他冲着洛歌笑了笑，便弯下身子伸手轻捏了一下流萤的下巴，笑道："呐，花灯简哥哥已经替你买好了！拿去吧！"

流萤接过灯，冲着他甜甜一笑，高声说了句："谢谢简哥哥！"便和小隆悌手牵着手向前跑去。

洛歌抬头，看着薛崇简，眼前依稀浮现出了五年前，十三带她下江南的情景来，心中忽然一痛。

她仰起脸，看到了如墨的天空中繁星点点，星罗棋布。几朵灿烂的烟花，伴随着"砰叭"的声响，在众人惊喜的目光中绽放。她忽然一笑，笑得连自己都感觉到了一种莫名其妙的荒凉。

"歌儿，你在笑什么？"薛崇简清澈悦耳的声音在耳边响起。洛歌偏头，看着他俊逸的脸摇了摇头："没什么。"她说完，又抬起脸冲他轻轻地牵了一下唇角，小声道："薛崇简，我真不该带你出来！你看看，今夜的你不知道又要虏获多少芳心，引得多少男子嫉妒呢！"

薛崇简听了，轻笑出声。他冲着她摆了摆食指道："歌儿说错了，我看虏获芳心无数的是你吧！"

洛歌闻言，轻轻一笑。她抬起手，遥指前方。

"薛崇简你知不知道，在下一个路口，会遇到什么样的人，经历什么样的风景吗？"她偏头看着他，往时冷然的眸中，忽然满是流光溢彩。街边彩灯散发出来的光芒，为她的眸蒙上了一层异常的光亮。

薛崇简的心中，似有一股甘泉无声流过。他轻轻一笑，摇了摇头。

洛歌捋掉吹到她眼中的发丝，勾起唇角低声道："未来是无法预知的。我们根本就不知道在下一个路口会遇到什么样的人，经历什么样的风景。所以，薛崇简，当你执著地守着一处风景时，就会错过比你守护的要美上千倍万倍的风景。所以，薛崇简，请你放下你的执著吧！"

她静静地笑看着他瞬间苍白的脸，接着说道："一入宫门深似海。我无法预知我的未来，我也不知道我的性命是否就会这样结束在这深深的宫闱中……"

"那为什么还要进宫？！还要和三表哥合作！"他低头看着她，蹙起英挺的剑眉对她低吼了一声。

"为了权力！"她抬起头冲着他微微一笑，那笑容中夹杂着太多的无奈与痛苦。"为了至高无上的权力，我愿意拿自己的性命做赌注！"

"权力？有了权力又能做什么？"薛崇简凄苦一笑，身体微微颤抖。

"有了权力我就可以光明正大地焚玖冽，杀霁曲！"她冷冷地牵起唇角："这后半生唯一能够支撑着我活下去的目标，就是为十三报仇……"

"你从未想过替自己而活？"

"从未想过！"

她冷然地看着他，夜风吹起她白衫的一角与他的绿衫一角，缠绵在了一起。周遭的喧闹声，似乎越来越远，直至消失不见。

久久的，他看着她，澄澈如水的眸中满是痛楚。

她抬眼看着眼前的少年，他是那样的年轻，那样的俊逸，那样的灿烂，灿烂到她这一抹黑暗都不愿靠近他，害怕亵渎了他。

她抬起手，揉了揉微酸的双眼，凄凉一笑，便转身顺着人流向前走去。

身后的薛崇简急急地追了上来，他看着远方那拥挤如潮的人流，凄然却坚定地笑了起来。

"你以为你死了，我还会活下去么？那夜的话，天地为证！我薛崇简说到做到！"

你以为你死了，我还会活下去么？

她的身体猛然一震。

她唇挂一抹苍凉的笑，深呼了一口气，依旧大步向前走去，

可是心，却早已疼到化为灰烬。他的每一句话，每一声叹息，都犹如一柄匕首，慢慢绞痛着她的心，直到满目疮痍。

耳边，是谁轻轻地叹息了一声。

那悲伤而低沉的叹息，熄灭了红尘的滚滚长情，席卷着所有的悲伤冲上了苍暝，带着几丝孤独而凄凉的风，洒向人间，淹没了所有的情爱……

张易之

好大一片花海啊！

一眼望去，无边无际。红色的海棠，白色的百合，黄色的郁金香，紫色的蝴蝶兰。满眼繁花，满鼻花香。

金灿灿的阳光，无声地散落在这花海之上。远远的，似有一阵笛声默默传来。

洛歌闭眼倾听，发现那正是《长相思》！

这个世界上，除她会吹《长相思》以外，就只有——洛歌猛然睁开双眼，朝花海奔去。

灿烂的阳光，一抹白影伫立在无际的花海之中。微风拂起他的衣袂。在阳光下闪耀着金色的耀眼光芒。那颀长的身影，那美妙的笛声，仿佛一道闪电，直劈她的大脑，白光一片……

是你吗？十三哥哥……

她茫然地伸出手，僵硬地向前迈了一步。

笛声戛然而止，白衣人缓缓回头……

他冲着她微笑……

那笑容绽放在阳光下，是那样的美好。他目光柔和地看着她，眼底荡漾着银白色的，如月光般温柔的光芒。温润如玉的面庞上，有着深深的悲伤与眷恋。他回过身，放下笛子抬起手，缓缓地向她伸来。

多么温柔的笑啊……

多么温柔的人啊……

洛歌抬手使劲地揉了揉双眼，她不相信这一切！不相信！

可是，当她放下手时，花海中的白衣人依旧对她笑着，衣袂飘飘。

几片飞花，迷离了她的眼。

千朵万朵荠花纷飞而来,在白衣男子的周身萦绕。那双残留着花香的手,穿透阳光又仿佛穿透了她所有的孤独岁月与忧伤阴霾,坚定地朝她伸了过来。

她一步一步地向他走去,身体颤抖着,突然一个踉跄,跌进了他温暖的怀抱中。

她睁大了双眼,唇角抖动着,仿佛有千言万语,堵塞在喉中,难以开口。

她仰起头,金色的阳光刺花了她的双眼。隐隐约约间,只看见一张微翘的薄唇,挂着如此熟悉与宠溺的笑意。

"你还是这样,笨手笨脚!"他伸手轻刮了一下她的鼻尖,这亲昵的动作中包含着太多太多让她流泪的情愫。

"十三哥哥……"她在他的怀中哽咽着,泪流满面。

"你哭了?为什么要哭?"他修长的手指抚上她的面颊,轻柔地为她擦干了泪水。

洛歌紧紧地拥住他的腰,将脸紧贴在他的胸膛之上。

"是你吗?十三哥哥……"

"是我啊……"

"十三哥哥,你知道歌儿有多想你吗?"

"我知道。"他低下头看着她的泪颜,心疼地蹙起了双眉。"歌儿,你一点也不乖!十三哥哥不是说过吗?即使我不在你身边了,你也要好好地活下去,勇敢地活下去啊!"

她伸手抚平了他眉宇间的沟壑,轻声道:"好好地活下去?没有了十三哥哥,歌儿又如何好好地活下去?"

白衣人深深地叹息了一声,他紧紧地拥住她,嗓音喑哑低沉:"歌儿,放开自己的心扉去接纳别人,十三哥哥希望你快快乐乐地活下去。十三哥哥不想原本无忧无虑的歌儿变得如此的悲伤冷漠……"

"十三哥哥……"

"歌儿,试着去爱上别人吧,忘了十三哥哥,好不好?"

"不!"她在他的怀中使劲地摇了摇头。"我不会忘记十三哥哥,到死都不会忘记!"

"歌儿……"他又轻轻地叹息了一声,伸手轻抚着她的背脊,满脸痛色。"我不想成为你获得幸福的枷锁。五年了,你放不开,十三哥哥亦放不开……只是,歌儿,当你执著地守护着最初的幸福时,也就会错过更多的幸福,十三哥哥不希望你这样!"

"不……"洛歌闭眼埋首在他的怀中低低啜泣。"只要你就好,只要有你……"

"歌儿……"他蹙眉低叹,心疼无比。

远处,一声空灵的笛音惊起了无数只飞鸟破风而起。

花海的另一端,绿衫少年手执铜色的竹笛忘情吹奏。他静静地看着她,蜜色的眸子在灿烂的阳光下泛着单纯如水的光芒。

十三手指远方,轻声道:"你看,谁来了……"

洛歌茫然回头,目光刹那收紧。

"薛崇简……"

"歌儿,其实幸福一直就在你身边,只是你不愿去发现而已。歌儿,你一定要幸福……"

洛歌痴痴地看着立在花海另一端的绿衣少年,目光满是她所不能明白的情愫。

荞花越来越多,它们顺着风的方向,孤独远行,打乱了白衣人的身影。

她蓦然回首,看着渐行渐远的他,想追上去,可是身体却又仿佛被牢牢地钉在了原地。

"十三哥哥……不要走……"

她绝望地哭出声,冲着他的背影大喊了起来……

那凄凉的喊声,在花海之上明净的空中,久久盘旋,挥之不去……

远方,少年蓦然垂下双手,单纯如水的眸中满是悲伤的落寞……

"十三哥哥!不要走!不要走!"

洛歌惊醒,她睁大了双眼,看着床顶帐幔,脸上一片湿润。她抬起手,摸了摸脸,指尖满是湿漉漉的冰凉。

窗外,皓月当空。月光透过窗棂寂静地洒在她的脸上,蔓延成河。夜枭孤单凄哀的鸣叫,让她的心底一片荒凉。

原来,只是一场梦……

洛歌轻闭上眼,一滴泪无声滑落。

一定要幸福……

可是,没有了你的世界,我又该如何去学会幸福?

五王府前,华丽的马车,三个俊美的男子。

李隆基掀开车帘,微蹙双眉,黝黑的眸中没有一丝波澜,他静静地看着马车前的两个人,故意闷咳了两声。"和姑母约定的时间就快到了,洛歌,不要再耽误时间了!"

身着白衣的洛歌,在阳光下,面目冰冷。那双一如既往如千年寒冰的眸中,闪烁着一种微弱的不知名的光芒。

半晌,她轻牵了一下嘴角,对着眼前的少年说道:"要不然……你和我们一起去?"

对面,绿衫少年紧蹙双眉,蜜色的眸中满是犹豫不定的神色。

"崇简,如果不想去就不要去。姑母那里我自有交代!"李隆基冷冷地看了一眼洛歌,转而又将目光投向了薛崇简,眸中的幽黑变得有些淡薄。

绿衫少年看了一眼李隆基又看了一眼一脸淡漠的洛歌,他低下头想了想,终是一笑:"三哥,我看我也去看看母亲吧!来了近两个月,不去拜见她与礼不合。"

"好吧!上车吧!"李隆基说完放下车帘,靠在车壁上,闭目养神。

洛歌看了他一眼,转身跃上马车,用剑挑开帘子钻了进去。

阳光下的少年,深深地吸了口春的暖气,心中忽然落寞地疼了起来。

那个分别了五年没见过一面的女人——他的母亲,高高在上的太平公主,自他出生的那一刻开始,那原本是他生命中最亲近的人,却狠狠地将他与自己隔离开,十年难见一面。他享受不到母亲的爱……如此孤单而又落寞地长大。

绿衫少年微微蹙眉,一双单纯如水的蜜色眸子,在阳光的灿烂下却显露出了与之格格不入的……悲伤。

千乘郡王府。

午时的阳光有些刺眼,它们扫在匾额上的时候,在薛崇简的眼里,却滋生出了一种冰冷冷的陌生之感。

"崇简,真的要去见她么?"李隆基略为担忧地看了一眼目光悲伤的少年,心中骤然一痛。"李四,送二公子回去!"

"不要。"沉默良久的薛崇简轻轻地摇了摇头,他侧过脸看着他,微微一笑,笑容单纯美好中又满是忧伤。"三哥,不管她如何对我,她都是我的母亲。"

"崇简……"

"三哥……崇简已经长大了,有自己的分寸了!"薛崇简说完,便拾级而上,敲响了朱红大门。

未几,大门便被缓缓打开。

一个小厮的脑袋从里面冒了出来,他困惑地打量了薛崇简半天才道:"你是哪家的公子?有没有拜帖?"

"武齐,才五年啊,你就不认识我了吗?"薛崇简笑看着他,伸手猛敲了一下他的头顶。

"你是……"小厮仔细地想了想,蹙眉望向了他的身后,目光停留在了李隆基的身上。"表公子!"他低呼了一声,目光重新投在了薛崇简的身上,他愣愣地看着他,半晌,突然号啕一声扑进了薛崇简的怀中:"公子!公子!你怎么突然回来了?五年了!不声不响地你走了五年!武齐心里……心里……"

"我知道!"薛崇简微笑着扶起他,拍了拍他的肩膀,假嗔道:"哭什么哭?五年不见,你怎么越来越像个姑娘!"

马车旁,洛歌蹙眉看着这一切,不禁困惑。她侧脸看向李隆基却发现他一贯冰冷的眸中,此时却浮现出了点点温情。

"怎么回事?"她问道。

李隆基回过头看了她一眼,眸中重复冰冷,他冷冷道:"这武齐原本就是崇简的贴身书童。自从崇简走后,这武齐才沦为了看门厮儿。他们自小关系就十分要好,崇简虽是主子，但对待他。就像对待亲人一样。"

洛歌的心微微一颤。

如此温和亲切的薛崇简啊，即使对待比自己地位卑贱千倍的人，也会这样的可亲。

洛歌冰冷的目光不知不觉温暖了几分。

"三哥，歌儿，母亲在竹苑等我们，我们这就过去吧！"薛崇简回过头来，冲着二人微微一下，便转身跟着武齐走了进去。

洛歌与李隆基对望一眼，大步迈进。

三月午后，水榭下的湖水，波光粼粼。岸边杨柳垂下千万条翠绿丝绦，轻抚着湖的面颊，荡漾着微风的芳心，一圈一圈的划开，似有千言万语，凝结成了那一声柳条互相摩擦的叹息。阳光被剪成碎影，投射在湖面上泛起了星星点点灿烂若飞的光芒。

远处，一大片竹林青翠无比，犹如一片绿色的海洋。

"公子，公主和张大人就在林子里。公主殿下吩咐过我将你们引到这里就可以了，所以武齐就不进去了！"武齐恭敬地说完，又连忙抬起头看着薛崇简憨憨一笑："我在这里等着公子。呵呵……能再见到公子，武齐真的是很开心啊！"

薛崇简冲着他轻轻一笑，点了点头。"嗯，能见到武齐我也很开心！武齐，你在这里等我啊！"他说完，回过头来冲着身后二人轻笑道："走吧！"

进入竹林，洛歌忽然觉得有些冷了。

竹林里，似萦绕着一种似有似无的青色雾气。阳光穿透那些雾气，形成了一根根光柱斜插在了竹林湿润芬芳的泥土里。倾耳细听，鸟鸣欢快。远处，一波又一波的"哗哗"声，似大海怒涛拍礁的声响，那是竹叶互相摩擦的声音。有微风拂来。满面清凉。

竹林深处，有一身着华服的高贵妇人与一白衣男子相对而坐。

白衣男子……

洛歌猛然睁大了双眼，整个人好像被谁捂住了口鼻，扼住了咽喉，窒息的……快要死去！

她呆立不动，目光直直地投向了竹林深处那白衣人的身上。

阳光投在他的眉梢，带着林间独有的青色雾气，升华起一层氤氲。他眉目儒雅却又多情，眉宇之间笼罩着淡淡的如玉一般的光华。他的双眸在阳光的照射下，隐隐折射出了一种温柔的银白色。他微翘薄唇，唇角似停留了一只斑斓诡异的蝴蝶，这让他整张脸都显得无比妖娆。那明艳魅惑的笑，仿佛在讽刺着人间的一切，表达着他对这个世界的毫不在意……

等等！儒雅的眉眼，如玉一般温润的眉宇还有那双眸子中的银白……这分明……

十三！是十三！

洛歌踉跄地向后倒去,却跌进了一个温暖的怀抱中。

"怎么了?"薛崇简皱眉看着怀中苍白了脸色的人儿,心中莫名一紧。

洛歌闭上双眼,身体不住地颤抖,她缓缓启唇,声音抖动得厉害:"薛崇简……我是不是……在做梦?"

"怎么回事?"李隆基走了过来紧盯着她。

洛歌伸出手抖抖地指向了白衣人:"你看!那人……他……是不是……十三!"

薛崇简猛然抬起头,他的目光迅速扫过,停在了那个妖娆无比的白衣男子的身上。

他的瞳孔收缩得越来越小……越来越小……

十三……那个让她放弃了一切的男子……死而复生!

背后忽然升起了一股莫名的寒意,他倒吸一口冷气,蜜色的眸子蒙上了一层浓重的阴影。

不!

那个男子……他不是!他不是那个让她魂牵梦萦了五年的白衣男子!

尽管他们的五官简直就是一个模子刻出来的,但是!十三没有他那样的妖娆!没有他那样的多情!没有他那样的魅惑!

他们是两个人!他可以肯定!他们是两个人!

一颗心终于重新落地,他从怀中扶起她,在她耳边低声道:"歌儿,你看!十三是个正直的人,他是不会有他那样妖魅的气质。他不是十三!你仔细看看,他不是十三!"

洛歌闻言,有些畏惧地睁开了双眼,刺眼的阳光照在了她的眼底,明亮了一切。

那个白衣人长发披散,它们一缕一缕的,如同天上的秋云曼妙飞翔,穿梭在林子里冷冷的空气中,结成了满地寒霜。

她的十三哥哥,唇边只有明净温柔的笑意,眸中只有如月光般温柔的银白色的光芒,眉宇之间也只如玉一般温润的光华与一成不变的淡淡忧伤。他儒雅但不多情,他的脸上也永远不会绽放出那种无比魅惑对世间一切都毫不在意的邪意笑容。

他不是他!

可是……

翠绿的竹林间,一抹白影迅速闪过。下一秒,她将他从位子上揪了起来。

整个林间,是如此的安静。

没有鸟鸣声,没有风啸声,没有竹叶相互摩擦的"哗哗"声。

一切,都,静止了!

刹那间的惊慌与震愕在白衣男子的眸中渐渐蔓延成形。他惊恐地看着她,笑容亦在那一刹那自嘴角凝固。

是的！惊慌！震愕！恐惧！还有……

"你是谁?！"

远处，林间忽然传来了一阵惊破所有的"呼呼"声，一大群黑色的飞鸟自林中飞起，割破了他们头顶上空那方高远的苍穹。

逃离！逃离！将天空割散得支离破碎！

良久，白衣人忽然一声轻笑，那自口中溢出的热气喷洒在她的额头，逃逸在空气中，隐隐有一种香甜的味道。

他戏谑地看着她，眸中的银白转而被一种幽深的冰蓝代替。他牵起唇角从她的手中扯出衣襟。

"你就是这样对待第一次见面的哥哥吗？"白衣人冷冷一笑，他回过头，眸中诡异的冰蓝转瞬间又变成了温柔的银白。"殿下，你怎么找了个这么粗鲁的人？"

怔愕住的太平公主这才反应过来，她冲着他尴尬地笑了笑，随即起身，瞪了一眼出神的洛歌："洛千，对张大人岂可如此无礼？"

张大人……原来，他就是……张易之！

洛歌忽然冷冷一笑，如果要算起来，他们早在那次的集市上就应该见面了！怪不得，那时候的她会有那样的感觉。

洛歌的神色瞬间恢复平常。

洛千？看来太平公主并没有把自己的真实身份告诉张易之，那么……洛歌牵起唇角，邪意一笑，她双手抱拳冲着张易之微微一拜："望张大人原谅在下刚刚的无礼之举！"

"罢了罢了！"张易之有些不耐地冲她挥了挥手，他忽然牵起唇角，伸出食指挑起了她的下巴。

"嗯……长相倒还算得上英俊！你今年多大了？"

他的目光在她的脸上肆意横扫，她强忍住心中的厌恶，答道："双九之龄。"

"十八了？呵……"他忽然又是一阵轻笑，放下她的下巴，他回过头冲着太平公主笑道："十八，倒是个好年纪。"

"是，我也是看她长得也算俊俏，比你家的昌宗是有过之而无不及呢！"太平公主说到这里，眉色一挑。"张大人若是将她推荐入宫，博得母皇开心，恐怕又是立了大功一件呢！"

张易之只笑不语，他余光一扫，意味深长地看了洛歌一眼。

"从此以后，你就不再叫什么洛千了。你姓张，名昌宗，在家排行老六，人称六郎便是了！"他说完，魅惑一笑："你是我张易之在这世上唯一的亲人，也是我唯一的……好弟弟！"他阴阳怪气地说完，忽然低低地轻笑了一声。

洛歌有些微恼。哼！居然还和十三哥哥长得相像！这真是玷污了十三哥哥！

远处，李隆基若有所思地走了过来，他淡淡一笑，冲着太平公主微微一拜："三郎见过姑母！"

"你来啦！"太平公主冲着李隆基微微一笑，她目光微微一抬却看见了他身后的他。

薛崇简不知所措地愣在原地，他看着她，单纯如水的眸中，阴沉的悲伤越来越多。他慢慢地走过去，在她的面前屈膝跪地。

"儿子拜见母亲大人，分离五年，母亲大人身体安好。"

太平公主忽然一怔，原本温婉的眸瞬间变得凌厉。"谁让你来了！不孝的东西！我书函数封你都不加理睬，现在又假惺惺地在我面前作态……"

"儿子……"

"住口！我不想听你的解释！有骨气你就别回来！"太平公主忽然扬起了手朝着薛崇简用力地扇了过去。

"啪"的一声脆响，薛崇简原本英俊无瑕的脸上登时出现了五道指印和一丝血痕。

洛歌的心中忽然蹿起了一股无名的火焰，她正准备冲上前去，却被一边的李隆基用力拉住。

"不孝的东西！当年我就该一手掐死你！没想到，你在玖冽那种地方还能活下来，真是命贱！"太平公主唇挂一抹冷笑，她端坐在位子上，微眯双眼，眸中有着捉摸不定的微光。

张易之讪讪一笑，坐在位子上眼瞟别处，仿佛什么也没有发生似的，慢饮香茶。

绿衫少年的身体微微颤抖，他双手撑住膝盖，心痛得无以复加。

"是！我是命贱！三岁那年的高烧，没人管我！是我自己奇迹般地活了下来！六岁那年，我被武家的孩子推下水，是三哥将我救了起来！七岁那年，我只是打破了你的一只无关紧要的花瓶，你就毒打我二十鞭！我命贱！我挺了下来！八岁生辰的那日，你将我关在黑屋子里，我滴水未进，快要虚脱的时候，是三哥将我从里面抱了出来！九岁那年夏天，你罚我跪在院子里一跪就是三个时辰！我命贱！我命贱……"少年说到最后竟抑制不住地狂吼了起来，他的身体剧烈地战抖着，倔强的眸中满是晶莹。

"很小的时候，我就从不知道母亲的爱是什么样子的！你施舍过你的爱吗？哪怕给武家的那两个继子你都不愿给我一分一毫。我生病的时候你在哪里？我受伤的时候你在哪里？我被人欺负的时候你在哪里？！母亲，好陌生的词啊！我一直孤单地长大，从小什么事都尽量做到完美，我以为这样，就会讨得你一点点的欢心！可你，却还是将我送到了玖冽！让我自生自灭！母亲……我求过你，不要把我送走，哪怕你打我，都请别把我送走……我只想待在你身边，渴望有一天会得到你的关怀！可是，我的生命中，却从未出现过你对我的笑颜!母亲,我也是你的儿子,你这样对待我,公平吗?!"他看着她,哽咽着,年轻的俊颜上满是绝望的悲伤。

太平公主亦是浑身颤抖,她猛地站起身来,玉臂一挥怒斥道:"孽子!你给我滚!给我滚!永远都别回来!滚!!"

绿衫少年忽然凄苦一笑:"我不会再回来了!因为,您已经让我绝望!"他说完转身,拖着满身的伤痕一步一步地离开。

洛歌忽然觉得眼前一片模糊,她猛地挣开了李隆基的手,向他奔去。

"薛崇简……"

落寞的身影仿佛没有了灵魂,一直向前……

入宫门

苍翠的大树下,伫立着一个少年。

他双手撑住树干,全身颤抖个不停。

阳光透过浓密的树叶洒在他的身上,那灿烂的光芒却丝毫不能掩盖住他那无尽的悲伤与落寞。

远处,湖面上的波光一圈一圈荡漾开去,小厮无措地站在湖边,不知该如何是好。

白衣人微微蹙眉,她轻轻地叹了口气,对着身边的人缓缓道:"你先下去吧!我想,他不想别人看见他悲伤的一面。"

"是。"

湖光潋滟,杨柳依依。

如此美好的春天,仿佛一颗少女的春心,微微抖动着,似蕴藏了一个羞涩而无比美好幸福的梦,又仿佛一坛封存了百年的美酒,开坛间会有一股醉人的香气。

是的,如此美好的春天!

可是……

白衣人缓缓靠近,她轻轻抬手,覆在了他颤抖个不停的肩上。

"薛崇简……"

眼前的少年,抖动的身体微微滞住,他垂下双手缓缓回头。

阳光穿透了绿叶,带着一簇一簇的暗影,投洒在了他的眉宇之间,他低垂着眼睑,那两排黑翼为他的眼睛投下了两撇浓黑,他的眸色便隐藏在那两撇浓黑里,让人猜不透他在想什么。

"薛崇简……"

白衣人满脸心疼地看着他,绝美的容颜上一片忧色。

少年抬眼看了看她,抬手轻拂开覆在他肩上的那只萘黄,转身席地而坐。他双手抱拢双膝,下巴撑在膝盖上,怔怔地看着湖面,蜜色的眸中满是浓郁的悲伤与落寞。

洛歌微微皱眉,也挥开下摆在他身边做了下来。

"歌儿……我很让人讨厌么?"

良久,他轻轻启唇,浓重的鼻音带着沉重的悲伤在这暖暖的春风中浓到化不开来。

"怎么会呢?"洛歌心疼地看着他,轻轻摇头。她牵起唇角露出了一丝忧伤的笑容。

薛崇简,你怎么会让人讨厌呢?那个在阳光中朝我微笑伸手的男孩子,怎么会让人讨厌呢?那个用清澈的笑容掩盖一切悲伤的少年,怎么会让人讨厌呢?那个自始至终都愿默默等待着我的少年,怎么……会让人讨厌呢?

"歌儿……为什么母亲会讨厌我?"他偏过头深深地看着她,如墨的发丝在暖风中轻轻飞舞。

洛歌看着他,笑着对他轻声道:"崇简好像不是很喜欢吃梨子吧!可是,歌儿就很喜欢那种香甜的味道!崇简,不是人人都可以作一只完美的梨子!"她说完,又对他微微一笑。

少年愣了愣,他忽然重重地叹了一口气:"可是,她是我的母亲啊,是我一生中原本最亲近的人啊!"

"崇简,或许这就是宿命吧!"她低头忽然想起了辩机的那句话:前世之因,后世之果。

"宿命?"他偏过头一脸疑惑地看着她,忽然闭上双眸,身体一歪将头靠在了她的肩上。他抬起手,遮住了漏在他俊颜上的阳光缓缓道:"或许是吧……歌儿,我觉得好孤单……"

好孤单……

洛歌的心莫名一痛,她闻着他身上独有的莲子清香,伸手接住了一片飘落下来的绿叶,贴在唇边,闭上双眸缓缓吹奏。

正是那曲《长相思》。

如果,我们都是孤单的。

那么,你就是可以孤单到微笑的神明。

而我,却是孤单到嗜血的恶魔。

湖的另一边,水榭后。

笛音缠绵住了他那风华绝代的优雅脚步。他缓缓回头,春日暖风扬起了他那妖冶的袂角，不断地在空气中飘飞舞蹈。他微眯双眼，目光停留在了那树下一对相依相偎的人的身上。

阳光为他肆意飞扬的发镀上了一层金色的光芒。

他的背脊忽然一阵僵硬，双睫不停颤抖。

只是，下一秒。他的脚步毫不犹豫地朝前迈去。魅惑的笑重新飞回他的唇边。他抬手，一朵粉花自他的袖间飞落。那优雅的风姿犹如一朵盛开的白色牡丹……

三月的夜风，凉凉的有些醉人。月光如霜，厚厚的堆积在石子路上，照得那石子光滑的表面，也反射着月儿的冷冷光芒，像一粒粒浑圆饱满的珍珠。

五王府的湖面，亦是一片静谧。黑色的湖，月光洒在上面，似凝结成了一颗颗浑浊不清的泪。

那是谁的泪呢？

洛歌痴痴一笑。她蹲下来伸手捧起一汪湖水。三月虽已开春，可是湖水却依旧是这样的寒冷，微微有些刺骨的疼。

"洛歌，我说的话你到底有没有听进去！"身边一袭青衫的李隆基蹙眉看着她的背影。尽管是在这样静谧的夜里，可他身上那股君临天下般的气势，依然会从他那俊逸修长的身体中，幽幽散发出来。

洛歌回头，一脸冰冷地看了他一眼便站起身，甩掉了手上的湖水。她走到他身边看着他，忽然挑唇轻蔑一笑。"刚刚那些话是你在警告我呢？还是在关心我？"她伸出手拈住飞扬的发丝，眼神挑衅地看着他。

李隆基微微一怔，他往后退了一步，抱手冷笑。夜风吹起他的袂角在月光下隐隐飞翔。

"是关心是警告，于你，又有何区别呢？"他冷冷说完，抬头看向立于中天的月缓缓道："记住！我们是合作者。我的利益就是你的利益。所以，请你一切小心。要知道，你在宫中随随便便的一句话一个动作，或许就会引来一场灾难。"

"我知道。"她牵唇一笑，与他擦肩而过。

"李隆基，告诉你……"她回过头看着他同样回过来的俊脸，轻轻一笑。月光迷离地笼罩在她倾世的脸上，为她嘴角那丝笑更添一抹如仙的味道。"如果刚刚那是你的警告，我就会记在脑子里。如果……那是你的关心，我就会记在……心里。"她说着指了指胸口，忽然仰头大笑了起来。踏着月光，融入黑暗之中。

湖边，李隆基忽然愣住。

恍惚间，月光被夜风折碎，化成了一只只晶莹美丽的白蝶。它们若聚若散，若离若去。渐渐地，白蝶越来越多，它们拢在黑色的湖面上，倒映成了一大团美丽的荧光。一个身影忽然模模糊糊地出现在了那荧光之中。她身着白色襦裙，衣带飘飘，恍若仙人。

风鼓起她宽大的衣袖,她好像就要飞离。白蝶忽然慢慢散去,她回眸一笑,于是,百媚生。

李隆基怔怔地退后了两步,他抬手揉揉双眼,再看时,却发现湖面上只有那黑色的柳条,在寂寞地荡漾着……

洛歌刚刚走到门口,却看见一个小人儿正抱着个枕头,蹲在门口用手在冰冷的地上画着圈儿。洛歌走近却发现他正是小隆悌。

"小悌!这么晚了你怎么一个人蹲在这儿?奶妈呢?"洛歌上前连忙将只穿了一件中衣的小隆悌从地上拉了起来。

"洛哥哥……"小隆悌带着哭腔喊了一声,然后似受了委屈一样扑进了她的怀里,低低地呜咽起来。

洛歌头痛得揉了揉眉心,刚刚晚饭的时候,流萤已经哭了一回,好不容易才将她哄好,这回又碰上了个更难缠的小鬼头。

"小悌,怎么啦?"洛歌微笑着,轻轻拍了拍他的背脊。

小隆悌慢吞吞地从她怀中抬起头来看着她,一双黑白分明的大眼睛里蓄满了晶莹的泪水。"洛哥哥,你真的要走吗?"

她看着他的眼睛,轻轻地点了点头。

"那洛哥哥还会回来看看小悌吗?"

"会的。"

"那……小悌今晚……今晚要和洛哥哥一起睡!"小隆悌说完一手用力地抱紧了枕头一手拽住了她的衣角可怜巴巴地看着她。

洛歌微笑着伸手抚了抚他的头顶。她微微迟疑了一会儿,随即轻轻地点了点头。"好吧!跟洛哥哥睡可以,就是不许踢被子哦!"

天还未亮,洛歌便被窗外的一阵鸟鸣声惊醒。她侧过头看着窗外,东方泛起鱼肚白,暗暗隐藏着一股红色的霞光。天,快要亮了吧!

她坐了起来,看着身边熟睡的小隆悌,眸中涌起了一阵温柔。

昨夜,他是没有蹬被子,可是一整夜都在她耳边不停地磨着牙齿,那扰人的声音直搅得她难以入眠。

想到这里,她不禁微笑着伸手轻捏了捏他红润的脸颊。

伸手掀开,披了件外衣打开房门,迎面一阵晨风吹得人微微发冷。她长长地吸了一口气,轻轻一叹。

今日入宫,是非难测。

她关上房门,裹紧了外衣,回头看了看尚在熟睡的小隆悌,挑唇一笑,便走到床后边的屏风里面。

她脱掉外衣，又慢慢地褪掉了单薄的中衣。小心翼翼地将身上的裹胸布慢慢除去，早已习惯用那长长的布条裹住胸口而产生的压抑感。可是，当整个压抑感被除去时，洛歌还是感到了一阵不自然的轻松。她重新取过一条新的长布条，正准备裹住时，却听到了身后猛然一阵抽气声。

洛歌迅速取过中衣裹住上身，回过头来却看见了小隆悌一张涨红了的小脸。他呆呆地看着她，睁大了一双圆溜溜的眼睛惊愕得说不出话来。

"洛……洛……洛……"他抬起手，一个不稳跟跄倒地。

洛歌"扑哧"一笑，她伸手将他从地上拉了起来，又将他重新抱回床上。

"怎么光着脚呢？为什么不穿好鞋子？万一着凉了怎么办？"她说着用手拢住了他的一双小脚丫子，轻柔地捂住来回揉搓。

"那个……那个……我以为洛……哥哥走了，所以就……"他窘迫得说不出话来，俊秀的小脸上满是红晕。

洛歌看着他的窘样，又是一笑。她伸手亲昵地刮了刮他的鼻尖，笑道："我知道，小悌刚刚看到了不该看到的东西了！"

"那……那我已经看到了，怎么办？"他涨红了脸抬起头看着她。

"怎么办？"她低头冲着他温柔一笑，拍了拍他的脑袋，道："小悌，这是你和洛哥哥的第二个秘密！小悌一定不会将今天所看到的，告诉第三个人，对不对？"

小隆悌歪着脑袋看了她半天，才默默点头。"洛……洛姐姐交代的事，小悌一定会答应的！"

"哎，小悌，我是洛哥哥！"洛歌挑起他的下巴，一脸认真地看着他道："你记住，不管我是男是女，永远都会是你最喜欢的洛哥哥！"

"知道了，知道了！"小隆悌伸出小手拍掉了挑住他下巴的那只手，狼狈地抱起枕头跳下了床。他迅速地穿好鞋子。连衣服都不拿就一溜烟地往门口跑。他伸手打开门，又像是想起了什么，回过头来有些窘迫地连声叫道："洛哥哥！洛哥哥！洛哥哥！"刚刚叫完，他便头也不回地跑掉了。

只留下一脸哭笑不得的洛歌，怔怔地看着他遗落的衣服。

五王府。

晨光洒在了五王府的第一级台阶上，似在等待着一个惊天动地的人物，踏着自己，华丽登场。

王府的门缓缓打开，从里面走出了一行华服公子。

为首的身着白衣，飘飞的衣袂，飞散的黑发，绝世的容颜在金灿灿的阳光里，俊美得让人叹息。她缓缓地踏上了第一级台阶，优雅的脚步似融化在了骄傲的晨光里，她回过头，冲着众人一笑。

"洛歌就此别过！"说完，她正欲抱拳躬身，一团粉色的影子却像风一般扑进了她的怀里。

"洛哥哥……"流萤抬起一张哭花了的小脸，可怜巴巴地看着她。"洛哥哥，你答应过萤儿的，一定会很快很快地回来接萤儿离开的！"

"是，是！"洛歌伸手抚了抚她的发，柔声道："萤儿，洛哥哥不在的时候，一定要听王爷们的话，知不知道？"

"嗯。"流萤默默地点了点头，从她怀里走了出来。"萤儿一定会乖乖的在这里等着洛哥哥的，萤儿一定乖乖的等到洛哥哥回来为止！"

洛歌看着她认真的小脸，无声一叹。

"洛歌！"李隆基默默走了过来，他拉住她往旁边走了一步。

"什么事？"

"洛歌，宫中若是有什么异动，一定要通知我。记住，千乘郡王府是我们唯一一个可以光明正大见面的地方。如果遇到了什么事，一定要第一时间赶往那里。"

"我知道。"洛歌看着他幽黑深沉的眸，牵起唇角轻轻一笑："还有，我会很小心。"

李隆基微微一愣，他那双深沉的眸子隐隐似有一道异光扫过。"你知道就好。"

远处，一身绿衫的薛崇简牵着一匹白色的骏马慢慢地走了过来。他看着她微微一笑，道："时候不早了，歌儿。"

洛歌冲着他微微颔首，转身冲着众人深深一拜。"诸位，后会有期！"她直起身子目光一扫，却没有看见小隆悌的身影，想到今早他的窘样，她不禁轻轻地笑了起来。

"歌儿，你笑什么？"薛崇简侧头一脸疑惑地看着她。

洛歌看了他一眼，敛住笑容，道："薛崇简，你怎么只牵了一匹马？"

少年轻笑一声，澄澈的眸中闪耀着温柔的光芒。他停下来侧首对她笑道："你上马，我牵着你走。"

"牵着我走？"洛歌连连摆手。"我看算了，我还是陪着你一起走吧！"

"上马！"他不由分说托起她的背，洛歌无可奈何地看了他一眼只好翻身上马。

清晨的大街上，人不是很多。只有几家早点摊子，微微有些人声。大蒸笼里冒着香香的白色蒸气，飘散在空气中，引得众人垂涎三尺。

洛歌低头看着眼前的少年，冰冷的心里一阵暖意。

曾几何时。那记忆中单薄的肩膀何时也变得如此宽阔？那记忆中瘦弱的身体何时也变得如此修长挺拔？

她微微一笑。

晨光在空气中升起了一粒粒细小的尘埃，它们在她的眼前放肆地舞动着，不顾一切。

时间可以催使着一个人长大,也可以催使着一个人变老。等到时间静止的时候,怕如斯之人早已逝去,也怕世界早已到天地交合,海枯石烂的时候吧!

洛歌轻轻地叹了一口气,目光停留在了他那乌黑的发上。那光泽柔软的发丝在微冷的晨风中轻轻地荡漾着,仿佛在昭示着这少年的年华,正如他的发丝一样,向着朝阳轻舞飞扬。若干年后,当他成人之时行弱冠之礼,也是会将那些自由飞洒的发丝结成髻牢牢地锁在玉冠之中。也终有一天,他的满头乌丝里会出现第一根银发,随着时间的推移,他也会两鬓斑白,直到生命老去的那天,满头白霜。

洛歌想到这里,心中莫名一痛。她蹙眉揉了揉眉心,痛苦地闭上了双眼。

想太多了,今天实在是想太多了!

"歌儿,怎么了?哪里不舒服吗?"他抬起头仰望着她,满脸关切。

"没什么。"洛歌摇了摇头,看着他澄澈如水的眸子,心中蓦然一动,"薛崇简,等你老去的那天,我恐怕早就死掉了吧!"

"说什么呢!"少年蹙眉看着她,责备道:"大清早的怎么说这么不吉利的话!你放心,没那么夸张。你只是比我大三岁而已。等我老了,我还是会龇着个没牙的嘴对着你傻乐呢!"

"薛崇简……"她听着他的玩笑话,看着他温柔单纯的笑脸,心中越来越痛。

"歌儿,承天门到了!"

洛歌抬眼望去,只见一排排将士庄严肃穆地持枪站立,他们守护的不仅仅是那高大巍峨的承天门,而是整个大唐皇宫的安宁。

洛歌微眯双眼,挑唇轻蔑一笑。

她翻身下马,正欲向前走去,却被身边的少年拉住。

"歌儿……"他深深地看着她,蜜色的眸子在阳光下闪烁着一种叫做不舍的光芒。他忽然一笑,放开手从怀中掏出了一管玉笛。"这是十三送给你的笛子,我从玖冽给你带来了。宫中的生活会很无聊,但愿它能给你带点乐趣。"

"薛崇简……"她接过笛子反复抚摸着,突然收紧牢牢地贴在了胸口。"薛崇简,谢谢你!"

他神色微微一变,却又立马展开笑颜。他的笑容美好得不太真实。他探过身子在她耳边轻声道:"记住我对你说过的话,如果累了,只要你回头就会发现有肩膀正等着让你依靠。"

她抬眼看着他温柔的笑容,怔了怔,轻轻地点了点头,向着承天门走去。

白衣人倚靠在轿门边,阳光将他的脸美化到了一种极限,他轻挑唇角嗤笑了一声:"你们还真是义气深重啊!"

洛歌看着这张与十三十分相像的脸,心中莫名一火。她不作计较,冷冷道:"走吧!"

说完,她看都没看他一眼,走到了后面钻进了一顶小轿中。

白衣人伸手捋顺了发丝,唇勾一抹笑意,转身掀开轿帘钻了进去。

"起轿——"

洛歌掀开轿帘,回头看去。

一匹白马,一个少年。默默伫立在阳光中。少年面带温暖的笑容,微眯双眼静静地看着她,单纯如水的蜜色眸子化成了一束束温暖的阳光,带着一声声坚定的誓言钻进了她的心房。

他说,如果累了。只要你回头就会发现有肩膀正等待着让你依靠。

眼有些酸了,她缩回脑袋,伸手揉了揉双眼,却揉出了一片湿润。

倚靠在轿边,风吹来掀开轿帘,一片宫城楼宇便展现眼前。过了望仙门,软轿便停在了昭训门前,洛歌打开轿帘却看见了张易之一张笑眯眯的脸。

"下轿!"他不由分说将她从轿子里拉了出来。

"放开!"洛歌蹙紧双眉用力地甩开他的手,抬头怒瞪着他。

张易之无所谓地笑笑抱肘看着她,满脸戏谑之意。"你要记住!从今天起我就是你最亲密的哥哥!为免圣上猜疑,我劝你还是好好的跟我相处吧!"

洛歌看着他冷哼了一声。

金色的阳光照耀在他的脸上,为他儒雅却又多情的眉目晕起了一层七彩的光华,他笑看着她,唇边那只斑斓诡异的蝴蝶似要在这金灿灿的阳光中飞离。

远远的,有一宫装女子款款走来。

洛歌连忙直起身子,垂下头。

"张大人,这位公子就是六郎?"

"正是。"

"陛下正在早朝,命婉儿在此恭候二位,引二位至紫宸殿稍候,陛下下了朝自会过去。"

"那就有劳上官姑娘了。"

上官姑娘……莫非此女便是上官仪的孙女儿上官婉儿。

洛歌不禁偷偷地抬眼却正好撞上了一双睿利深思的杏眸。

"这位就是六郎啊!不愧是张大人弟弟,长得和张大人一样,都是英俊秀美的男子呢!"

上官婉儿说到这里,不禁抿嘴一笑,她看了一眼张易之,又道:"张大人又立功一件,想必皇恩定是长盛不衰!"

张易之听了笑了笑,眼眸一瞥投在了洛歌的身上。"我这个弟弟只是空有一副好皮囊罢了,她脾气不仅倔而且也不懂得什么人情世故。我倒还真是害怕她会在宫中给我闯祸呢!"

"哥哥!"洛歌抬起头,怒瞪着张易之,咬牙切齿地喊了一声。

张易之促狭一笑,他回过头无奈地对上官婉儿说道:"看吧!看吧!他就是这种臭脾气,明明知道自己性格怪,还偏偏不愿意让人提起。那以后,还要多多拜托上官姑娘提点提点。"

上官婉儿轻轻一笑,那笑容绽放在那张宫妆精致的桃花面上格外妩媚。"张大人拜托的事,婉儿自不敢推辞。婉儿只是一个掌管诰命的小女官而已,还有许多地方只怕是心有余而力不足。好了,二位快随我来吧!早朝即散,可别让皇上等了我们!"她说完,便率先朝昭训门走去。

洛歌与张易之并排走在后面,迎面不时走过两三个宫女,她们看见张易之皆会满脸红晕。洛歌冷冷地看着身边怡然自得的白衣人恶狠狠道:"你要再敢说我的坏话,当心我割了你的舌头!"

张易之听了,轻笑出声,他伸了个懒腰,英俊的脸满是惫懒的魅惑之气,他瞟了她一眼,道:"你以为我是靠着这嗓子吃饭的吗?你要割就割去吧!"

"你……"洛歌瞪大眼睛,眸中闪过一丝杀气。她忽然一笑,那冷冷的笑声听起来让人有些毛骨悚然。"我划花了你这张脸,不知道女皇陛下是否还会这么宠着你了。"

张易之抬眼看了看前方的上官婉儿,唇挂一丝邪笑,他猛地一个转身,将她按在了宫墙上。

"我的好弟弟,你这是在嫉妒我吗?嫉妒陛下宠我?放心,凭着弟弟这张倾世的脸蛋,我想将来为兄还要沾你这个弟弟的光呢!"他说完,渐渐地逼近她,扬起的嘴角勾起了一抹魅惑的弧度。他看着她,一双眸中的银白色越来越浓,越来越浓,浓到让洛歌痴住。他越靠越近,薄唇都快靠到了她的鼻尖上。洛歌瞪大了双眼,看着他眼中的银白,心跳莫名加快。

"嗤……"张易之突然一声轻笑,口中的热气喷到她的双眼上,一阵湿热。他挺起身,伸出修长的手指戏谑地挑起她的脸。

阳光将他的手指照耀得恍若透明,那光芒在他的指尖上辗转了一阵,便投进了她的眼底。他笑笑,伸手捋开发丝,然后看着她的双眼,优雅地转身。

"弟弟,你还真是能让人不由自主地喜欢上呢!"他顿住,捂嘴轻笑出声,然后无限优雅地朝前迈开步伐。

洛歌愣住,刚才的感觉好熟悉啊……

可是——

张易之,你要是再敢碰我,我会让你……死无葬身之地!

第四卷 情迷宫闱

大明宫,
紫宸殿。
千古女君示帝颜。
朝堂辩,
多流烟。
应对魅惑否宫前。

武曌帝

巍峨肃穆的宫殿，犹如一头巨兽匍匐在这大唐最诡异多变却又是一般人望尘莫及的华丽土地上。金色的阳光洒下来，这只巨兽仿佛要一跃而起，将白衣人吞入腹中。

洛歌停住步伐，举起手盖过头顶遮住阳光。她抬起头微眯双眼看着这华丽的宫殿。

玖列，江湖。

仿佛在那一瞬间成为过去。名慑江湖的第一杀手"荞花白幽"让所有人都不曾想到，有一天她会踏入这个与她没有一丝交集的皇宫。

当然，就连她自己都不会想到。

她牵起唇角，似在嘲笑着命运的变化无常。

"怎么？怕了？"张易之一张魅惑俊美的脸忽然在她的眼前放大，他邪邪地笑着，那张与十三十分酷似的俊脸上，出现的是与后者完全不同的邪魅气息。

洛歌冷冷地看了他一眼，放下手高傲地抬起了下巴。

"哦，我知道了！你一定是被这浓重压抑的帝王之气给震慑住了吧！没有关系，习惯了就好！"张易之说着，伸过手揽住她，用力拍了拍她的左肩。

洛歌偏过头，厌恶地扯开他修长的手怒瞪着他，低声恶狠狠地说道："张易之，你要是再敢碰我，我一定会杀了你！"

"嗯……我最亲爱的好弟弟，你怎么可以这样对为兄呢？"张易之不知好歹地挑起了她的一缕发丝，放在鼻子前嗅着，一双眼微眯起来，显得十分陶醉的样子。

洛歌咬了咬牙，眸中浮起了一层嗜血的冷光。她猛地抬肘朝他的胸口撞去，张易之闷哼一声，捂住被袭的地方连连后退。

洛歌冷然的看着他，语气凌厉："张易之，这是我对你的第一次警告，事不过三，我希望你好自为之！"

"张大人，怎么了？"走在前面的上官婉儿停了下来，她回过头，一脸困惑地看着眼前的这对白衣人。

"没什么，没什么。"张易之直起身子，收住一脸的痛苦重放满脸的灿烂。他摇摇头看了看身边的白衣人一眼，故作痛苦的样子接着说道："没什么，只是刚刚这只手被一只又臭又恶的大马蜂蜇了一下。"

大马蜂？！

洛歌猛地睁大了双眼看着他，怒火中烧。

"要不要紧？宣御医给你看看？"

"没事没事，这只大马蜂蜇了我一下，估计它自己也已经死翘翘了！"张易之抬起手冲着手背装模作样地吹着气，可是嘴角却早已荡漾着恶作剧一般的邪邪笑意。

"没事就好，二位快随我入殿吧！"

洛歌回过头看着他，正好看见他冲着自己挤眉弄眼的做着鬼脸。她气哼一声，拂袖朝前走去。

"阿洛，我可以叫你阿洛吗？"邪魅的白衣人追了上来，他笑看着她，轻声问道。

"随便！"一想到他那一声声"好弟弟"，洛歌的胃里一阵恶心。

"阿洛，大殿之上你可不能这么对我了，要是引得陛下怀疑……虽说陛下已是个年过七旬的老妪，但，你要知道身为一个君王，她拥有着与生俱来的敏锐洞察力。更何况，她还是个女人！虽老却危险的女人！"他深深地看着她，原来戏谑的脸色一下子变得严肃起来。

洛歌瞟了他一眼，不屑地冷笑了一声。

"你放下你的黑心，我自有我的分寸。"

"黑心？我什么时候成黑心了？我好心告诉你，你怎么还可以说我是黑心之人？"白衣人蹙眉一路缠着她，絮絮叨叨的啰唆了一大通。

紫宸殿里缭绕着一种淡淡的却又让人闻了不敢忘记的——龙涎香。那香带着帝王慑人的气味钻入了洛歌的鼻中，蛊惑着她的嗅觉。

整个大殿，金碧辉煌。殿柱上金龙跃云，栩栩如生，仿佛就要腾云而去。吞金稳兽，明黄殿顶，光亮得可以清晰地照出人影的大理石地板。还有那书案，大气而又古朴，高高在上，诉说着帝王的励精图治。书案后的龙椅，没错！龙椅！太宗为了它杀兄害弟，武帝为了它连逼三子！没有亲情，只有渴望！渴望能够坐上它，得到到达顶峰的权力！去成为天下人的王！王！

王……

洛歌看着那明黄的龙椅，忽然牵起唇角，露出了一丝嘲弄的笑意。

如此爬上帝王之位，踩着自己亲人的鲜血带着自己沉重的理想，爬上这充满邪恶却又十分圣洁的帝王之位。为了什么？是为了理想，是为了权力，更是为了流芳百世吧！

她猜不透，她只是想报仇而已。

"皇上驾到——"

一声尖利的吆喝，惊得洛歌从飞离的思绪中清醒过来。身边的张易之连忙拉住她,屈膝跪地行叩拜之礼。

"吾皇万岁万岁万万岁。"

"易之!"

蓦地一声女音在洛歌的头顶响起,那声音洪亮威严却又饱含沧桑之感。

明黄袍子的一角,展现在了洛歌低垂的眼前。

"易之,既没外人,你又何需行此大礼!"

"是,陛下。"

张易之的声音还是一成不变,充满了痞气。洛歌不禁一叹,在这种场合,这种人物的面前,他还能这样肆无忌惮。看来女皇是真的很宠信他。

洛歌不禁偷偷抬起双眼,却看见了身着衮服的背影与张易之俊美魅惑的笑颜。

"易之,此人便是你六弟么?"女皇突然转身,洛歌连忙重新垂下了头。

"是,此人便是下臣的六弟。昌宗,抬起头来!让陛下看看你!"

洛歌闻言,深吸了一口气。缓缓地抬起了头。她按照张易之吩咐做到抬头不抬眼,只有这样才能显示出对帝王的畏惧,也才符合她这个初入宫门没见过世面的小人性格。

"抬起你的眼睛,看着我!"

女皇威严的声音再度响起,可这次明明是针对洛歌的。

她缓缓地抬起双眼。

从未见过如此威严大气的女人!

洛歌不禁一叹。

如果说,太平公主的光芒是一种与生俱来的骄傲,那么眼前这个女人的光芒,更像是沿袭了生生世世,凡人所不能模仿的,只属于太阳,只属于星辰,只属于她——那种,巍然霸气的属于帝王的傲气!

如此阳刚的威严,如此耀眼的光芒,在这个年过七旬的老妪身上表现得淋漓尽致。

她打量着她,那目光是如此的具有穿透力,仿佛只一眼就能将她整个人看得清清楚楚。

眼前之人虽年过七旬,可是那乌黑的头发是如此的具有生命力,它们在昭示着女皇不衰的青春,她的额洁白光滑,她的眉飞然入鬓,她的眼深沉……是的!是比李隆基某种的幽黑还要凝重的深沉。让人不能窥探出她的半点心绪。她将唇抿成一条直线,明明温婉柔和的女子嘴角,此时却生生的透着一股凛然霸气。

如此魅力的帝王面……

如此沧桑的帝王眉宇……

那沧桑感在她的眉宇间隐隐暗含,似畏惧着她脸上的霸气而不敢爆发出来。

"你就这么大胆,敢这么明目张胆的打量朕!"

女皇伸手抚上她的脸颊,微眯双眼,目光中满是危险的味道。

"小……小人不敢!"洛歌连忙垂下眼睛,后背竟生出了一股寒意。

"哼……"女皇轻笑一声,她的手游走在她绝世的脸上,似在流连。

"很美的一张脸,还真是倾世魅众!易之,你有这样一个俊俏的弟弟,怎么不早点荐来。啧啧,她与你相比,真是有过之而无不及呢!"

"陛下,虽说昌宗是下臣的弟弟,可下臣依旧不愿意让自己的弟弟来分走陛下的宠爱!"张易之故意微翘薄唇,一张脸更显得无比魅惑。

"很像莲花,不是么?她的脸好像仲夏初放的第一朵莲花。出自淤泥却妖而不惑,惑而不魅。虽妩媚,却犹留莲花的清纯与圣洁,不是么?"女皇的手指画着她好看的眉形,目光有些沉迷。

"啊……恩,是。"张易之微微一愣,眼中闪过一丝异色。

"放心!"女皇转身抓住身边男子的手,走向龙椅。"虽说她长得比你的确要美上几分,但朕也不是个喜新厌旧的人。易之,不要吃醋了!"她说着,捧起他的脸看着他,食指划过他的薄唇。

"朕暂时给你弟弟一个官职吧!婉儿,拟旨!朕要封昌宗为云麾将军!"

"是。"

"云麾将军?"张易之不满的弯了弯嘴角,他看着女皇,将身体又靠近了一些。"将军可比我这个小小的司卫少卿高出很多呢!陛下还说不偏心!"

"你呀!"女皇笑着点了点他的鼻子,又转而对案下的人朗声道:"昌宗,你上来!让朕看看,你和易之到底谁更俊一些!"

"是……"洛歌强忍住胃中的翻江倒海朝着龙椅走去。

就在刚刚,当她看见张易之坐在女皇脚边,将身体靠在她腿上的时候,当她看见他讨好似的魅惑做作的神情,她感到恶心,心中亦莫名地感到……悲凉!

她想退缩。

可是,十三哥哥……

洛歌心中一痛,她抬手揉眼,轻轻的吸了吸鼻子,将满脸的悲伤换成了讨好似的灿烂。

她走上前,趴在女皇的腿上,仰起脸,笑意盈盈的看着她。

心,越发的疼了。

原来,她终究还是走到了这一步啊!

女皇说些什么,为什么而笑,她全都听不到,只木然的应和着。

十三哥哥,你看!你纯净的歌儿浴血以后,却终还是堕到了这一步。

胃里,有什么正在翻涌,它们急急地往喉上漾着。

她想吐!想吐!

"易之,带昌宗下去沐浴更衣。朕还有些折子要看,等晚些了,朕再去看你们。你要多教教昌宗一些这宫里的规矩,免得落那些大臣的口舌。"

"是。"

张易之起身看见脸色极差的她,微微蹙紧双眉。

"好了,下去吧!"女皇挥了挥手,拿起案上的折子看了起来。

洛歌起身,她微微抬头,却迎上了女皇深深的一瞥……

"呕,呕……"

洛歌扶住宫墙,用力的干呕了起来。

胃中不断地有异物往上涌。可是,它们却硬生生的卡在了她的喉间,让她吐也吐不出来,吞也吞不进去,就只能这样,无力的趴在宫墙上,用力的干呕着。

身后,魅惑的白衣人微微蹙眉,双眸中的银白似水微漾。他走上前,将她扶住,让她依靠在自己的肩上。

"你……放开!"洛歌看着他的脸,更觉得恶心。无比肮脏的人啊,是这样的令人生厌!她推开他,跌跌撞撞地向前走去。

"你……你……你别靠近我!离我十步,呕……十步远!"她想了想,又摇了摇头。"不!是二十步!二十步!"

"嗤……"身后的白衣人轻笑出声,他走到她的面前伸出手,宽大的白色衣袖在风中好像旗帜一样的飞扬。"让我想想。"张易之看着她,若有所思。"不要告诉我你是水土不服又或者是进宫前吃坏了肚子!阿洛,你在恶心我一个堂堂七尺男儿会同一个老妇做出那样讨好的媚态,对不对?"

洛歌怔住,她睁大双眼猛地抬起头看着他。

春风吹散了他的发丝,在阳光下闪着光,那飞扬的发梢带着金色的光芒,好像一只只振翅欲飞的金蝶。他的白衣与草儿跳舞,那宫墙边的柳条儿,扫过他的面颊。他抬手捉住,微微侧身。风华绝代的脸上带着一丝嘲弄的笑意。他云淡风清地看了她一眼,便细细捏搓着手中的柳条儿。

"别说你觉得恶心了,就连我自己都这样觉得。可是,我并不觉得这样做有什么可耻的地方。相反,我认为自己很伟大!我将这个世界上最强大的女人玩弄于股掌,将她的感情当作离开爱情的阻隔之墙。是的,这很大胆!你说……对不对?"他话音刚落,便转身看着她,满脸戏谑。"可我就是喜欢!这个世界上没有人敢像我一样!只有我,才配让高高在上的女皇拜倒在我的脚下!我的理想,是征服这大明宫内所有强大的女人!

玩弄她们的感情！阿洛,你不觉得这样很有趣吗?"

白衣人说完低下身子看着她,嘴角带着一丝玩弄的味道。他的双眸紧紧的锁定在她的眉下,眼中的银白越来越浓,浓到悲伤。

悲伤?

洛歌往后退了一步,她揉了揉眼,再看时,却发现白衣人已走远。

刚刚,或许只是眼花吧!

他这种人,怎么可能会悲伤呢?

征服大明宫内所有强大的女人,玩弄她们的感情!

真是疯狂!

洛歌鄙夷的撇了撇嘴。

这种人,也只能靠着自己的色相来取悦于女人。在这大明宫中,谁人不寂寞?谁人不孤独? 他只是女人用来调剂这生活的调味品罢了!

爱? 是的,他不懂爱,他也不配得到爱! 他只是朵璀璨一时的烟花,绽放以后,什么痕迹也不会留下! 没人会怀念他,也更没有人会以爱情的名义去思念他!

无爱的死肉!

"阿洛!"

走出很远的张易之回过神来,站在阳光下蹙眉看着她。他剑眉一挑,抱住双肘道:"阿洛,不要忘了! 你现在也同我一样,我恶心,你也会很恶心!"他说完,忽然大笑着扬长而去。

洛歌猛然一怔。

今天的阳光,好刺眼啊!

她突然扶住墙,剧烈的呕吐起来。

异物一拨接着一拨从她的嘴中泄了出来,她好像要将胃也吐出来似的,那样,那样的用力!

她是个女子! 一个女子啊! 既是女子又如何与女皇有交合之欢? 又如何以身体为代价而得到权力!

她抬起手,擦掉嘴角的异物。

明晃晃的阳光刺得她的眼前一片空白。

张易之,洛歌!

洛歌,张易之!

是同样的人! 同样的人!

"呕……"

她跪在地上又用力的吐了起来。

女皇终归是要让她侍寝的！也终究是会发现，她是个女儿身！

也许，就在今晚！

意识渐渐模糊……

阳光一圈一圈泛着不清不楚的彩色光芒！一阵香甜的气息在鼻尖缭绕。白影一闪，身体一轻，她好像被谁轻柔的托了起来。

谁的胸膛会如此的温暖？

洛歌微微睁开双眼。

坚毅的下巴，银白色的温柔眼眸。

是谁，让她如此的，熟悉……

仙居殿

四周静悄悄……

只有风吹树叶发出的"哗哗"声。

是谁的脚步声？如此的谨慎细微！

是谁的呼吸声？如此小心翼翼！

床上的白衣人睁开双眼。胃，好难受！她微蜷身体，捂住肚子。

"疼……"她紧闭双眼，似乎很痛苦的样子。豆大的汗珠在她的额头密密麻麻的扩散开来。

"大人，大人！大人若是觉得难受就喊出来吧！"身边有谁在急急地唤着。是个女子的声音。

洛歌翻过身，睁开双眼。眼前宫装的小丫头连忙紧张的垂下了头。

"你是谁？"她轻轻启唇，沙哑的声音刚一发出，把她自己都吓了一跳。

"奴婢……奴婢名叫初晴。"小丫头的声音微微有些颤抖，说起话来也是结结巴巴。

"这是哪里？张大人呢？"她坐起身来，掀开被子准备穿鞋。

"大……大人还是再躺会儿吧！大人的身子现在还很虚弱呢！"

"啰唆！回答我的话！"洛歌不耐烦地挥开小丫头伸过来的手，取过外衣穿了起来。

"是。"初晴垂首往后退了一步。"这里是仙居殿，是皇上赐给二张大人的寝殿。张大人奉旨侍候皇上去了。"

"侍候皇上，哼……"洛歌冷笑一声，她脸一白又无力的重新跌坐在了床上。

"大人！"初晴吓得急唤了一声，便连忙跑到一边端了一碗黑糊糊的药来，"大人，快趁热将药喝了吧！"

洛歌拧眉接过药碗，抬头问道："初晴，张大人离去时有没有交代什么？"

"这个……"小丫头面露难色，她不安地绞着手指，有些不知所措。

洛歌抬眼看了看她，端起药碗，慢悠悠地说道："不要吞吞吐吐的，张大人怎么说的你就怎么告诉我。"

"是。"初晴长舒了一口气，她清了清嗓子，往后退了两步站立在她的面前。"咳嗯，张大人说，初晴，等小张大人醒了以后，你一定要告诉她，是我将她抱回来的！尽管她很重，可我还是坚持下来了。你告诉她，让她在我回来之前想好该怎样感谢我的'一抱'之恩……"

"噗……"

初晴还没有说完，洛歌的嘴里的药汁却快人一步，喷到了她的身上。

"大……大人……"初晴被她吓得连忙跪了下来。

"没事没事，你起来！"洛歌一边擦干嘴角的药渍，一边痛苦地揉着眉心。

该死的张易之，怎么能这么说自己呢！

小张大人……他还大张呢！

"初晴，从今以后你就叫我昌宗大人吧！"她无奈地叹了一口气，心里莫名地感到烦躁。她冲着面前的人挥了挥手，轻声道："你退下吧！"

"是。"

月光如华，静静的似水蜿蜒在大殿冰冷的地上。那月光是如此的凄清，如一个舞者，在踏着孤单的舞步，独自舞蹈。

今夜，是她入宫的第一个夜晚。

洛歌披衣起身，走到殿外。

夜空如一方巨大的黑布，它静静的笼罩着整个宫殿。那种黑色又仿佛是永无止境的灾难，是……孤独的灾难。那种孤独感压抑得让人喘不过气来，压抑得让人想流泪。

洛歌口中一阵酸涩。她叹了一口气，唇挂一抹凄凉的笑意。

她抬起手，将玉笛靠在唇边吹奏起来。

缠绵清亮的笛音在她的周身缭缭绕绕。一阵夜风吹过，它们便顺着风的方向飘远，在整片大明宫的上方飞翔。

长长的甬道中，有两三盏寂寞的灯火缓缓地移动。细碎的脚步轻轻的踩踏着脚下这片黑暗却又神圣的土地，不发出一丝声响。

笛音飘过来，似一缕薄纱笼罩住了匆忙的夜行者。

白衣人停下了优雅的脚步，他微微仰头，双眉紧蹙。

黑色的夜空中，没有一丝云彩，只有一轮明月与几颗孤星。

在这样安静的夜里，是谁吹奏出如此悲伤缠绵的音色？她在等待着谁吗？会如此执著。

白衣人忽然牵起薄唇微微一笑，唇角那只斑斓诡异的蝴蝶乘着这笛音飞向了微弱的星光。然后，无声的融入了孤独寒冷的空气中，留给白衣人的是那抹淡淡的悲伤。

"大人……"

身旁的内监轻轻呼唤了一声。

白衣人这才回过神来。他对着身边的人轻轻一笑。那笑容绽放在苍白的月色中更显现出了一种凄凉的美丽。摄人心魄！

内监呆住。

"你听到笛声了吗？"他举手指向了前方。"你听到了吗？"

内监一愣，他微微吐了口气，佝着身子倾耳细听。

好像，是有一阵笛音。它们踩着甬道两边暖色的宫灯缥缈而来，推开了寒冷的空气，围绕在他们的身边。

"小人，小人听见了！"内监抬眼，为笛声迷住。

"你觉得这笛声像什么？"白衣人轻声问道。

"像什么？"内监仔细的想了想，脑中终究是模糊的一片。那种感觉，是他所不能概括的，他有些沮丧地垂下头，小声道："小人不知。"

白衣人轻轻一笑，他挥开宽袖，白色的衣袍在夜风中自由的飞洒。他闭起双眼，可眸中温柔的银白却带着哀伤的味道，暗淡了一路灯火。

这是没有结果的相思。她如此执著地等待，用尽力气去想念一个人。心，应该会痛吧！他睁开双眼，挑开误入眼睛的发丝，眉宇间的哀伤越来越浓烈。

内监呆呆地看着他。

头一次见他会露出哀伤的表情，这是一种别样的风味。他的妖娆，他的美丽，他的英俊，他的潇洒。竟十分也不及这哀伤的一分。

是的！哀伤的他让人感觉到了一种揪心的美丽。让人忍不住赞叹！

仙居殿前，白衣人长身而立。

夜风吹起了她的衣角，发出了一阵"咧咧"的轻响，微微泛着银色的发丝划过她绝美的脸庞。她的睫，轻轻颤抖。紧蹙的双眉中满是一种深沉的痛楚。

笛音缭绕，她立于月色中，娉婷若仙。

接近尾声了，可是，笛音却久久徘徊于此，不愿散去。

"十三哥哥……"她紧紧地握住笛身，指关节微微泛白。心，早已痛得无法比拟。

"啪啪啪……"

身后忽然传来一阵掌声。

洛歌回头,看见的却是张易之那张魅惑的笑颜。她厌恶地皱了皱眉,收紧玉笛,眼色冰冷的看着他。

张易之面带微笑的从宫殿的另一头慢慢地踱了过来。

"没想到我的弟弟还真是多才多艺呢!居然能用这么一竿小小的笛子吹出如此动人的音色!"张易之说完,便跳到栏杆上坐了下来。他低头看着她,双脚凌空不断的晃荡着。

洛歌转身准备离去。她可不想跟这样的人在一起耗费时间。

"十三哥哥,十三哥哥会是谁呢?"张易之托住下巴故作沉思状,晃荡的双脚与微漾的下摆缠绵在了一起。

洛歌的身体忽然顿住,她回过身来走向他,眼中似蒙上了一层千年的寒冰。

"你干吗这么看着我?"张易之嗤笑一声,又连忙举起袖子遮住了半张脸装作很恐惧的样子,颤声道:"好吓人啊!"

"你不配提起十三哥哥!"洛歌看着他恶狠狠地说道。

"哼,十三十三十三!"张易之满不服气地翘起薄唇,嘴角却满是玩弄的笑意。"十三十三,好难听的名字啊!如果十三能讨你欢心,不如我就叫十四好了……啊……"

一头栽倒在台阶下的白衣人,四仰八叉地躺在冰冷冷的地上,他伸手狼狈地揉着头顶,英俊的脸上满是痛苦的表情。

"你……你……你怎么可以就这样把我从那么高的地方推下来啊!"白衣人抱怨着,忍着全身的疼痛,狼狈地从地上爬了起来。

高高在上的洛歌低眼冷冷地看了看他,嘴角的那抹笑意既轻蔑又冰冷:"张易之,这次算是便宜你了。下次,我绝对会要了你的命!"

"要了我的命?"白衣人一脸好笑的样子,他走了上来,掀起长衫的一角,翘唇道:"你不仅把我弄伤了,你还弄脏了我的宝贝衣服!"

洛歌厌恶地撇了撇嘴,绕过他,向宫殿的另一头走去。

"深更半夜的,你要去哪里?"白衣人在她身后高声问道。

洛歌顿了顿,冷冷一笑。她挑了挑眉,终还是一声不响地离开了。

身后的白衣人收起了满脸的薄怒。他忽然一笑,笑容无比美好。他抬脚转身,走向黑洞洞的仙居殿。

洗了个澡,身上还带着清香的洛歌,顿觉清爽了许多。

她脚步轻盈地迈向了仙居殿中,一边走着一边解开了绑住头发的发丝。满头墨丝便如缎倾泻了下来。它们夹杂着月光,泛起了一层温柔的光泽。

整个大殿黑洞洞的又静悄悄的。

本来一脸轻松的洛歌此时却警觉地蹙起了双眉。她一个转身，左手勾住，掐在了某人的喉间。

"咕咚。"某人狠狠地咽了口唾沫。

洛歌长吸了一口气，收回手冷冷道："你怎么在我床上！"

呆坐在床上的白衣人，木木地眨了眨双眼，突然站起身来。他在床上又是蹦又是跳又是哇哇乱叫。

"哇哇哇！好你个阿洛！你真要杀了我么？！"他睁大了双眼看着她，魅惑人心的俊颜上满是不可思议。

洛歌借着月光云淡风轻地看了他一眼，冷冷地嗤笑了一声："你看看你现在的样子，不知要伤了多少芳心！"

白衣人微微一愣，他白了她一眼，规规矩矩的在床上坐好，一边调整呼吸一边告诫自己：镇定，镇定，一定要镇定。

"说！你怎么在我床上！"洛歌转身看着他，口气凌厉。

"什么你的床我的床啊！"白衣人不怕死的半卧在床上，一脸魅惑的笑意。他冲着她招手，又拍了拍床沿道："来来来！阿洛，这是'我们'的床！"

洛歌听了心里直泛恶心。她正对着他，伸出双手想掀他下床。

白衣人闭起双眼，冲她摆了摆食指。

"这仙居殿是陛下赐给我们兄弟两个人的寝殿。而这床自然也是陛下赐给我们兄弟两个人的床喽！阿洛，你看！"他说完，放开手脚在床上来回滚了几圈。然后直起身体对着她笑眯眯地说："你看这床有多大，睡下六个你也绰绰有余！"

洛歌恶狠狠地瞪了一眼满脸笑容的他，厌恶地从他身后抱下了一床被子。

"你要干什么？"白衣人看着正在地上铺着被子的她，急声问着。

洛歌一边铺着被子一边高声道："和你这种人睡在一起，我会觉得很脏！"

"脏？"床上的白衣人提起袖子，放在鼻子前仔细地闻了闻，然后一脸困惑地摇了摇头："不脏啊！我身上还很香呢！"他说完，抬起头却看见地下的人早已和衣躺下。

洛歌背过身去，银白的月光洒在她的脸上，她感觉到心脏的某个私密处正有什么东西在努力地冲破枷锁，拼力挣扎。

洛歌微微叹了口气，蜷紧了身体。

尽管身上裹了床被子，可是大殿上的寒气还是会一点一点地吞噬着自己。洛歌感觉自己好像掉进了一个大冰窟窿。

身后，白衣人的声音絮絮叨叨地传了过来：

"侍候陛下的时候，她还问我你怎么没来。我说你病了，陛下倒也没有追究什么，还要我转告你好好静养。嗯……你说我们兄弟两个好好相处该有多好？哼，你偏偏不配合。我禀告了陛下，说你在宫外还有许多东西没带进来。陛下就准了你我一天假，明日我们出宫……喂喂，阿洛，你在不在听啊！"

洛歌打了个哈欠，吸了吸鼻子。头有些昏昏沉沉了起来。

这个张易之哪来这么多废话！简直就像个老太婆！

洛歌不屑地皱了皱眉，意识渐渐地模糊了起来。

好像越来越冷了，头也有些疼了……

"唉……"

是谁在耳边深深地叹息了一声？

是谁的怀抱如此温暖？

是谁……

洛歌翻了个身子，还是沉沉地睡去了。

修长的手指抚过她忧伤的睡颜，久久留恋着……

催杨柳

车水马龙的长安大街上，一辆装饰华丽的大马车，穿透层层人群，停在了门庭若市的千乘郡王府前。

车帘被人掀开，从中走出了一位白衣公子。

金灿灿的阳光洒在她绝世的容颜上，将她的皮肤照得恍若透明。她唇带一抹笑意，红唇上扬，整张脸看起来就像是仲夏初放的第一朵莲花，妖冶中却又透着无法比拟的脱俗与纯洁。她微微蹙眉，转过身，伸出修长的手挑开了帘子。

"张易之，你出不出来！"

语气冰冷得厉害，众人不禁打了个冷战。

"阿洛！"

马车中忽然传出了一声及其魅惑人心却又十分悦耳的男声。

有男子躬身而出。

众人不禁都愣上一愣。

男子的眉眼生得十分英俊，可是那英俊中却又有着一般阳刚男子所没有的邪魅之气。他冲着眼前的男子，不耐烦地挑了挑眉，眼神好像月光下的湖水泛起了点点银色的波光。他抬手伸了个懒腰，风华绝代的脸上透着一股让人迷恋的慵懒，就好像是一只刚刚睡醒的矜贵的白猫。

"阿洛,人家昨夜一夜都没有睡好诶!"他不满地翘起了薄唇,唇角似有一只斑斓诡异的蝴蝶欲振翅飞去。

洛歌白了他一眼,伸出手揪住他的衣襟就往王府内拖去。

"喂!阿洛,你能不能别这么粗鲁啊!我昨晚被你踢下床,身上的伤还没有好呢!你……"

"闭嘴!"

洛歌回过头,恶狠狠地瞪了他一眼,眸中似燃起了一簇簇小火苗。

白衣男子识趣地停止了聒噪,还冲她讨好似的一笑。

"那个……阿洛啊,这里毕竟是宫外,你这么对我,不怕落人话柄么?"他看了看被她紧揪的前襟,又讨好似的干笑了两声。

洛歌冷冷地白了他一眼,松开手,朝着前方躬身一拜。

"张昌宗见过千乘郡王!"

白衣人不明所以地抬眼,却看见眼前站着一位华服男子。

他微微弯着身体,站在一片花圃前,手里正握着一只盛满水的木瓢,阳光在他身后形成了一个巨大的光圈,让他看不清他的脸。

"张易之见过千乘郡王!"

白衣人连忙收起笑脸,弯下身子朝着男子一拜。

"二位张大人无须多礼!"华服男子放下手中的木瓢走了过来,微笑着扶起了他们。

洛歌抬眼,映入眼帘的却是一张长相平凡的脸。他的五官没有一处长得优秀,但他的气质却是一般人所没有的。从他的身上可以联想到两个字,那就是——安静。

那是一种十分纯粹的安静,是在洛歌所见过的武家子弟中完全找不出第二个的,那种安静。

太平公主的骄傲,武攸暨的安静。

这就是他们能够相濡以沫这么多年的原因吧!

"公主殿下正在竹苑等着二位,二位快快过去吧!"武攸暨冲着他们笑了笑,便自行拾起地上的木瓢接着为那些花草浇水。

洛歌微微一愣,身边的白衣人却一把将她拉开,朝竹苑的方向走去。

"阿洛,你以前见过王爷吗?"白衣人侧首问着身边的人儿,满脸的疑惑。

"没有。"

"那你怎么知道他是王爷啊?"

"你笨啊!"洛歌一脸鄙夷地看了看身边的白衣人,不屑道:"你也不想想,在这王府中能够这么悠闲的侍弄花草的人定是这王府中有身份的人,你再看看他的长相,就能推断出他的年纪,这,自然也就能推断出他是郡王了!"

"对啊!"白衣人一副恍然大悟的样子,他用力地拍了拍洛歌的肩朗声道:"哎!我还真没有发现你这么聪明呢!"

"脏手拿开!"洛歌厌恶地推开他的手,往前走了两步又回过头来冷冷一笑:"在这个世界上也只有你这种蠢人才会不知道!"

"蠢人?!"白衣人猛地跳了起来,他一把抓住她,嚷嚷道:"你居然敢说我是蠢人?!你……"

洛歌回头,蹙紧双眉看着他,厌恶地说:"张易之,你难道想让我把你这只手给剁了吗?松开你的爪子!"她说着,从他的手中扯出衣襟,厌烦地撇了撇嘴。

白衣人"呵呵"的干笑了两声。

路过水榭,洛歌的脚步微微滞了滞。她抬眼望去,湖面犹如一面巨大的镜子,倒映着万千丝绦,倒映着红花绿草,倒映着一路的旖旎春色。

双眼渐渐迷蒙。

恍然间,她好像看见了一个绿衫少年正撑住树干,低低啜泣。

灿烂的阳光难掩他一身的落寞。可是,那种无尽的忧伤与孤单总会被十分完美的隐藏在他那灿烂美好的笑容中。

让人心疼的少年!

洛歌微微叹了口气。

身后的白衣人猛然蹙紧双眉,他抬起手,拈住在微风中荡漾的一支柳条儿,灿烂一笑:"在这大好春色前,阿洛为什么而叹气呢?"

洛歌听了,眼神莫名的抖动了一下。她回过头,看着一脸明媚的他,有那一刹那的恍惚,她忽然觉得眼前这个白衣翩翩的男子,也不是特别的……讨厌。

"张易之,你今年多大了?"

"恩?"白衣人被她忽然转换话题弄得一愣,片刻,他反应过来只作一笑:"我啊,已经二十六了!"他漫不经心地低眼看着手中的柳条儿,忽然一松手,那绿色的丝带又乘风荡漾了起来。

洛歌忽然怔住。

如果十三哥哥能够活到现在,恐怕也与他一般大了吧!如果他看见一个和自己一模一样的人,一定会吓一大跳吧!

洛歌不禁自顾自地微笑了起来。

不对,不对……十三哥哥怎能与张易之这种人相做比较呢?

洛歌摇了摇头,她看着他,正好触上了他那对如月光般温柔的眼神,她痴了痴,又立马撇了撇嘴,轻蔑道:"老男人!都二十六了!难道你想一辈子都耗在深宫里么?还是趁早脱身,找个好人家把自己嫁了吧!这样,你后半辈子也有个着落!"

"二十六怎么了?二十六的我不也同你这个十八岁的毛小子有着一样英俊的外表么?把自己嫁了,你当我是女子吗?听你那口气倒把我和温柔坊的姑娘们混为一谈了!"白衣人挑了挑眉,满眼笑意。

洛歌冲他弯了弯唇角,便向竹苑走去。

竹苑里一如往常飘荡着它独有的青色雾气,成片的翠竹个个挺立如剑士。那翠绿的竹叶随风飘摆,发出一阵"沙沙"的悦耳声响。

洛歌与白衣人穿梭在林间,他们的白衣很有默契的缠绵在了一起,在翠绿间飞舞。

竹林深处,华服贵妇人与青衫男子相对而坐。

李隆基放下茶盏,抬起头冲着已走到自己面前的洛歌,挑唇道:"你来啦!"

"是。"洛歌点头,转过身冲着太平公主微微一拜:"洛千见过公主殿下!"

太平公主挑了挑眉,抬起高贵的手,指着石桌道:"洛千,这些都是你在五王府必用的东西,你看看,还少了些什么。"

洛歌顺着她手指的方向,看见了一个碎花包裹。她走过去打开它,入目的也只不过是以前在五王府常看的几本书与一些衣物罢了。

她面色一寒,蹙紧了双眉。她转过身冲着太平公主垂首抱拳道:"洛千要的东西并非在此!"

太平公主听了,不动声色地放下茶杯,轻笑了起来。

"三郎,你说得果然不错!还是把你带来的东西给她吧!"

"是,"李隆基站了起来,从身后掏出了一件由白色绢布包裹的物什。

洛歌困惑地端详了良久,她忽然一笑,伸手接过打开包裹,一把剑刻荞花的精美宝剑便展入了众人的眼帘。

"你的剑,是崇简让我带来的!"他看着她欣喜的笑颜也不禁牵了牵唇角。"崇简说,你的一支笛一把剑,看得比命还重要,果然如此!"

"洛千谢过王爷!"洛歌抱拳冲着李隆基微微一拜,她握住剑,贪婪地用手指细细描绘着剑鞘上的花纹,冰冷的眼中满是光亮。

身后的白衣人,眼神掠过洛歌手上的剑,神色微微变了变。

"阿洛,这是什么剑?"白衣人走了过来,依靠在她身边一棵粗壮的竹子上,懒洋洋地问道。

洛歌抬眼看了看他,唇挂一抹嘲讽。她掂了掂剑,冷笑道:"想看我的剑?就算我把剑放在你面前,你也未必拿得起来!"

白衣人不服气的撇了撇嘴,转身朝着竹林深处走去。

"张易之,你干什么去?"洛歌将剑重新包好,问着渐行渐远的白衣人。

远处,白衣人蓦然回首,指了指她身后的李隆基,慵懒地说道:"王爷定是还有很多话要嘱咐你!我还是避开的好!"

洛歌听了,冷冷一笑,这个人,还真是识趣呢!

寂静的竹林里,众人退去,只留下洛歌与李隆基二人。

此时的竹林显得异常的安静,不时几声空灵的鸟鸣穿透青色的雾气缥缈而来。林中的风儿透着一丝微凉,吹斜了日光,荡漾起她的白衣。

洛歌抿了抿唇,纤指在茶杯上游走着,轻轻敲击,发出一阵细小的微响。

袅袅茶香在她面前化成了一缕薄烟曼妙舞蹈,湿润了有些干燥的空气。

"听说圣上封你为云麾将军,此事当真?"

许久,李隆基终于冷冷开口。

洛歌牵唇冷笑了一声,她抬眼看着他冷然道:"只不过是空名而已又没有什么实权。云麾将军……哼,只怕连一个小官都不如!"

"你不能这样想!"李隆基幽黑的眸泛起了一层凌厉的光芒,他看着她,薄唇紧抿,全身上下都散发出了一种迫人的气势。"最起码云麾将军要比司卫少卿的职位高出很多。你初入皇宫不到三天,圣上就能封你个将军当当,实属不易。这也说明了圣上很看重你,你要好好把握这身份,不可轻视!"

"是。"洛歌低眉,轻轻颔首。

李隆基松开紧蹙的双眉,渐渐收起了目光中的凌厉。他看着她,冷冷道:"玖列山庄与你……洛歌,我希望你能把握好分寸。毕竟那里是皇宫,不可有半分差池!"

"玖列山庄的事我自会好好处理,定不会连累到王爷。王爷大可放心。"洛歌端起茶杯,吹了吹,送到嘴边慢慢啜饮起来。

"洛歌,你和张易之处得如何?"

"张易之?"洛歌滞了滞,她微微蹙起双眉。只是一刹那,她的神色又恢复如常。嘴角甚至还蔓起了一丝轻蔑而又淡定的笑容:"他只不过是一个空有外表的蠢人而已!与他相处并没有什么不妥之处。这个人,反倒还能让我好好利用利用。"

"我不管你用什么样的方法,或怎样与张易之相处。我只希望你能得到圣上的赏识,得到她的信任。我希望你能向我充分展示你的价值,向我证实与你合作,这是个明智的选择!"

"我不会让你后悔的!"洛歌猛然站起身来,她低头看着他,唇角牵起了一丝淡淡的笑意。她自信地扬起头,任那林中的阳光游走在她绝世的脸上,穿梭在她如墨的发中。"相反,我要让你知道,这将是你一生中最正确的选择,你也会庆幸与我合作!"

"但愿如此!"李隆基看着她那张沐浴在阳光中自信的笑颜,一刹那的怔忪,脑海里似有一道白光闪过，让他不禁牵起唇角，淡淡一笑。

洛歌微微侧首，看见了远处正静望着这边的白衣人，她微微皱了皱眉，低声道："李隆基，时辰快到了，我要回宫了！"

"嗯。"李隆基想了想，又急忙抓住了她的衣袖，轻轻开口，语气坚定："你要保重！一切小心！"

洛歌低头看着他低垂的眉眼，轻轻一笑。她抓起桌上的剑，转身大步离开。

阳光如碎，洒满林间。

身后，青衫男子微微蹙眉。

刚才怎么了？

那语气……算是在关心她吗？

千乘郡王府前，华丽的马车中。

白衣人懒懒地靠在车壁上，他半眯着双眼，斜眼看着身边的人，唇挑一丝浓浓的笑意："阿洛，你在看什么？看你这样子，好像在寻找着什么。"

洛歌放下帘子，垂下手转过头来冷冷地看了他一眼。"我找什么，与你何干？"说完，她便半靠在车窗边，眼神中微微透着些失落。

他不会来的，他怎么可能会来呢？与生身母亲弄到这样的地步，他怎么可能会来？

洛歌失落的垂下了头。

身后，白衣人默然睁开双眼，蹙紧双眉。

马车穿过街角，车帘被风吹得飘荡了起来。

明媚的阳光下，一道墨绿的身影散发着温暖的光芒，迷离了她的双眸，她猛然睁大了双眼。

绿衫少年默默地站在灿烂的阳光下，他冲她微笑着，那笑容和着春光，无比美好。他那双单纯如水的蜜色眼眸中，满是纯纯的暖意。他的腮边，酒窝深陷，那儿似酝酿了这世间一切的美好，美好到让阳光都暗淡了。

他的身后，翠绿的柳条儿顺着春风轻轻舞蹈，缭乱了他的发，迷离了她的眼。

她忍不住微笑。

那少年，总是让人觉得很温暖，让人很安心。

安心到她想在这浓浓的春光中沉沉睡去。

车水马龙的街头，华丽的马车飞驰而过。

随着车内白衣人的一声轻喝，马车在熙攘的人群中停了下来。

洛歌打开车帘，入目的是一座高大的酒楼。酒楼正门的上方有一块红底金字的牌匾，上书"仙食坊"三个大字。

"你带我来这儿干什么？"洛歌回头，冲着车内悠闲自得的白衣人困惑地问道。

睁开眼看了看她,唇角扬起了一丝魅惑的笑容。他挑开帘子,跳下了马车。

"来!阿洛!"他冲她伸出手,满眼都是浓浓的笑意。

洛歌低眼看着他修长的手指在阳光下散发出的淡淡光华,莫名一阵恍惚。她皱了皱眉,挥开他的手自行跳下了马车。

"你那只手还是用来去扶那些需要你去扶的人吧!比如……圣上。"她说完,唇角扬起了一丝微微有些凛冽的笑意。

白衣人无所谓的收回手,他扬了扬纯白的宽袖,踏步入门。

身后,洛歌弯了弯唇角,跟随在他的身后,也进了仙食坊。

仙食坊内,热闹非凡。

正中堂的高台上,有一说书人正眉飞色舞地说着什么,台下听客个个都听得是兴致勃勃。

门口赫然出现了两道亮丽耀眼的白影。

说书人不经意间抬起眼,便立马被那道灼眼的光芒迷住了目光,忘记了言语。

众人不明所以地回过头来。

两个白衣男子,两道截然不同的风景。

那个个头要高出一截的白衣男子,风华绝代的俊颜上挂着魅惑人心的笑容。他轻牵唇角,双目中满是一种异于常人的银白色,温柔到让人怦然心动。他静立在那儿,优雅地笑着。犹如阳光下一片晶莹剔透的雪,泛着迷人高贵的光芒。

而他身边那位……

众人不禁打了个冷战。

同样是白衣,可是穿在她的身上,完全是另外一种味道。

她绝世的脸上满是冰冷的寒意,一双眸子淡漠疏离。似乎隐藏了太多太多。她微微弯了弯唇角,似乎很受不了众人打量的目光,眼中有一丝淡淡的杀机一闪而过。

此人便犹如寒风中的冰刃,远观绝美清冷近看只会伤到自己。

好一个危险的人物。

不远处,店小二哈着腰一路小跑着过来,他讨好似的笑着:"欢迎二位爷,二位爷是要上二楼牡丹雅座吧!那就让狗儿引二位上去吧!"

"那就有劳小二哥了!"白衣人妩媚一笑,伸手掏了锭碎银,轻轻放在了小二的掌中。

店小二看着他摄人心魄的美丽笑颜,呆呆地说不出话来。

洛歌见了,不禁撇了撇嘴。她有些不耐烦地说道:"还看什么?还不快带我们上去!"

店小二被她冷入骨髓的声音吓得一愣,他连忙摊出笑脸,低头哈腰,引着洛歌二人往楼上走去。

坊内热闹恢复如常。

众人收回目光，重新掷向了台上。

"且不说这荞花白幽洛歌如何将那马家庄的两位当家的如何杀死，光瞧那马家庄上下百余口人血流成河，三天大雨都未将那血腥味冲掉！由此看来，这洛歌真不愧当'冷嗜杀手'的称号！传说，这死于荞花白幽洛歌剑下的人命不下千余条！可这洛歌偏偏又是来无影去无踪，没人知道她的长相，除了……死人！"

洛歌的脚步突然滞住，她瞟了瞟亢奋的说书人，嘴角蔓上了一丝嘲弄的笑意。

"啧啧啧，这荞花白幽洛歌还真是残忍呢！几千条人命啊，全都被她一人所杀！"身旁的白衣人说到这里停了下来，他不停地抚着胸口又道："好怕好怕！这杀人如麻的魔头长的估计也好不到哪儿去，一定不是缺鼻子就是少眼的，要么……一定是满脸麻子！"

"你说够了没有！"洛歌冷冷地瞪着他道："你没有见过她，就不要妄自猜测！"

白衣人牵了牵唇角，讪讪地闭上了嘴。

临窗座位，刚好可以看见楼下大街的全景。

白衣人左手撑住下巴，右手用竹筷不停地敲着桌面，百般无聊地看着房顶哀怨道："这焦卤白鸭怎么还没上来啊！真是慢，人家肚子里的虫虫们都等不及了！"

洛歌皱了皱眉，顿感一阵恶心。她厌恶道："你吃东西到底是为了填饱肚子还是喂虫子啊！不要这么恶心，可以么？"

"是是是！"白衣人故意拉长了声调，似受了委屈一样。下一秒，他又立马变得兴奋了起来："诶，阿洛，你知道这焦卤白鸭怎么做吗？就是啊将一只活鸭子关在一个大铁笼子里，中间燃上炭火，火旁边呢再放上些调料，鸭子受热渴极，就会喝那些调料。慢慢地，等鸭子完全熟了以后，再吃就特别有滋味呢！"

洛歌看着他一副陶醉其中的样子，胃里一阵翻江倒海。

为什么。为什么他会有着一副与十三哥哥相同的外表！这简直就是玷污十三哥哥！

"张易之，你还真是懂吃呢！"洛歌端起茶杯，讽刺地牵了牵唇角。

前方看台上，有琵琶女半掩秀面，铮铮拨奏。

洛歌的目光投掷在了楼下熙熙攘攘的人群中。

繁华的长安大街上，行人如水如潮，其中不乏一些金发碧眼的胡人与一些卷发黑肤的昆仑奴。叫卖声，嬉笑声连绵不绝。甚至盖过了看台上琵琶女弹奏出的如籁美乐。

洛歌微微叹息了一声。

她正欲收回目光。就在这时一个神色匆匆的女子闯入了她的眼帘。

那女子带着一方深色纱巾。从衣着与发式来看，定是宫里的人。那女子发觉似乎有人正在看她，她微微抬起头，目光警觉地扫了扫，并未发现什么，便又低头快步离去。

这目光……好熟悉！锐利的目光,难道是……

"阿洛,你在看什么呢?"张易之顺着她的目光望去,只看见热闹一片的人群。

洛歌回过头看了看他,摇了摇头:"我只是在看那些热闹的人群而已。"

对面,白衣人叹了一口气。

"是啊,很热闹呢!在长安这样繁华的街头,你会遇见谁,又会错过谁!谁会情系你一生,谁又会牵绊你一世?只有命运知道吧……"

他的语气中满是哀怨。

洛歌有些怔怔地回过头来,却看见了他那张沐浴在阳光中绝世的俊颜。

他和记忆中的那个人,真的很像啊!

阳光投洒在他的双目中,他的眸子却如月光一样有着温柔的银色光华。他微微蹙眉,阳光将他的皮肤照得恍若透明,他那风华绝代的脸上,满是忧伤。

洛歌不禁出神。

十三哥哥,为何命运会将一个与你长得一模一样,却又让我无法爱上的男子安排在我没有你的生命里呢?

阳光,似乎也变得哀伤。

远处,朦朦胧胧的似有一阵如夜莺般清丽悠远的歌声翩跹而来,撩拨着她的心弦,让她双眼氤氲:

催杨柳,催杨柳。

昔日春光今在否。

乱舞虚度好春秋,

相思折为谁人手……

昔日春光今在否……

相思折为谁人手……

梨花香

夜阑人静。

仙居殿。

纯白色的花瓣随风洋洋洒洒,好像是下了场大雪。梨树下,白衣人静坐。

低声呜咽。

梨花满树，它们随风飞翔，纠结着静静的空气，暗吐着忧伤的香味。

梨花满地，裹索着她的白衣。缭绕在她的周身，舞乱了她如墨的发丝。

皓月当空，月光穿透满树梨花，照耀在他绝世的脸上。

笛声戛然而止。

白衣之人仰起头闭上眼睛，纯白色的花瓣随风飘落。

一点入眉心。

浓密的美睫轻轻颤抖，一下，两下，三下……

她的唇角扬起了一抹纯净的笑意。伸出手，拈花张开双眼。她举起手，月光洒在光滑的表面上，在她美丽的脸上，投下了一点淡黑的暗影。

风扬起她宽大的衣袖，如蝶振翅。

她笑着，像个孩子。

"十三哥哥，梨花开了呢！你看，好美啊！"她猛然站起身，抖落了满身梨花。在风中，在乱花中，旋转。

月光下，一切如此温柔美好。

白衣翩翩，白花缭绕。

月光如此温柔。

"十三哥哥，梨花是纯白色的，歌儿是纯白色的，你也是纯白色的。纯白色的你我，永远在一起，永远在一起……"

笑着，举起笛子尽情吹奏。

双颊已是酡红色，身边几个酒坛歪倒，散发着迷人的酒香。

梨花开，人已醉。如斯梦里，相思几回……

芙蓉帐暖，百花羞颜。

淡淡的龙涎香萦馨满室。

"易之，专心点……"

床帐猛然被掀开。

女皇睁开迷蒙的双眼，看着坐起的俊美男子。

"易之，怎么了？"女皇急切问道。

男子缓缓回头，温柔的月光将他眼底的银色衬得越来越浓。他坚实的胸膛起伏不定，一颗心不断狂跳。他半眯双眼，发丝被汗水濡湿。

"陛下……"他默默启唇，声音低沉沙哑。

女皇坐起身来，轻靠在他的怀中。

他条件反射似的，猛然推开她，坐到了一边。

"张易之，你……"女皇沧桑却依旧妩媚的脸上出现了一丝愠色。

男子猛然跪倒在床边。

"皇上恕罪！"

女皇松开紧蹙的秀眉，颓然的半卧在床沿。她抬起手，叹了一口气："你起来吧！你明知道的，这里只有我们两个，你又何必隐瞒。"

"陛下。"男子起身，站立在床边。月光洒在他宽阔的背上，洒下一路温柔的银色。他低垂双眼，双眉暗含着一种不知名的情愫。

"你已是朕的男人了。朕是真的喜欢你，所以才会宽恕你的一切过错。易之，帝王是有尊严的，他的底线往往要比常人高出很多！"

"我知道！陛下，我希望您能理解易之！"男子抬眼看着她，眼神执著。

女皇无声叹息，她坐起身来，走到窗边。遗漏的夜风吹散她如缎的秀发，吹起了乌黑中夹杂的些许银丝。

"易之，你说的朕都认真考虑过了。可是，易之，朕是个帝王，更是个女人。一个女人是绝对不允许自己爱人的心中还有另外一个人的存在。你明白吗？"女皇回头，月光将她的影子拉长，投洒在冰冷的地上，显得异常孤单。

男子偏过头，如墨的发丝缭绕着他俊美得异常的侧脸。他闭上双眼，深吸一口气："陛下，易之能给的都给了陛下。易之的身体，易之的自由全给了您！"

"你的心呢！你的心没有给朕！"女皇猛然走近他，身体里散发出了一种慑人的帝王之气。"你的心里永远只藏着另外一个人！"

"我的心！"男子回头，迎上她迫人的目光。"陛下要的是内庭的力量。易之能做的只是尽一切能力帮助您。易之的心，易之的一颗死心并不能帮助您得到您想要的，不能帮助您维持您所需要的！"

"张易之！"女皇厉喝一声。瞬间，她威严的怒容又转换成了一脸的颓然与挫败。"张易之，朕这次姑且再相信你一次，你不要让我失望……你走吧！"

"是。"男子躬身一拜。他取过架上的白衣，快步走向大殿外。脚步突然滞住，他回过头来，看见了女皇沧桑孤独的背影。他低下头，轻道了声"对不起"。然后，头也不回地走出了大殿。

女皇的身体微微一震，她闭上双眼，忧伤的蹙起双眉。瞬间，似乎一下子衰老了许多。

"婉儿！"

立侍殿外的上官婉儿看着白衣男子离去的身影，微微愣神。听见女皇的呼唤，她便又立马清醒过来。转身走进大殿，快步走到女皇的身后。

"婉儿，朕交代的事你都办好了吗？"女皇回头看着她。

"回禀皇上，老太婆口风很紧，到现在都不肯透露。"

"哼,固执的人！慢慢磨她！"女皇的语气中满是怒意。

"是。"上官婉儿的声音中有着轻微的颤抖。她抬起头,看着女皇的背影。

微显老态的背影,却背负着整个天下。

一颗驻颜丸,长驻颜,又为何人？

后宫的女人,都只是空有一副亮丽的皮囊罢了。孤独的灵魂,何人能解？

只有无声叹息吧！

仙居殿。

梨花静静飘落,和着酒香洒在树下白衣人的身上。她红着面颊,手执玉笛,睡在地上,口中还不断喃喃:"十三哥哥,十三哥哥,你看啊……梨花开了,梨花开了……"

"十三哥哥……"她忽然又是一笑,那笑容在纯白花儿的衬托下显得无比纯净。

有谁正慢慢靠近。

夜风吹起他纯白的袂角,吹散他如墨的发丝。他那风华绝代的脸上满是心疼。

他半跪下来,轻轻拍了拍熟睡的白衣人的背脊。

"阿洛,你醒醒啊！你怎么睡在这儿了？醒醒啊！"

这声音,好熟悉……

睡着的白衣人慢慢地睁开了双眼,她翻过身,目光迷离。

"阿洛……"

她的视线渐渐变得清晰起来。

温柔的月光,月光下温柔的人。

微微蹙眉,满眼心疼。

纷乱的花儿,纯白的衣袂。

"十三哥哥……"她轻轻一笑,伸出手攀住他的脖子缩进了他的怀里。

男子的背脊猛然一僵。

心,跳得好快……

"阿洛,你醉了！"

"阿洛,阿洛是谁？"白衣人从他怀里抬起头看着他困惑地问道。"十三哥哥,你怎么叫歌儿做阿洛啊！"她不明所以的微蹙双眉,一双眸子在月光下显得异常纯净闪亮。

"歌……歌儿……"男子犹豫半天以后才吞吞吐吐地开口。

"这才对了嘛！"白衣人一笑,脸颊通红。她往他怀里钻了钻,淘气的用手缠绕着他的发丝。

更多的梨花随风飞洒。

她似想起了什么,回过身指着满树梨花,对着他巧笑嫣然:"十三哥哥,你看！梨花开了！梨花开了！"

男子抬头,乱花迷眼。一树的纯白在月光温柔的照耀下,美的不似凡间之物。
"美不美?"白衣人歪着脑袋笑看着他。
"美,美!"男子不停颔首,他低下头看着怀中的她,不禁蹙眉。"你喝酒了?"
"没,没有!"她低下头,表情古怪,倒像是个犯了错却又不敢承认的孩子。
男子不禁轻轻一笑。
白衣人立马从他怀里跳了起来,她不停地嚷嚷:"呐,十三哥哥笑了,笑了就是原谅歌儿了!歌儿……"她话还未说完,人却已软绵绵的倒了下去。
男子敏捷的伸手接住她,让她倒在了自己的怀中。
他蹙眉心疼地看着她,将她打横抱起。"你醉了,还醉得很厉害!"他一边说着一边抱着她走向殿内。
"十三哥哥……"怀中的人搂紧了他的脖子,将脸埋在了他馨香的怀中,瓮声瓮气的嘟哝:"十三哥哥,你还真是笨呢!梨即是离,你在青梨苑里种满了梨树,注定……注定我们要分离吧!"
脚步微微一滞,男子忧伤的叹了口气。他将她轻轻地放在了床上,才缓缓道:"因为歌儿喜欢吃梨子,所以十三哥哥才会在青梨苑里种满梨树啊!"
"是这样吗?"床上的白衣人睁大了一双亮晶晶的眼睛。她怀疑似的盯了他许久才灿烂一笑:"好吧!我相信你!"
"这就乖了!"男子伸手抚了抚她的头顶。"你睡吧!"他说完,准备离去。
"别走!"白衣人猛然拉住他的手,抬起头竟是满脸泪水。她紧紧地抓住他的一只手,放在脸上不停地摩挲。闭起双眼,她不停的哽咽。"我知道这是梦,但我也请你别离开我!十三哥哥,你知道歌儿有多想念你吗?这种真实的幻觉折磨得歌儿好苦好苦!"
男子静静地看着满脸泪水的她。
这,才是她么?
夜,好静。
静到他能听见殿外,梨花脱离树干静静随风飘远的声音。
许久,他伸出另外一只手拂掉了她满脸的泪水,忧伤一笑,声音沙哑得厉害:"我不离开,我永远陪着你。歌儿,我也很想念你!"
白衣人幸福的展开笑颜,她迷恋着他掌心的温暖。"这样真好,真的,十三哥哥,这样真好……"
"歌儿……"他撩开她凌乱的发,起身掀开被子在她身边躺下。伸出手,将她冰冷的身体紧紧地拥在怀中,他闻着她发间的清香,温柔一笑。眸中的银白好像都快溢出来似的。"睡吧!歌儿,睡吧!"
白衣人在他怀里闭起双眼,幸福得像个孩子。她任他搂着,微笑着,渐渐沉入梦乡。

梨花飘落。

粉白一地。

夜风吹起,花儿似雪飞翔。

是谁,泪沾满襟……

无人知道,那个人的心早已痛到无以复加……

一双纤手,推开紧闭的宫门。

洛歌一手扶住脑袋,一边蹙眉向外看去。

一阵白光炫目得让人几欲晕倒。微风吹来,视线渐渐变得清晰起来。

梨树下的贵妃榻上,白衣人惬意地躺在那儿。他轻合双眼,嘴角噙上一丝舒适的笑意。浓密的梨树叶中,阳光透过细小的缝隙洒在他绝代风华的俊颜上,为他倏长的睫毛染上了一层金边。他的嘴角沐浴在点点阳光中,孕育了一只金灿灿的斑斓蝴蝶。

洛歌揉了揉眉心,脚步有些轻浮。

她走向他。

"张易之,昨晚……我怎么睡在床上?"洛歌看着眼前的人,脑袋又是一阵阵痛。

白衣人倏然睁开双眼,他眸底的银白倒映着阳光的金黄,显得明朗了很多。他看着她,微微一笑:"你个醉鬼!当然是我把你抱到床上去的啦!"

洛歌撇了撇嘴,在他身边的石凳上坐了下来。她一手撑住脑袋,一手不停地揉着太阳穴,表情有些痛苦。

白衣人轻牵唇角,他端起一边的玉碗放在了她的面前,轻声道:"这是雪蛤梨耳汤,最适合宿醉的人了!你快喝吧!"

洛歌闻言抬头看了他一眼,然后又看了看摆在自己面前的汤羹。她微舒蹙起的双眉,端起它,默默地喝了起来。

白衣人见她第一次听了自己的话,显得格外的高兴。他重新仰躺在贵妃榻上,伸手挡住投在他眼底的阳光,灿烂一笑。他偏过头好奇的看着她,问道:"阿洛,你和你的十三哥哥到底是什么关系啊!你昨晚做梦还一直念叨着他。唉……我还真是好奇呢,这十三到底是个什么样的男子呢!"

洛歌听了,用力的放下碗,发出了"咚"的一声巨响。她偏过头看着他,眼眸似被千年寒冰冰封住了,那里只有无尽的寒意。

"他是个什么样的人,好像跟你没有一点关系吧!"

语气冰冷得让人忍不住想要打战。

白衣人无所谓地笑笑,他回过头用力地叹了一口气:"唉!阿洛,你不会有龙阳癖吧!会这么迷恋一个男子……"

还未等他说完，一只纤手早已掐住了他的脖子。

"你再多说一句，信不信我会立马掐断你的脖子！"洛歌恶狠狠的说着，手力也微微加大。

白衣人的脸由苍白变成了红色，又由红色变成了铁青色。他不停地点头，睁大了一双眼睛翻得只剩眼白了。

洛歌满意地收回了手。

白衣人一下子跳了起来，他坐在贵妃榻上猛烈的咳嗽了起来。满树纯白的梨花似乎也要随着他剧烈的咳嗽声，抖落下来。

洛歌看了看他的狼狈样，不禁撇了撇嘴。"你还真是很差呢，只不过被我掐了一下，居然会咳嗽成这个样子！"

"要不你来试试！"白衣人大吼了一声，他赤着脚，跑到桌边倒了杯茶。"咕咚咕咚"的喝了起来。

洛歌看着他的样子不免觉得好笑。

"吁……我差点就要被你给弄死了！"白衣人放下茶杯，不停地用手抚着胸口。

洛歌瞟了他一眼，突然诡异一笑。她指了指他赤着的脚，邪笑道："张易之，你不穿鞋，哼……你看看你脚上是什么。"

白衣人看着她诡异的笑容，不禁抽了抽嘴角。他缓缓地低下了头。

一双洁白的脚上，梨花几片，勾勒出了他好看的脚形。只是……等等，这绿色的毛茸茸的长条条是什么东西啊！居然……还会动……不会是……

"啊！阿洛！毛毛虫啊！"白衣人十分不雅的跳了起来，他猛力的甩着脚，一边甩着还一边哇哇乱叫。他一下子扑倒在她身后，整个人完全趴在了她的身上。

"毛……毛……毛毛虫。"白衣人心有余悸地拍着胸口，说话的声音都是颤抖的。他可怜巴巴的看着她，不停的抽搐着嘴角。

洛歌不禁哈哈一笑，她推开他站起身来，走到石桌旁四处寻了寻，终于找到了有些无辜的"罪魁祸首"。

如果放在以前，她看见这样的虫子反应或许会跟他一样。那时候，十三哥哥总是笑她胆小。可是现在，她却已冷静到可以杀人不眨眼的地步。

她小心翼翼地将虫子钳住放在了掌心。然后，她不动声色的起身，走到白衣人的面前微微一笑。

"张易之，你说你一个大男人，居然会怕那么点大的小虫子，可笑不可笑啊！"她俯身逼近他，坏坏地笑着。

"那个……我……我……毛毛虫很恶心的！"他心虚地答着，看着她不怀好意的笑颜，满头虚汗。

"那正好……"洛歌直起身子,灿烂一笑。她一扬手,将可怜兮兮的毛毛虫一把丢在了白衣人的身上。"恶心的虫子配恶心的人!"

"啊!啊!阿洛……你!!"白衣人大力的跳着,脸色瞬间变得惨白。他狠狠的扭动着身体,柔顺的乌黑发丝此时却被他抖动的宛如一捆稻草堆在他的脑袋上,他的翩翩白衣此时也是凌乱不堪。

洛歌站在一边看着他乱蹦乱跳哈哈大笑了起来。

白衣人抬起头恶狠狠地瞪了她一眼。

这时,只听得"咔嚓"一声,贵妃榻终于承受不了白衣人的这番折腾而轰然倒塌。

空气凝固了几秒。

尔后,一阵开怀大笑打破了这短暂的安静。

洛歌瘫坐在地上,捂着肚子,连眼泪都快笑出来了。

白衣人趴在一堆废墟中,不停地揉着脑袋翻着白眼。

梨花静静的飘落在白衣人的身上。

阳光静静地洒在她的肩头。

欢快的笑声一直延续着。

好像,很久都没有如此敞开心怀的笑过了。

很久都没有了……

远处,身着宫装的初晴疾步走了过来。

"张大人!张大人!"

刚从废墟中爬起来的白衣人神色微微一变,他背对着初晴一抬手,喝道:"初晴,你先别过来!转过身去!"

初晴不明所以的眨了眨双眼,还是乖乖的转过身。

洛歌靠在梨树下,她伸手拂掉几片飘落在肩头的纯白的花儿,戏谑一笑。

狼狈的白衣人迅速的整理好凌乱不堪的衣衫,又抬起手迅速地拿掉了夹杂在发中的异物。然后,他以最快的速度拢好头发。转过身,原本慌张的脸色一瞬间又变成了风华绝代的优雅。

他抱住双肘,魅惑一笑:"好了,你可以转身了!"

初晴转过身看着他的笑颜,痴住。

"喂,晴儿,怎么啦?跑这么急,出了什么事?"白衣人伸手在她眼前晃了晃。

初晴这才反应过来,她抹了把头上的汗,急声道:"婉儿姐姐刚来传话,说皇上诏您呢!晴儿怕耽误了,才这么急!"

"有劳你了!"白衣人一边说着一边从宽袖里取出一方香帕递了过去。"我这就过去！"

洛歌扫了一眼初晴痴住的模样，不禁嘲讽一笑。她直起身子，准备离开。

白衣人伸手一把拉住了她的衣袖，然后一脸痞笑的用手指着她微微有些薄怒的脸，说："那皇上有没有诏她去啊！"

"这个……"初晴有些为难的垂下了头，小声答道："晴儿也不知。婉儿姐姐只说了，让张大人过去。晴儿想，张大人大概指的就是您吧！"

白衣人闻言想了想，忽然一笑。"张大人……这里有两个张大人呢！呐，昌宗，你和为兄一起过去吧！"

洛歌瞪了他一眼，才道："我不屑与你同行！"

"哎呀！走啦走啦！"他一边说着一边伸手推搡着她走掉。

身后，初晴不禁失笑。

这真是兄弟两个吗？怎么性格相差这么多呢！

一个优雅翩翩，风华绝代。

一个冷漠疏离，脱俗如莲。

真是搞不懂啊！

紫宸殿。

女皇端坐在高高的龙椅上，身边的上官婉儿站立垂首。

殿上萦绕着淡淡的龙涎香。这种香味，洛歌觉得闻得多了，就会有些轻微的头晕。

"你们两个快快起来啊！跪在地上做什么！"女皇从一堆奏折中抬首，发现两个白衣人依旧跪在地上，不禁微微蹙眉。

"是。"

女皇有些头痛的揉了揉眉心，她端起放在案上的茶，抿了抿，才慢吞吞地说道："不少朝中大臣上谏，说你们二人的不是。朕想，你们待在宫中整天无所事事，的确容易落人话柄。所以，朕经过几日的思量打算建一个控鹤监给你们。你们兄弟二人替朕在民间多寻一些年轻才子来为朕编写整理一些文卷。你们二人有事可忙了。朕想，这朝中大臣也应该不好再说些什么了。你们看怎么样？"

白衣人上前一步，躬身行礼道："如此甚好！"

"那昌宗觉得呢？"

洛歌微低眼睑，上前一步说道："回禀陛下，昌宗认为将控鹤监交予我兄弟二人打理，恐有不妥，望陛下三思！"

女皇微微蹙眉，她抬起眼，看了看低着头的洛歌，有些不悦："朕既然为你们建控鹤监，那自然是要交予你们打理了！只要你们做出一些成就，自然就能堵住朝中那些多嘴的大臣了！这样吧！婉儿，拟旨。封易之昌宗兄弟二人为控鹤监内供奉，嗯……让朕想想……这样吧,让天官侍郎吉项分任控鹤监副监。你们看,这样可好?"

"如此就完美了!"白衣人抬起头冲着女皇灿烂一笑。

女皇的神情滞了滞,又立马恢复如常。她挥了挥手,说:"好了,你们先下去吧!对了,今晚……你们二人要准时来朕的寝宫!"

二人?洛歌的身体猛然一震,脸色瞬间变得惨白。

女皇从她入宫的第一天起就从未诏幸过她,但这并不代表,她永远不会诏幸她!该来的,终究是要来的!

"六郎,六郎!"有人在扯她的衣袖。

洛歌抬起头,正撞上了白衣人关切的双眸。

"昌宗告退!"她躬下身子,往后退去。然后,转身踏着大步离开。

今日的阳光异常刺眼,可是天空却蔚蓝如洗。

洛歌的脚步微微有些踉跄。

"你怎么了?为今晚侍寝的事担心吗?"白衣人低头看着她。

洛歌无力地摇了摇头。

"你别担心啊!把陛下当作一个普通的女人就可以了。她需要我们的爱抚,你明白吗?"

"闭上你的嘴!"洛歌猛然抬起头瞪了他一眼,然后,她低下头快步朝前走去。

身后,白衣人蓦然收紧目光。

阳光猝然暗淡!

女儿身

夕阳西下,暮色四合。

梨花飘零,杨柳吹拂。

微风轻舞而来,带着一阵淡淡的花香。鸟鸣声随着落日的西下,而渐渐低沉。

余晖洒满大地。

洛歌站于窗前,一根心弦紧绷。

侍寝,侍寝……

洛歌不禁握紧了拳头。

待到晚上,一切都会被揭穿,她是女子的身份也将公之于众!

到底,是纸包不住火的!

洛歌微眯双眼，心里烦乱如麻。

"喂，阿洛！"有人推了推她。

洛歌侧过头来，看见白衣人正笑嘻嘻地看着自己。她不禁白了他一眼。

"呀，你瞪我干吗！"白衣人嬉皮笑脸的站在她旁边，顺着她的目光向外看去。

入眼的只有飞落的纯白色的花儿与天边似血弥漫的晚霞。好像，并没有什么啊。

"你在看什么啊？"他问。

洛歌皱眉，她将开落入眼中的发梢，侧过脸看着他。"你所看到的也就是我所看到的！"

"那可不一定！"白衣人说完，转身坐在凳子上，他纤长的手指不停地敲击着桌面，一下两下，很有节奏。"大千世界，看似简单实则复杂。或许，你我看到的只是表面的景色，掀掉这美丽的外表，那各人看到的内相也就自然不同了。"

"哦？此话怎讲？"她很有兴趣的坐在另一边的凳子上。

白衣人牵起唇角轻轻一笑。他看了她一眼，才慢吞吞地说道："其实，你看到的我不一定是真实的我，而我看到的你也不一定是真实的你。要知道，人的本性往往差别都是很大的！"

洛歌冷冷一笑，心上紧绷的那根弦，似乎一触即发。她看了他一眼，嗤笑道："你还真是鬼话连篇呢！照你这么说，那我就不是我了，你也不会是你了！"

"你不听就算了！"白衣人露出一脸无辜的表情。他站了起来，走到她面前俯下身，在她耳边轻声道："我已经看出来了，你的身体里还藏着另外一个灵魂！"

洛歌的身体猛然一震，瞳仁收缩得如针尖一样细小。

另外一个灵魂……

难道，他已经看出了自己的女儿身？

她蓦然睁大双眼！

白衣人的唇角挂着魅惑的笑意，他看着她，鼻尖都快碰到她了。他那张与十三一模一样的脸上弥漫着淡淡的如雾一般缥缈的蛊惑的光华。

窗外，残阳如血。

她猛然推开他站了起来，心里没由来地感到慌乱。

"张易之，你少在这里乱说了！你……"

"我怎么了？"白衣人看着她红彤彤的脸，淡淡一笑，又露出一脸无辜的样子。"看你那慌乱的样子就知道你没有什么经验，要不，我教教你？"

"教什么教！"

"你看看，虽然你外表看起来清高成熟，其实啊真正的你也只不过是个不谙世事的黄毛小子。伺候陛下的事，一看就知道你不会！"白衣人抱肘笑看着她。

洛歌微微一愣。原来,原来他并没有发现什么啊!

她不禁松了一口气。

洛歌厌恶地瞪了他一眼,暗暗咒骂。

"你别这样啊!万一把陛下伺候得不高兴了,她怪罪下来,你我都得受罚!"

"即便如此,我也不要你教!你给我滚开!"她躲开他伸过来的手。

"喂,阿洛,你怎么这么自私啊!要连累我同你一起受罚啊!"他说着又伸出手企图抓住她。

"放下你的手!你……"她怒瞪着他,猛然转身抽出了放在木架上的玄风剑。"你再过来信不信我杀了你!"

白衣人的目光蓦然收紧,他蹙紧了双眉。

空气好像凝固了一般。

玄风剑上倒映着红色的霞光,反射在他的脸上,让人产生了一种无名的仿佛有什么东西正在支离破碎的错觉。

洛歌的目光停留在他的脸上,仿佛生了根,难以移开。

他的脸,十三的脸。

交错在了一起。

那一天,她亲眼看着他提着玄风剑佝偻着身体,慢慢离去。满屋的荞花纷乱了众人的眼。他的目光深深的深深的钉在了她的脸上,仿佛要烙进脑海,生生世世都不会忘怀。

那种目光,白衣人的眼。

玄风剑"嘭"的一声掉落在了铺着厚厚的地毯的大理石地板上。

"十三……哥哥……"她呆呆地看着他。

那一夜,他去了,永远地离开了。再相遇时,他已不是他,只是个冷漠疏离的陌路人。

她的眼忽然腾起了一层忧伤的氤氲。

白衣人的目光慢慢恢复成了淡淡的温柔的银白。他朝她伸出手。"你怎么了?"

"没什么,你别过来!"她猛然低下身,捂住胸口。

心中,一阵刺痛。

白衣人看了她一眼,默默的转身离开。

大殿外,残阳消失殆尽。

天,越来越黑了。

是谁,心伤无比。

现在的感觉,如坐针毡。

寝殿里弥漫着一股迷醉的龙涎香,三个金兽香炉上有白烟缓缓的腾起。

白衣人安静地坐在女皇身边。有些昏黄的宫灯所散发出来的暖光照耀在白衣人好看的脸上,显出了一种朦朦胧胧的美丽。

她的手心沁满了汗。

从未如此紧张过。她抬起头看见女皇正皱着眉批着奏章,好像遇到了什么棘手的案子,眉间的沟壑越发的深了。上官婉儿立侍在一旁,小心翼翼的研着浓墨。

"嗯……"女皇忽然轻轻地叹了一口气,她推开奏章,抬手揉着眉心。"易之,朕是不是真的老了?有些事情朕怎么越发觉得做得力不从心了呢?"

白衣人抬头看了女皇一眼,他放下书走到她身后,伸出手替她捏起了肩。"陛下怎么会老呢?人人不是常道'皇上万岁万岁万万岁'的吗?"

女皇听了,不禁一笑。她伸手按住他的手背。"易之,你总能说一些玩笑话逗朕开心!帝王万岁,万岁又有何用。一人万岁,一人独受万年的孤独啊!"

她微微垂下眼睑,眉宇之中有着凝重的沧桑之感。

"婉儿,这些折子你替朕批了吧!"她抬起头看着上官婉儿想了想,才道:"朕嘱托你的事,你要记住!时刻记住!"

"是。"上官婉儿低眉应答。

女皇伸了个懒腰,站起身来。她一手搭在了白衣人的手心一边回头对着有些慌乱的洛歌说道:"昌宗,别看了!来,扶我入寝!"

"咯噔"一声,洛歌的心被狠狠地撞击了一下。她暗自镇定了下来。站起身,她微笑着伸出手走向了女皇。

女皇身边,白衣人看着她有些虚假的笑容,不禁蹙眉。

不过虚惊一场。

洛歌望了一眼身后的牡丹屏风,心有余悸地拍了拍胸口。

一定是十三哥哥在保佑她吧!女皇只是单独让张易之去侍寝,安排她在外殿守夜罢了。

她想着,不禁席地而坐,抱紧双膝。

大殿上铺着厚厚的地毯,燃着淡淡的龙涎香。

光线有些暗淡,明晃晃的月光静静的洒了进来,照在了她的脸上。

她抬起头,闭上双眼。

银白色的月光洒在了她绝美的脸上,轻轻舞蹈。她蓦然睁开双眼,看见月光与灯光离合,仿佛在演绎着一段唯美的传奇。

悄然走到殿外。

月光下,牡丹花儿无声开放。红色的,黄色的,紫色的,白色的,它们优雅而热烈的绽放着,暗吐芬芳。

她俯下身,用纤长的手指轻轻地碰触着娇美的花瓣。一滴寒露顺着花瓣倾斜的方向滴落下来。注入泥土,化为一缕凝香。

就在她的心弦完全放松的时候,一阵诡异的哭声忽然传了过来。

那哭声好像哀怨的冤鬼在不停的控诉着什么,让人听起来,只觉得毛骨悚然。

一股寒气自洛歌的后背猛然窜起。

她定了定神,暗自镇定了下来。

这大明宫中冤死的灵魂不知有多少。这个皇宫恐怕也是这世间怨灵最多的地方吧。

她不禁打了个冷战,准备回殿。

就在这时,她分明听见身后有人轻笑了一声,那声音沙哑无比,仿佛嗓子被什么东西熏坏过了,让人听起来忍不住颤抖。

洛歌双脚仿佛被钉在了原地。

她分明能感觉到她的脖子后面有一阵冷气扑来,好像是谁在她的背后吹着气。

一股凉意直窜头顶!

"又一个呢……"那人轻笑,略显苍老的声音真真切切的鸣响在她的耳畔。

洛歌木然地睁大了双眼。

那人的目光不停地在她的背后来回扫动。

诡异的气氛越来越浓郁!

洛歌能感觉到自己的身体在不停地战抖着!

"又一个……美男子呢……"那人诡异的声音再度自耳畔响起,语气阴森得厉害。

洛歌无声的长吸了一口气,她猛然一个转身,抬眼却只看见了一张惨白却妆容浓艳的脸。后颈一痛,眼前一黑,身体便软绵绵的倒了下去,意志一片空白……

"阿洛,阿洛……"

是谁在叫她,声音急切无比。

意志被一点一点地拉了回来,她轻轻的睁开了双眼。明晃晃的白色月光下,一张风华绝代的俊颜渐渐的清晰了起来。

"阿洛,你怎么又睡在地上了,万一冻着了怎么办?"白衣人的脸上露出了很少见的认真。

她艰难的坐了起来,后颈一阵酸痛。她不禁抬起手,揉了揉,一刹那,动作滞住。

鬼……刚才那不是幻觉!她真的看见了鬼!

尽管她不相信这世上有任何鬼灵,可是,自己亲身经历过的事不得不改变了她的想法。

她原本就十分苍白的脸这下更是没有一丝血色!

"阿洛,阿洛,怎么了?"白衣人伸出手在她眼前晃了晃,一脸关切。

她抬起头看了他一眼,无力地摇了摇头。"没什么。"

没什么,可是,为什么到现在她仍觉得有一双阴森森的眼睛正在暗处监视着她的一举一动呢?为什么到现在她都觉得自己的后颈一片诡异的寒冷!

她脚下一软,差点倒了下去。白衣人及时的伸出手,让她倒在了自己馨香的怀中。

她这才回过神来。

"你……皇上睡了?"她抬头问他。

"嗯。"他低下眼睑,月光洒在他那排修长的睫毛上,投出的暗影遮住了他好看的眼眸。

她愣了愣,连忙从他怀里站了起来。"那就回去吧!"

"嗯。"

身后,有人的嘴角露出了一丝诡异的笑。

散落一地的月光,无人收拾。

……

……

"你真的这样决定了?"

"是。"

"哼,朕一定会让你后悔的!"

"易之对自己所做的事,从不后悔!"

……

……

暖暖的湿气升腾了起来,带着淡淡的香气,晕化了一片暗黄色的灯光,清爽的荷香飘满了整个浴室。洛歌惬意的靠在池边,闭起双眼,不禁发出了一声轻叹。

真的是好舒服啊!

可是……她的身体在水里抖了一下。

刚才那一幕始终萦绕在她的脑海,挥之不去。

刚刚的那张脸,苍白得毫无血色,尽管那人是背着月光的,可她依旧能看到他那张红得如血的唇。那里还挂着一种绝望又近乎疯狂的病态笑意。

她蓦然睁开双眼,直到现在都总感觉背后正有一阵阴风刮过,一双诡异的眼睛正无时无刻不在注意着自己的一举一动。

想来,她越觉得恐怖!

到底,她看到的是人是鬼?!

她浸到了水底,抛开了让她胆寒的想法。

发丝如墨泼进水里,荡漾着,一圈一圈,始终化不开去。像舞者正舞动着曼妙的身姿,跳着充满异域风情的胡旋舞。

流水声叮叮咚咚地敲响着耳膜。她猛地起身,秀发长舞,舞出了一阵晶莹的水花。绝美的脸上晕出了淡淡的粉红。

好一朵出水芙蓉啊!

坐在池边的人不禁呆住!

洛歌伸手抹开了迷住双眼的池水,她长长地吐了一口气,准备起身穿衣。

昏黄的暖色灯光中,她侧首,看见了一脸迷恋神情的白衣人。

空气凝固了几秒。

一声惊呼突然爆出。

"张易之!你什么时候进来的!你……"她指着他,眼睛瞪得很大。

白衣人只着了一件中衣,前襟半敞,露出了结实的胸膛。

他呆呆地看着她,半晌,才昏昏然的抬起手指向门口,可眼睛却一眨也不眨地盯着她。"我……我来洗澡,你……你……"

她猛地睁大了双眼,将身子沉入水底,只露出了一张出水芙蓉般绝世清丽的脸。

"张易之,你给我出去!出去!滚啊!"她语无伦次的冲着他喊。

白衣人愣了几秒,忽然一笑。他脱掉了唯一遮掩着他身体的中衣,露出了健硕的上身。

"哈哈,我连衣服都脱了,你总不能再把我赶出去吧!"他说着,坐在池边,双脚踢着池水,激起一片水花,全都溅在了她的脸上。双手撑地,他一脸无辜地看着她,神情又恢复成了往时的妖冶魅惑。

她抱住身体,游退到了池子的另一边。

"真是没想到啊,跟我同吃同住的'弟弟',居然是个女子!"他一边说着一边抓起她的衣服放在鼻间仔细的嗅了起来。"嗯……好香啊!我一直在猜你身上这种淡淡的清新是什么香呢!今天我终于知道了,是荷香!"

"放下我的衣服!不然,我会杀了你!"她瞪着他,看着他一脸戏谑的神情,火冒三丈。

白衣人一脸悠闲的仰着脸,装模作样地摇了摇头,"唉!这太平公主又给我招了个麻烦!你说陛下如果知道你是女儿身,会不会迁怒很多人呢?比如我,比如太平公主,比如临淄王!"

"张易之!你给我出去!"她伸出手,怒不可遏的指着紧闭的大门。

白衣人轻笑了一声,他站起身来,走到她的身边,趴下来,逗弄着她身边的一池春水。"阿洛,我怎么会走呢?我澡还没有洗呢!"

洛歌的目光无意的扫过他健硕的胸膛,便莫名的面红耳赤了起来。她低下头,语气中有着掩饰不了的慌乱:"你给我滚啊!不然我会杀了你!我一定会杀了你!"

"杀我?"白衣人不禁嗤笑了一声,他站起来,抓住她的衣服,叉着腰,居高临下的看着她。"想杀我那你现在就站起来杀我啊!怎么?不敢吧!怕被我看光了你,对不对?哼,蠢女人!"

"你……"她抬起头瞪着那张既熟悉又陌生的脸。

"说!你混入宫来,到底是何居心!"他突然一改往常,满脸严肃地看着她。

"无可奉告!"她倔强的扭过头,不再看他。

"无可奉告是吧!"他伸出手捏住她的下巴,迫使她回过头来看着自己。彼时,他的眸已由温柔的银白变成了一种幽深的冰蓝。"不说就让我同你一起'鸳鸯戏水'吧!你看……怎么样?"

"那就杀了我吧!"她怒吼,她绝不能容忍他对自己的一再侮辱!绝不!

白衣人悻悻的放开手,仰靠在了池边的地塌上。他低眼看着一脸怒意的她,不禁微微一愣。

好美的一张脸啊!

宛如出水的芙蓉,可是,她的脸却又比芙蓉多了一分清新少了一分娇艳。那微红的脸上带着明显的慌乱与倔强,让人忍不住想拥入怀中软语安慰。

他不禁牵起了唇角,邪邪一笑:"好吧,我不管你混入宫中是何意图,但我要警告你,最好不要闯祸,不要出风头!这样只会招来更多的危险!你毕竟是我引入皇宫的,我可不想因为你而受到灾祸!听明白了?"

半晌都没有声音,他不禁坐起来看着她。

她别过脸,一头乌黑的青丝有些凌乱的披散在了她那半露的香肩上,衬托出了她那滑如凝脂,如雪润白的肌肤。

他不禁再次无声的赞叹!

"阿洛,你听见没有!"他见她还是没有反应又接着说道:"我会替你守住秘密,也会尽量地帮助你挡住陛下。这样,既能保护了你的安全也不会伤害到我的利益!"他说完,站起身将她的衣服丢在了池边,准备离开。

"我把衣服放在这儿了啊!你快点洗!我还要洗呢!身上臭死了!"他一边皱着眉一边朝着门口的方向走去。

洛歌微微松了一口气,她游到池边,准备换衣服,白衣人那痞痞的音调又突然在耳边响起。

"你真是很好看呢!穿男装就那么绝世迷人,如果换上了女装恐怕更能让人疑是九天玄女转世了呢！唉！阿洛，你迷倒了我呢！"说完，他哈哈大笑的打开门大步离去。

冷风吹过，洛歌不禁打了个寒战。

这以后宫中的日子，恐怕会更加难熬吧！

梆声响起，已过四更。

长长的甬道里，昏黄的宫灯一个接着一个，连成了长长的一排。寂寞的脚步声很有节奏的响起，仿佛要踏碎这黑暗的死寂。

她推开门，走进了内殿。

床上，白衣人正看着她，明亮的双眸中在遗漏进来的月光下，显出一片温柔的银白。

他看着她，笑。

洛歌冷冷地看了他一眼，便铺开被子，默不作声的和衣躺下。她拉了拉锦被，侧过身背对着他。

"洛姑娘，地上不冷吗？你还是和为兄一起在这暖烘烘的床上睡吧！"

背后，白衣人戏谑的声音蓦然响起。

她闭上双眼，不作理睬。

"喂！阿洛，人家在跟你讲话呢！你为什么不理睬人家！"

……

"阿洛，真没想到你是个女子呢！哎呀，幸亏我发现得早！我还真是个很聪明的人呢！"

……

"阿洛，为什么你好好的红装女子不做要做血性男儿呢？让我猜猜……你是不是脑子有问题啊！"

……

……

忍无可忍就无须再忍了！

洛歌猛然起身回过头怒瞪着正在喋喋不休的他，斥道："张易之，闭上你那聒噪的嘴！你还让不让人睡觉了！你要再敢这样喋喋不休，看我怎么教训你！"

床上的白衣人轻轻一笑，满脸的无所谓。他修长的手指缠绕着系住衣襟的带子，低眼看着她，一脸的暧昧。"阿洛，你说睡觉是穿着衣服好呢，还是脱光了睡比较好呢？我觉得吧，还是脱光了睡比较好！"

空气中有什么正"嗖嗖"的急速穿梭着。

洛歌瞪着他，目光如刃。

"你为什么不去死！这么无耻，不如死了算了！"

"呃……"白衣人见她一脸冷冷的表情，好像并没有出现他想象中的一脸暴怒的样子，不禁愣了愣神。良久，他魅惑一笑。"我怎么可以去死呢？我死了又怎么掩护你，保护你呢？再说了，我死了就不可以吃到山珍海味了，不可以穿上绫罗绸衣了。这么美好的大唐，还有那一大群伏在我脚下朝我膜拜的女人，我怎么舍得她们去死呢？"

"你……"彻底无语，洛歌只能干瞪着他。

白衣人撩开腮边的发，动作优雅无比。他斜眼看着她，笑，"阿洛，你还是嫩了点。既然很嫩又何必装出一副很老成的样子，这样很容易老掉哦！"

"你……我喜欢，怎样！"她回过身，昂起下巴倨傲的看着他。

白衣人嘲讽似的嗤笑了一声。"你还真是嫩得可以呢……小心！！！"

漆黑的殿中，一道突兀的寒光忽然闪过，直朝她的头顶劈去。

洛歌猛然睁大了双眼，一刹那，杀气凝重！

她没有时间去做任何的反应，大脑一片空白。眼前只有一阵白光迅速闪过。

一股浓重的血腥味突然充斥着她的嗅觉。鲜红的血，一滴两滴，沿着她的鼻梁跌落在了她粉色的唇瓣上，将她的唇渲染得格外妖艳。

是死了吗？不然，怎么会有血……

她抬起手，摸了摸鼻子，一手的滑腻。

等等，如果死了，自己怎么还会有力气去摸鼻子呢？

她瞪大了眼睛，缓缓的仰起了脸。

一双修长的手，本应是白皙无暇，可此时，那美丽的手已成了一双血手！它紧紧地抓住刀刃，利器划破掌心的血管，鲜血便这么一滴一滴的滴落在了她的脸上。

她慢慢的移动着目光，眼帘中便出现了白衣人那张满是汗珠与艰难的脸。

他咬紧牙根，满脸细密的汗珠。身体剧烈地战抖着，好像很吃力的样子。

她被他震得重新跌坐在了地上。

怎么，会是他……

"你个……蠢女人！你不是会一些三脚猫的功夫吗？怎么……怎么还不来帮我啊！傻了？"他艰难的吐出一句话，双眉锁得更紧了。

她猛然惊醒，一滚身，敏捷的取过木架上的玄风剑，拔出，便朝着黑衣人直直的刺了过来。黑衣人余光一扫，只得抽出弯刀，溅起了一阵血花。他转身举起刀，用刀身挡住了她凌厉的一击。

身后，白衣人垂下满是鲜血的双手，痛苦地倒在了床上。

洛歌往后退了几步，收回剑又拼尽全力攻上了他的下盘。黑衣人敏捷的躲过，他借助一旁木椅的力量猛地向空中一跃，倒刀，便往下冲，直朝着她的天灵盖砍了过来。洛歌惊觉，她唇扬一抹轻蔑的笑，一扬剑，剑尖比刀刃抢先了好几步，直朝着他的胸口刺去。只听得"扑"的一声,那种利器刺入血肉的声音便回响在了整个大殿肃杀的空气中。

黑衣人的弯刀距离她的头顶只有两寸时便顿住了。良久,只听得"当啷"一声,黑衣人与弯刀一同倒在了一边。

嗜了血的玄风剑上开始滋生出了千千万万朵粉色的荞花。一股冷风吹来,它们便随着风胀满了整个内殿。荞花越来越多,它们覆盖在黑衣人的身上,渐渐遮住了他的尸身。

洛歌满意的收起剑,嘲讽一笑。她回过头来,白衣人躺在床上,仿佛死去了一般,一点声息也没有。

她的心蓦然收紧。

快步走过去,映入眼帘的是一张毫无血色的脸。他痛苦地纠结着眉,满额汗水,全身颤抖无比。

他手心的血依旧在不停地流淌着,仿佛止也止不住了。

她看着他那张熟悉的脸,莫名地觉得心疼。她托起他的手,替他包扎着伤口。可是,鲜血却不停地涌出,濡湿了伤口上的布。

该怎么办呢?照这样看来,他的血终究会流尽的!

洛歌急得团团转,她慌乱的移动着目光,试图在这漆黑的大殿中找到一个能够拯救他的方法。

对了……从玖列山庄带出来的郁气粉!

她的双眼刹那间变得明亮了起来!是了是了,郁气粉加上人血,可以止住一切常人所不能止住的血!

她猛然站起身来,脚步有些趔趄,她跌跌撞撞的跑到柜子前,找出了郁气粉。她将它们倒在了碗中,然后,毫不犹豫的仿佛本能般的举起手,用剑划破中指,放在碗中使劲的搅动了起来。

碗中的粉很快就变成了糊糊状。它们呈暗红色,好像在说明这里面有她的血!

洛歌急不可待的奔到了他的身边,小心翼翼的解开了包住他伤口的布条。暗红色的血好像一眼小泉,不停地从他的伤口中往外涓涓的冒着。那些血流到了她的手上,与她微凉的血混为一体,不分彼此。她深吸了一口气,心莫名觉得很疼。她擦干他伤口周围的血,动作小心无比,将郁气粉涂在了他的伤口上,她这才放下了一颗紧悬的心。

好了,这样,血会止住的!

她不禁放心一笑。抬起目光,她看见了那张与十三一模一样的脸在月光中离合,仿佛透明了一般,孱弱的让人想去疼惜。

"你不会有事的,张易之,我不会欠下你的!"她钝钝的开口,良久,又低下头,用力的叹息了一声:"就算你和十三哥哥一模一样,我也不会欠下你的!"

温柔的月光投在她的眼底,晕起了一层忧伤的氤氲。

十三哥哥,我不会欠下谁的,因为我知道,这些债,我永远也还不了⋯⋯

睡意袭来,她打了个哈欠伸了个懒腰,便头枕着床沿,在他垂下的手边沉沉的睡去了。

一只手,留恋的在她脸上游走。

绑着白色布带的手那么小心翼翼那么轻柔的抚摸着她那精致的轮廓。

指尖有一股甜甜的凉意,仿佛初生的清风带着晨间的清新,吹拂着她的面颊。

手的主人轻轻一笑,薄唇扬起了一抹温暖的弧度。

窗外,阳光静静的透过窗棂洒了进来。

一束一束的,好像一根根光柱穿梭在微凉的空气中。阳光扫过她的脸,凝固成了一种永恒的纯净。

她的鼻梁上,一道笔直的血痕一直蔓延到了她的唇上。娇美的唇被染红,显得分外的妖娆妩媚。

他的手指像受到了蛊惑一般,在她美艳饱满的唇瓣上跳起了舞。

呵,好痒啊。

梦中的她微微蹙眉,抬手打掉了那只不安分的手。

床上的人,嘴角噙满了温柔。他收回手,轻轻地抚摸着她那如缎秀发。

梦里,她在追逐着谁。

一大片白光里,有着幽蓝的流沙飞舞。

耀眼的白光中,淙淙琴音缥缈而来,正是那首长相思!

是十三哥哥吗?

耀眼的白光渐渐退去,那些幽蓝的流沙席卷着,重复着五年前的那一天。

梨树下,白衣男子席地而坐,修长的手指如行云流水般在古朴的琴面上来回拨动。悦耳的琴音如汨汨流水,滋润着她干涸的心灵。阳光从浓密的枝叶中遗落下来,洒在他飞扬的发梢上,凝结成了如水晶般透明晶莹的光体。他抬起头冲着她笑。然后,他朝她伸出了手,温柔地说:"你回来啦!"

你回来啦,你回来了吗?

她有些不敢相信地睁大了双眼,看着他那双温柔的眸,感受着他那温暖的气息。良久,她点头。"嗯,我回来了!"

她微笑着朝他伸出手。

"歌儿!"身后,有人在叫她,声音显得惊喜无比。

她的动作蓦然滞住,回过头,她看见了他。

无尽的黑幕中,绿衫少年迎风而立。他冲着她微笑着,眼神单纯如水,澄澈明亮。他左手拿着一盏灯笼,右手朝她伸出。"歌儿,你终于回来了!"

他的身后,一排排暖色的灯火,延绵到了她看不见的地方。他就站在那样温暖的灯光中,纯洁得好像一尊神明。

"你终于平安地回来了!崇简终于可以放心了!"他说着,又轻轻一笑,腮边的酒窝陷得深深的,好像盛装了一段不为人知的甜蜜。"歌儿,我等了你好久好久啊!难道你不知道吗?"

"歌儿!"

身后的白衣男子依旧温柔地笑着。他站起身来,抖落了一地的阳光。"歌儿,十三哥哥说过会陪你一起看日出的!十三哥哥这次绝不食言!"

她回过头来看着他,向他走了一步。

"歌儿……"

绿衫少年突然忧伤的蹙起了双眉。他丢掉了手中的灯笼,蹲了下来,痛苦地抱住了双膝,身体剧烈地战抖着。

"歌儿,我会陪着你一起等十三哥哥的!十三哥哥是你的依靠,我一定会帮你找到他!"他说完,身体颤抖得越发厉害了。"我没爹,娘又不喜欢我。我是个杂种,惹人讨厌的杂种!三哥,你别离开我!求你,求你了……我好孤单啊!没人关心我,谁能关心我?娘,我听话,我一定听你的话,求你别把我送走!求你!"

她回过头看着他,前进的脚步滞住不动。明亮的眸中满是疼惜。

瑟瑟发抖的少年突然躺了下来,他蜷缩着的身体不停的抽搐着。"歌儿,我以为你会懂我,会在乎我!可你总是逼着我离开你,歌儿啊,我只是想陪着你,不想让你孤单而已……"

"我懂……"她突然痛苦的捂住胸口,哽咽着,无法抑制住心中的疼痛。"我懂的!我全都懂!"

她转过身,不顾一切的奔到他的身边,仅仅的拥住他冰凉的身体。泪一颗接着一颗汹涌而下。她紧拥住他,将头埋在了他的肩窝里。

"我都懂的,崇简。我要离开你,我不想让你受到伤害。我是个杀手,混沌冷血的杀手。可你,却是那样的单纯善良。你夜夜为我点长灯,分明就是带给我光明的神使。我怕我的肮脏不堪弄脏了你,弄脏了你啊……"

她哭着,声音好像急速的狂风,抛开了一切,尽情地释放着力量与悲伤。

阳光下的白衣男子凄凉一笑,他抬手,袖间粉色的花朵儿迎风飘扬,越来越多。

他笑,歌儿,这么多年,你的天平早已在你察觉不到的情况下,倾斜。

"歌儿,再见!"

他转身,白光乍现,将他包裹住,席卷到了不知名的地方。

她怀中的人,亦是泪流满面。他微笑着抬手,摩挲着她那披散下来的如缎秀发。黑暗仿佛从遥远的海域赶来,一拥而上,将他慢慢吞噬。

他的笑容,越来越浅。直至化为浓郁的悲伤。

"你,到底在爱着谁呢?"

他困惑的声音狠狠的敲击着她的耳膜,她蓦然睁大了双眼。

她看着他化为幽蓝色流沙的身体,不停的呢喃:"崇简,崇简,薛崇简……"

……

啊,好痛!

她猛然睁开双眼,一片白光刺得她两眼发痛。好一会儿,她才清醒了过来。一抬眼,她便看到了白衣人那张微怒的俊颜。

刹那,连背后的汗毛都竖了起来。

此时的自己正摆着一个既奇怪又暧昧的姿势。奇怪的是自己的脑袋正枕在自己的两只手上,暧昧的是她正躺在他的胸口,两只手正紧贴着他健硕的胸膛。

愣了几秒,她反弹似的跳了起来,头皮一麻,她又重重的重新跌在了他的怀里。

"张易之,松开你的手!拽我的头发,你找死啊!"她怒瞪着他,可脸上却早已羞红了一大片。

白衣人无视她的怒容,撅起嘴对着她翻了一个白眼。"那个崇简是谁,赶快给我老实交代!躺在我怀里居然还想着别的男人!还真是可恶!"

洛歌冷冷地看了他一眼,没好气道:"你管他是谁,你快松开手啊!不然,我就把你削成秃瓢!"

白衣人看了看她,有些不服气的松开了手。

一得到松解,洛歌立马跳了起来。她甩了甩酸疼的胳膊,神情有些尴尬。

"你的手……还疼吗?"她偏过头,故意不看他。

白衣人轻轻一笑,他动了动十根手指,才答道:"嗯,痛是好些了,只是流了这么多的血,伤口一定很深。以后一定会留下一条很长很长的疤!而且,恢复起来一定又要花很长的时间!我的手,我好看的手,都是因为你!"

"那你还救我!"她看着苦着脸的他,有些困惑。

白衣人轻松的牵起了唇角,脸上少了一丝痞气。"我说过我会保护你的啊!再说,男子保护女子,这是本能!"他想了想,又痞里痞气的接着说道:"云麾大将军遇刺死于宫中,这消息足够震惊朝野的吧!"

洛歌刚刚觉得有些感动,听他这么一说,不禁回过头来狠狠地瞪了他一眼。

"你别瞪我啊!你想想看,你被蒙着一张白布抬出仙居殿,那是何等的凄惨啊!这样有损你的形象哦!"

"够了!"她低低地怒喝了一声,然后抬起头冷冷地看着他。"就算你搭了命来救我,我也不会感谢你。所以,请你以后少在那儿自作多情!"

"哼……"白衣人轻哼了一声,满脸的不屑。

洛歌回头看了他一眼,便往殿外走去。

"哼,你以为我救你还会图你的什么回报么?"他低头不服气的小声低喃。突然,他好像想起了什么,抬起头冲着她的背影高声笑道:"阿洛,你还是把你的脸先洗洗吧!大白天里的别吓着人了!"

他话音刚落,只听得一声尖叫,正准备服侍他们起床的初晴笔直的倒在了殿外……

马球赛

万岁通天元年后,突厥、契丹等外族屡次寇边。边塞成了多战多乱之地。五月,壬子,营州契丹松谟都督李尽忠、归城州刺史孙万荣起兵造反,攻陷营州,系都督赵文拥。乙丑,圣遣左鹰扬卫将军曹仁师,左金吾大将军张玄愚,司卫少卿麻仁杰等二十八将伐之。

李尽忠自封为汗,占营州,攻城略地,旬日之间,兵至数万,进围檀州。

八月,丁酉。曹仁师等与契丹交战于硖石谷,唐军拜。突厥趁机兵寇凉州,以数万兵骑奄至城下,都督许钦明拒战,掳。

万岁通天二年正月,突厥莫啜寇灵州,攻城,城陷。

此时的朝堂,已是人心惶惶。

大殿上,群臣小声地议论着,无不皱眉摇头。

洛歌站在屏风后面看着这些大臣们,不禁嘲讽一笑。泱泱大周,难道就没有一个能够站出来说上话的吗?

坐在龙椅上的女皇蹙眉看着自己的臣子,突然朗声道:"众位卿家,可有何良策解这边塞之危?"

宰相狄仁杰出列,低首道:"启禀皇上,老臣愿为皇上分忧,领一军,以击外族贼子!"

女皇看了看已是白发苍苍的老丞相,摇了摇头。"卿的这番心意朕心领了。只是卿年事已高,不宜远征。"

"皇上,臣愿带兵出征!"凤阁侍郎同凤阁鸾台平章事娄师德上前奏道:"臣戍边数载,对边关之事臣是非常了解。望陛下能给臣这个报效国家的机会!"

洛歌听他声音洪亮有力,不禁透过屏风,偷偷向外看去。

娄师德立于大殿中央,他挺直背脊,低头等候着女皇的回答。他的发丝已大半花白,可那略有些苍老的眉宇间有着浓郁的英气,看他的身形,想必年轻时一定也是一员骁勇大将!

"卿身体欠佳,又刚刚回朝。朕实在不忍再拨卿去边关烦乱之地!"

"人生在世,当以国家为先!望陛下能够成全!"娄师德挺直腰杆,一字一顿,十分有力的说着。

这一番话使得朝堂上低语的群臣无不为之一振。

高坐在龙椅上的女皇不禁爽朗的大笑了两声。"好好好,娄卿有此壮志,实乃我大周之幸!婉儿,拟旨,封娄卿为神兵道行军大总管,领数万大军以破契丹小儿!"

"皇上,启奏皇上!"一向以笨讷著称的河内王突然出列。

洛歌见了,不禁困惑了起来。

"启奏皇上,臣侄武懿宗愿为皇上分忧,随娄大人一起去征讨契丹!"

这侄子平时连一句奉承的话都不会说,今天倒稀奇了。女皇不禁一笑。

"河内王也要去征讨契丹?"

"是。"

"皇上。"内史杨再思出列奏道:"皇上,河内王年轻有为,又属亲王,让他随军出战一定能够大振士气!"

娄师德想了想,亦上前奏道:"杨大人此言甚佳!臣愿尊河内王为神兵道行军大总管!"

"这怎么好……"

"望陛下答应!"娄师德低头,语气坚定。

女皇想了想,终是点了点头。"那好吧!拟旨,封河内王为神兵道行军大总管,娄卿为清边道副大总管,右武威卫将军沙吒忠义为前锋总管,率军二十万进攻契丹!"

"是!皇上!臣等一定会大破契丹,胜利回朝!"

太液池的画舫里。女皇靠在贵妃榻上。她微眯双眼,目光投了波光粼粼的湖面上,好像在回忆着什么。

白衣人趴在窗户边远眺着那片大明宫最华丽的建筑群,扬起了唇角。

"喂,阿洛,你看那宫殿在阳光下闪着金光呢!"他说着,朝着远方伸手一指。

洛歌眯起双眼顺着他手指的方向看了过去。

一大片的宫殿,碧瓦飞甍,巍峨壮观,在灿烂的阳光下,华丽的闪耀着金色的光芒。

天空蔚蓝如洗,风过无声,却吹动了湖里零星散落的碧色荷叶。粉色的荷花还只是打着骨朵儿,清悠婉丽的立在荷叶旁边。

春末夏初的意义,就是荷花可以在蓝色的天空下静静地伫立。

她不禁轻轻一笑。

"洛歌,你笑什么?"他偏过头看着她少有的微笑,不禁呆住。

这样的微笑,仿佛是找到了分散多年的爱人一般,那样静静的,却是那样温柔痴恋的笑着。

她回过头看着他呆呆的样子,好看的笑容立马就冷却了下来。"你管我笑什么!"

"哼……"他轻蔑地哼了一声,像个孩子。

"张易之,你打算一辈子都耗在这深宫中吗?"她突然问道。

白衣人看了他一眼,嘴角突然噙上了一丝轻浮的笑意。"我说过了,我要征服这个大明宫内所有的女人。当然了,这个梦想没能实现我一天都不会离开!前提是,我要在武曌还没死之前,做到这一切!"

洛歌的身体猛然一震。她的心突然之间乱得像一团乱麻。

"这宫中好无趣啊!"白衣人突然伸了个懒腰嘟哝了一声。他转过身,风华绝代的脸上慢慢的全都是魅惑的笑意。走到女皇面前,他席地而坐,仰起脸翘起了薄唇。"陛下,陛下在想什么呢?在担心着前方战事吗?"

"嗯。不知前方战事如何了!"女皇低下头伸出手轻轻地抚弄着他乌黑亮泽的长发。

白衣人撇了撇嘴,才道:"陛下,这大明宫很久都没有看到打马球的那种热闹场面了!"

"是啊!"女皇突然重重的叹息了一声,她靠在贵妃榻上,眯起双眼,慢悠悠地说道:"记得朕年轻时那会儿最爱看的就是打马球了。看着那些正直风华的热血男儿骑在高高的骏马上,在尘土飞扬间,演绎着最激越昂扬也最激动人心的华丽乐章。朕喜欢这种场面。那样的场面会使朕整个人的血液都沸腾起来!"

"那陛下为什么不再举行一次马球赛呢?"白衣人仰起脸看着他,原本无神的双眸一下子变得明亮了起来。

女皇看着他轻轻一笑。"嗯,举办一次马球赛也并没有什么不可之处。好吧,就依易之所言,举办一次马球赛吧!"

白衣人听了,开心的弯了弯唇角。他回过头,高声道:"昌宗,你听见没?陛下说要举行一场马球赛呢!"

阳光下的洛歌回过神来,她冲着微蹙双眉的女皇微笑着说道:"那就要多谢陛下了!多谢陛下让昌宗和哥哥的生活变得有趣了些!"她说着,又把目光投向了白衣人,脸上的笑容变得格外灿烂。

清恩殿,毯场。

高高的看台上,华盖微漾,旌旗飘飘。

女皇列宴群臣及其家属来一起观看马球赛。

洛歌放下酒杯,看了一眼身边一脸兴奋的白衣人,目光投向了下面的球场里。

球队分为黑红两队,两队队长分别由临淄王李隆基与高阳王武崇训担任。黑方均执黑色球杖,骑黑色骏马。红方均执红色球杖,骑枣红骏马。

李隆基坐在高大的黑色骏马上。他的目光冷漠深沉,眸中不起一丝波澜,他头顶黑色的束发绑带迎风飞翔。阳光下,犹如一撇墨痕,完美的勾勒出了他那冷漠疏离却君临天下般的王者气质。

他的身后,薛崇简微眯双眼,逆着光看着台上。阳光似穿透了他的皮肤,照耀着他年轻的血液,不安分的奔流着。身体里蓄发了一种宏大的力量,仿佛可以挣破他的身体迸发出来。他突然勾起唇角,微笑了起来,单纯如水的眸中满是涟漪。

他在对正看着自己的她说,看吧,我们一定会赢的!

看台上,洛歌的眼神莫名地柔和了下来,冷清疏离的脸上浮出了一丝小小的暖意。

"陛下,可以开始了吗?"身兼执令官一职的鸾台侍郎颜适低头奏道。

女皇看了看台下的两个队伍,不禁爽朗一笑:"嗯,可以开始了!"

一时间,战鼓擂响,号角齐鸣。

执令官走到台中央,冲着台下球场上的英姿男儿们,举起了手中的明黄小旗,大声道:"马球大赛,开——始!"

随着他的一声令下,球场上,呐喊声马蹄声乱作一团,黑红双方挥舞着球杖,朝着场中的马球大喝着相对策马奔去。

尘土飞扬间,赤色的马球由占了先机的红方落入了气势逼人的黑方。李隆基勾起马球,朝着斜前方用力地打了过去。薛崇简见了,不禁自信一笑。他策马躲过新安王武崇烈的阻拦,伸出球杖用力一挡,他斜坐在马鞍上,弯下身,灵活钩球,又躲过了淮阳王武延秀的截拦策马带球朝球洞奔去。就在这时,高阳王武崇训突然出现,他邪恶的淡笑着,趴在马背上,伸出球杖拦住了往球洞而去的马球。薛崇简被他的球杖一带,险些栽下马来。

看台上,洛歌的心猛然一沉。

这高阳王分明是在使诈!他拦到球就好,可偏偏还用自己的球杖勾住了薛崇简球杖的上部藤杖,这分明不是为了抢球而来,而是意图将对方的成员打落,好以多取胜!

洛歌不禁握紧了双拳。

"简哥哥！小心啊！"

一声清脆的少女声音突然响起。洛歌循声望去，看见了颜冰正站在看台的栏杆边，挥舞着双臂，大声的朝着薛崇简呐喊着。

黄色的烟尘扑上了她的面颊。阳光下的她，满额汗水。也许是刚刚太过用力，这会儿，她正佝着背用力的咳着，孱弱娇小的身躯剧烈地战抖着。

"冰儿……"

球场上，薛崇简的目光蓦然收紧，他紧张地看着咳嗽的少女，勒紧了缰绳，大喝一声，又重新振作起来，加入了战场。

紧张得几欲起身的洛歌，她看见了他的眼神，那种疼惜又紧张的眼神。心，好像被谁狠狠地用刀剜了一下，刺刺的疼了起来。

众女眷经颜冰这么一带头，也纷纷离席，来到栏杆旁，为着球场上雄姿勃勃的男儿们加油助威。

"你看！我觉得高阳王最厉害了！你看他的样子，好像胜利本就该属于他们！"

"不，还是平庆王薛二公子最厉害！你看他刚才差点就从马背上摔下来了！可这会儿又为黑队进了一球呢！"

"你们说的都不对！是临淄王最厉害！他已经带领着黑队胜了红队好几筹呢！"

……

看台上，女皇开心地笑着，她端起酒，猛喝了一大口，看着台下那一片热闹的场面，心里一阵轻松。她看了看身边面色紧张，眼神盯着球场一眨也不眨的执令官打趣道："颜卿的千金与平庆王的婚事，恐怕要早早办了才好啊！"

执令官听了，低下头笑道："只要孩子们说好，我们做父母的自然也不会反对！"

"你倒是开明得很！"女皇笑着调侃道："那下次我就要催催太平了，让他儿子赶快去你家下聘，哈哈哈……"

女皇爽朗的笑声一拨接着一拨冲击着她的耳膜。她不禁深锁双眉。

"喂，阿洛，你又是哪里犯病啦！"

白衣人俊朗的容颜突然放大在眼前，洛歌一怔，她立马伸出手推开了他的脸。

"真是多管闲事……"

"你脑子真是有病！"白衣人抢先一步，他伸手剥了一颗葡萄放在嘴里，才慢吞吞的接着说道："你看看每个人都是开开心心的，就你一个人拉长了一张驴脸，给谁看啊！"

"张易之，你非得惹我冲你发火吗？"她转过头，压住满心的怒火冷着脸看着他。

白衣人无所谓地拍了拍手，端起酒杯抿了抿，拿眼瞟了她一下，才轻轻一笑。"我这下子终于知道了你口中的崇简是谁了！"他说着，伸出修长的手指，指尖定格在了赛场中英气勃发的少年身上。"那个少年郎就是薛崇简，对不对？"

洛歌的目光顺着他手指的方向，也定在了那少年的身上。

"啧啧……"白衣人不禁唏嘘，他摇了摇头，满脸都是一种无法比拟的轻蔑感。"原来你喜欢这种嫩嫩的类型啊！嗯……长的倒还俊朗，身形也很匀称，从长相来看，他一定是个性格很温和善良的人。只是，你看他的神情，并没有完全投入这场球赛中，好像在记挂着谁，缩手缩脚的！"

洛歌垂下眼睑，心里涌上了一层连她自己也说不清道不明的情愫。"张易之，你闭嘴。"

白衣人偏过头，看着她微微有些落寞的脸，神色一僵。只是一瞬，他靠在后面的石柱上，目光重新锁定在了球场少年的身上。

金灿灿的阳光投洒在那少年的身上，他好像灿烂得快要与阳光融为一体了。干净而温暖的笑容，阳光而迷人的气质，年轻而俊朗的面庞。

单纯的眼，那种纯粹的美好。都是自己，所不能拥有的。

白衣人闭起双眼，突然握紧了双拳。

现在的自己，只能用肮脏来形容。

自己的肉体，自己的青春，甚至自己的灵魂都可以出卖，所剩无几的只有那些自欺欺人的狂妄理想。

当他躺在女皇身边，他可想过要单纯的活一回？

当他权倾一时，圣宠不衰，操控着一切风云变幻的时候，他可想过要单纯的活一回？

他，不敢想！

他蓦然睁开双眼，嘴角蔓上了一丝魅惑众生的笑意。

此时的他，春风得意，呼风唤雨。有多少女子伏在他的脚边，苦苦期盼，只希望能够得到他的回眸一顾。又有多少人，像条哈巴狗一样，舔着他的脚跟，用各种美丽的字眼去赞扬他，只是希望他能在皇帝面前替自己美言几句。

他要的，只是这样的生活。

白衣人端起酒杯，宽大的白色衣袖遮掩住了他那繁华魅惑笑容后的苍凉与彷徨。

……

"啊——有人摔下来了！"

栏杆边的人群一阵骚动。众人放下酒杯，闻声看了过去。

球场上，高阳王与淮阳王正搀扶着一个人走了过来。

"启禀陛下，嗣陈王从马上摔下来了！"

女皇站起身来看了看，突然冷下脸对着身边的上官婉儿沉声道："带嗣陈王去内阁，宣太医给他看看，可别伤了筋骨才好！"

"是。"上官婉儿低头领命。

"启禀陛下，这嗣陈王走了，臣的红队少了个人，这球赛又如何继续下去呢！"

女皇看了看高阳王，偏过头看向执令官。"颜卿，赛况如何？"

"回禀皇上，这两边都各得红旗十面，红黑两方，平局！"

"平局？"女皇挑了挑眉。"平局……这样吧，崇训，你看看朕的大臣们哪一个能助你得胜，你就挑了去吧！"

"谢陛下！"高阳王谢恩起身，他目光环视一周，不禁有些失望。

坐在看台上的大臣们几乎都已年过半百，最年轻的也是可以做自己父亲的人了。

角落里，洛歌突然起身。她唇挂一抹冷笑，朗朗道："高阳王殿下，不知下臣能否加入您的队伍呢？"

高阳王闻言转身，目光猛然一凝。

站在角落里的白衣男子，她看着他，目光自信而倨傲。修长的身材，倾世的容貌，一身白衣将她衬托得恍若仙人！

这种如仙的气质，只要看了一眼便无法移开目光！

高阳王愣住。

白衣人见了不禁用力的假咳了两声，洛歌低下头朝着一脸怪相的他，狠狠地瞪了一眼。

"原来是控鹤监供奉张大人啊！张大人要加入本队，实乃本队的荣幸啊！"淮阳王一脸嘲讽的笑意。他惊叹于她绝世的容颜与如仙的气质，但他就是要看看这个出卖肉体以谋求权力的人，在球场上将要如何的出丑！

"张大人，请吧！"淮阳王冷冷一笑，他拽了拽高阳王的衣襟，拜过女皇，转身步入球场。

洛歌抬起头冲着有些诧异的女皇微微一笑，她看了一眼白衣人，挑了挑唇角，便也转身步入球场。

看台上，一下子就安静了下来。

众人的目光紧紧的锁定在了那个白衣男子的身上。

洛歌轻笑，她挑起眉峰，目光倨傲的扫过赛场上的男子们，停在了薛崇简的身上。

她看着他，目光淡漠疏离，好像在看着一个陌生人。

他也看着她，可目光里只有惊讶与一丝他看不透的情绪。

"哥……"李隆范小心翼翼地拍了拍李成器的肩膀，目光有些诧异地说道："你看，那不是洛歌吗？"

"嘘,别说话！"李成器的眼里也满是惊讶。

"下臣张昌宗拜见各位王爷！"她收回目光,朝着骏马上的男子们抱拳行礼。

"控鹤监供奉张昌宗？"新安王武崇烈驱马上前,他俯下身满脸戏谑的看着她,嗤笑道:"你长得跟个娘儿们似的,也要跟我们这群王爷们打马球？"

洛歌压制住怒意,抬头一笑。"是。"

"我说你们俩别废话了！张大人,你就骑嗣陈王的那匹马吧！"高阳王坐在枣红大马上,趾高气扬的挥杖一指,满脸的不耐烦。

洛歌直起身子走到骏马旁边,她看了一眼众人,然后迅速翻身上马。

这一系列的动作不禁让那些轻视她的人呆住。这样的身手,分明是身怀武艺的人才能做到啊！

看台上,执令官一声令下,马球被抛入高空,然后又迅速落下。

新一轮的马球赛,正式开始了！

球场如战场,四周战鼓雷雷,呐喊声马蹄声,震耳欲聋。

人群中的白影,格外的引人注意。

"张昌宗！接球！"

高阳王大喊着,举杖一挥,马球穿过层层马蹄,朝着洛歌滚了过来。洛歌冷冷一笑,她翻过身,双脚踩住马蹬,右手拽紧缰绳,左手举杖,整个人便这么斜挂在了马身上。她勾好球,用力挥杖。马球凌空飞速旋转,朝着球洞急速飞去！

前方。李隆业策马伸出球杖,意图挡住飞速而来的马球。可让所有人都没有想到的是,马球居然击飞了李隆业的球杖,笔直的飞入了洞中！

所有人都惊呆地睁大了双眼,忘记了言语。

几乎完全一致的,所有人的目光都锁定在了洛歌的身上。

洛歌坐在枣红骏马的马背上,她牵住缰绳,唇挂一丝倨傲的笑,英姿飒爽。风吹得她的白衣"咧咧"作响,卷起的黄尘迷蒙住了所有人的眼。白衣卓然翩翩,好像从天而降的仙人,脱俗间带着一股难以比拟的凛然霸气。

"红队,一筹！"

"真是很不好意思呢,王爷,您的球杖,我想,要换一竿新的吧！"洛歌轻蔑的瞟了一眼李隆业,冷冷的牵了牵唇角,然后策马慢悠悠的朝前走去。

"张昌宗,你给我等着!这一局,我一定杀得你片甲不留！"许久,李隆业暴怒的声音才暮然响起。

第二局。

黑方先得马球,李隆基挥杖将球传给了李成器,李成器绕过了淮阳王与新安王的联合围攻将球一带,传给了李成义。李成义正准备击球进洞,高阳王却不知何时突然冒了出来,挡住了他的去路。没有办法,李成义只好将球传给了正在自己前方不远的薛崇简。薛崇简弯身接球,用力朝球洞击去。就在这时,一道白影突然闪过,马球被洛歌成功的截了下来。她带过球,回头看了他一眼,冷冷的,冷冷的好像是在嘲笑他。只是下一秒,她已经成功的击球进洞!

"红队,又一筹!"

第三局。

这一局,亦是最关键的一局。一局败,则满盘皆输。

看台上的人都有些紧张了起来,他们紧盯着球场,目光随着马球的转移而飞速的移动着。

栏杆边的少女们,个个都涨红了脸,奋力的呐喊着:"平庆王!平庆王!"

"临淄王!临淄王!"

"张大人!张昌宗大人!"

她们偶尔低下声议论着:"这一局,红队赢定了!有昌宗大人在,一定是赢定了!"

"昌宗大人真的是好厉害啊!本来红队都是输定了的!她一来,准能赢!"

"张大人长得居然比女人还漂亮!诶,真是!"

……

球场上,李成义一个"倒挂金钩"将球从高阳王的杖下反勾而起,击给了李隆业。李隆业抓紧了缰绳,弯下身,将球牢牢带紧,朝球洞奔去。就在这时新安王突然伸出球杖,卡住了李隆业的球杖,两杖相执不下,马球却早已被从后面而上的咸安王夺下。咸安王带紧球,策马飞奔,一路上不停地盯着马球,生怕被人抢了去。就这样,他连自己跑错了方向都不知道。看台上,女皇却早已乐得哈哈大笑了起来。

"咸安王,你跑错方向了!"李隆基牵唇嘲弄,他伸杆截球,成功地将球带到了自己的杖下。他猛然掉转马头。朝着球场另一头的球洞奔了过去。洛歌紧跟了上来,她伸出球杖,欲从李隆基的杖底夺回马球。就在这时,李隆基突然侧过头对着她冷冷一笑,那笑容里包含了太多阴谋的味道。他转肘将球往里带住。洛歌的球杖不够长,她只好驱马更近一步。四蹄生尘,迷住了她的双眼。她的马不知何因突然受惊,它发了疯似的朝着球洞奔了过去。洛歌抓紧了缰绳,她低头一看,却发现马球正被自己牢牢的带在杖底。

球洞已近在眼前,洛歌挥杖一击。马球在金灿灿的阳光下形成了一道完美的弧线,然后准确无误的落进了球洞中!

这一局,成败既定!

阳光下,洛歌微眯双眼。她调转目光,看向身后的李隆基。

他也正看着自己,幽黑的眸中带着几分深沉,几分神秘,让人猜不透他到底在想些什么。

"马球大赛,高阳王红队胜!"

执令官将手中的明黄小旗朝天一挥,一切都尘埃落定。

球场上,众人下马,来到了高台之上。

女皇微笑着看着众人,目光里满是喜悦。"嗯,今天的马球赛很是精彩!想必大家都是尽力去拼了!昌宗啊,你过来!"

洛歌抬头,朝着女皇微笑。她上前一步,跪在了女皇的面前。

"昌宗啊,这红队要是没有你,说不定都已经输了好几回了!朕要嘉奖你。说吧,你要什么样的奖赏。"

洛歌想了想,扬起唇角轻轻一笑。"臣不要加官晋爵,也不要金银珠宝。"说到这里,她顿了顿,看了一眼正在看着自己的白衣人,对着女皇朗声道:"臣想让哥哥陪着,在长安城里好好玩上几天!"

"哦?只是这样简单?"

"是。"

"那好,朕准了!你归位吧!"

洛歌起身回到了自己的位子上,她偏过头看了一眼身边的白衣人,将目光重新投在了看台中央几个王爷的身上。

李隆基依旧沉稳霸气,李成器依旧淡泊安然。好像这场球赛的输赢对于他们来说根本算不了什么。

洛歌不禁挑唇一笑,调转目光,她却发现李隆业正狠狠地瞪着自己,好像如果女皇不在,他都恨不得揪住她跟她好好的打上一架似的。

武家的几个王爷均是兴高采烈,毕竟这一次的赢家是他们。

女皇开始进行赏赐。

目光无意一扫,洛歌的身体轻轻一颤。她慢慢地转过脸,看见薛崇简正深深的看着自己,他见她察觉到自己的目光,便对她轻轻一笑,微蹙的双眉间满是与这热闹气氛格格不入的忧伤。他微笑着,冲着她一字一顿慢慢地做着口形:"你胜利了,祝贺你!"

祝贺你,祝贺你能够平安的在这危机四伏的皇宫中生存了下来。祝贺你,祝贺你把我当做敌人一样冷冷的对待。祝贺你,祝贺你成功的无视了我散落一地的忧伤……

长安误

热闹的集市上,车水马龙,人潮涌动。

人群中央,有白衣人一双。

一个多情出尘,一个冷傲如莲。

灿烂的阳光投洒在他们的身上,仿佛都已黯淡。

人群的上方是蔚蓝如洗的天空,几朵浮云压得低低的,仿佛站在高处的人只要一伸手就能抓住它们。微风几缕,带着仲夏独有的清爽,凉凉的美化了所有人的心情。

洛歌捋开吹拂到嘴角的发丝,她回过头来向后望去。

白衣人停在了一家伞摊前,红色的纸伞,白色的纸伞,好像一朵朵美丽的牡丹花,在喧闹的人群中灿烂绽放。而白衣人,他就是站在这片灿烂中,眉眼含笑,唇角一片温柔。微风拂起他的衣衫与如墨的发丝,恍恍然若仙人临世。

洛歌不禁微微一愣。

阳光下的白衣人猛然抬头,看着她愣了愣,轻轻一笑,眸中的银白似水微漾。

他手执一把白伞走了过来。

"阿洛,送给你!"他微笑着拉起她的手,将伞放在了她的手里。

洛歌这才回过神来,她抬起手将伞撑开。

雪白的伞面上,几朵粉色的花朵零落散开,好像被风吹拂无奈的飘零着,等待自己化作红泥的命运。不知是谁家的珠帘被风拂起,帘后,有小诗一首。

洛歌不禁轻念出声:

眉色浅,待谁描。

撩帐朱颜改,晓鬓覆霜白。

千里河,万里山。

扬鞭至长安,相思人未还。

相思人未还……

她猛然抬起头看向白衣人,问道:"这诗……叫什么名字?"

"长安误,叫长安误。"白衣人对着他微微一笑,他看着她,眉眼间布满了少有的凝重。"这诗的背后,其实还有一个故事。"

"哦?说来听听。"洛歌饶有兴趣的看着他,眸中多出了一丝淡淡的笑意。

白衣人顿了顿,抓起她的衣袖便往对面的一家食坊走去。"一边吃一边说,我可真的是饿死了！"

　　酒足饭饱，白衣人这才用不急不缓的调子诉说着那个故事："传说在这长安城内，曾住了一对神仙眷侣。他们相濡以沫，日子虽平淡却也甜蜜。后来，烽烟四起，战火重燃。男子被官府抓走充兵。他们分离之日，女子告诉他深爱的男子：你若离去一日，我便念你一日。你若一生不归，我便一世相思。男子挥泪离去，从此生死未卜。女子在家守候，日子过得越来越惨淡。可是，她却每日精心的打扮自己，因为她深信自己的丈夫一定会归来，所以她要漂漂亮亮的与丈夫相会。十年一闪而过，长安城被叛军占领，民众纷纷逃离外乡。可女子却不顾性命的坚决守候在原地，她害怕有朝一日她的丈夫回来会找不到她。又是一个十年一闪而过，女子已是双鬓花白，样貌也不如当年那般美丽动人。她依旧在等待着。王朝的军队破城归来，已成了老太婆的女子来到大街上，张望着，企图找到男子的身影。可是没有，王朝大军中没有一个人是她的丈夫。她彻底绝望了。二十年的音信全无，说不定男子早就死在了纷乱的战火中了。女子老泪纵横，哭得肝肠寸断，就在这时，一只手突然将她拉起。女子抬头，原来是十年前搬到她家旁边的一个老汉。他面容全毁，孤苦伶仃。老汉深深地看着她，混浊的眼里满是一种她无法理解的情感。她也看着他，苍老的容颜上布满了困惑的神情。老汉伸出手，撩开了她凌乱的发，手指抚上她的眉梢。他的嗓子明显被烟火熏坏过，沙哑中又透着一种难喻的沧桑。他对她轻轻一笑，丑陋的脸因为笑容而变得更加恐怖。他说：'眉色淡了，不是每天都会精心的打扮自己吗？'女子愕然，她呆呆地看着他，颤声问道：'你是谁？是谁？'老汉淡淡一笑，说：

　　'你离去一日，我便念你一日。你若一生不归，我便一世相思。你好傻！'……"

　　白衣人说到这里，不禁放下酒杯，低低一叹。他抬眼看向坐在自己对面的洛歌。

　　她双眼迷蒙，不知在想些什么。

　　"那后来呢？后来怎样？"她蓦然抬起头，急切的看着他。

　　"后来……"白衣人轻轻一笑，他看着她，有点不屑。"阿洛，用脚指头都能想得出来，他们自然是幸福的在一起了，安度晚年啦！"

　　洛歌白了一眼白衣人得意扬扬的脸，不耐道："我是说，男子既然一直守候在女子的身边，那为什么非要等到最后才与女子相认呢？"

　　风过无声，食坊里人声鼎沸，渐渐地都快盖住她的声音了。

　　可他还是听到了，心脏像是被谁狠狠揪住。

　　他抬起头笑得格外灿烂。"男子容貌全毁，他怕女子会认不出自己来。再说，自己是如此的肮脏丑陋，又如何配得上年轻貌美的她呢？所以，他便一直默默的守护着她，直到她红颜不再，成为一个苍老的老太婆。我想，他这才认为，时光洗刷掉了彼此年轻的容颜，所以，留下来的只有一颗彼此相爱的心吧！"

阳光如碎，洒在她的脸上，氤氲起一层淡淡的忧伤。

她低声道："既然是如此的相爱，又怎会嫌弃对方的丑陋肮脏呢？长安一误，二十年的光阴，真是傻！"

"傻吗？"白衣人艰涩一笑，他倏长的睫毛轻轻颤抖，衬着点点阳光，露出嘲讽的意味。"你又不是那男子，你又怎么会了解他那时的心境呢？"

洛歌抬起头来看了他一眼，冷冷一笑："你不懂得爱，又如何知道彼此相爱的坚定！"

"这么说，你爱过？"白衣人抱肘一笑，斜眼打量着她，不屑的撇了撇嘴。"你这么冷血，谁会爱上你呀！"

"张易之，你真是找打！"她说着，举起手作势就要打他。

白衣人突然跳了起来，伸手指向楼下喧闹的人群，大声道："诶，阿洛，你看！那是谁！"

洛歌垂下眼睑看了过去。

喧闹的人群中，一撇绿影格外的引人注意。

身着绿衫的少年立在人群中，独显一片脱俗的单纯与儒雅。他温柔的浅笑着，蜜色的眸中满是纯净的光芒。他低头看着面前的女子，伸出手，替她将开了落入眼中的发丝。

洛歌的眼，有些酸涩。

少年面前的少女娇羞地垂下头，孱弱的身体若风拂柳，显现出了一种让人怜惜的婀娜。她的粉裙随风扬起，与他墨绿的下摆飘飞在了一起，紧紧缠绵。

心，似被谁狠狠揪住。

"平庆王跟未来的王妃颜小姐啊！"白衣人轻轻一笑，眸中满是羡慕之色。"哎呀，他们还真是郎才女貌，唉，就是颜小姐弱了点，好像活不过二十岁呢！"

洛歌的目光突然黯淡了下来。

活不过二十岁……那又怎样！

她轻轻一笑，端起酒杯猛灌了一口，"是啊，他们可真是天作之合啊！"

白衣人凑近紧盯着她，魅惑一笑。"阿洛，借酒浇愁愁更愁啊！"

"你说什么！我为什么要借酒浇愁！"她恶狠狠的看着他，声调不禁提高。

白衣人轻轻的嗤笑了一声，他夺过她的酒杯，倒了点酒，放在鼻尖陶醉的闻了起来。半晌，他抬眼看着她，魅惑的勾起了唇角。"你喜欢姓薛的！"

"没有！"她猛地拍响桌子站了起来，瞪大了一双眼睛狠狠的看着他，道："张易之，你少在这儿胡言乱语！我怎么会喜欢他！你……你……回宫！回宫！"她气愤地甩开袖子，疾步朝楼下奔去。

身后,白衣人嘲讽一笑,他放下酒杯,看了一眼楼下的绿衫少年,喃喃自语:"你若是不喜欢他,又怎么会如此强烈的逃避呢?"

人群中,绿衫少年的背脊突然一僵。他回过头来,两抹出尘的白影迅速闪过。

他突然苦涩一笑。

回头正对上粉衣女子温柔的笑容。"简哥哥,你在看什么呢?"

"没什么。"他低下头,眼神黯淡。

微风将阳光吹得凌乱。少女轻笑,她伸手挽住他的臂膀。少年蓦然抬头低下眼睑看着她,年轻俊逸的面庞让人忍不住怦然心动。

"冰儿,怎么了?"他柔声问道。

少女羞涩一笑,她靠在他的肩上,轻声道:"冰儿一想到马上就可以成为简哥哥的妻子了。所以,觉得很幸福。"

少年看着一脸幸福的少女,无声低叹。

他微微侧过脸来。

喧闹的街角残留着她身上独有的微凉气息。

他轻轻一笑。

歌儿,我快要成亲了呢……

大明宫内,弘文馆。

聒噪的蝉鸣扰得人无法安下心来专心学问。热浪一阵接着一阵扑来,尽管屋内周围摆满了一盆盆冰块,可每个人的额上都是布满了汗珠。

好歹一阵微风吹了进来,可透着的却仍是那扰人的热气。

洛歌放下笔,看了看众人,蹙眉道:"心静自然凉,大家的心静不下来自然就觉得热了。如此焦躁,怎么能做好工作!"

"回禀张大人,此事万万怪不得我们。"学士李峤放下笔从座位上站了起来。他朝洛歌缓缓一拜,这才道:"我等并非圣人,况且,这做学问的心情也是会与环境相左的!"

"那你们要我怎么办!"洛歌不禁冷冷嗤笑一声。她早就看不惯这群文绉绉的学士们了。明明一点本事也没有,好自命清高。

"我等只是……"

李峤正欲回答,门口却突然走进了一群宫女,为首的正是上官婉儿。

上官婉儿看了看众人,目光落在了洛歌的身上。她朝她微微一笑,朗声道:"陛下念天气炎热,特命婉儿前来为诸位送来解暑之物。这是冰镇莲子羹。"她说着,用眼神示意。身后的小宫女们伶俐的将托盘里的玉碗一一放在了众位学士的桌上。

"陛下还吩咐什么了吗?"

"陛下还说这修编《三教珠英》的工作并不紧，大人不必如此过分操劳。"上官婉儿小心翼翼的轻声回答着，抬起头，对她意味深长的浅笑了一下。

洛歌怔然。

"那婉儿便告退了。"上官婉儿低眉一礼，无声的退了出去。

荷塘畔，白衣人立于亭中饶有兴趣的朝塘中扔掷细碎的糕点末。湛蓝的天边微微泛黄，几缕清风吹来，撩起了他如墨的长发。他微眯双眼，淡淡的夕阳为他浓密的睫毛镀上了一层迷人的昏黄。他突然扔掉了手中的糕点，引来塘中的锦鲤们欢抢。他回过身来，冲着背后的人慵懒一笑。

"你来啦！"

如果不是因为这一笑，她恐怕早就飞奔过去，狠狠的抱住他，泪湿满襟。

可他，不是他。

相同的面容，一样的白衣。

可他，就不是他。

一个魅惑妖娆，一个温润儒雅。简直就是天壤之别！

她走过去坐在石椅上，斜眼看着他，冷冷道："这控鹤监的工作好像是我们两个人共同的负担吧！你怎么老是偷懒！"

白衣人无辜地眨了眨双眼，眸中银白色的温柔仿佛要溢出眼眶。"我最讨厌书本了，一见书本就会睡觉。所以，六郎，我的好弟弟，你就当帮了为兄吧！"

"张易之，你少跟我来这套！"洛歌冷冷地看着他，脸色疏离冰冷。她突然嘲笑道："刚刚上官婉儿为我送莲子羹，她还带话，说晚上陛下要召见你，要你做好准备。"

"准备？这有什么好准备的。"白衣人轻轻一笑，似在嘲讽。他突然狡黠的勾起唇角，凑到她的面前，蛊惑道："你在吃醋？"

"我吃什么醋？真是笑话！"她推开他的脸，皱紧双眉。

"哎呀，你好伤为兄的心啊！"白衣人以袖掩面，装出一副泫然欲泣的模样，瓮声瓮气道："我以为阿洛会很喜欢为兄呢！"

"你少恶心我了！"洛歌站起身来，厌恶的撇了撇嘴。

"真的不喜欢我吗？"白衣人又凑近问道，魅惑的嗓音带着一阵香甜扑面而来。

洛歌看着他眼中的银白，愣了愣，突然猛地扯住他的头发，恶狠狠道："张易之，你以后少用这种语气跟我讲话，我见一次打一次！"

白衣人低下身，揉着发麻的头皮，看着离去的她，灿烂一笑。他低声喃喃："可是，我却发现你越来越有趣了，阿洛……"

夕阳西下，满塘荷花热烈的绽放着，散发出馥郁的气味，演绎着醉人的芳香。

大明宫的另一头，有人悄声低泣，撕破了夕阳，似血蔓延……

储归朝

边关局势越来越紧张。

刚退契丹,突厥又犯。

早在万岁通天元年,女皇就曾命淮阳王武延秀入突厥,娶莫啜之妹为妃。无奈,莫啜竟对使臣豹韬卫大将军阎知微道:"吾妹只嫁与天家李氏男儿,区区武氏小儿不足以配!"并列出女皇五大罪状,命监察御史裴怀古带回大周。

其五罪如下:与我蒸熟的种粮,此乃一罪;金银器皆行滥,非真物,此乃二罪;我与使者绯紫衣夺之,此乃三罪;缯棉皆为用过旧物,此乃四罪;我可汗之妹当嫁与天子儿,武氏小姓,门户不敌,罔冒为昏,此乃五罪。

尤其是最后一条,分明有轻女皇出身之意。女皇气极,征兵讨之。然突厥大军却势如破竹,连破河北等地,形势危急。而兵力不足,朝廷已无法援兵去征讨突厥,女皇只得下命,招募志愿军。但百姓厌战,应征之人了了数尔。女皇无奈,取意群臣。

宰相狄仁杰奏道:"突厥莫啜曾言'我突厥世受李氏恩德,闻李氏尽灭,唯两子仍在,我令将兵辅立之'。前契丹之乱也曾言'何不归我庐陵王'。依老臣看来,陛下应当诏庐陵王还京,立为储君。这样,一来突厥大军出师无名,可不攻自破。二来可稳定朝纲,安抚人心。这两全其美的办法,陛下何乐而不为呢?"

女皇沉闷不语。她抬起头扫视了一下朝堂,几个武氏侄子正目光灼灼地看着自己,见自己的目光正扫过他们,又连忙垂下头来。

女皇无声低叹。

就在这时,文昌左相武承嗣上前奏道:"庐陵王乃外贬之人,岂可回朝立为储君?突厥寇边以此只不过是借口罢了。我堂堂大周难道对这一胡夷小儿都奈何不了吗?至于兵力,陛下可恩制免天下罪人及募诸色奴充兵以讨突厥。"

"不可!"左拾遗陈子昂突然出列奏道:"陛下恩制免天下罪人及募诸色奴充兵以讨突厥,此乃应急之计,并非良策。况狱久清罪人少,奴又多怯弱,不宜征行。纵然招募集全,也难敌突厥的金戈铁马。况天下忠臣义士,万分未用其一。突厥小儿,假命待诛,何劳免罪赎奴?损大国之威啊!臣恐此策不可威示天下,况……"

"卿勿多言!"女皇猛然站起身来,一挥手,制止住了陈子昂的滔滔不绝。她双眉紧皱,似在细细思量。半响,抬起头冲着堂下众人道:"一切就依魏王的话办!退朝!"

仙居殿外,梨树下。

晴好的天气,风过无声。

梨树浓密的绿叶随风微摆,发出一阵悦耳的"沙沙"声。梨树下的白衣人以手抚额,怡然自得。风钻进他白色的衣袖中鼓起了一片香甜。他的唇角微微上扬,勾起了一道幸福的弧度,魅惑了众生,让天地失色。他如墨的发丝在清爽的夏风中微漾,使流动着淡香的空气都美好了许多。

初晴看到这幅画面时,已经呆住。

风华绝代,如他,怎不叫人心动。

只是……

"张易之,你给我起来!"洛歌恶狠狠的看着他,皱紧了双眉。

白衣人睁开双眼懒懒的看着她,眸底是一片温柔的银白。"怎么啦?"他有些不耐烦。

"怎么了?"洛歌冷笑了一声,她抱肘看着他,口气冰冷。"张易之,你让初晴把我叫过来只是为了看你在这儿吹风的吗?我还有很多事情要做,不想跟你浪费时间!"

"浪费时间?"白衣人嗤笑了一声,他坐直身体,双手撑住榻沿,抬起头半眯着双眼看着她,魅惑众生的俊颜上满是笑意。"我叫你来自然是有事了,怎么会是浪费时间呢?"

"说,什么事!"她坐在石凳上,冷冷地看着他。

白衣人神秘一笑,他站起身来挥开衣袖,走到她的面前俯下身轻柔地说:"阿洛,抬头看看。"

洛歌看了他一眼,依言慢慢的仰起了脸。

一片浓绿,阳光丝丝缕缕的洒在她的脸上。她微眯双眼。仲夏的蝉,好像是受到了风的指使,热烈的鸣叫着。风过无痕,却将她如缎的秀发吹得高高扬起。冰冷的眸,在一刹那转化为亮晶晶的温柔。

浓绿中零散的挂着些青色的小果子。它们在夏风中微颤,好像小小的婴儿躲在母亲的怀里欢笑着。一阵清凉的香气扑面而来,席卷着温暖的阳光,让她的睫毛颤抖个不停。小小的果子,似承载了太多太多的思念,在风中摇晃得好像要掉落下来。

"阿洛,给你!"

白衣人温柔地笑着,一颗青色的梨子静静地躺在他的双手间。

洛歌垂下眼睑,怔怔地看着。

"这是仲夏的第一颗梨子,我特地留给你的!"他说着,执起她的手将梨子放在了她的掌中。

青色的梨子,圆滚滚的,好像一颗硕大饱满的泪珠。

时光倒退,是谁曾在她的耳边柔柔地说:"歌儿,等梨树结出第一颗果子,我一定会留给你！"

又是谁，与她欢笑着摘取那幸福的果子。

是谁？是谁让她饱尝那彻骨的想念？

她抬起头怔怔地看着他，双眼迷蒙。

眼前的人，发丝飘飞，白衣胜雪。风华绝代的俊颜上满是晴朗的笑意。双眸中的银白荡漾着，拍打着她的心房。

她忽然一笑，冰冷的眸转瞬间变得澄澈，"十三哥哥……"

白衣人愣住。

他默默的收回笑容，眸中的银白竟变成了一种幽深的冰蓝。他冷冷的弯了弯唇角，突然用力的推开她。

洛歌一个踉跄，猛地跌坐在地上。手掌被擦破，青梨也滚出了很远。她失魂落魄的爬起来追逐着青梨，满眼的惊慌。

阳光下，微风中，俊美无铸的白衣人儿追逐着青梨，眼中的慌乱似要化作晶莹的泪，随风跌落。风扬起她的白衣，似蝶翩飞，可偏偏她却又像是折了翅的鸟儿，断翼落魄。

如此的让人心疼！

心中一阵绞痛，像是被谁用匕首狠狠的剜着，直到整个心脏都是鲜血淋淋。

白衣人突然睁大了双眼，瞳仁收缩的如针尖般大小。他捂住心脏，像是受到了什么重创，重重地跌坐在了贵妃榻上。

一股腥甜直窜喉间，血丝在嘴角渐渐蔓延。

"张大人！张大人！"

初晴焦急的声音越来越遥远，又仿佛整个世界都没有了声响。

眼中只剩下阳光下的她，很心疼的样子。纤弱的身体紧紧的缩成一团。她低着头，满脸都是让他疼惜的忧伤。小小的青梨，已是伤痕累累，像谁的心，满目疮痍……

夜深人静，一阵悠扬的笛声在夜风中穿梭，诉说着比月光还要动人的故事。

床上的人酣睡着，俊颜苍白如纸。

床沿上坐着同样身着白衣的人，她闭眼吹笛，陶醉其中。

就在这时，笛声戛然而止。洛歌低下头看着床上的人。

白衣人的睫毛微微颤抖，他艰难的睁开了双眼，眸中的银白缥缈的近乎虚弱的纯白。

她看着他。

他也看着她。

半晌，她深吸了一口气冷冷开口："你为什么推我？"

"梨子呢？"他答非所问，固执的看着她。

"我说你为什么推……"

"我说梨子呢？！"他闷闷的低吼了一声，却引得一阵剧烈的咳嗽。

洛歌无奈地看着他，轻声道："梨子此刻正在你的肚子里呢！"

"我的肚子里？"白衣人不相信的撇了撇嘴，虚弱地说："梨子如果是被我吃了的话，我自己怎么一点感觉也没有！"

"因为你昏过去了！"洛歌放下笛子，有些头痛的揉了揉眉心。"梨子被初晴熬成水喂给你喝了。真是想不到啊，你一个堂堂七尺男儿居然有心绞痛的毛病。"

"那又怎样！"白衣人躺在床上，耍起无赖来。"大美女西施也有这个毛病呢！我张易之能跟千古第一大美女得一样的病，还真是很荣幸呢！"

"荣幸？"洛歌无奈地翻了个白眼，她低下头看着他，脸色瞬间变得冰冷。"你的问题我都已经回答了。下面，你总应该回答我的问题了吧！说，为什么会推我！"

白衣人看着她，愣了愣，突然拉过薄被盖住了头，瓮声瓮气的答道："你就当我一时发了神经便是了！"

"发神经？你发神经推我，还真是有病呢！"她气愤的拉开他的被子，扬起手正准备给他一拳。可拳头却在半空中滞住。

一双修长的手轻柔的包住了她的拳头。

洛歌愣住。

白衣人微蹙双眉，他轻轻的扳开她的拳头，掌心擦破的伤痕，一览无遗。

"还疼吗？对不起……"他的嗓音带着一种难以抗拒的蛊惑，在她的耳边温柔的响起。

她茫然地摇了摇头。

白衣人轻笑一声，他一扬手，轻扯掉了系住她一头乌丝的纯白绸带。

迷离的纯白月光下，她的一头墨丝如瀑布一般顺滑的倾泻了下来。夜风透过窗钻了进来，吹扬起她的发，一丝一缕，撩乱了他的心。

她的脸，在月光中离合，显现出了一种不真实的美。仿佛仲夏荷塘里初放的第一朵莲花，纯洁，娇美，婉然清约。发丝吹拂到她的脸上。她双眼迷离，迎合着月光，却又透着一股脱俗的妩媚，倾国倾城。

他不由得痴了。

将头深埋在她的颈窝，闻着她身上那股莲花般的清香，他深情的赞叹："你好美……好美啊……"

美得不似凡人，美得如神如仙。

或许，前世你便是一朵娇美的莲花吧！不然，今生的你为何会长得如此似莲，如此的绝世!

他伸出手,轻柔的搂住她的肩膀,坐起身,让她靠在了自己的怀中。

香甜的怀抱里,洛歌的双眼渐渐清明。她的背脊一僵,却再也没有力气推开他。

"阿洛,我发现自己有点……喜欢上你了!"他闭眼,深情的呢喃着,一脸的沉迷陶醉。

怀中的她,睁大了双眼,语气生硬:"放开我!张易之,放开我!"

"不……不要!"他说着,搂得更紧了。

洛歌牵起唇角,用力一挣,离开了他的怀抱。她低垂着头,闭上双眼,不去看身后的他。"你睡吧!身体不好就不要去想太多!"说完,她踏步准备离去。

"别走!"身后的他猛然牵住了她的手。

彼此之间,风过无声。白衣互相迎展,被风吹得一同缠绵着飞扬了起来,如同云又如同遥不可越的银河。

她伸出手拉开他的手,向前迈了一步。

"你好好睡吧!"说完,她便头也不回地走到了殿外。

白衣人颓然的倒在了床上,闭起眼,双眉忧伤的蹙起。

心,因何人而痛。眉,因何人而皱。

夜风吹起如纱的窗幔,窗被扇得左右摆动。

忧伤的笛声一阵一阵的传来。

白衣人坐起身来,向外看去。

温柔却清冷的月光下,华丽却黑暗的大明宫中,身着白衣的她,盈盈而立。风吹起她的长衫"咧咧"作响,她的发丝在风中凌乱狂舞,好像在诉说着千年不变的忧伤。笛声曼妙飞翔,仿佛亘古的叹息,撩乱了安静的夜。

白衣人蓦然蹙眉,双手握拳。

殿外的她,尽情吹奏着,却难平心中凌乱的心伤。

今夜,连月也困惑的隐于浓云之间。

殿外,暴雨滂沱。殿内,馨香满室。

可是,那浓郁的馨香中却又透着一股箭在弦上的紧张之意。

大殿上是出奇的安静,安静到能够听到一根针掉落下来的细微声响。群臣个个连呼吸都变得小心翼翼。

女皇轻叩案面,双眉紧蹙。

八月乙卯,突厥大军陷定州,杀刺史孙彦高及吏民数千人。女皇派兵增援,却不想突厥大军呈破竹之势击退唐军又占领了盐城。九月,女皇下敕改莫啜名为斩啜,以振军心。但突厥大军气势甚高。月上旬便兵临赵州城下。戊辰,突厥大军攻下赵州,赵州长史唐般若投敌叛变,城破。癸未,突厥莫啜屠赵、定二城男女数万人,自五道归离,所到之处杀掠不可胜计。

莫啜还漠北,拥兵五十万,据地万里。边界小国附之,壮其与大周抗衡之力。

军报传回长安,举国震惊!

此时的女皇虽保养得很好,但浓艳的妆容下依旧掩盖不了她的老态。毕竟,她已是年过古稀之人。

"突厥夷狄犯我大周,众卿可有良策以御之?"半晌,女皇沧桑却洪亮的声音蓦然响起。

空气渐渐凝固,整个大殿了无声息。

殿外的暴雨似乎越来越大了,冷风遗漏进来,透过窗都可以看见外面天空铅云浮动,满是一种黑云压城城欲摧之势。

女皇头痛的揉了揉眉心,看着殿下的群臣,有些气恼。她倏地站起身来,却因为头晕又重新跌在了龙椅上。上官婉儿登时脸色苍白,她低声急道:"陛下可好?是否要宣御医?"

"不用!"女皇虚弱的摆了摆手,抬起眼朗声道:"我大周人才济济,难道就没有一个能为天下百姓解难的人吗?!"

"陛下!"宰相狄仁杰大呼一声,跪倒在地。

"陛下!"狄仁杰抬起头看着她,眸中隐隐有泪。"陛下若真是想解边关之危就应该早迎庐陵王归朝!请陛下听老臣一谏,只有这样才能断掉突厥夷狄窥我中华之心啊!望陛下早做决定,拯救万民于水火之中!"

"爱卿你……"

群臣中除了几个武家子弟竟全部跪了下来,嘴里高呼:"还庐陵王归朝!还庐陵王归朝!还庐陵王归朝!……"

女皇的脸色突然间变得乳汁苍白,她茫然的跌坐在龙椅上,看着殿下山呼的群臣,双拳蓦然收紧。

"退朝!退朝!"她猛地大呼出声,群臣抬头看着高高在上的她,眼神各异。

"陛下,那庐陵王归朝之事……"狄仁杰抬头望向她,却是泪流满面的。

女皇的怒气消退了一点,她喘着粗气,蹙紧双眉,声音有些颤抖:"容朕再想想!"

"请陛下早下定夺!"

"是,朕知道了!退朝吧!"

窗外大雨如注。

白衣人半躺在贵妃榻上,手拈一个水晶葡萄,往口中送去。风华绝代的俊颜上满是惬意。

洛歌倚在窗前,伸出手接住了两滴从屋檐上滚落下来的雨珠。耳边,依旧回响着在千乘郡王府中李隆基的话:力谏女皇还储归朝!

　　指尖沾染着雨水,微凉。她皱了皱眉,叹了一口气。

　　今年的夏天似乎格外的短暂,仿佛一眨眼便已到了微凉的秋天。

　　她抬眼望去,雨幕重重。远处的高墙宫殿仿佛变得不真实了,模模糊糊的,好像巨大的幽灵。灰沉的天,让时间一切都灰暗无光,大明宫各处都已早早的点起了灯火,仙居殿亦然。

　　模糊的雨幕中,似乎有人正朝着仙居殿的方向走了过来。洛歌微眯双眼。半晌,她猛然起身。

　　"张易之,快起来!收拾收拾,陛下来了!"

　　白衣人懒洋洋的起身,他伸了个懒腰,倦赖道:"陛下来了?不会吧!下这么大的雨,陛下怎么可能会来!"

　　洛歌懒得理睬他,只吩咐一旁的初晴道:"把张大人身上的葡萄皮扫掉!还有榻上的!真是,吃个葡萄还把皮到处扔。对了,晴儿,去沏一杯御贡凤仙茶来!"

　　她话音刚落,殿外的回廊上便响起了上官婉儿的声音:"皇上驾到!"

　　白衣人听了这才打起精神随着洛歌一起到殿外恭请。

　　女皇带着一身的湿气走了进来,她不耐烦的遣退了众人。偌大的殿中就只剩下洛歌、白衣人与上官婉儿了。

　　殿中的光线微微有些昏黄。但那一盏盏宫灯却仍旧透着些许暖暖的感觉。

　　白衣人松开微蹙的双眉,唇齿间,一声轻笑呼之即出,一阵香甜的气味渐渐地在整个殿中蔓延。

　　"又是谁惹了陛下生气呢!"白衣人走上前,坐在女皇的身边替她按着双肩,俊美的脸上满是一种魅惑的邪气。

　　女皇看着他,半晌,叹了一口气。

　　"是啊,陛下,谁会这么大胆惹您生气呢!"洛歌轻笑,原本冷冷的脸因为这一笑,一下子变得柔和了许多。她走上前,替女皇捶腿。

　　白衣人的眼神微微下敛,看着坐在地上替女皇捶腿的她,不禁又是一笑。

　　她,终是乖了很多呢!

　　"还不是夷狄小儿莫啜!"女皇气愤的收紧了双拳,双眉蹙紧。

　　"莫啜?"白衣人停下来看着女皇,微微皱了皱眉。"陛下说的莫啜可是突厥的汗王?"

　　"除了他还有谁?一个区区胡夷竟敢犯我大周国土,还列了朕的五项莫名其妙的大罪!偏偏他又如一根鱼骨哽在朕的喉中,不管朕用尽什么样的方法都不能将他除去,真是可气可恨!"

"陛下别再生气了,伤了身体可不好!"白衣人蹙眉说着,端过香茶吹了吹,递了过去。

洛歌猛然抬头,眼前渐渐浮上了一个人影。

那人身着黑衣,身形魁梧。他慢慢地回过头来,发出了一声冷笑。如鹰般犀利的目光紧紧地锁定在她的身上,全身上下都散发出了一种迫人的压抑感,让人喘息难安。他那立体俊美,线条粗犷的脸上带着一丝冷峻。他大笑着,朝她伸出手,狂道:"姓洛的,记住了!我叫莫啜!你,是属于我的!我一定会得到你!我的汗妃!"

她的脸色瞬间苍白如纸。

那个少年,那个黑衣少年!

她跌坐在地上,额上虚汗涟涟。

"六郎,怎么了?"白衣人一个箭步冲了过来,急急的看着她。

洛歌的脸没有一丝血色,她茫然的呆坐着,眼神空洞。

即使,即使这已经是很久以前的事了,可她却依旧忘不了那少年犀利的眼神与那恶作剧般邪恶的一吻。

她的手不自觉地抚上了唇,指尖微颤。

"六郎,怎么了?"白衣人蹲下身,双手扶住她微颤的肩膀,语气轻柔。

洛歌茫茫然地抬起头看着他的俊颜,惨白的脸慢慢地恢复如常。她冲他挑唇一笑,轻轻地摇了摇头:"没什么,没什么,只是想到了一些可怕的事情罢了,没什么。"

洛歌起身冲着紧锁双眉的女皇抱歉一笑:"陛下恕罪。"

"唉!"女皇猛然叹了一口气。

洛歌看着她,仿佛就那么一瞬间,她已老了十岁。

昏黄的宫灯映出女皇憔悴的容颜,那模糊的灯光却仿佛一下子将那些藏匿在浓艳妆容下的皱纹全部揪了出来,让它们无所遁形。

洛歌不禁一叹,毕竟已年过古稀了,她的发虽保养得很好,却已然花白了一片。

白衣人走上前伸出手将女皇的鞋除去,他将她的双腿轻柔的放在了贵妃榻上。然后,他一边替她揉捏着双腿一边轻道:"陛下这又是为了何事而叹气呢?"

女皇用手撑住额头,闭上眼幽幽说道:"莫啜小儿侵我大周,打的是匡复李唐的旗号,而朝中大臣也大多上谏,让朕下诏迎回庐陵王显,将其立为储君。"

"这没什么不好啊!"白衣人困惑地看着她,又接着说道:"庐陵王是陛下的儿子,自己的儿子登基为皇,有什么不好呢?"

"唉!易之,你是不懂得这朝堂的政治权力的!"女皇睁开双眼看着他,叹了一口气。

洛歌不禁无声冷笑。哼!他不懂!他的野心可是这大明宫中最大的呢!权力、政治,他怎么可能会不懂呢？真是笑话！

"朕得到这个皇位是多么的不易！"女皇痛苦的皱着眉，幽幽一叹。"朕能走到今天，这过程是常人无法想象的啊！女帝，千古女帝！何其不易啊！难道要朕将自己辛苦打造的天下就这么轻易地还给李氏吗？朕不甘心啊！"

女皇深深的叹息配合着殿外的雨声，使气氛沉闷。

洛歌不动声色地走了过去，席地而坐。她抬起头冲着女皇一笑。"昌宗以为迎回庐陵王并不代表陛下将天下还于李氏了啊！陛下，您想想，如果不是陛下，又哪里来的庐陵王呢？身体发肤受之父母。不要说天下，就连庐陵王本身是陛下创造的。就算这天下要重新姓李，可江山依旧是陛下的江山啊！"

女皇倏然睁开双眼，原本混浊茫然的眼一下子变得清亮起来。她看着她，缓缓道："接着说下去。"

洛歌见自己的话已经有些奏效了，不禁一笑。她接着说道："陛下若将天下交予武氏王爷，昌宗想，等陛下千秋万岁后，武氏子弟难免会生异心。况昌宗还未闻侄儿做皇帝的让姑母配食太庙的呢！若是将天下交予李氏后代，陛下的江山，昌宗以为一定会千秋万代，因为天下思唐德久矣，李氏为皇，天下人必竭力辅之。况且，只有这样陛下才能够名正言顺的配食太庙。李氏子孙也一定会很感激陛下的恩德的！陛下，昌宗斗胆问上一句，这母子之情与姑侄之谊，哪个更亲一点呢？"

女皇听了，若有所思地蹙起了双眉。

气氛一下子冷却了下来，静的只听得见雨声。

洛歌抬头，正撞上白衣人注视她的目光。她不禁微微一愣，自信的眸瞬间清冷了下来。白衣人悄声看着她，不禁弯了弯唇角，露出了一丝明媚的笑意。

可她，却冷冷地看了他一眼。

"昌宗的话也的确是有些道理！"半晌，女皇轻轻开口，她看了洛歌一眼，又道："是啊，母子与姑侄，孰亲？"

"所以，陛下，昌宗以为迎回庐陵王实乃万全之策啊！不仅可以稳定朝纲，安抚人心，更能让莫啜无出师之名，不攻自破！这还真是一箭三雕呢！"

"是啊！"白衣人突然笑着点头称赞道："陛下，迎回庐陵王顺应民心，陛下就将庐陵王召回吧！"

女皇抬起头若有所思地看了白衣人一眼，深吸了一口气，双眸清亮中又透着一丝浅浅的不甘。她蓦然回头，抬眼看向窗外。

灰黑的天空中，铅色的云正暗暗翻涌着，好像在孕育着一场巨大的阴谋。这样的天气，很难让人打起精神来去盼望着光明。

长安，连绵的阴雨下了竟一个月之久。

好像女皇那苍老的心绪,带着不甘,斗争着,互斥着,却终于艰难的下了决定。

圣历二年年初,庐陵王在众所期待中回归朝堂,复名显,立为太子!

铁券盟

新年如期而至,因为太子显的归朝,大明宫中更是喜上加喜。

洛歌与白衣人自是要回到自己的府邸过除夕。

太子显归朝自是携家眷大小,洛歌不禁暗自庆幸,还好这几天暂不必与他们碰面。不然,她都不知道该如何去做应对。

热闹的长安街头,家家挂桃符悬柏枝。喜庆的气氛让洛歌有些怅然。

又是除夕,薛崇简他……还会不会陪着自己一起守岁,一起看烟火,一起燃放孔明灯呢?

不会了吧!他有他的亲人,还有一个娇美如花的未婚妻。这样幸福的他,又怎么会想到自己呢?

一丝凄苦的笑意慢慢的爬上了唇梢。

帘子被人挑起,白衣人对着她微笑着,一脸的明媚。

"阿洛,到家了!"

暮色四合,呵气成冰。

夕阳将房影拉长笼罩住她修长的身体。她静静地伫立在黑暗中,极目远眺。

冷风吹来,带着一丝丝针刺般细小的疼痛。她轻叹了一口气,唇齿间逸出的白气,转瞬之间在冷冷的空气中化成了一阵湿润的氤氲。

身后不远的寒亭中,白衣人独自暖酒,他举箸不食,只微眯起双眼看着立于寒风中的她。

即使是在这样热闹的节日里,整个府中却是冷冷清清的,没有一丝喜庆的气氛。

亭中的白衣人举杯牵起唇角,低低一笑,他唤道:"阿洛,不冷吗?来,喝杯酒暖暖身子吧!"

伫立在黑暗中的人,身体微微一颤。她回过神来看着他,迟疑了一下,终是举步朝他走了过来。

白衣人笑着举起酒壶为她斟了杯酒,白色的酒气缓缓向上,飘散在空气中。于是,满怀浓香。"来,阿洛。喝了这柏叶浸过的酒一定会长寿的哦!"

洛歌看了他一眼,举起酒杯,一饮而尽。

"诶！这可是上等的花雕，你这么一口喝下去，真是白白糟蹋了这杯好酒！"白衣人大声叫嚷着，满脸的可惜之色。他伸手一把夺过她的酒杯，然后抬眼愣愣地瞪着她。

洛歌的手滞在半空，她慢慢地转过头看着他，脸色冰冷。"张易之，这酒是你倒给我的，你管我怎么喝！真是多管闲事！"

"你……"白衣人瞪大了双眼，无言以对。

洛歌挑唇一笑，她伸出手夺过酒杯，自顾自地又倒了一杯，仰头喝尽。几杯酒下肚，她的脸比桃花还要娇红。她微微叹息，被风冰冻的眉宇间，渐渐浮上了一层明晃晃的忧伤。

他看着她，艰涩一笑。"阿洛，你有心事。"

洛歌不语。

他靠在椅背上，双手垫住脑袋，仰头叹息，口中的热气带着馥郁的酒香，逃逸在空气中。

泥炉下的炭火，"哔啵"作响。

远处，已经有人开始燃放爆竹祭祖了。

"你明明就是忧愁的，却偏偏不与人说。这样，会憋坏自己的！"他侧过头看着她，微微蹙眉。"阿洛，你在想着谁？"

"想着谁？"她回过头看着他，牵唇嘲讽一笑。"我不会去想着谁的！我不需要相思。不去相思，就不会心累！"

白衣人看着微醉的她，轻轻一笑。唇角那只斑斓的蝴蝶已逆着寒风翩翩离去。"你不需要相思……那你为何心累？"

"心累……"她若有所思的垂下头，手中的酒杯捏不稳，掉落在地上，化成了一堆青白的碎片。

"你说……我心累？"她抬起头看着他，不确定地问着。

白衣人懒懒的嗤笑了一声，他别过头，懒得理她。

"你说！你说我怎么心累了！"她站起来走过去，揪住他的衣领，强迫他看着自己。

白衣人伸手挡开她的手，冷冷的垂下了眼睑。

洛歌正准备重新揪住他，却看见一小厮正疾步朝这边奔了过来。

"五公子，门口有一个自称是薛崇简的少年，他说他来找六公子，这……"

"什么?!"洛歌猛然松手又迅速的揪住了那小厮的衣领，她的眼里又是喜又是惊。"你说薛崇简来了！"

"是……是！"小厮被她的样子吓得有些不知所措。

洛歌张嘴刚想说些什么，却又愣愣的重新跌坐在了椅子上。她颓然的撑住脑袋闭起了双眼，眉宇间满是抹不掉的哀伤。

"你让他走！告诉他叫他从此以后都不要再来找我了！"她痛苦的皱紧了双眉，脸色深沉忧伤。

小厮为难的求助于白衣人。

他看着她，深吸了一口气，才缓缓道："告诉那少年，让他稍等片刻，六郎待会儿自会过去。"

"你为什么替我自作主张。"洛歌看着跑远的小厮，然后回过头来面无表情的看着他。

白衣人挥开衣袖，寒气扑面。他抬起头眺望着遥远的天边，唇角蔓上了一丝若有若无的凄苦笑意。他幽幽地说："拒绝他，你会后悔一辈子！"

洛歌猛然一怔，她抬头看着顾长的背影，似是错觉，他的背影竟透出了一丝孤独的苍凉之感。

是错觉吧……一定是错觉。

"阿洛，还不快去?别让平庆王等久了！"他低低地说着，又发出了一声凝重的叹息。

洛歌微微一愣，半晌，她轻轻起身，取过一旁的白色狐皮斗篷披在了身上，缓缓出亭。

地面有些打滑。那些缥缈的寒气被凝成了冰成了伸手可触的固体。洛歌踩在上面，脚底微微发凉。

一步，两步，三步……她回过头来，看着已成为一点的白衣人，轻轻颔首，似在感谢。

亭中，白衣人深深叹息。他微眯起双眼，眸却酸胀得厉害。他垂下眼睑，伸手从怀中掏出了一支珠钗，无语凝咽，双眼迷蒙。

张府外，一匹白色的骏马，一位绿衫少年。

他站在寒冷的街道上，远处的烟火在他的背后，绚烂得如同一幅美丽的画。

张府的大门缓缓打开，身着白色斗篷的洛歌走了出来。她看着他，面无表情。

绿衫少年对着她露出了温暖的笑容，蜜色的眸清亮无比。

他走上前，看着她。

她仰起脸，看着他。

十八岁的他，已经比她高出了很多了。俊逸的脸庞，结实的胸膛，正是这个年龄的男子所散发出来的迷人之处。

她破冰一笑，伸出手比了比，原来自己只到他的鼻下啊！

绿衫少年勾起唇角，梨涡深陷。他抓住她的手，缓缓地向前走去。

白色的斗篷与绿色的斗篷相互映衬，让人很难发现，她微凉的手正被他紧紧地握于掌中。

夜色迷人，大街上一片喜庆。人们争先恐后的奔向朱雀门，接受着大周皇帝的祝福。天空中，灿烂的烟火一个接着一个绽放，好不灿烂！

他们被隐于洪流之中。

洛歌抬眼，看见了他的侧脸。如此俊逸的侧脸，有棱有角。年轻中又透着一股脱俗的坚毅。其实，他越长越大，也越来越不像她的母亲太平公主。洛歌困惑，他像他的父亲吗？

少年低下头看着她，澄澈的眸中满是一种难喻的快乐。他伸手指向远方，朗声道："歌儿，你看！烟花好灿烂啊！你知道吗？其实，我最喜欢同你一起看烟花了！"

洛歌顺着他手指的方向看了过去，又有一记红色的烟火绽放成花。她轻轻一笑，心里默道："我也是。"

许是灯火辉煌，烟花灿烂。原本黑色的天空却呈现出了一种淡淡的橘黄。若轻娆的舞，盘旋在半空中，挥之不去。

斗篷里，两手相牵，十指交握。他手中的温暖不似火焰那种赤裸裸的炙热，反倒像冬天的阳光，淡淡的，却让她整个手都变得温暖。这种温暖，不激烈，不迅猛，就只是淡淡的，静静的。

洛歌突然牵起唇角凄苦一笑。

这样的日子还能维持多久呢？身边的少年，快成亲了。

心，隐隐泛疼。

她抬起头冲着他微笑着，说："薛崇简，除夕夜不用陪未婚妻的吗？嗯……还有五王府的王爷们。"

"不用。"他低垂下眼睑，倏长卷翘的睫毛遮挡住了他的眸，让人难以揣测他现在到底在想些什么。半晌，他又抬起头对着她微微一笑，年轻俊逸的面庞上满是一种柔柔的光彩。他轻声却深情地说："除夕夜我只想陪着你。"

寒风几许，不知不觉中他们已走到了人群之外。少年握紧她的手走向了郊外的山坡。

林间独显一片安静。爆竹声，嬉笑声，仿佛已是很远很远了，远到他们现在只听得见夜风在林中穿梭的声音。

她仰起脸侧头看着他，轻声问道："你要带我去哪儿？"

"一个好地方。"他神秘的朝她眨了眨眼，唇边满是温暖的笑意。

夜风微寒。

他看着她，柔声问道："冷吗？夜晚的山顶总会有些冷的。"

她摇了摇头，唇挂一抹温柔的笑意。左手被他紧紧地握着，她又怎么会感到冷呢？就在这时，一只手突然伸了过来，将她轻柔的揽于怀中。她仰起脸，看见他年轻俊逸的脸庞上浮现出了一丝既温柔又腼腆的笑。她轻轻的弯了弯唇角,乖乖地任他搂着走向山顶。

"歌儿,记得小时候,我经常背着你。"他闷闷开口,声音却有些颤抖。

"嗯。"洛歌仰起脸,目光迷离。心神仿佛回到了遥远的过去。

大雨中,是他背着她回家,是他告诉她:十三哥哥一定会回来的!

晴空下,是他为她摘得满船荷花,只因为她说:"我要做荷香糕给十三哥哥吃!"他背着梦里有他的她,踏着夕阳回家。

往事历历在目。

"歌儿,我庆幸自己能够遇见你,也庆幸自己会爱上你。歌儿,这样真好。真的……"他轻轻叹息,单纯如水的眸满是深情。

怀中的她,亦是无声一叹。

到底自己是辜负了他太多啊!

她的指尖是他的温暖,而他的掌中却是她的寒冷。

"薛崇简,我感觉自己都老了!过完年,我都二十一了!"她抬眼看着他,假装生气的样子,语气却像是在撒娇。

绿衫少年轻轻一笑,儒雅纯净的眉宇间,满是年轻人的勃勃英气。他伸手将开吹拂到她脸上的发丝,柔声道:"你二十一了吗?我怎么看不出来?我看,你倒像是只有十五、六岁的人呢!"

"你呀!"她轻笑,眉宇间脱俗中又带着些许的妩媚。

他捉住她的手,继续向山顶走去。

"你知道吗?我一直有一个梦想。"

"什么?"

"我想在青山碧水间造一座竹楼。不需要太过华丽,只需要能够遮风挡雨就可以了。竹楼里,有我,也有你。我们日出而作,日落而息。闲暇时,你吹笛我抚琴。我们就过着闲云野鹤一样的生活。虽平淡简陋,却自由幸福。"他弯起嘴角,唇边梨涡深深的凹陷着,仿佛承载了这世间一切的美好。

洛歌的眉不禁一跳。停下脚步,她抬起头看着他,陡然冰冷的脸上挂着一丝嘲讽的笑意。那笑容是那样的突兀,那样的虚假。她看着他澄澈清亮的眸,慢慢地说:"你的梦想恐怕永远也不会实现了。因为,我爱的只是十三哥哥。我们永远也不会在一起!"

"我知道。"他凄然一笑,唇角不改温柔。他固执地握住她挣开的手,朗朗道:"即便如此,那又怎样!"

那又怎样!

她猛然一怔,看着他倔强的脸,微微蹙眉:"你变了……"

"是。"他眸如星辰,握紧她的手灿烂一笑,眼神坚定。"我的确是变了,变得更加执著了。因为我知道,有些东西如果不好好把握,等到失去时一定会是追悔莫及的!"

"那你就应该好好把握颜冰!"她低头挣开他温暖的手,眼神黯淡。"颜小姐是个好女孩儿,你应该好好珍惜她。不要在我身上浪费时间了,我……"

"不要说了!"他按住她的唇,轻轻摇头。然后,他指向前方,展露笑颜。"歌儿,到了山顶了!"

洛歌回头,一大片平旷的草地,透着些许凉凉的湿气,在夜风中缓缓摆动。草地上满是白色的孔明灯。天空压得很低,那些星辰仿佛被风吹过而微微晃动了起来。俯视着整个长安,热闹的除夕夜景尽收眼底。

"歌儿,快来啊!"绿衫少年站在远处冲着她兴奋的招手。

洛歌轻轻一笑,朝他奔了过去。

他打着火石,点燃手中的孔明灯,双手一松,那灯便摇晃着飘向了夜空。

洛歌接过他手中的灯,闭上眼。火光将她的脸映照的微红。

十三哥哥……你过得好吗?

她双手一松,睁开眼,那灯便随着风的脚步,慢慢行远。成为明亮的一点,与星辰为伴。

"薛崇简,你看!"她微笑着伸出手,指尖,一朵烟花灿烂的绽放。

黑色的夜空下,满片明亮的孔明灯。五彩的烟火在它们的后方绽放,绘成了一幅美丽动人的画卷。

长安城的人群,一阵骚动。

人们纷纷抬头,天空中那似星似辰的灯缓缓移动。幽幽的散发出明亮的光芒,在灿烂的烟火下,犹如神明的使者临世,壮观无比!

高高的云层中,寒气凝霜。

一点雪白落在了她的眉梢,她仰起脸睁大了双眼。无数朵纯白的雪花从高高的云端,千里迢迢地赶了过来。它们手挽手肩并肩奔向人间。

今年冬天的第一场雪啊!

"薛崇简,下雪了!下雪了!"她兴奋地抓住了他的胳膊,笑着大喊了起来。

绿衫少年灿烂一笑,他扬起头,柔声喃喃:"是啊,下雪了……"

无数朵微凉的雪精灵落在了他们的脸上。落在眉梢,化为一点温柔。落在面颊,化为一片灿烂。落在唇角,化为一丝温暖。

他伸手抱住她,用宽大的斗篷将她紧紧地裹在了怀中。温暖的胸膛,滚烫的心脏。一切,只是为了她。

雪花落在最高的山顶,昭示着一切的美好。

他深情呢喃:"传说,一对相爱的人能够最先看到冬天里的第一场雪,那他们一生都会幸福无比。歌儿,你说,我们都会幸福的,对吧……"

圣历二年初一,迎新大礼,举国上下一片喜庆。

天还未亮,文武百官却已经聚集在了丹凤门前。

今日是新年的第一天,大周皇帝将要接受宏大的朝贺之礼。

天空中,几点微星,仿佛没有了释放光亮的力气,虚弱的快要隐退了。天边,好像没有天边。一切都如同被一卷巨大的黑绸给包裹住了。

巍峨高大的丹凤门紧紧关闭,未到时刻绝不开门。

昨夜的一场大雪将整个大明宫陷入了一场巨大的白。零零落落的,只有十几个宫人正摸黑扫雪。

群臣三五一聚,低论着朝堂之事。几个宫人正站立一旁垂首为群臣打着灯笼。

朔风正烈,吹得人微微发冷。

洛歌偏头看了看靠在自己身上的白衣人,无可奈何的又推了推他的脑袋。"张易之,你还睡!你快给我醒来!"

"唔……"白衣人闷哼一声,又搂紧了她的脖子。

"咳咳咳……"洛歌猛然一阵咳嗽,这个张易之,勒得太紧了!她猛地向后一仰,"扑通"一声,白衣人立刻仰倒在了地上。

洛歌伸手揉了揉后颈,低下眸正对上白衣人那双睡意蒙眬的眼。

"看什么看,你勒得太紧了!害我差点没喘过气来……"

"我想睡觉。"白衣人抬手揉了揉眼睛,然后又可怜巴巴的看着她。

洛歌无语。

昨夜她回府时,白衣人却已是喝得酩酊大醉。夜凉风寒,他使劲地抱住她,趴在她背上流泪,嘴里还说着什么对不起之类的胡话。好不容易将他拖到床上,他却又吐得她一身。

想想就觉得恶心。

洛歌抬起头四下看了看,低声道:"张易之,你给我起来!趁现在没人注意赶快给我起来!真是丢人!"

"不要……我想睡觉……"他坐在地上耍起赖皮来。

洛歌无奈的撇了撇嘴,俯下身,朝他伸出了手。"清醒点,起来!听话!"

冬天的风吹拂着雪屑,犹如四月天里的柳絮,纷纷扬扬的划过她修长微凉的指尖。宫人手中的灯笼,忽明忽暗,照得她的脸亦是一会儿清晰一会儿模糊。她雪白的狐裘微微抖动,如同振翅的白蝶。

"起来啊!"她又将手往前递一点。

白衣人看着她的手,微微愣神。他抬起头看着她,似是屈服了,收敛起自己的固执拉住她的手从冰凉的地上站了起来。他掸掉身上的残雪,对着她微微一笑。

尽管光线很暗,但她依旧看见了他的笑容。那种难以言喻的笑容。

突然,他的笑凝固在了嘴边。

洛歌不明所以的回过头来,正看见身为平庆王的薛崇简手提一盏橘色的宫灯,嘴噙温暖的笑意朝自己走过来。

"昨晚回去,并未受凉吧!"他对她轻轻地笑着,澄澈的眸温柔如水。

"没有。"她亦对他微笑,笑容里隐藏了少有的温柔。

身后,白衣人蓦然收紧双拳。原本残留的一丝混沌也立马消失得无影无踪。他偏过头,风华绝代的俊颜上带着一丝倔强与一丝寒冷。他弯下唇角,倾倒众生的笑容转瞬之间便没有了踪迹。

"六郎,有人来了!"白衣人抬首看向前方,微蹙双眉。

洛歌侧过脸来,前方不远的黑暗中,两个身穿朝服的男子正缓步走来。正是淮阳王与高阳王。

"平庆王,两位张大人,新年好啊!"淮阳王牵起唇角,微笑着,可嘴角找不出一丝微笑时该有的情绪。

薛崇简冷冷的点了一下头,算是回礼。

"张易之,张昌宗见过淮阳王、高阳王殿下!"

"不必多礼了!"高阳王冷哼一声,态度傲慢。

洛歌抬起头,目光冰冷地盯着面前的两个人,轻轻的牵起唇角,满眼的轻蔑。

"二弟!"

一声呼喊蓦然响起,洛歌侧目看去,却见身为临淄王的李隆基正在宫人的引领下,一脸阴翳的走了过来。

"三哥!"薛崇简微微一笑,轻唤出声。

李隆基身着华贵的青蟒斗篷,他看着薛崇简,原本冰冷暗沉的目光渐渐柔和了起来。他对他微微牵起唇角。"刚刚离开都没有知会我一声,害我到处寻你!"

"真是不好意思啊,三哥!"薛崇简抱歉一笑,澄澈的眸在黑暗中越显清亮。

"原来高阳王与淮阳王也在这里啊,抱歉,刚刚没有注意到二位,天色太暗了!"李隆基面带一丝讥讽的笑意,朝着面色尴尬的武家兄弟微微颔首。

"崇简,二位张大人,请随本王移步。"李隆基勾起唇角,冷峻冰冷的俊颜上看不出一丝情绪的波动。他微微垂睫,黝黑的眸隐于浓睫之后。寒风吹起他的衣角,他立于风中,一股君临天下般的王者之气摄人心魄。

武家的两位王爷脸色微微一变。尴尬的立于原地目送着他们三个往前走去。

"哥,他刚刚说没看见我们?"

"嗯。"

"什么啊,分明就是看低我们嘛!"

"不……你看见李隆基那气势了吗?李家的人……不可小觑啊!"

星辰寥落,遥远的天边微微有一丝亮色了。洛歌抬首,冲着李隆基轻轻点头。"谢谢你。"

"不用。"李隆基抬睫看她,摇了摇头。转而又看向一旁的薛崇简。"崇简,以后不管去哪里都要告知三哥一声,知道了吗?"

"知道了!知道了!三哥,我已经十八岁了,不再是那个需要你保护的弱小孩啦!"薛崇简轻轻地笑着,嘴角的梨涡快乐的深陷着。

许是被他的笑意感染,李隆基的唇角也不期然的浮现出了一丝暖意。

洛歌默默的站立在一旁,抬起头,望向遥远的天边。

云层累累,寒风拂面。群臣的议论声渐渐的低了下去。

李隆基目光凝住,定定地看着立于风中的她。

白衣胜雪,面若桃花。这世界上真有如此绝美的男子啊!

她盈盈立于冬雪朔风之中,发丝微微扬起。大明宫的宏伟建筑,丹凤门前的万千事物,仿佛都已成了她的陪衬。她,是超脱所有的!碎琼乱玉伏在她的脚边,那天边偷偷遗落的晨光,恍若琉璃碎,流转于她绝世的容颜上。那红若丹梅的唇,那雪白优美的颈。如果,她是女子,她是女子的话……

天啊!自己到底在想些什么啊!

李隆基收回游离九霄的思绪,不禁蹙眉,眼前依稀浮现出了那夜,他看到的绝世女子。

北方有佳人,一顾倾人城,再顾倾人国啊!

他默然收紧双拳,嘴角蔓上了一丝霸气的笑意。不管用什么办法,他都一定要得到她!

"百官朝礼——丹凤门开——"

尖利洪亮的声音突然响起,金黄的晨光中,大明宫最宏伟的丹凤门正缓缓打开。百官肃静,鱼贯而入。一路上,没有了谈论声,没有风啸声。有的只有宫人们拉长声调,高呼朝令那尖刻却响彻整个大明宫的声音。

衣物摩挲,脚步肃稳。

天边,金乌闪耀。那金黄的光芒似穿透了一切,极其庄严肃穆的投洒在了宏伟的含凉殿前。

手执长枪的侍卫肃立于白玉石的阶梯两旁,那阶梯似是有数千级,象征着凡人难登的帝王之气。仪仗乐队开始吹奏起恢弘磅礴的皇家礼乐,那震撼人心的乐声飞入苍穹,摇撼天地。

"皇上驾到——百官朝礼——"

"吾皇万岁万岁万万岁!太子千岁千岁千千岁——"

一刹那,数万只飞鸟扑棱着翅膀腾空而起。冬日朔风狂了,躁了,翻卷着,怒号着,将阳光震碎。华盖雀屏在风中微微晃动。笙旗飘飘,上面的"周"字在风中骄傲地迎展着。群臣三呼万岁的声音,震得大地连抖三抖。天空中,云卷舒着,犹如轻纱薄绸,迎合着天色的蓝,阳光的金,肆意飞洒。

身着衮服的女皇,站立于雄伟的含凉殿前,看着绵长台阶下的臣子们,听着他们三呼万岁的雄浑声音,内心激昂澎湃!她一抬手,眼前的珠帘晃动。

"众卿平身——"

"谢陛下——"

晨风吹拂起群臣的衣物,翩翩犹如迎风的旗。阳光穿透他们头顶上方的云层,浮影涌动在青石的殿前,投洒在白玉石的千级阶梯上,自成一抹虚幻缥缈的暗影。

黑压压的人群中,脱去斗篷身着朝服的洛歌微微抬眼,遥远的含凉殿,仿佛耸入云霄。威严端庄的女皇高高在上。她的身边,身为太子的李显正朗声读着新年祷文。

太子显的声音中有着一种别样的矜贵之感,许是房州那数载的凄苦流放生活让他比一般的皇室贵族更多出了一丝沧桑之感。他身着华丽的太子服立于朔风之中,脚边的雪被阳光融化,化为了一缕缕微凉的湿气。他举着诏书,用着平缓微沉的音调缓缓阅读着。

良久,李显的声音才在寒冷却激动人心的空气中消失殆尽。

数百名宫人手捧盛着福酒的托盘在那尖厉的声音中,伶俐地走到了群臣面前。大家自是不动声色的取过酒,屏神凝息,垂首站立。

高高的白玉石的台阶上,太子显手握青玉酒杯,眉目温淡地扫了众人一眼。然后,他抬手用松柏枝沾了沾杯中的酒,朝着群臣的方向轻轻一挥。

宫人那尖厉的声音便随着他的动作嘹亮响起。

"一沾苍天容量气,风调雨顺丰收年——"

"二沾厚土承延气,四季常春八方朝——"

"三沾天子华贵气,国运昌隆天下平——"

"吾皇万岁万岁万万岁,太子千岁千岁千千岁——"

群臣山呼,举起酒杯一饮而尽。

冰凉却灼热的液体带着浓郁的香气沿着喉一路滑向腹中,似火球落地,使洛歌的全身都温暖了起来。

"好酒……"

身边的人低低的嘟哝了一声，洛歌微微侧头，正看见白衣人一脸的陶醉。

这个酒鬼……洛歌不禁勾起唇角，冰冷的眸中浮现出了一丝笑意。

"这酒真是好喝！"白衣人偏过头来对她大大咧咧的露出了一丝灿烂的笑意。阳光如一缕缕金纱轻轻覆在他绝世英俊的面颊上，将他的皮肤照得恍若透明。一个恍神，她似乎都能看到他的皮肤下，那"突突"跃动的细小血管。

洛歌不屑地朝他弯了弯唇角，偏过头来不再理睬他。

他扯了扯她的衣角。

不理睬。

他扯了扯她的袖口。

不理睬。

他又扯了扯她后背的衣料。

还是不理睬。

身边的白衣人沮丧地收回手，一脸的颓败。他轻声嘟囔："本来是想让你看看咱们新任的太子妃，居然不理睬我……"

新任的太子妃？难道是韦氏？

"太子妃在哪里？"她偏过头看了他一眼，没好气的说着。

白衣人听了立马兴奋了起来，他垂着头抬起眼睑，目光向上来回微微一扫，努着嘴道："那里！"

洛歌抬眼望去，高高的含凉殿前，温吞儒雅的太子显的身后，正站着一位身着太子妃华服的女子，她微微垂下眼睑，双目隐于长睫之后，薄唇轻抿，似在可以隐忍着什么。尽管相貌不是特别的清楚，但自她身体所散发出来的那凌厉的尊贵之感让洛歌可以肯定，此人正是太子显的结发妻子韦氏。

洛歌不禁牵起唇角，目光冰冷。

这个女人，不简单……

……

新年的百官朝贺在灿烂的新年阳光中隆重的结束了。

同年四月，李氏皇族与武氏子弟在庄严的明堂里。起誓永修为好。上命，将誓文刻于铁券之上。

史称"铁券之盟"！

冰伤逝

　　四月里的阳光总是清新得让人想伸手抓过，放在鼻尖仔细嗅嗅。波光粼粼的太液池上有画舫两艘。微风拂动岸边的垂柳，柳枝坠于池水之中，在阳光下结出了一圈圈七彩的琉璃。池中游鱼欢快地穿梭在袅袅的碧色水草中。它们三五成群，一边游着一边快乐的吐着泡泡。

　　前面的那艘画舫中，太子妃韦氏坐在贵妃榻上，倚窗向外眺望，原本就贵气逼人的气质经这么一番精心打扮，更是显现得淋漓尽致。她托腮蹙眉，似在思考着什么。这美好的春日胜景在她那双凌厉的眸中，恍若虚无。

　　"娘！娘！"

　　一声声急促的呼唤猛地将她的思绪打断，她皱紧双眉，正看见自己最疼爱的女儿满脸兴奋地看着自己，"裹儿，怎么了？"韦氏端过温茶递了过去。"你现在已被封为安乐公主了，怎可在这样咋咋呼呼的行事？这里可是皇宫，不比房陵那乡野小地！"

　　"娘！"李裹儿放下茶杯，撒娇的喊了一声，又立马抓住韦氏的胳膊，指向窗外。"娘！你看！洛歌啊！"

　　韦氏猛然睁大了双眼向外看去。

　　从后追上的那艘画舫中，有白衣人手执竹箫立于船头。湖面上嫣然柔和的春风吹拂着他那如墨的发丝，扬起那胜雪的袂角。他那风华绝代的俊颜迎合着灿烂的阳光，被蒙上了一层真实而又虚幻的美。恍恍惚惚，若仙人临世。目光一转，船舱中，洛歌身着飘飞的白衣，修长的手指在古朴的琴面上来回拨动。她面色疏离，唇角微微扬起，暗含着一种说不清道不明的缠绵情绪。

　　韦氏目光一凝。这样一个危险的人物怎能进入这皇家禁地！

　　风儿冷冷，刮起画舫上的珠翠小铃铛"丁零"作响。对面的画舫里，琴弦，猛然崩断！

　　"嗞……"洛歌倒吸一口冷气，她抬起手，中指上的一粒珍珠般大小的血珠赫然冒出。

　　"怎么了？"白衣人一个箭步冲进船舱，他面色紧张地拉过她的手看了看，居然放入口中，细细的吮吸了起来。

　　洛歌只觉得指尖一片湿润，她垂下眼睑看着他近在咫尺的俊颜，心神恍惚，仿佛又回到了那一年，她为了摘一朵白色的蔷薇而被刺扎了手。十三也是这样，小心翼翼地捧过她的手，放在嘴里轻轻的吮吸，那般的心疼，那般的温柔。

"琴弦怎么会突然断掉！"白衣人放下她的手，紧皱双眉回头看向那断了弦的古琴。

洛歌微微一怔，她不动声色地将手藏在了背后，神情有些不知所措。她微微侧头，目光无意扫过，远远的，她便对上了韦氏那惊疑的眸。

洛歌微微挑眉，嘴角划出了一丝冷冷的弧度。

终于，她还是发现了自己。

"张易之！"她伸手拉了拉白衣人后背的衣料，低声道："太子妃娘娘就在不远处！"

白衣人听了直起身子转过头，他半睐着双眼，眸中的银白犹如潮水慢慢的隐退了下去。半晌，他勾起唇角露出了一丝邪意的笑容。"初晴，命人将船靠过去！快！"

"你这是干什么！"洛歌蹙眉看着他，用力地抓住了他的胳膊，微微愠恼。

"干什么？"白衣人冷冷一笑，眸中的银白慢慢加深，转而变成了一种谲异幽深的冰蓝。他低下头淡淡的瞭了她一眼，懒懒道："我说过，我的梦想是征服这大明宫中所有强大的女人。韦氏乃东宫太子妃，将来更是正宫的皇后娘娘。这样一个大好的机会，我怎能放过！"

"你……"洛歌气噎，她恶狠狠的看着他，良久，不怒反笑："好，张易之你想怎样就怎样！"

白衣人偏过头看了她一眼，讥讽的牵起唇角，转身挑开帘子走了出去。洛歌侧眼望去，韦氏所在的画舫越来越近了。她无奈的微蹙双眉，跟在白衣人的身后走进阳光中。

两艘画舫，相对而泊。

韦氏在李裹儿的牵引下走出了华丽的画舫，她看着面前两个低垂着眼睑的白衣男子，眼神不觉一跳。

"下臣张易之、张昌宗，见过太子妃、公主殿下！"

阳光里，两位白衣男子的声音清濯迷人。它们飘散在湖面上，荡漾起明媚春光中无数的芳心。

韦氏微微一愣，她收回惊讶的表情，又是一脸的平静。"免礼吧！"

"谢太子妃！"

春光无限，那些藏匿在纤柳细波中的灿烂琉璃，反映着阳光，如同七色的花朵，馥郁而悠然。白衣人收回手，微抬眼睑，阳光透过湖面蒸腾起的湿气，在他风华绝代的俊颜上显现出了一种明晃晃的璀璨。他邪邪地勾起唇角，露出了一丝倾世的魅惑笑容。他那双温柔的眸中，银白犹如深潭下的玉石，散发着幽深神秘的柔亮光泽。他的唇边，阳光与湖色离合，硬生生的将温柔与邪魅糅合在了一起。那般的天衣无缝，那般的迷人。

韦氏看着他的笑,不觉心神一荡。她的目光渐渐迷离,好像落入了一个美丽幸福的陷阱中。

"什么张昌宗,你分明就是洛歌!"李裹儿提裙跳了过来,她围绕着她上下打量着,口气骄横。

洛歌的眉峰一挑,她侧过头对李裹儿温柔一笑。那笑容犹如冬日下的寒雪,微凉中却硬生生的透出了一丝别样的温柔。

李裹儿不觉呆住。

"公主殿下一定是认错人了!"洛歌将手背在身后,气宇轩昂的牵起唇角,绝美的脸上早已不见了疏离的寒冷。有的只是如同白衣人一样的多情之色。"在下并不认得那个叫洛歌的男子。大千世界,总会有人长的有些相像,这也不足为怪。"

"可是……"

"在下乃幽州人士,家中排行老六。公主殿下如果愿意的话,可以唤我为六郎。"洛歌低垂下眼睑,微风拂起她如缎的秀发轻轻飞舞。她温柔的低笑着,一脸的悠然镇定。

李裹儿不禁纳闷了,这世上怎会有生得如此相像之人。可是,眼前的男子与她那日看到的男子又像是两个人。他们一个疏离冷漠,一个温柔多情。一个冷若薄霜,一个暖若冬阳。这分明是两个人嘛!

"你真的不是洛歌?"李裹儿不确定的再次问道。

洛歌抬起眼睑看了看她,微笑着摇了摇头。

"哼……"李裹儿的嘴角不期然的浮现出了一丝诡异的笑意,她抬起头看着她,露出了天真无邪的笑容。"是啊,看来我真的是认错人了。"说完,李裹儿一脸惜色的转身准备跳回船上。

就在这时,让所有的人都意想不到的事情发生了!

已经跳回船上的李裹儿突然转过身来,她伸出双手使劲的将洛歌一推。重心不稳,洛歌向后趔趄了两步,竟一下子掉进了池中。

白衣人猛地收回魅惑的笑意,脸色瞬间变得如纸苍白。

"救命!救命!救……命……"池中的洛歌艰难的呼救着,她扑腾着身体,挣扎着,拍打着,却突然被池水盖住了头顶。

李裹儿惊得捂住了唇,他不会武功。难道,他真的不是她朝思暮想的洛歌吗?

一道白影迅速闪过,下一秒,只听得"扑通"一声,白衣人已跳到了池中。他扎入水中,立马便不见了踪影。

韦氏这才回过神来,她奔到船边,向下看去,却什么也没有看见。那个男子……不行!他绝对不能有事!"快!快!你、你快下去看看!快点!"韦氏站起身指挥着两名善水的宫人。她又像是想起了什么,回过头来恶狠狠地瞪了李裹儿一眼。"看你干的好事！他们若是出了什么事情，娘都担待不起！"

"娘，我……"李裹儿欲哭无泪。她只是，只是想看看这男子到底是不是洛歌嘛！

池水中，有细小的气泡接二连三的往上涌起。

池中的人睁大了双眼，唇边满是狡黠的笑意。她的发如陈墨散在水中，缥缥缈缈。阳光透过池面，如一根根光柱，在水底呈现出了一种缤纷的色彩。白衣与水相和，袅袅如天上的云。一朵百花盛开在了水面，水中的人抬起头，正看见白衣人伸手朝自己游了过来。他的手修长宽大，穿过静静的水波，穿过明晃晃的光柱，朝她伸了过来。他的脸，在水中看不真切，只是那眼中的银白却早已深烙进她的脑海，那般的刻骨铭心。

他搂紧她的腰。奋力地向上游去。两人之间，有水草在轻轻的浮动。水底是安静的，安静到她能听见锦鲤互相呢喃的声音。没有任何感觉，他们的白衣互相缠绵在了一起，仿佛已过了一世。

静静的池面终于有了响动。

韦氏与李裹儿纷纷侧目。

水花骤然盛开，白衣人满脸是水。他的胸前是洛歌那张苍白的脸。他慢慢地向岸边游去。

"快！快！靠岸！"韦氏急急的走向船头，目光焦灼。

阳光下，洛歌脸上的水珠散发出了一种七彩的光芒。她苍白着一张脸，红唇紧抿。白衣人急急的看着她。半晌，目光变得深沉。他半跪着将她搂在怀中打横抱了起来。

"娘娘，公主殿下，请恕下臣先行告退！"白衣人回过身微微颔首，不待韦氏回答，便冷冷的转过身踏着湿漉漉的阳光离去。

韦氏怔怔的愣在原地，仿佛自己的灵魂早已随着他的脚步一起离开。

阳光早已变得湿润。风华绝代的英俊男子怀抱着一个面容比女子还要美丽的白衣男子。他抱着她，将她的脑袋靠在自己的胸前，极轻柔的，像是在抱着一个至爱的宝贝。只是，他微蹙双眉，脸色苍白，好像在生谁的气。

怀中的她，任他抱着，她的唇边一丝若有若无的笑意渐渐清晰了起来。

白衣人的眉皱得更深了，抱着她的双手，力道慢慢加深。

"痛！痛……"洛歌终于忍不住了，她睁开双眼，紧锁双眉，愤怒地看向白衣人。

"你也知道痛？"白衣人挑了挑眉，手劲蓦然放松。他停下脚步低头看着怀中的她，眸中的冰蓝慢慢退化成了温柔的银白。

洛歌冷冷的白了他一眼。"放我下来！"

"不放！"他固执的看着她。

"我叫你放我下来！"

"不放！"

"你……"洛歌气噎,她狠狠地瞪着他。

白衣人无视她凌厉的目光,双眸抬起看向远处。半晌,他才幽幽开口:"如果你想避开她们,可以告诉我。不必想出这种蠢法子。阿洛,你知道吗?当池水盖过你的头顶时,我都恨不得,恨不得……"

"恨不得怎样?"她冷冷地打断他,抬眸对上他低垂下的眼睑,脸色淡漠疏离。"张易之,你放我下来!"

白衣人微微一怔,他深吸了一口气,将她放了下来。

洛歌冷冷地看了他一眼,举步朝前走去。

白衣人急急地跟上她,与她并排走。

四月的春风很温暖,那温暖中又透着一股柔柔的芳香。天很蓝,云很淡,它们在蔚蓝的帷幕下尽情地戏耍。

阳光下的一双白衣人,他们都是湿漉漉的,身上还滴着水。一路走又留下一路的暗色水渍,一直蜿蜒着,犹如春风留下的那缕缕浅痕。

她的发还滴着水,白衣人轻轻一笑。他抬手捻了捻她的发梢,满指都是微凉的湿气。

"你干什么!"洛歌偏过头,眼神古怪的看着他。

"你到底是谁?"白衣人看着她,眼神幽深。"你不叫洛千对不对?你叫……洛一歌。"

"是!"洛歌轻轻一笑,唇梢勾起了一抹冷冷的弧度。她斜眼看着他,语气张狂。"我就是名慑江湖的'荞花白幽'!玖列山庄的第一杀手洛歌!张易之,我警告你给我小心点!不然,我会亲手杀了你!决不留情!"

"原来'荞花白幽'是一个倾众绝世的女子啊!"白衣人意味深长地看了她一眼,大笑着往前走去。

只剩下洛歌不明所以的站在原地。

夜凉如水,四周一片寂静。月光亦寒,冷冷清清的,好像在诉说着不为人知的清冷秘密。

长长的甬道中,一阵细碎的脚步声踢踢踏踏的响起。昏黄的宫灯衬着两撇白影,显得越发的明亮了。馥郁的花香越来越浓烈,甬道的尽头,穿过门,便是花香满园的御花园了。石子路的两旁,百花争奇斗艳暗吐芳香。红色的是月季,白色的是芍药,黄色的是雏菊,紫色的是蝶恋花。

夜风摇曳着青竹,曲折的径上,竹影染上墨色在明亮的月光下显得格外的婀娜美丽。

一切,都是那样的安静。

洛歌的脚步蓦然止住,她猛然蹙眉,像是被什么牵引了,她抬脚走入了花圃中的小径上。白衣人轻轻的"咦"了一声，一脸的困惑。他回过头来示意身后的宫人不必跟来，便寻着洛歌的影子也走了过去。

假山后，两名宫女正提着宫灯，小声地议论着什么。

"应该就这两天了吧！"

"差不多吧，唉！这平庆王也还真是命苦得很。"

"对啊，快成亲了，未婚妻却快要死了，真是……"

"平庆王一表人才，对人和善，竟不想遭到这样的灾难，真的是好可怜啊……"

"你们在说些什么！"洛歌厉声喊了一句，心脏被谁揪住。

"我……我们……"小宫女低下头，惊得语无伦次。

洛歌深吸了一口气，语调变得平稳柔和了下来。"说，平庆王怎么了？"

"回昌宗大人的话。"那个胆子稍大点的宫女抬眸飞快地看了她一眼，不禁面红耳赤。她将头埋在胸前，接着小声说道："听御医院的姐妹们说，未来的平庆王妃颜小姐大去之日恐怕也就在这两天了。"

"哦？"洛歌眉峰一挑，脸上露出了释然的表情。"这颜小姐不是说身体渐渐康复了吗？怎么这几日……"

"回昌宗大人的话，奴婢也不知。"

洛歌看着她低垂下的头颅冷笑了一声。"记住，以后不要随便在背后说主子们的闲话，若是被有心之人听去了，免不了会被总管大人毒打一顿甚至逐出宫去！"

那宫女的身体明显的颤抖了一下。她定了定神，才小心翼翼的答道："多谢昌宗大人提醒。"

洛歌冷冷的牵起唇角嗤笑了一声。她抬眸看了一眼月光下的白衣人，转身踏着大步沿着原路离开。

"张易之，明日我要出宫。你替我想想办法。"洛歌面无表情的说着，双手钳住夜风吹来的飞花，两指一用力，粉花瞬间破碎成泥。

白衣人愣了愣，明晃晃的月光下，他脸上的苍白亦是明晃晃的扎得人眼疼。静默良久，他才缓缓开口："去见平庆王？"

洛歌停下脚步回过头眼神古怪地看了他一眼，冷冷道："既然知道又何必开口再问。"

"好，好！"白衣人魅惑的大笑了起来，天边的满月随风移动，隐于云间。"我替你想办法，我让你去见薛崇简。"说完，他竟大笑着扬长而去。

洛歌不明所以的站立在原地，宫人手中昏黄的宫灯，迎合着单薄的银色月光将她的脸照得一会儿灰暗一会儿明亮，虚虚幻幻，毫不真切。

鸾台侍郎，颜适府邸。

杏花纷纷扬扬的随风飘落,蔚蓝如洗的天空中,轻云卷舒,好像画中那淡淡一笔。阳光下,微风带着花香带着暖气,吹拂过路边纤柳,荡漾起一股无名的凛冽。石子路上,一行三人慢慢的行走着。

"冰儿的病再无任何法子可以医好了吗?"李隆基低声问着,深沉的眸中有微光在微微晃动。

颜适苦笑了一声,他眼眶微红,长叹道:"这宫里的御医都是回天乏术了,还有什么办法呢?要怪只怪冰儿命薄,无福做这平庆王妃。"

李隆基不死心的接着问道:"我上次请的李御医怎么说?他可是宫中最好的御医了!"

颜适无奈地摇了摇头,花白了的发丝在风中飘摇。他满脸的悲伤与憔悴:"李大人让我准备准备,冰儿怕是熬不过这两天了。"

李隆基不禁深深叹了一口气,双眉紧锁。

身后,洛歌微微皱眉。

纤细的柳条儿拂过她胜雪的白衣。远远望去,好像一朵云穿梭在一片宁静灿烂的碧色之中。

"穿过这花园便是冰儿的闺房了。平庆王殿下本是不该来的,可却偏偏照顾冰儿已有半月之久,真是苦了他了。"颜适伸手一指,混浊的眼中险些落下泪来。他偏过头,哽咽道:"你们去吧,我便不随行了。我怕见到冰儿那孩子又会伤心,这反倒惹得她更加难受。"

李隆基微微叹息了一声,他伸手扶了扶颜适的肩,似在安慰他。良久,他才转身沿着颜适刚刚手指的方向慢慢地踱了过去。

洛歌紧随其后。

"等会儿我就不过去了。洛歌,你看一眼便好,也不必进去了。"李隆基目光淡定,双眉间有浅浅的沟壑。他低垂下眼睑,浓密的睫毛挡住明媚的阳光,将他的眸映衬得越发幽深了。

"我知道。"洛歌微微颔首,她抬起头看着他,略显凛冽的阳光中,她的脸显得有些苍白。

"你去吧!"李隆基偏过头不再看她,一挥手将她向前推去。

风过无声,却摇撼阳光打斜微微颤动。洛歌走了几步回头看去,那抹挺拔却略显单薄的青色身影背对着她,立于青山绿水无限春光之中,独显一种苍凉的孤独。她不禁微微蹙眉。这样一个心机沉重的男子,好像自始至终都是一身单薄。

回过头来,洛歌松开双眉,伸手接住春风中几片粉白的飞花。抬眸之间,正看见了颜冰闺阁上的牌匾:暖冰阁。

"咳咳咳……"

房内突然传出了一阵剧烈的咳嗽声,洛歌将身体隐于粗大的廊柱之后,急急地向里望去。

卧床上,绿衫少年手里端着碗浓黑的药汁,那药散发着一股浓重的苦味,熏得满屋都是。他的怀中,柔弱美丽的少女仿佛纸一样单薄。她无力地倚在他的臂弯中,脸色苍白得吓人。

"冰儿,听话,来,把这药喝了。"他的声音轻柔低沉,好像在哄着一个孩子。

她抬眸看了他一眼,无力地摇了摇头。喘了一口气,她才缓缓道:"简哥哥,冰儿不必再喝这些名贵的药了。身体是自己的,冰儿知道自己快不行了。"

"怎么会呢?"他放下碗,捧着她的脸,满眼的心疼。"你在说什么傻话啊!你不是说,还想成为简哥哥的新娘,和我一起白头偕老的吗?"

"不可以了……"她靠在他的胸前,眼眶通红。"不可以了……不可以了……冰儿此生怕难与简哥哥结为夫妻了……"

"不会的!"他蓦然蹙紧双眉,将她温柔的却紧紧地拥在了怀中,他的语气虽颤抖却坚定无比:"冰儿快快好起来!简哥哥还盼望着娶你为妻呢!冰儿一定是这个世上最美的新娘子!"

怀中的她凄苦的笑了起来,她伸出瘦得皮包骨头的手,闭上眼贪恋的描绘着他面部那英挺的轮廓,眼泪在苍白的脸上肆意流走。"简哥哥,你太善良了,善良到让冰儿想去好好地疼惜。只是……冰儿没有机会了……"

"冰儿……"

"简哥哥,还记得初见你的时候,我总以为自己看见了仙人。真的,那时候的你站在湖边,成片的柳枝在你的身后荡漾,飞扬的杏花将整个春天都打乱了。你回过头来冲着我笑,还说'你就是那个爱哭鼻子的颜冰吗?'简哥哥,其实那时候我就已经喜欢上了你的笑,真的是很好看很温暖啊!"

他微微一愣,那么遥远的事情了,她居然还记得那样清楚。

"你这个小傻瓜啊!"他将脸蹭着她的头顶,轻闭上双眼,有泪默默的滑过。

她吸了吸鼻子,轻轻一笑,只是那笑容里有太多哀伤的味道。

"你总是笑话我爱哭鼻子,总喜欢揉着我的头顶笑骂我是爱哭鬼。可是,简哥哥你知道吗?冰儿哭是因为冰儿看到了你身上的伤。冰儿总在想,为什么公主殿下会那样对你。想着想着,冰儿又会觉得你太孤单了,这比你身上的伤痕还要让冰儿难受……"

"傻……冰儿……"他痛苦的紧闭双眼,满眼悲伤。胸口那股莲子般清新的味道让她心安让她微笑。

她睁开眼,苍白消瘦的面庞将她那双眼反衬得越发明亮。她好像看见了什么,抬手指向窗外，微笑着说："简哥哥，你看！是杏花啊！"

绿衫少年闻声望去。西窗外，杏花擦着窗棂和着阳光飞洒进来。它们在微风中飘零着，舞蹈着，最终还是凄艾的飘落在地。阳光打在那些花瓣上，投出了一小片浓黑的暗影，清晰的，好似窗外廊柱后谁的眼泪。

那些在风中纷飞的花朵好像一场无情的大雪，独自演绎着最悲凉的冬色。

原来，他们也有过去啊！

原来，他们也有甜美的回忆啊！

一直愚蠢地以为，自己和他终究有着一份旁人无法企及的温暖过去。于是，她便靠着这份过去，张牙舞爪的撕破他的伤口。一直愚蠢地以为，他们的婚姻不过是父母之命媒妁之言。于是，她便有勇气霸占着他的一切！

太可笑了！真的是太可笑了！

她慢慢地蹲下身体，泪眼婆娑。

那些过去仿佛潮水一般扑打着汹涌而来。

他点着灯笼站在寒冷的夜里，哆嗦着身体等待着她平安归来。

他顶着烈日摇着舟楫游荡在荷塘中，为她寻找着最美的荷花。

他站在寒风中忧伤的吹笛，陪着她一起思念十三。

他苍白着一张脸倔强的伫立在大雨中，直至咳出鲜血。

是他，是他，全都是他！

一直以来，总是他默默地付出着！等待着！用自己的温暖来暖化她的寒冷。可她却一直伤害着！冰冷着！如同一只刺猬，无情的刺破着彼此都心知肚明的伤口！

那些过去与之相比，太过单薄了！单薄到承受不起这春风的抚摸。

她将头靠在柱子上，无声地哭泣着。

是的，他的掌中永远都只是她微凉的指尖。

那少年，本该是让人去心疼的！

大颗大颗的泪珠无声跌落，在她绝美的脸上肆意成河。

对面的柳树上，黄鹂欢声鸣叫，好像从不知人间的惆怅。柳条儿随风晃荡，柳絮便如同大雪弥漫，似泪纷飞。

已不知过了多久，日沉西山。

房中的少年忧伤的回头向外看去，那窗外的风，微凉，亦如她疏离故作淡漠的模样。

怀中的她，沉沉睡去。

湖光潋滟，倒映出的影子模模糊糊。湖中的鱼儿吐着泡泡，互相追逐着，好像在问：谁是人间惆怅客？谁才是那无情人间的惆怅客呢？

夕阳似血蔓延在整个天际，那些寂寞的云朵，被风遗弃独自在空中徜徉。翠湖上的两撇淡影，被风摇曳着，像是一幅揉皱的水墨画。

风儿牵起她的袂角，在她垂下的手指旁翻飞。她抬起头看着他，嘴角挂着凄凉的笑意。

白衣人以手抚额，动作优雅无比。他抬眼看向远方，夕阳在他的脸上渲染成了一种淡定的忧伤。

"张易之，你有过去吗？"她低垂着头，发丝随风缭绕。

"过去？"他微微一愣，嘴角不禁蔓上了一丝嘲讽的笑意。他挥开衣袖，好像在挥开那些弥漫在他面前的忧伤雾气。"我倒希望我没有过去。过去的幸福与现在的冷漠，简直就是一种残忍！"

"残忍吗？"她不禁喃喃重复。

过去那些回忆，越幸福越像是一把锋利的刀，残忍的割伤自己，鲜血淋淋。

她伸出手将头枕在了自己的胳膊上。闭上眼，似乎在倾听那云起云落的声音。

"阿洛，走了！回去了！"白衣人伸手推了推她的肩膀，双眉微蹙。

她不予理睬，好像完全沉浸在了自己那方小小的天地里。

"你走不走？啊，肚子好饿啊！阿洛，你再不走我都要饿死了！"白衣人说着还伸手抚了抚肚子，满脸的哀怨。

洛歌抬起头狠狠地瞪了他一眼。"张易之，你是饿死鬼投胎的啊！"说完，她站起身来掸掉了飘落在肩头的柳絮，一脸的不耐与气闷。

白衣人看着她，"嘿嘿"地笑了两声。

"笑什么笑！"洛歌厌恶的拂开微漾的柳枝向前走去。

"没什么啊。"白衣人故作淡定地用手枕住脑袋，却一脸的玩笑模样。他侧过头淡淡的瞟了她一眼，轻笑道："喂，阿洛！你有过去吗？你的过去很美好吗？真是很好奇啊！名慑天下的第一冷血杀手会有怎样的过去呢？"

她的脚步猛然一滞，下一秒，只听到一声凄厉的惨叫盘旋在这大明宫的上空，久久不散！

"你居然打我的脸！居然打我的脸！啊——"

大明宫的夜，仿佛是一摊没有生气的死水。但这滩死水的背后却永远暗藏着一股莫名的汹涌。

仙居殿，灯火依旧。

橘黄色的宫灯旁，洛歌手执一卷《诗经》正慢慢的阅读着。初晴躬身为她铺着床。

"晴儿，现在是什么时候了？"她放下书卷，抬起头看着忙碌的初晴。

"快过子时了！"小丫头初晴回过头来冲她灿烂一笑，小巧的瓜子脸上满是单纯的笑意。突然,她又像是想起了什么,猛地拍了一下脑袋。"哎呀!瞧我这记性!安乐公主今天下午来过,见大人不在便闷闷的回去了!"

"李裹儿?"洛歌微微一愣,她的嘴角突然向上弯起,勾起了一抹冷冷的邪意。她丢开书站了起来,宫灯微微一晃,从中散发出的暖光也突的闪耀了一下。"她来做什么?她还想要什么花样!哼!"

"大人!"初晴皱起细细的眉毛,低低地唤了一声。

洛歌回头,若有所思的神情突然放开,她冲她微微弯了弯唇,轻声道:"晴儿,怎么了?"

初晴放下手中的活计蹙眉朝她走来。"大人,晴儿也是关心大人才不得不提醒大人一句,隔墙有耳啊!大人说话应小心些才是!"

"隔墙有耳?"洛歌不禁低低的嗤笑了一声。绝美的脸上浮现出了一丝淡淡的笑意。

"大人在取笑晴儿吗?"初晴怯怯的看着她漾满笑意的脸,不禁在心里低叹了一声:比女人还漂亮的男子啊!

"你啊!"洛歌挥开衣袖端起茶杯,抿了口茶才接着说道:"你也太小心了晴儿!"

初晴的神情微微一滞,她垂下眼睑,表情蓦然变得悲伤了起来。

"晴儿,你怎么了?"洛歌看着她不禁愣住。这个小丫头一向都是很开朗的,她的脸上好像永远也不会出现悲伤的表情,可是现在……

初晴抬起头看着她,细细的眉毛忧伤的蹙起。她想了想,终还是吞吞吐吐地开了口:"像大人这般尊贵的人,自是不会明白我们这做奴婢的心情了!昨日,同晴儿一起进宫的堂姐被贬为浣衣奴,仅仅是因为她说错了一句话而已!晴儿怕这样的命运也会落在自己的头上,所以晴儿不得不如此的小心翼翼啊!"

"晴儿……"洛歌愕然,怔怔地看着她。

"大人可以得到皇帝的恩宠,所以不必担心会有厄运降临。可晴儿不一样,这宫里是最黑暗的地方,杀人都是不见血的啊!晴儿……晴儿……"

"好了!不要再说了!"洛歌蹙紧双眉,心情莫名变得烦躁了起来。

什么叫做皇帝的恩宠!

什么叫做不担心厄运的降临!

洛歌不禁苦笑,她的苦衷又有谁人知道?那光鲜的外表下,又会存在怎样提心吊胆的内在呢?

谁人了解啊!

"大人……"初晴的额头不禁冒出了细密的汗珠。真是该死啊!居然惹得昌宗大人生气!

洛歌闻声抬头，报以她一个安心的笑容。她自嘲似的摇了摇头，重新拿起书卷坐了下来。她抬起头看向初晴有些犹豫地问道："张大人不是子时就会回来吗？会不会出了什么事？"

初晴听了不禁捂嘴闷闷的笑了起来。她抬眼飞快地看了她一下，才放下手说道："大人也真是会说笑呢！张大人那般受宠的人物怎么会出什么事呢？大人还是放宽心吧！"

洛歌想了想，也不禁轻笑了一下。她抬头道："也对啊！张大人那般……谁？！"

窗外，一道黑影蓦然闪过！

洛歌猛然跳了起来向窗边奔去。

月明星稀，梨花在夜风中纷纷扬扬。梨树下，一团黑影在风中默默伫立。乌云飘过，大地重新陷入黑暗之中。

"哼哼哼……哈哈哈……"

梨树下那尖利的笑声在浓黑的夜色之中，显得格外的诡异恐怖。

洛歌的身体猛然颤抖了一下。

这声音……分明就是那次在她身后阴笑的鬼影！

"昌宗大人！"初晴被吓得紧紧地抓住了洛歌的手臂，声音颤抖得厉害。

洛歌蹙紧双眉，一股寒气由脚底直窜头顶。

"哼哼……伦理纲常！伦理纲常！哈哈哈……"梨树下的黑影仿佛在念着最鬼魅的咒语，声音凄厉而又沙哑，激得空气都变得谲异疯狂了起来。

梨树随风摇摆发出了一阵骇人的音浪。黑影在树下兀自舞动，步伐杂乱无章。她一边跳着一边怪笑着："佛门清净！六根清净！无欲无恨！无爱不痴！哈哈哈……"

"你是谁？！"洛歌握紧拳头大喊了一声。

那猖狂的笑声蓦然止住。夜色中，只剩下梨树散发出的巨大"沙沙"声。

夜风猛然吹来，内殿中的几盏宫灯全部被熄灭了。仙居殿陷入了一片恐怖的黑暗之中。

"昌宗大人！昌宗大人！"初晴的声音带着明显的哭腔，她一定是吓坏了。

"别怕！"洛歌伸手扶住她的肩，双眼微眯，目光锐利。

乌云渐渐地从明月的四周移开，月光洒满大地。

梨树下的黑影，静静伫立。月光透过梨树浓密的枝叶，银白的地上一片浓黑。

影子？洛歌微微一愣。居然会有影子！她的嘴角不禁浮上了一丝冰冷的笑意，疏离淡漠的眸中慢慢的覆上了一层嗜血的光芒。

"晴儿，在这里呆好！"

"大人！"初晴惊恐的握紧双手，可掌中却只有一片冰冷的空气。抬眸之间，白衣人却已越窗而出。

白衣迎风"咧咧"作响，举目四望，黑影却不见了踪迹。

"嗒嗒嗒……"

身后，有水珠落地的声音。

一股寒气在颈后默默喷张，如同一小截冰刃，在突突的血管里慢慢流淌，诡异而扼人声息。

洛歌的瞳孔蓦然扩张，冷冷月光在她惊恐的眸中，搅拌成霜。

"哼哼哼……"冷冷的笑声断断续续地在她身后响起。那笑声中满是疯狂的恨意。

夜风瑟瑟。

洛歌悄无声息的往前移动了半步。

有黑色的乌鸦立于枝头，仿佛这大明宫惨死的冤魂的化身。它们寂静的冷笑着甚至幸灾乐祸地看着这大明宫的黑暗默默翻滚。

圆月如盘，可怖的黑影在银盘上错落无序。

洛歌猛然回头，伸手直掐那人的喉间！

电光火石之间，有冰冷的液体突然滴落在她的指尖！

一股淡淡的血腥味迎风扑面而来。

月光逆风而下，那明晃晃的光芒中，一张惨白的脸突兀的闯入眼帘。红唇如血，面如霜。眼神空洞无神，在月光的照耀下，那圆大的眼眶中仿佛只剩下碜人的眼白！

指尖一片滑腻，洛歌睁大了双眼缓缓转动着已变得僵硬的目光。

眼前的人高举着双手，好像快要狠狠地扑过来一般。惨淡的月光下，她的十根手指，鲜血淋淋的往外冒着，跌落在碎石路上，绽放出了一朵朵诡异可怕的血色玫瑰！

"啊——"她突然尖叫了一声，声音惨烈无比。她捂住脸连连后退，哆嗦着，又全蜷成了一团漆黑的影子。

洛歌惊异地睁大了双眼，垂下了手。

"走开！走开！你这个魔鬼！杀人凶手！走开啊！"那人抬起头，眼神既害怕又憎恶的看着呆立着的洛歌。

洛歌被她那可怕的眼神逼得往后跄跄了两步，额上竟是虚汗涟涟。

"你是谁？！是谁！！"

"我是谁？"那人伸手指着自己的鼻子，妖艳的红唇轻挑起癫狂的笑意。渐渐地，那诡异的笑意越来越深。最后，竟变成了一阵仰天大笑。"我是谁？我是谁？！连你都不知道我是谁，我又怎知？你这个魔鬼！啊哈哈哈……"

她话音未落，竟跳了起来。洛歌猝不及防，被她一头撞倒在地。

"我是谁？我是谁？哈哈哈……"那人舞动着身体，大声地笑着。

洛歌捂住被撞得生疼的胸口,蹙紧双眉看着这诡异非常的画面。

碎石路旁,大水缸里的满水因她的笑声而漾起了一阵细小的波痕。夜风大了狂了,飞沙走石之间,将她的身体打得生疼。

"你洛霁曲都不知道我是谁吗?!你这个蛇蝎女人!"那人伸手猛力一指,指尖的血珠随风跌落,"嗒"的一声破碎成花。

洛霁曲?姑姑?

还未等洛歌反应过来,那人却已经走到她的面前,伸手将她从地上拽了起来。她的力气大得惊人,连洛歌这个武功了得的人也奈何不了!

"你要干什么?!你要干……"尾音消失在了水中,升腾起了一大片巨大的水泡。

水流从四面八方汹涌而来。它们灌到她的耳朵里,鼻孔中,呛得她连喝了好几口水!后脑勺的力量越来越重。她挣扎着,扭动着身体,却终究挣不开那人如铁钳一样牢固的手。

无法呼吸了!快要窒息而亡了!

那些冰冷的水流灌入鼻中,好像灌彻了她的四肢百骸。冻得她的身体渐渐麻木。大脑中,一片真空,好像被什么堵塞住了,越来越沉重。

好难受!好难受!

意识渐渐模糊,原本挣扎着的身体也变得安静了下来。发丝如墨,漂浮在水面,了无生气……

……

"婉儿姑娘,这疯女人到底是谁?!"

"回大人的话,只不过是前朝疯妃。"

"我要听实话!实话!!"

"事实便是如此。"

……

"救活他!救活他!"

"从脉相上看来,恐已回天乏术。"

"什么?!你们这群庸医!我堂堂大周,难道就只有你们这群没用的庸医吗?"

"张大人,请你放尊重点!"

"尊重?你们若是救不活他,我一定会要了你们的命!"

……

"嗒……嗒……嗒……"

月光下的那双手,鲜血淋淋。月光下的那张脸,惨白妖异。那血珠儿随风跌落,四散成夜色中最浓艳最邪魅的花儿。

青石板的路上,是谁跌跌撞撞,碾碎无数红花。

又是谁的泪,沉于冰冷的水中,无法呼吸。

是谁……是谁……

……

"啊——"

床上的人猛然弹跳起来,她睁大了一双眼睛,脸色苍白得吓人。她僵硬地转过头,映入眼帘的却是一双满是焦虑的银白色温柔的眼眸。

"你终于醒了!终于醒了……"白衣人一跃而起将她紧紧地拥在怀中,不停喃喃。他托住她的头将她按在自己的胸口,语气里满是兴奋与失而复得的庆幸。

他的胸口,那香甜的味道让她渐渐清醒。

"张易之,那个鬼影……不!那女人到底是谁?"洛歌伸手用力地推开他,抬眸急切地问着。

白衣人僵硬着身体,他低眸看着她,机械的垂下双手。"那女人不过是前朝疯妃罢了!"

"你想骗我?"洛歌弯唇冷笑。她脸色冰冷的看着他,眸中一片疏离的邪意。

白衣人微微一愣,他自嘲的牵起唇角,风华绝代的俊颜上,那一脸的急切与兴奋转瞬之间又恢复成了以往的魅惑。他抬手抚了抚弄皱的前襟,表情悠然自得的靠在了床榻上。"信不信随你!"他撅起嘴,满脸的不屑一顾。

"你……"洛歌咬紧银牙,恨不得举拳朝他的脸用力砸下。

可是……头好痛啊!

洛歌伸手捂住脑袋,无力的倒了下去。

白衣人皱紧双眉敏捷地跳了起来。他倾下身体,托住了她的后脑勺,这才没有让她磕在床沿上。

动作滞住,他托住她的脑袋怔怔地看着她。

窗外那"滴滴答答"的雨声,是她梦魇中那盛放在青石板上的血花。青灰色的天,雨蒙蒙如雾,缥缈如同最真实的虚幻。

"下雨了吗?"她转过头,睫毛擦过他的鼻尖。

白衣人微微一愣,他转过头,目光掷向了窗外。如墨的发丝与她的缠绵在了一起,白衣互相辉映。

"嗯……下雨了……"他的眉不禁一跳,胸口似是被什么狠狠地撞击了一下。

洛歌的睫毛微微颤动,犹如蝶翼扑闪。她回过头来,映入眼帘的却是他那张薄薄的微抿的唇。

如此好看的唇形,记忆中那阳光下温柔的笑容就是在这样好看的唇边绽放开的。

如此美好温柔的笑容……

"你在看什么？脸怎么红了？"他轻轻嗤笑，唇瓣间逃逸出的热气在她修长的睫毛上化成了一阵氤氲。

洛歌眨了眨眼伸手用力地推开了他。

刚才那姿势要多暧昧有多暧昧！

白衣人牵起唇角邪邪地笑着，魅惑人心的笑意在风华绝代的脸上逐渐荡漾开去。

洛歌抬头恶狠狠地瞪了一眼他那张得意扬扬的脸，倔强的偏过了头。

白衣人收住笑跳下了床。他慢踱到窗边，怅然的看着窗外那瓢泼大雨，嘴角挂着一丝复杂的笑意。凉风吹斜雨丝，夹杂着寒气吹散了他的发丝。他仰起脸，对着灰蒙蒙的天低低一叹。胜雪的白衣随着他的叹息声微微飘扬。

身后，洛歌抬头看着他。

灰蒙的光线将他白色的身形勾勒得格外清晰，清晰中夹杂着模糊的雨丝，透着一股莫名的凄凉与孤独。

白衣人微微侧脸，那熟悉的面部轮廓让洛歌的眼神微微一跳。

"颜冰死了。"他轻轻地说着，满脸漠然。

洛歌的眼神突然黯淡，她垂下头，微微发胀的脑袋一阵疼痛。

"不担心他吗？死的可是他的未婚妻，这么大的雨，呆在雨中的人一定会很容易受凉吧！"

"你这话是什么意思！"洛歌跳下床有些不稳的走到他的身边，仰脸急切的看着他。

白衣人挑唇一笑，他低下头看着她，银白色温柔的眼中，慢慢的浮起了一丝莫名的嘲讽。他伸手云淡风轻地捋开误入眼中的发，语调怅然："颜冰今日出殡！"

洛歌猛然睁大了双眼，她愣了愣，立马揪住他的衣襟。"我睡了几日？"

"十日！"他轻轻一笑，动作温柔地拿下她的手，目光投向窗外，"十日内，一切事情都有可能发生……"

"轰！"

一记急雷突然炸响，闪电将整个暗色的天空照亮。雨幕中，有白影翩飞如蝶。

白衣人颓然地坐在了贵妃榻上，他撑住额头，唇边那凄凉嘲讽的笑意越来越深。

"去了，你还是去了……"

……

郊外，成片的油菜花在风雨中摇曳如同金黄色的波浪。杨柳随风摆动，仿佛要被风连根拔起。

雨水混合着泥土，汩汩流动成了一种暗黄色的水流。

一座简朴的新坟，寂寞的伫立在这狂风暴雨之中。新坟前的人，任凭雨水打湿他的全身。他低垂着头,年轻的俊颜上那肆意横流的河流不知是雨还是泪。

摇曳的翠绿柳枝中,青色长影执伞默默伫立。

又一个人走了。这个世界上又一个爱着他的人走了。自己还能一直保护着他么?

身边蓦然多了一道白影,他猝然转过头来。

雨水顺着她的额头,滑过她绝美的脸,默默流下。她的脸,无比苍白,仿佛被人抽干了全部的血液。她的眸中,那幽幽的光是悲伤还是……

洛歌侧过头看着他。

李隆基倒吸一口冷气,几日不见,她竟憔悴成这样!

"李隆基,为什么不陪着他?"她说着转过头看向雨中那墨绿色的身影,又接着说道:"他身体不好,你应该知道。"

"我怎么会不愿意陪着他?他是我最心疼的弟弟!"他微眯双眼,雨打湿他的肩头。他默默的抬手,将手中的伞递给了他。"他在拒绝我。崇简,他就算是一点点的不快乐也不愿意让别人看见。但我不知道这些人中包不包括你。"

洛歌微微一愣。她低下头看着手中的纸伞微点了一下头,然后举步朝前走去。

李隆基牵起唇角,幽黑的眸中,有忧伤的潮水此起彼伏。他默默转身。

"崇简……"她轻轻地唤了一声。

他回过头,仰起脸来看着她。

原本澄澈如水的眸,此时已是混沌一片。那些悲伤的、哀痛的波痕被雨水愈搅愈乱,渐渐幻化成泪的模样。

他冲她扯起嘴角,露出了一个比哭还难看的笑容。

"歌儿,为什么他们总要离开我?"

为什么?

为什么?

我又怎么会知道……

斜风细雨中,篆刻着"爱妻颜冰之墓"那小小的碑,让她泪流满面。

黄土下掩埋的是谁?是你的爱人?还是你自以为的亲人呢?

崇简,为什么他们会离开你?为什么你的悲伤不会让别人看见……

破鬼影

蔚蓝的天空中,白云朵朵。有孤鹜与云朵齐飞,划过蓝天,化为寂寞的黑点。

白玉石的拱桥边,柳絮纷飞而过,如同舞动的雪。那些柳絮儿乘着风,袅袅曼妙。茂密的枝叶中,有蝉儿轻轻的鸣叫着,好像江南呢侬的小调。桥下的湖水中,荷花打着苞儿亭亭玉立。荷叶衬着粉白的花儿,愈发显得青翠欲滴了。有风拂过,荷花因为庭中的人,有些汗颜地低下了头。

　　亭中之人,手执玉笛,白衣胜雪,那些粉白的柳絮飘飞过来与她扬起的如墨发丝一起缠绵。她轻闭双眼,略显苍白的脸美得不似凡人,竟比那湖中的荷花还要清丽脱俗几分。她微蹙双眉,好像完全沉浸在了那忧伤缠绵的笛音中了。

　　湖中彩色的锦鲤靠近亭边,静静地聆听。一阵白影闪过,它们又吓得四散逃离。

　　洛歌静静的放下笛子,睁开双眼转过头来看着他。

　　阳光将他的白衣照得微微有些刺眼,那风化绝代,倾世魅众的男子好像融入了阳光中,炫目得让人忍不住叹息。湖中的水反映着阳光,在他的俊颜上投下了一片亮闪闪的水痕。他那清晰英俊的眉眼便在那亮闪闪的水痕中微漾。

　　"阿洛,怎么一个人在这里啊!"白衣人轻笑着,优雅的挥开衣袖坐了下来,纷飞的柳絮擦过他的脸,又娇羞地向湖中心飘去。

　　洛歌默默的放好笛子,她抬起头看着他,目光在他的身后转了一圈又重新投在了他的身上。"李裹儿呢?你去拜见太子妃,李裹儿居然没吵着要跟你过来么?"

　　白衣人牵起唇角微微一笑,他惬意的用手垫住脑袋,目光漫不经心的扫过湖面,才慢慢地说:"李裹儿听说你病了自然是吵着要过来了!只是我告诉她你大病初愈不宜打扰,她这才作罢。还真是奇怪了,像我这样风度翩翩的男子她不在乎却偏偏喜欢你这样冷血冷心的人,要是她知道你是女子的话,那她还不得……"

　　"张易之!"洛歌皱紧双眉不禁大叫了一声。她站起身目光望向远处。初晴站在桥头用柳条儿编织着什么,似乎没有听见他们的谈话。洛歌这才放下心来,她回过头恶狠狠地瞪了白衣人一眼,"张易之,你说话小心点!"

　　白衣人无所谓的斜睨了洛歌一眼,得意扬扬的跷起腿,侧过脸看向远处的旖旎风光。闪亮的水痕在亭顶微微晃动。天气晴朗得让人忍不住赞叹。

　　"今夜陛下要宴请李家与武家的几位王爷,就算你一直在逃避,可今晚你是不得不去见见他了!"白衣人面无表情的说着,修长的手指一边有节奏的敲击着栏杆。

　　洛歌微微愣神。她背过身,风拂起她雪白的衣袂带着荷花那淡淡的清香,自那日以后,他似乎也病了,而且病得很厉害。

　　薛崇简,我该怎样对你呢?

　　她摇头,无声叹息。

　　白衣人的眉峰微微一跳。湖面上,他的脸微漾,有着说不出来的冷淡愁伤。

　　"你喜欢平庆王?"他偏过头目光复杂的看着她。

洛歌的神情微滞，随风而来的柳絮穿过她微凉的指尖。荷花掩映在碧色的荷叶之中，似在躲避着谁。

喜欢他吗？喜欢吗？

"不！我只是觉得欠他的！"洛歌挑唇露出了一丝没有感情的笑。她挑起下摆坐在了石凳上，眯眼看向远方慢慢地说："我只是觉得欠他的，所以才会关心他。我只是觉得他可怜，所以才会同情他。张易之，这不是喜欢！"

这不是喜欢……可是，心怎么会微疼？

"哼……十三，你喜欢的是十三！"白衣人笃定的说着，脸上满是自信。可是那双迷人的眸中却有一丝让人看不懂的情绪。

洛歌愣住，她慢慢地回过头来，正撞上他那双银白色温柔的眼眸，十三……是十三吗？她深吸一口气，看着那张既熟悉又陌生的脸，缓缓地说："是，我喜欢十三哥哥。我只爱十三哥哥。"

"那他人呢？"白衣人慵懒地笑着，优雅的拂开那些纷飞而过的粉白柳絮。"你的十三哥哥，还真是个窝囊废啊！不能好好保护你，将你陷入这样危险的境地。"

"你胡说！！"洛歌恼怒的一把揪住他，怒吼了一声，举拳就冲他砸去。

白衣人毫不畏惧的迎上她那双盛满怒火的眸，唇角挂着一丝让人费解的魅惑笑意。

"昌宗大人，张大人，你们……"初晴站在亭口小心翼翼地看着亭内两个俊美无涛的白衣男子。

白衣人捋平弄皱了的前襟，挑唇露出了一丝魅惑的笑意。"没什么，六郎在跟我闹着玩呢！"

"晴儿，你在编什么？"洛歌有意岔开话题，走过去微笑着看着她。

初晴有些羞涩地垂下了头，她默默的从身后掏出了一件小物什递给了洛歌。"这是柳条儿编的小发带，戴在身上有逢凶化吉的作用。哎呀，晴儿编的不好，太丑了！"

"怎么会呢？"洛歌轻轻一笑，她伸手解开头顶的白色发带利落的将柳条儿发带绑了上去。"你看，一点也不丑嘛！"她笑着回过头，脸颊被阳光晒得微红。"五哥，你看！丑不丑？"

阳光下的她，白衣胜雪。那些亮闪闪的水痕伴随着她那明媚的笑容，在微风中荡漾开去。满池的荷花，娇羞欲滴，仿佛只要一接触她的笑，便会连忙应和着绽放开来。

"不丑还很好看！"他轻轻一笑。眸中的她，笑得是那样的灿烂。那些柳条儿与她的墨丝掺杂，她仿佛是从那万千丝缕中走出的白衣仙子，脱俗而又绝尘。"我就知道晴儿偏心啊！我的呢？晴儿没有给我编吧！"他佯装生气，微翘薄唇。

初晴有些不好意思地吐了吐舌头，她躲在洛歌的身后，有些害羞地说道："大人如果喜欢,晴儿再去编一条就是了！"

"罢了罢了！"白衣人挥了挥手跳了起来。他捋开发丝,有些哀怨地说道:"就知道晴儿对我不上心了！我可生气了！走了走了！"说完,他便大步朝亭外走去。

洛歌轻笑出声,她低下头看着有些不知所措的初晴安慰道:"放心！张大人他才没有生气呢！他是骗你的！"

阳光中渐行渐远的白衣人突然回过头来冲着亭中的人扮了一个大大的鬼脸,逗得亭中之人呵呵的笑了起来。

六月的荷花,如雪的飞絮。

湖面上一前一后的一双白影,在风儿的拂动下,微微错乱了。

豪华的画舫,宫灯彼此辉映。夜风扬起画舫中的帐幔,恍若浮云轻舞。画舫内,觥筹交错,轻歌曼舞。女皇身着便服端坐在上首。左手边是李家子弟,右手边是武家子弟。

洛歌不动声色的端起酒杯慢啜了一口。她抬起眸,看见李裹儿正托腮痴痴地看着自己。放下酒杯,洛歌不禁挑眉一笑转移目光,魅惑的眸不经意间落入了一汪清澈纯净的碧水之中。

夜风吹起帐幔翩翩舞蹈,月光洒在波光粼粼的湖面上独显一片宁静的美好。

他的眼,一如往常的单纯澄澈,不染纤尘,只是……他的脸,太过苍白。

他冲她举起手中的酒杯,弯唇微笑着。可嘴角那两粒小小的酒窝却盛满了哀伤。

夜风鼓起她雪白的衣袖,在纸醉金迷、浮华虚伪的觥筹歌舞间微微振动。她侧过脸移开目光,胸口微微发闷。

"阿洛,你很弱啊！"身边的白衣人举起酒杯,低眼看着她微蹙的双眉,邪意魅惑的笑容在他风化绝代的俊颜上一圈一圈的荡漾开去。

洛歌抬头倔强地看了他一眼。

白衣人牵起唇角露出了一丝嘲讽的笑意。他低头在她耳边轻声道:"这都不敢面对,你说你是不是很弱啊？阿——洛！"

"你！"洛歌仰起脸愤愤的看着他,眉皱得更深了。

"陛下,这歌舞看得好没意思啊！"李裹儿嘟起嘴站了起来。众人纷纷放下酒杯,看着她。

洛歌斜睨了白衣人一眼,转过脸看向光彩照人的李裹儿。

"既然这歌舞没意思……那裹儿你倒是想些法子弄些有趣的给大家看看啊！"女皇笑着看向李裹儿,兴致勃勃的提议。

李裹儿故作神秘的眨了眨双眼。她扫了众人一眼,目光落在洛歌的身上微微滞了一下才转过头说道:"裹儿久闻昌宗大人擅长剑术。裹儿想以舞和剑,为陛下助兴。只是,不知昌宗大人是否愿意。"

洛歌蹙眉,执酒的手停在了半空。她不动声色地放下酒杯,站起身来朝着女皇微微一拜。"陛下,昌宗能与安乐公主合作自是荣幸非常。只是宫规有定,兵刃是不得在陛下面前……"

"诶,六郎你又何必这样说!"女皇挥手打断了洛歌的推辞。她转过头冲着垂手伫立的上官婉儿道:"你去命人折一条柳枝儿来。六郎啊,你便以柳代剑吧!"

洛歌语噎,只得低头领命。

宽大的甲板上,夜色撩人,夏风阵阵。灯火垂影于黑色的湖面,反射出一大片金闪闪、银灿灿的光芒。

船头女子手拂长绫微斜身子,恍若一只亮绿的彩蝶。

船头男子白衣翩翩手执翠绿的柳枝默默静立。

船头的一旁,乐师怀抱琵琶,纤指轻抚,猛地一个回拨,一点鸣音立即炸响在了众人耳畔。

女子立马变换姿势,身体随着急促却优美的乐声翩翩舞蹈了起来。男子抽出柳枝儿,目光锐利冰冷,双手一提化作飞鹤,舞动了起来。

六月飞絮乘着夏风纷飞而来,在亮绿与雪白的身影之间曼妙飞舞。发丝撩动,白衣人寂寞孤张的舞剑,那些粉白的精灵擦过她的白衣,划过她冷峻孤寂的容颜。她的脸,比那六月初荷还要美丽。妖娆中脱俗,妩媚中清雅。

女皇微眯双眼,唇角挂上了一丝复杂的笑意。她微微侧目,白衣人的脸俊美无涛,风华绝代。举杯的手在唇边滞住,似在细细思量。

众人的目光紧紧追随那舞动的两抹身影,更多的,他们是被那雪白的身影给吸引住了。

李隆基的眼,幽黑深沉。只是,那如同子夜的眸中,白影晃动竟生出了如星辰般璀璨夺目的光芒。

仲夏的夜,有蛙鸣叫。

绿衫少年侧过头,双眉微蹙,握住酒杯的手轻轻用力,指关节亦微微泛白。风撩起他腰间玉佩的墨绿穗子,飘飘扬扬,如同舞剑人的发丝。他举起酒杯猛灌了一口烈酒。那甘辣的液体滑过胸腔,让他的胃紧缩成了一团。于是,眉皱得更紧了。原本故作常态的眸中也微起一层痛色。

"崇简,怎么样?"李隆基偏过头低声问着,满脸的关切。

绿衫少年轻轻地摇头。他坐直身体,脸上露出了一丝惨白的笑容。"没事,我没事。"

"酒就不要再喝了,你身体还没恢复好!"李隆基责怪着,可眼中依旧是疼惜的神色。他拿开他的酒杯,换了一盏香茶。

"三哥,人人都是喝酒,就我喝茶。这样不好吧!"他抬眼看他,苍白的脸上露出了一丝难色。

李隆基勾起唇角移开目光轻声道:"这样怎么不好了?我叫你别来,你却偏偏要来。待在家中养病不是很好么?"

怎么可以不来,他苦笑。

他想看看她,陪自己淋了一天的雨,她会不会有事?

他忍住痛,故作镇定,还对她微笑。他只是想告诉她,他很好。

他很好啊……

一曲终毕,鼓掌声叫好声连绵不绝。

洛歌收起柳枝儿冲着众人抱了抱拳,她转过头冲着一脸欢愉的李裹儿微微一笑,便转身回到了座位上。

白衣人侧过头看着她淡定的脸不禁一笑,他从袖中取了一方锦帕递了过去。"六郎,擦擦汗啊!"

洛歌瞟了一眼他那张笑得虚假的脸,伸过手取过锦帕在额头上胡乱的擦了起来。

"六郎与裹儿这一舞一剑配合得可真是天衣无缝、艳惊满座啊!"女皇坐在上首笑着朗朗说道。众人听了无不一一附和。

洛歌故作谦逊的笑着,抬起眼却看见了李裹儿迷恋的目光。头皮一阵发麻,她连忙扭过头与旁人说话。

酒过三巡,夜色也越发的低沉了。

洛歌放下酒杯,胸口微微发闷。许是酒喝多了吧,身体也微微燥热了起来。她用手撑住额头,微蹙双眉。

举盏魅笑的白衣人侧过头看向她那微红的面颊不禁皱了皱双眉。他放下酒杯,伸出手按住了她的后背。"不舒服吗?"

"有点。"洛歌闭目点头,脑袋昏沉。

"你的病到底是没好啊!"白衣人挑唇轻轻一笑,他收回手抬起下巴低睨着她,嗤声道:"先前的病再加上上次陪他淋的那场雨。阿洛,我还真不知道你是怎么想的。"

洛歌抬起头微眯双眼看着他,嘲讽一笑。她的食指在杯身轻轻敲动,意味深长。

一盏香茶,散发着莲子的淡淡清香。碧翠的茶叶漂浮在茶水上,恍若一艘艘悠然的小舟。

洛歌猛地抬起头来,正撞上了小宫女那双略微惊艳的眼。她努力的调整好呼吸才小声道:"这是平庆王让奴婢端过来的。王爷还让奴婢捎句话给大人'烈酒伤身,清茶解酒。'"

洛歌微微一愣,她垂下眼睑,手指抚上了细腻的杯身。那袅袅的茶香扑面而来,如同他怀中那莲子般清新的温暖。她抬起头看向对面。

绿衫少年牵起唇角,腮边的酒窝深深的凹陷着。他冲她微笑着,原本苍白的脸也因那温暖的笑容变得灿烂起来。他深深地看着她,单纯如水的蜜色双眸。在明亮的宫灯中,璀璨如星。

他慢慢地做着口形:我很好,你呢?

她的神情微微一滞。半响,她轻轻一笑:我也很好。

丝竹仙乐渐渐隐退,夜色撩人。

他说,我很好。

她说,我也很好。

那些六月的飞絮如同腊月的雪在仲夏的夜里静静的飞翔。湖面波痕渐渐被风拂大。它们一圈一圈的荡漾开去,仿佛在昭示着一种被无限放大的美好。

只是,彼此都在隐瞒着,只为了对方的好。

亥时已过,夜宴早散。

她往西走,他往东走。

宫人提着暖黄色的宫灯,寂静无声的在迷人的夜色中匆忙行走。

洛歌回头。

远处,一排排移动的宫灯快速的向前移动。夜色浓黑,她看不见他的身影。夏风阵阵,似乎还带来了他胸前那暖暖的莲子清香。

如此的温暖啊!

她不禁叹了一口气。

一入宫门深似海。当初的交易,她与李隆基的合作,到底是对还是错呢?

皎洁的月光如银霜铺满大地,乌鸦立在黑漆漆的枝头哑声尖叫着,扰人心神。

洛歌回过头来看向小宫女低垂的眼睑,面无表情地说:"把灯笼给我,你先退了吧!"

"昌宗大人,还是让奴婢送您回殿吧!"小宫女伫立不动,声音小心翼翼。

洛歌不禁低低嗤笑了一声。她夺过她手中的灯笼嘲讽道:"我一个大男人还需要你这柔弱小婢的护送吗?放心,我不会乱跑的!"

"可是大人……"

"勿多言,退了吧!"洛歌冷冷说完,便提着灯笼向前走去。

长长的甬道中,有三三两两的宫人低头匆匆走过。路边的一盏盏宫灯散发出明亮的光芒。在寂静的夜中,恍若星辰落地。来来往往的宫人看见迎面走来的洛歌纷纷躬身行礼。

穿过甬道门,便是一小片花圃。

夜风中满是花儿的迷人芳香。那些叫不出名字的虫儿伏在花丛中不停的鸣叫着。

洛歌无意回头，却见花圃的另一头，上官婉儿匆忙地走过。

此时已近子时，这时候的上官婉儿理应是守候在武曌的寝殿的。可是……

洛歌猛蹙双眉，她想了想便吹熄了手中的灯笼不动声色的跟了上去。

上官婉儿脚步匆忙。她皱紧了双眉，额上竟布满了细小的汗珠。

"紫玑，我不是千叮咛万嘱咐的吗？如今怎么又出了这么大的一个乱子！"上官婉儿一边走着一边忍不住斥责了起来。

那个名叫紫玑的宫女咬住下唇，一脸的惊惶。"婉儿姑娘，那老太婆心眼儿太多了，奴婢们真的是没有办法啊！"

"哼！如果那老太婆真出了什么事情，我一定拿你是问！"上官婉儿满脸怒意，平日里锐利的双眸此时也显得格外的慌乱。

洛歌的眉皱得更深了。隐隐约约，她有一种追究到底的直觉。

上官婉儿一行匆忙之间已到了一座废弃已久的偏殿。

月光下，殿中荒草丛生，那些草儿在夜风中微微晃动，显得无比的荒凉。

洛歌从树后走了出来，唇边的一抹冷笑转瞬之间消失殆尽。她走进殿中。

在这样黑暗的环境中，月光清冷，灯光如冰。潮湿的墙壁上，一团黑漆漆似人非人的物体被铁链紧紧的拴住了四肢。上官婉儿蹙眉冷笑，她拿起一根细长的棍子挑开了那人蓬乱的头发。一张异常浓艳妖异的脸就这样硬生生的闯入了洛歌的眸中。

洛歌惊骇的捂住了唇。

这张脸，这个人，不正是那个日日夜夜缠着她，阴魂不散的鬼影吗？！

"想死？"上官婉儿冷冷一笑。她挑了挑眉，手中的棍子轻轻击打着那人的面颊。"没交出另一颗驻颜丸，你怎么可以死呢？"

"呜……呜……呜"嘴里塞满了白布，那人只得不停的闷哼着。双眸犹如饿狼，闪着阴森的光芒。

仇恨、歹毒，仿佛要将眼前的人碎尸万段。

就是这样的目光，让洛歌感到了一种全身发冷的寒意。

"驻颜丸到底在哪里？！"上官婉儿逼近她，目光狠毒。

墙边的人红唇如血。她冷冷一笑，笑容诡异非常。

"不说是吗？"上官婉儿转身取过宫女手中一柄烧红的烙铁，口气阴毒："老太婆，你到说是不说？难道，你还想尝尝这烙铁的滋味？"

"呜呜呜！！"那人用力的扭动着身体，四肢上的铁链被弄得哗啦啦的乱响。

上官婉儿目光一横，旁边的小宫女会意走过去取下了她口中的布条。

"我乃大唐高阳公主！你们这般待我必遭天谴！上官小贱人，回去告诉武媚娘那个贱蹄子,就算死,我高阳也绝对不会交出另一枚驻颜丸……啊——"

烧红的烙铁一接触到她的肌肤,便如同一只饿兽找到了一块垂涎已久的猎物,疯狂撕咬。"滋滋"的声音伴随着一阵白烟,声声撞击着洛歌的耳膜。

空气中,血腥的煳味浓烈!

"不知好歹的贱人!"上官婉儿咬紧银牙,不解恨的取过鞭子猛地朝那人抽去。"啪"的一声,一道触目的伤痕便立马暴露在了冷冷的空气中。

"武媚娘!你必遭天谴!必遭天谴啊!你逆天而行,我李家后人是绝对不会放过你的!哈哈哈……"

"贱人!贱人!"上官婉儿挥鞭抽打。"陛下好意追封你为合浦公主,你竟然诅咒陛下!你这个贱人!"

"合浦公主?!哈哈哈……这世上只有高阳!只有太宗十七女高阳公主!武媚娘还有你上官婉儿都不得好死!不得好死!"那人不停地咒骂,已近癫狂。

上官婉儿收回鞭子不停地喘着粗气。她微微示意,身边的紫玳端过一盆辣椒水猛地向那人泼去。

"啊——"

凄惨的叫声响彻整个宫殿,惊起黑鸦无数。

洛歌忍不住打了个寒战,胃中翻江倒海。

"伦理纲常!伦理纲常!无欲无恨!无爱不痴!我不想等了!我等不到你了!等不到了!"那人凄苦地笑着,反复地念叨着那几句话,脸上浊泪两行。她的声音越来越低,最后竟痛苦地晕死过去了。

上官婉儿冷哼一声,她丢掉手中地鞭子,冷声道:"老太婆若是再想咬舌自尽。就塞住她的嘴。紫玳,让人看紧了她,别让她再挣脱了这链子逃跑了。"

"是。"紫玳的回答格外的小心翼翼。她偷偷地瞟了墙边那人一眼,吓得双脚发软。

洛歌背过身,小心翼翼的喘着气。背后的衣服早就被冷汗濡湿。她偏过头看了一眼那吊在墙上已奄奄一息的黑影,咬了咬牙,转身飞出殿外。

仙居殿。

白衣人坐在床沿,无限优雅的捧着一卷书在灯下阅读。他一边读着一边又无限优雅的取过一粒晶莹剔透的葡萄送入口中。

微微皱眉,那风华绝代的样子让人忍不住为之沉迷。

空无一人的殿中,白衣人独自守候着暖黄色的灯光。一卷书,一杯茶,一盘晶莹的紫葡萄,一盏温暖明亮的灯,还有一个倾世魅众的白衣人。

真是一幅绝美的图画啊!

"怎么现在才回来?"白衣人放下书松开双眉,抬起头对着面前的人灿烂一笑。

洛歌轻轻"咦"了一声，有些困惑地问道："你不是去侍寝了吗？怎么现在就回来了？"

白衣人那听了微微翘起薄唇，他斜睨了她一眼，魅笑道："人家想你了嘛，所以就回来早点啊！"

"张易之，你说话可不可以正常一点！"洛歌忍无可忍的大叫了一声，满脸的厌恶。

"陛下今夜想独睡。所以，便将我遣了回来。"白衣人揉了揉眉心，嘴唇好看的弯起。

洛歌走到桌旁倒了杯冷茶，眉头深锁。

眼前的人要比自己早入宫两年，那这大明宫的暗事，他自然也一定比自己了解得多。不如……

"张易之，我问你一件事。"

"咦，你聪明绝顶的洛歌还有什么事要请教我！"白衣人的脸色由困惑转化为了洋洋得意。"说吧说吧。"

洛歌坐了下来，手指轻叩桌面，蹙眉道："前朝高阳公主，到底死没死？"

白衣人的笑容在脸上凝固。半晌，他偏过头对她轻轻一笑："阿洛怎会突然问起这样的问题？"

洛歌目光犀利。"你只管回答是或不是！"

"这要我怎么回答呢？还真是为难啊！"白衣人起身优雅的挥开衣袖，他走到她的面前，俯下身，在她耳边魅声道："传闻，高阳公主并没有死。"

洛歌的身体猛然一震，双眼大放异彩。

白衣人直起身子慵懒的撩开误入眼中的发丝，坐在了她的对面。"身为太宗最宠爱的女儿，就算是爱上和尚，就算是逆谋造反。太宗皇帝又怎么忍心杀她。"白衣人顿了顿，优雅的抿了口香茶接着说道："传闻，高阳公主深爱之人辨机和尚也并未被处死。太宗惜才，辨机乃玄奘高足。当年，太宗只不过是找了个人替了那辨机。"

"后来呢？"洛歌看着一脸悠然的白衣人，不免有些着急。

"后来……"白衣人瞟了她一眼，不禁嗤笑了一声："阿洛，看你急的。"

"张易之！"洛歌忍不住站起身来瞪着他。

白衣人举起袖子遮住脸，只露出一双银白色温柔迷人的眸子，他颤声道："阿洛，你吓着我了。"

洛歌深吸一口气，压住积压在胸中的怒火，低头对他牵了牵唇角道："后来呢？张大人你可否告诉我？"

"这样才对嘛！"白衣人轻轻一笑，他微微翘唇，眉目间风情无限。"这后来嘛……后来的事我怎么知道！"

"张易之！"洛歌揪住白衣人的衣襟，恶狠狠地瞪着他。

白衣人无所畏惧的露出了一丝魅惑的笑容。他偏过头,眸中有精光闪过。他举起双手,作喇叭状:"初晴!初晴!进来铺被子了!"

下一秒,只听得"咚"的一声巨响。

初晴进来时,看见的便是这样一幅画面:

白衣人狼狈地坐在地上,眸中闪着委屈的泪光。他一只手揉着后腰一只手被洛歌牵住。而洛歌正躬着身子看着他,满脸疼惜。

她紧紧的牵住他的手,心疼道:"五哥,瞧你!没坐稳吧!你激动什么啊!摔疼了吧!"

两个白衣男子,一个多情如三月柳絮,一个疏离如腊月飞雪。

初晴不禁一笑。

都说二张大人感情深厚,果真如此啊!

归去兮

七月流火,荷花却娇嫩欲滴。

红色的蜻蜓,蓝色的蜻蜓,划过碧水又悄无声息的憩于粉荷之上。阳光照射在那些晶莹剔透的露珠上,折射出一片迷人的灿烂。雨后夏景,更显清明。

五王府内,杨柳依依,碧水潋滟。

拱桥上,英俊的男子皱起了眉。

风撩起他浅灰色的衣袂。阳光在他温润的眉宇间投下了一片暗影。他的眸,情愿淡定却又忧伤无比。他回过头,声音清淡好听:"三弟,崇简,小悌快不行了,他只想见一见他的洛哥哥啊!"

"小悌……"绿衫少年微微蹙起双眉,澄澈如水的眸中满是痛色。

青衫男子手扶栏杆,冷峻的脸越发的阴沉了。他回过头来,暗沉幽黑的眸中闪过一丝不知名的情绪。"大哥,若要见洛歌,必须通过姑母的帮助。"

"三哥,你去拜托母亲大人啊!"绿衫少年抬起头来,蜜色的眸子在浓密的睫毛下,被阳光照射,如同一块亮晶晶的琥珀。

青衫男子低下头,声音低沉:"可姑母此时不在长安。"

"那该怎么办?小悌,小悌他等不了多久了。"绿衫少年仰起头,任那阳光在他年轻俊逸的脸上,肆意舞蹈。

为什么,为什么总是这样?

他所挂念的人,他想要守护的人,为什么,他总是留不住?

"无论如何,我都要让小悌与洛歌见上一面。"他握紧栏杆,目光投向远方,语气坚定。

窗外是浓绿的树荫,黑色的蝉儿趴在树干上慵懒的鸣叫着。偶尔一阵风过,那翠绿的树叶便被吹得"沙沙"作响。风鼓起窗棂上挂的一串驱邪符,不停的飞舞。

房内,琴音正浓。

如淙淙流水。

如空山鸟鸣。

抚琴之人微眯双眼,浓眉皱得正紧。修长的手指在琴面上翻飞舞蹈。"啪"的一声,一粒晶莹的泪珠在古朴的琴面上,绽放成花。紧接着,一点杂音将琴弦崩断。

"四哥,怎么了?"

床上的孩子偏过头,声音虚弱无比。他皱着淡淡的眉毛,小小的脸苍白一片。

"没什么。"李隆范站起身,伸手抚干了眼角的湿润。他收起满脸的悲伤,露出微笑。

"小悌,你别乱动啊!"床边的小女孩按住男孩的肩膀,皱着眉嘟起了嘴。

"小悌,你要听流萤的。"李隆范走过来,微笑着伸手抚开了小男孩脸上濡湿的发丝。

"四哥……"小男孩别过脸,大大的眼睛里没有一丝光亮。"先是不能走路了,然后就是眼睛瞎了。最后,四哥,小悌会死吗?"

"怎么会呢?"李隆范稳住颤抖个不停的身体,坐在床边,将小男孩粉嫩的小手包在了自己宽大的掌中。"小悌在想些什么啊!这么多哥哥在保护着小悌,小悌怎么会死呢?"

"可我好难受啊,可我觉得自己像是快要死了……四哥,小悌好难受……"

"砰!"

有椅子翻倒的声音。粉色的身影冲出门外。风透过敞开的门,柔柔地吹了进来。

"四哥,怎么了?"小男孩睁大眼睛,满脸困惑。

李隆范侧过头向外望去。

门外,流萤倚住树干捂住唇,不停的抽泣着。

"没什么。"李隆范干涩一笑,他伸出手轻抚着小男孩苍白的面颊,眼圈通红。

"四哥,小悌好想看看荷花啊。"小男孩轻轻地说着,眨了眨双眼。脑海里,又出现了那个如仲夏莲花般绝世的人。

"洛哥哥,他什么时候回来呢?"小男孩侧过脸,闭上双眼。他轻轻地叹了一口气,很小声地低喃道:"洛姐姐,小悌恐怕再也见不到你了。"

窗外,阳光晴朗得刺眼。

热闹的长安街市,叫卖声不绝于耳。

仙食坊内的贵宾阁中，风华绝代的白衣人举起酒杯，薄唇滑过杯沿挑起了一丝魅惑众生的笑容。他偏过头，发丝被微风拂动吹向面颊。

"平庆王怎会找到这里？"

一身墨绿长衫的英俊少年微微一愣，半晌，他轻轻一笑。单纯澄澈的眸渐渐沉静成了一汪深潭。

"素闻张大人喜欢这仙食坊中的烹鸭，每月的月首总会来这里吃上一只。所以，本王就来了。"

白衣人放下酒杯，抬起眸直直地看向对面的人。

少年的呼吸不禁滞住。

这双眸，这个人，与记忆中的那个儒雅男子毫无二异。同样的风度翩翩，同样的风华绝代，同样的俊朗非常，同样的白衣胜雪。

只是……他的眉目之间除了儒雅便是无尽的多情之色。

这样相似的两个人，也难怪初见的那天，她会那样失态。

"平庆王专程来找易之，一定有什么事吧！"白衣人收回目光，垂睫看着手中不停把玩的酒杯。

少年不禁一笑，他拂开下摆坐在了他的对面。

酒楼下层的喧闹声被宽大的牡丹屏阻隔。厢中，酒香正浓。

"还真是很热闹呢！"白衣人看着楼下那喧闹的人群轻轻感叹。

"是啊，他们热闹是因为他们都是自由的人。而有些人，却永远被锁在深宫中，无法感受到自由的快乐。"少年端起茶杯，年轻俊逸的面庞上，一双眸有微光闪过。

白衣人放下酒杯，回过头，银白色的眸有些深沉。他挑唇，唇角有一丝让人费解的阴冷。"王爷这是何意？"

"张大人是个聪明人，本王也就把话挑明了说吧！"少年牵起唇，目光深沉。"我要见昌宗大人，麻烦张大人将她带出来。"

"你要见六郎？"白衣人猛然蹙起双眉，唇角挑起了一丝危险的味道。"不知王爷要见六郎所为何事？"

少年挑唇，俊逸的面庞上有着一丝不同于往常的冷漠。"具体是何事，张大人不必细探。"

白衣人的目光渐渐收紧，胸腔中，有针刺般的疼痛。他蓦然松开双眉，多情魅惑的目光在对面之人的身上定住。"王爷就这么自信易之会相助于王爷？"

"张大人以为这是本王的自信？"少年微微一笑。

"不然是……"

"张大人，本王相信你一定会帮助本王！"少年站起身，挺拔的身躯遮住了迎窗而进的阳光。他站在阳光中淡定的微笑着,双眸临风渐渐清明。

白衣人的神情变得微微恍惚。

他好像陷入了一个很深的回忆里。

画面中,那孩子倔强着急的小脸清秀得仿佛是一掬碧水,在春风中微微晃动。

他仰起脸,眉眼间满是一览无遗地意味深长。

"能得到王爷的信任,还真是易之的荣幸呢!"

"那……本王也要多谢张大人相助。明日申时,承天门会有人去接昌宗大人。"说完,少年躬身一拜,算是谢过。

他转过身,准备离去。

"王爷!"白衣人突然站了起来,眸中有一丝痛楚与几分的坚定。他轻轻一笑,笑容恍若比阳光还要美好。"王爷,你所执著的……易之奉劝不要放弃才好。"

少年的背脊突然僵住。他猛然抬起头,瞳仁收紧。

白衣人轻笑,双眼澄澈。脸色,却苍白如纸。

少年仰起脸,神色如常。他微微一笑,腮边的酒窝深深凹陷。澄澈如水的双眸,晶亮的如同阳光下的琥珀。

"我知道!"

大明宫,太液池。

碧绿的池水上是一片碧绿的荷叶,粉白的荷花被掩映其中,亭亭玉立。它们偶尔颤抖,好像是在夏风中嬉笑。惹得池水中,锦鲤欢快游过。

天气晴朗,晴朗得让人忍不住赞叹。

愁眉苦脸的洛歌闷闷的叹了一口气。

为什么张易之可以自由出入皇宫,而自己却偏偏不可以呢?

"六郎!"

一声娇喊,让洛歌猛然惊醒。她回头,淡漠疏离的脸上挤出了一丝勉强的笑容。

"六郎见过公主殿下。"

李裹儿怀抱着几株粉荷,巧笑嫣然的站在外面。风拂起她的发丝撩过她娇美的容颜。

"原来真的是你啊!"李裹儿一边说着一边走了进来。"我远远地看这画舫中的人影像你又不敢确定。于是跑过来碰碰运气,没想到真的是你呢!"

洛歌闻言,轻牵唇角。

"我刚刚去给皇上请安,看见太液池里的荷花开得正浓,便让宫人为我采了几株。你看,好看吗?"李裹儿兴奋地说着从怀中拿出一株粉荷递给了洛歌。

翠绿的荷杆上,荷花娇美脱俗,粉白的花瓣顶端像是被朝霞拂过,留下一点轻红。

风拂过,洛歌的睫毛微微颤抖。

手中的花儿虽美却太过娇弱。风轻轻吹过,花瓣轻轻抖动。不一会儿,那粉白美丽的花瓣竟随风而去。

"六郎,你长得真像这荷花!清雅英俊!脱俗俊美!"李裹儿托腮痴痴赞叹。

洛歌无声叹息。她抬起头,将荷花举至眼前。阳光擦过荷花柔嫩的表面洒在她的脸上,将她的脸照得恍若透明。

"花儿虽美,却总有凋零的时候。"她偏过头,轻轻一笑。

李裹儿不禁呆住。

"花儿虽凋零,但它的美丽却是永恒的。"李裹儿撅起嘴,双颊绯红。"就像六郎轩昂临风的气质。"

"咳……"洛歌轻咳。

这个李裹儿,真是受不了啊!

"昌宗大人,要不要紧?"

静立一旁的初晴看见洛歌微变的脸色,连忙走了过来。

"没事……"

"好个大胆的贱婢!我和六郎说话,何时轮到你来插嘴了!"李裹儿横插在洛歌与初晴之间,杏目圆瞪挑起眉峰。娇美的容颜上满是凌人的骄横。她猛然扬起手,就要朝初晴扇去。

身后,洛歌冷笑。

身前,初晴吓得闭上了双眼。

画舫外,红色的蜻蜓立在碧色的荷叶上小憩。

李裹儿的手滞在了半空。

一双纤长却长着茧子的手,毫不着力地抓住了李裹儿扬起的手腕。宽大的白色衣袖被嬉笑的风轻轻吹过,露出了一节玉藕般的手臂。

李裹儿愣愣地回过头来,看见的是洛歌带着微笑的脸。

云淡风轻的笑容下,是冰冷的寒意。

"公主何必为一个奴婢动怒。"洛歌微笑着收回手,撩开了粘在唇上的发丝。

"可她……"

"初晴,我想与公主泛游池上,你去命人准备好舟楫。"洛歌偏头,使了个眼色。

初晴如蒙大赦,连忙低头走了出去。洛歌的目光一路追随着她。

李裹儿不禁皱起了秀眉,左手微微用力,握住的几株荷花被折断。

"张昌宗!人走都走了,你还看什么看!"李裹儿愤愤地吼了一声,用力地丢掉了手中的花朵。

洛歌回过头来，冲着李裹儿微微一笑。笑容温柔迷人。"公主生气了？"

李裹儿偏过头冷哼了一声。

"公主以为六郎喜欢初晴？"洛歌走到她的面前，低头看着她。绝美的脸上带着一丝嘲讽的笑容。"公主，我既已是皇上的人，又怎会心恋其他女子呢？"

李裹儿猛然抬起头看着她。

"陛下对我恩宠有加，赐我锦衣玉食，让我加官晋爵。公主，我爱陛下爱得紧呢！"她说完，以手抚额，满脸的多情之色。微蹙的双眉之间满是风流。

李裹儿的眼中隐隐有泪。

"你爱皇上？"

"是。"

"你居然爱一个七十多岁的老妪？"

"是。"

"六郎……"

"公主这是干什么？"洛歌假装慌张的为她拂去腮边的泪水。

李裹儿抬头，目光灼灼。"皇上能给你的，我也可以给你！"

洛歌的手指微微一颤，她收回手，多情妩媚的笑开了。"公主在开什么玩笑。"

"六郎，如果这些东西可以换取你的爱，我愿意给你，我愿意把我的一切统统给你。"

洛歌笑容僵住。她看着他，不禁嘲笑："公主并不知道什么是爱。"

"那你懂吗？你真的爱皇上？"李裹儿诘问。

洛歌挑眉，目光肆意流连窗外美景。"昌宗自是懂爱了，我爱陛下！"

"张昌宗！"李裹儿奋力的擦干泪水，原本的楚楚可怜变成了怒气冲冲。"张昌宗，本公主给你脸你不要！你只不过是个出卖肉体以博取皇上欢心的小人而已！你……你是最无耻的！"

"是。"她挑眉。

"你是最卑贱的！"

"是，"她轻笑。

"所以，本公主是不会在你身上浪费时间了！"李裹儿提起宫裙头也不回地走出画舫。

身后，洛歌唇边的笑意越来越深。

风拂过，荷香阵阵扑来。

怒气冲冲的安乐公主消失在浓绿之中。

洛歌提起衫角拾起了地上那几片被踩碎的粉荷。她小心翼翼地将它们捧在手中，眸中满是晶亮的怜惜。她走到窗前,伸出双手。带着荷香的清风吹起她掌中的那些碎花,它们流连在她纤长的指尖,然后义无反顾的飘向遥远。

"去吧!即使失去完美,你们终究还是最自由的!"

身后,男子的目光痴恋。

清风吹散她的发丝,掀起她纯白的下摆。她微眯双眼,指尖,飞花乱舞。三千乌丝撩过她绝美的容颜,纯白的衣衫将她映衬得纤尘不染。她的美,临风飘洒。

远处,娇嫩的荷花开得正浓。

"阿洛也想要自由?"白衣人轻笑,慵懒而妩媚。

洛歌回头,发丝拂过她颤抖的睫毛。她看着他,伤感的眼恢复成了往日的冷漠。她挑唇一笑:"你舍得回来了?"

"是啊,把你一个人丢在皇宫里,我真的是很不放心呢!"白衣人说着,抬眸看了窗外一眼,不禁撅起了嘴。"我才离开多久呢,就有一个爱慕你的人来骚扰你。你说,我能放心吗?"

洛歌听着他的调侃,冷冷的牵起唇角。

"今日在仙食坊,你猜我遇到了谁?"他故作神秘的眨了眨眼。

洛歌偏过头看着他,淡淡道:"谁?"

"平庆王。"修长的手指滑过薄唇撩开发丝,他眸光一沉。

正如他所料,她的目光瞬间颤抖了一下。

"平庆王拜托我一件事,他要我……带你出宫!"

"带我出宫?"她猛地抬起目光,显得有些质疑。

除了有什么大事,不然,他是不会麻烦她,更不会去拜托张易之。

"是。"白衣人倚在贵妃榻上,目光慵懒。他打了个哈欠才缓缓道:"明日申时承天门会有人接你。你拿着我的腰牌自会一路无阻的出宫。"

洛歌沉默。

白衣人淡淡的瞟了她一眼,接着说道:"黄昏之前一定要回来。"

洛歌抬头看了他一眼,向他点了下头。然后,她撩开下摆走了出去。

荷香满池,夏风清爽。阳光洒落在船头,结成一片片迷人的灿烂。

洛歌微眯双眼。

右眼皮跳动得厉害,一种十分不好的感觉在心底默默蔓延。

五王府,格外宁静。

绿树上的几只麻雀被这股略为忧伤的宁静逼得没法,只得扑棱着翅膀飞离。

风的脚步亦是静悄悄的,它们卷着飞云悄无声息地在蓝天飞过。风中的花犹显娇弱,它们低垂着头,好像在掉眼泪。

亭子中，六个英俊无比的男子或伫或坐，姿势不一。可是，他们却有着同样的表情：悲伤。

灰衫男子怀抱着一个小孩子，他静静的搂着他，目光远眺，似在等待着谁。

"大哥，洛哥哥真的会来吗？"

怀中的孩子，嘴唇干涸，面色苍白。他纠着淡淡的眉毛，抓紧了灰衫男子的衣袖。

"小悌放心，洛哥哥一定不会食言的。"绿衫少年伸手抚过孩子小小的脸，停留在了孩子柔软的发上。

"嗯，我也相信洛哥哥一定会来的！"孩子抿着唇，双眼空洞，唇角却满是自信。

远处，白玉石拱桥上。

洛歌苦涩一笑，她看着眼前的女孩儿，眼睛有些潮湿。"萤儿，你长高了。记得几年前，你才这么高。"她说着，用手比向腰间。

粉衣的流萤睁大了一双眼睛，看着眼前轩昂却悲伤的人，终于抑制不住泪水。

"洛哥哥，你终于来了！"她扑向她的怀中，大声号啕。

"是，我来了。"她仰起脸，搂紧她，轻轻地拍着她的背脊。

蔚蓝如洗的天空中，灿烂的阳光静静的如泼墨一般飘洒。

亭中英俊的男子们被一阵急急的脚步声惊得皱起了眉。他们纷纷抬起头来。

阳光下，粉衣女孩儿急急的朝众人走来。她的身后，是白衣胜雪的洛歌。

李成器清远淡泊的眉宇之间，担忧一扫而光。他牵起唇角，淡淡的微笑着在怀中孩子的耳边柔声道："小悌，你的洛哥哥来了！"

苍白的孩子闻言睁大了一双空洞的眼睛急急地转过了头。

风儿开始轻笑，树儿应和，荷香飘飘。

他呆呆的睁大着眼睛，淡淡的眉毛纠结在一起。

微凉的指尖抚过他的小脸，抚过他翘翘的鼻尖。

最后，凉意停在了他的眼睑上。

"小悌……我来了。"

她的声音颤抖得厉害，好像风雨中无力娇弱的莲花，颤抖着快要被折断。

孩子轻轻一笑，小小的唇边绽放出了一朵美好的花儿。"洛哥哥，小悌好想你啊！"

"是，我也很想你。"她闭上眼半跪着将他拥在怀中，白衣将他包裹。"小悌，洛哥哥很想很想很想你。"

"洛哥哥……"孩子搂住她的脖子，用力的吸着鼻子，鼻梁上是一片小小的细纹。

他们相拥，微笑。

亭中的人皆露出了有些伤感的笑容。远处，清风荡起翠绿的柳枝，蝉儿无忧无虑的鸣叫着。蓝蓝的天，翠绿的湖。湖中粉荷互相依偎着在风中浅笑。

"小悌很想看看荷花,是不是?"她突然问道。

"嗯。"孩子点了点头,却又立马耷拉着脑袋。他指了指无神空洞的双眼,惨淡一笑:"可小悌瞎了,看不到荷花了。"

"怎么会看不到呢?"她将他抱了起来,走到栏杆边。"小悌,你静静地听,静静地去感觉,就一定会看见荷花绽放。"

他闭上眼,呼吸轻微。

夏天的风是那样的清爽迷人。它们阵阵吹来,吹得孩子的睫毛微微颤抖。荷花那淡淡的清香和着她身上那股凉凉的清濯味道,让他仿佛见了微风中轻轻摇曳的花苞儿在清晨的第一缕阳光中默默绽放。

"小悌,感觉到了吗?"

"嗯,小悌感觉到了。"他转过头朝她露出了一个大大的却十分苍白的笑容。"洛哥哥,小悌觉得……觉得好难受啊。"他无力地靠在她的肩上,伸手圈住她的脖子。

众人的脸都微微变色。

绿衫少年走了过来,他抚摸着孩子柔软的头发,柔声道:"小悌,要不要去休息?"

"不要,我要和洛哥哥在一起。"他说着。蹭了蹭洛歌的肩窝,吸着鼻子闻着她身上那凉凉的清香。

洛歌不禁宠溺一笑。

这孩子实在是太瘦了,抱着他仿佛抱着一团空气。那么轻飘飘的让人疼惜。她忍不住伸手轻抚上他的面颊,那双原本乌黑闪亮的眸子空洞茫然的让她心里一阵酸楚。

他趴在她的肩头,疲惫的皱起了眉,小小的脸突然泛起一阵不正常的绯红。

李隆范急急地向前走了一步却被李隆基一把抓住,他冲他摇了摇头,深沉的目光里分不清是哀伤还是疼痛。李隆范看着他,相执不下。最终,他低下头泪流满面。

"小悌,洛哥哥带你去玩,好不好?"她搂着他轻轻地说着,满脸的温柔。

小孩子缩在她凉凉的怀中,纯真的笑着,柔软的发丝被风吹得微微扬起。他点了点头。

洛歌抱紧他看向李成器,像是在征求他的同意。

"洛歌,小悌最喜欢的人就是你了。只要他开心,你带他去哪里都可以。"他说着,俯下身在孩子的小脸上轻柔的吻了一下。"小悌,大哥爱你。"他轻轻地说着,声音平稳柔和中有着掩饰不住的悲伤。

"我也是。大哥、二哥、三哥、四哥、五哥还有二表哥,还有……洛哥哥……"

"小悌……"

五位王爷一一上前温柔地亲吻着孩子的面颊。他们轻轻地说着"我很爱你,小悌。"

那般的心疼悲伤，那般的泪水涟涟。好像在告别。

"小悌，你记住。二表哥很爱很爱你。"绿衫少年轻轻地吻着他，澄澈的眸中簇起一湖忧伤的水波。他的声音哽咽着，身体颤抖着，抑制着快要流下来的泪水。

小孩子轻轻一笑，他伸出粉嫩的小手摸了摸少年的脸不禁嘟起了小嘴。"二表哥是世界上最英俊的人。所以，二表哥不要因为小悌而掉眼泪哦！小悌最喜欢二表哥了！"

绿衫少年微微一笑，让他摸到了他腮边的酒窝。

"这样才对嘛！有酒窝的二表哥是最最好看的！"

或许是太过耗力，他再次软趴在了她的肩头。"洛哥哥，带小悌去玩吧。"

"好。"

生机勃勃的仲夏，树更绿了，花更红了，水更清了，风更爽了。一切都仿佛在被什么力量鼓舞着、激发着，向世间炫耀着自己最美好的一面。

一叶小舟穿梭在田田荷叶与娇嫩荷花之间。

舟上的白衣人回过头来。

湖那边，六个俊逸男子默默伫立。有的泪流满面，有的小声啜泣，有的清远忧伤，有的沉寂哀痛。

她牵起唇角苦涩一笑。

说要好好保护的。最终，我们依旧留不住，小小的，他……

"洛哥哥，好香啊！"他靠在她的怀中傻傻的笑了起来。

"嗯。荷花是很香呢！"她回过头回应着他的话，露出了温柔的笑容。

"不是，小悌说的不是荷花。"他虚弱的牵紧她的衣袖，双颊绯红。"小悌说的是洛哥哥身上那股凉凉的清香。真的好香啊！小悌真的……好喜欢！"

"傻瓜啊！"她伸出手宠溺的揉了揉他的脑袋。

他偏过头，淡淡的眉毛开心的挑起。苍白干涸的唇边，是单纯天真的笑容。

她伸出手采过一株粉荷递给他。他接过，嗅了嗅，会心一笑。然后，他将粉荷轻轻地拥在了小小的怀中。

"洛哥哥，抱抱小悌。"他仰起脸，轻轻的笑。

她挥开衣袖，将他完全包裹在怀中。

……

那个清晨，阳光灿烂美好。

他朝她伸出一双小手，神气地说："抱我！"

他的腮边是永远凝固在那一刻的天真笑容。

他的眸中是永远停留在那一刻的调皮光芒。

期待、好奇、天真、可爱。

她笑着说:"好啊!"

那个早晨的阳光真的是美好得不像话啊!

……

小悌,如果可以,我希望永远抱着小小的你,以不变的笑容迎接你。

……

"洛姐姐……"

他眯起眼,睫毛无力的扑闪着,声音又小又涩。"洛姐姐,我可以这样喊你吗?"

"可以啊。"她轻轻地笑着,泪水夺眶而出。

"洛姐姐,小悌真的是很喜欢你啊!真的!"

"我也是啊!"

"呵呵……"他无力的笑着,靠在她的怀中,轻闭上了眼,口中依旧轻轻地说着:"洛姐姐,为什么在这样炎热的夏天,你的怀抱依旧是这样凉凉的,你的指尖依旧是冷冷的呢?是不是真像二表哥说的那样,人一旦心死就没有了体温呢?"

她的身体微微一颤,泪水肆意流淌。

他垂下睫,露出美好的笑容,声音开始变得断断续续:"小悌死后,要化为一片阳光……变成一件衣裳……给……给洛姐姐。这样,洛姐姐在最冷……最冷的冬天里……都不会觉得……冷了……小悌看见洛姐姐幸福……就会……会很开心……很……开心……"

她抱紧他,战抖着,战抖着……

终于——"小悌!!!"

……

怀中的花儿最终凋零,随着风纷飞着,忘记了回家的方向。

小孩子要化为阳光,那最灿烂最温暖的阳光。

化为裳,温暖她。

好傻……

好傻啊……

(上部完)